KB076793

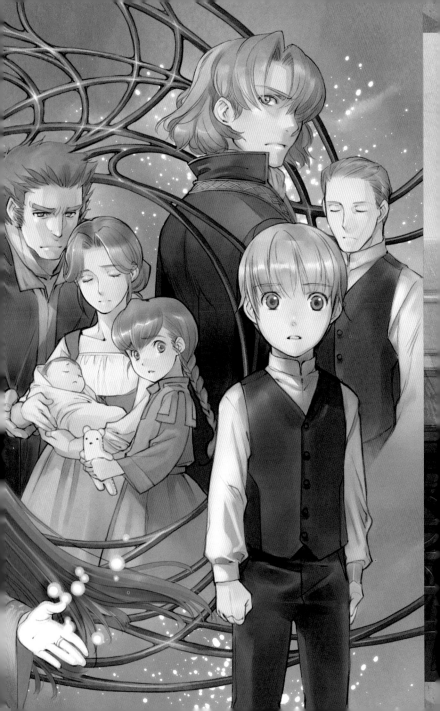

책벌레의 하극상

사서가 되기 위해서라면 뭐든지 할 수 있어

제 2 부 **신전의 견습무녀 IV**

카즈키 미야
miya kazuki

길찾기

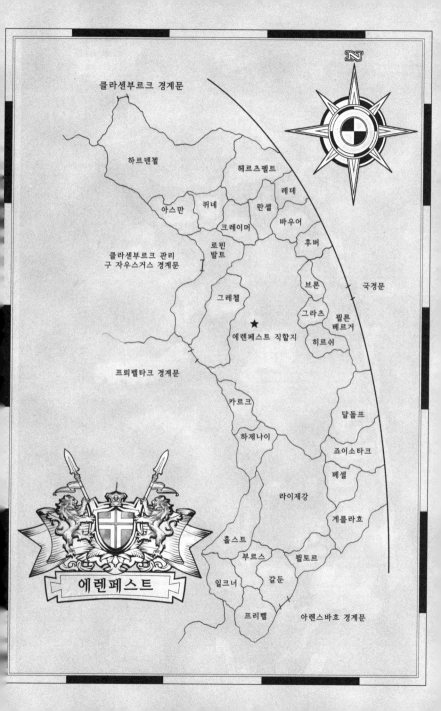

길베르타 상회

벤노
길베르타 상회 주인이며 마인의 사업상 보호자.

루츠
길베르타 상회의 수습생(다루아). 마인의 파트너이자 컨디션 관리 담당자.

코리나
벤노의 여동생. 상회 후계자. 자기 공방을 운영하는 솜씨 좋은 재봉사.

마르크
길베르타 상회의 다프라. 벤노의 유능한 오른팔.

레온
길베르타 상회의 다프라 수습생. 프랑에게 급사와 예절을 배운다.

신전 관계자

신전장
신전의 최고 권력자. 평민인 마인에게 위압당한 일로 미움을 품고 있다.

신관장
신전에서 마인을 보호하는 입장. 마인의 마력량과 계산 능력을 사들였다.

프랑
마인을 보좌하는 회색 신관. 원래는 신관장의 유능한 측근이었다.

길
문제아였지만, 공방관리에 힘쓰고 있다.

델리아
마인을 보좌하는 회색 무녀 견습생. '정말'이 말버릇이다.

빌마
그림이 특기인 회색 무녀.

로지나
음악이 특기인 회색 무녀.

디르크
고아원에 버려진 유아.

칼스테드 ········· 에렌페스트 기사단장	빈데발트 ········· 아렌스바흐의 상급 귀족
다무엘 ········· 신전에서 마인을 호위하는 기사	하이디 ········· 잉크 공방의 후계자 딸
질베스타 ········· 기원식에 동행한 청색 신관	요제프 ········· 잉크 공방의 다프라, 하이디의 남편

책을 무엇보다도 사랑하는 대학생 모토스 우라노는 신식이라는 병에 시달리는 병사의 딸 마인으로 전생했다. 문맹률은 높고 책이 매우 비싼 귀중품인 이 세상에서 책을 읽지 못해 괴로워하던 마인은 깨달음을 하나 얻었으니, 책을 구할 수 없다면 직접 만들면 되지였다. 식물로 된 종이 만들기부터 시작해 여러모로 분투하지만, 신식 환자는 마력을 흡수하는 마술 도구 없이는 오래 살 수 없다. 이 세계에서 비로소 한 사람 몫으로 인정받는 행사인 세례식 날, 마인은 신전에서 무엇보다도 멋진 장소인 도서관을 발견하고, 신전장과 직접 담판한 끝에 마력을 제공하는 조건으로 청색 견습무녀가 된다.

마인 가족

마인
주인공. 신식을 앓고 있어 허약한 병사의 딸. 신식을 앓을 때 끓어 오르는 열의 정체가 마력임이 밝혀져 원래는 귀족만 받아들이는 청색 견습무녀가 되었다. 책을 읽기 위해서라면 수단방법을 가리지 않는다.

귄터
마인의 아빠. 남문 경비반장. 가족 사랑이 지나쳐 주위 사람들이 기막혀하곤 한다.

에파
마인의 엄마. 염색공. 자주 폭주하는 남편과 딸 때문에 쓴웃음이 떠나지 않는다.

투리
마인의 언니. 견습 재봉사. 상냥하고 남을 잘 돌본다. 마인 왈 '정말 천사'

카밀
마인의 동생. 새로 태어남

제2부 **신전의 견습무녀 IV**

일러스트 시이나 유우 **지도제작** 후지시로 요 **번역** 김 봄 **디자인** 백진화 윤아빈

편집 정성학 김일철 **마케팅** 김정훈 **주간** 박관형

제 2 부

신전의 견습무녀 IV

프롤로그

기원식이 막 끝난 봄. 연녹색이던 새싹은 하루가 다르게 점점 짙어 져 갔다. 아침은 맑더니 오후부터 조금씩 비가 내리기 시작했다. 분명 은총의 비가 될 터였다. 점심을 먹은 농민들은 자신들을 대신하여 밭 을 적셔 주는 물의 여신 플류트레네에게 감사하며 각자의 집에서 수 작업에 힘쓰기로 한다.

농민들의 모습이 사라진 밭과 밭 사이의 가도를 깔끔하게 관리된 마차가 달린다. 훌륭한 마차의 문에는 가문을 새긴 간판이 달려 있는 데, 그것이 마차에 탄 인물의 높은 신분을 나타내 주었다. 하지만 애 꿎은 비 때문에 질퍽이는데다가 길도 험했다. 마을 안의 돌바닥과 달 리 진창길에서는 마차가 짜증을 불러일으킬 정도로 속도가 느려졌다.

"……플류트레네도 참 눈치가 없군."

하필 외출하는 날에 비를 내리다니. 심하게 흔들리는 마차에 넌더 리가 난 베제반스는 물의 여신 플류트레네에게 욕을 퍼부었다.

다섯 점 종이 울리기 조금 전에 험한 길을 덜컹이며 달리던 마차가 에렌페스트의 직영지에 인접한 그라츠에 있는 여름 저택에 들어섰다.

"이쪽으로 오십시오, 베제반스 님."

살찐 배를 출렁이며 마차에서 내리는 베제반스를 맞이한 사람은 이 저택의 주인인 기베 그라츠였다. 마차로 방문한 손님이 베제반스 혼 자였는지 다른 마차는 보이지 않았다. 하지만 안내받은 공간에는 이미 십여 명의 귀족이 모여 담소를 나누고 있었다. 귀족인 그들은 모두 자신의 기수(騎獸)를 타고 온 것이다.

이렇게 남의 저택을 방문할 때 기수를 타는 이유는 이 자리가 시종을 비롯한 누구에게도 알리고 싶지 않은 모임이기 때문이다. 이 자리에 모인 십여 명의 귀족 중 이 저택의 주인인데도 가장 움츠리고 있는 기베 그라츠의 모습으로 보아, 기베 게를라흐에게 이곳을 모임의 자리로 제공하라고 명령받았음이 틀림없다.

공개적이지 않은 모임일 때, 보통 상급이나 중급 귀족은 손 하나 까딱 않고, 대신 하급 귀족에게 준비를 떠맡긴다. 이에 베제반스는 딱히 아무런 감정도 없이 당연하다는 얼굴로 가장 상석에 앉았고, 모인 귀족들의 인사를 받았다. 그 가운데 낯선 귀족과 기베 그라츠가 대화하는 모습이 눈에 들어왔다.

"빈데발트 백작, 이쪽에 계신 분은 에렌페스트의 신전장이신 베제반스 님이십니다."

"오, 신전장……."

엄밀하게 따지면 신전에 들어간 베제반스는 귀족이 아니다. 몇이나 모인 귀족들 가운데 가장 상좌에 신전 관계자가 앉는다는 것은 있을 수 없는 일이었다. 하지만 영주 후보였던 부모를 둔 베제반스에게는 고귀한 귀족의 피가 흐른다.

베제반스가 신전에 들어가게 된 것은 전 기베 라이제강 때문이었다. 본가 안에서 약간 마력이 낮았다는 점, 베제반스를 낳고 바로 친모가 죽은 탓에 방패막이 없었다는 점, 친모가 죽고 새로 제1부인이 된 여자의 친척인 라이제강이 그의 신전행을 부친에게 강하게 주장한 탓에 베제반스는 철이 들기 전에 신전에 들어가야 했다. 그리하여 귀족이 아닌 신관으로 살게 되어 버렸다.

하지만 같은 모친의 배에서 태어난 유일한 혈육이며 지금까지도 베제반스를 아껴 주는 누님 덕분에 귀족들도 신관인 그를 하대하지 못했다. 귀족들은 누님에게 진언하거나 약간의 무리한 부탁을 드리려면 베제반스의 협력이 필요하다는 것을 잘 알았다.

"베제반스 님, 이쪽이 아렌스바흐에서 오신 빈데발트 백작입니다. 이번 계획에서 중요한 인물이지요."

백작은 상급 귀족이며 토지의 관리를 맡는다. 베제반스도 살이 찐 편이지만, 빈데발트 백작도 제법 비만이었다. 탁한 눈빛에 개의치 않고 악행에 손을 물들일 만한 얼굴이었다.

신전장인 자신을 경시하는 그 눈빛을 베제반스는 못 본 체하며 억지로 너그럽게 끄덕였다. 상대가 누구라도 상좌에 앉아 인사를 받는 쪽은 베제반스이다.

"물의 여신 플류트레네의 청아한 강물의 인도로 인도받은 좋은 만남에 축복을 기도함을 허가해 주십시오."

"허가한다."

빈데발트 백작이 왼손 중지에 낀 반지에서 녹색 빛이 뿜어져 나왔다. 그 반지는 귀족으로서 세례를 받은 자가 부모에게 받는 반지다. 귀족이라면 누구나가 가지고 있는 물건이었다.

반지를 내려다본 베제반스의 마음속에 참을 수 없는 짜증이 쌓이기 시작했다. 라이제강만 없었다면 자신도 신전에 들어오지 않고 아버지에게 반지를 받았을 터였다. 베제반스가 끼고 있는 반지는 성인이 된 후에 누님에게 받은 반지다. 똑같이 반지를 끼고 있지만, 베제반스는 귀족 마을에서 세례식을 받지 못했고 귀족원도 다니지 못했다. 그 명확한 차이가 짜증이 났다. 동시에 누님의 권력을 목적으로 지위가 높은 귀족들이 자신 앞에 무릎을 꿇고 인사하는 모습에서 음침한 쾌감이 끓어올랐다.

"게오르기네 님의 편지를 보내 주시는 분이 여기 기베 빈데발트 백작입니다."

이 자리에 모인 귀족들의 설명에 따르면 빈데발트 백작이 에렌페스트의 남쪽 영지에 시집간 조카와의 가교 역할이라 했다. 지금까지 조카에게 작은 성배에 마력을 채워 달라는 부탁을 여러 번 받았지만, 신전장인 베제반스는 중개역인 에렌페스트의 기베 혈족들과만 접촉했지, 아렌스바흐의 귀족을 직접 만난 건 이번이 처음이었다.

"시간의 여신 드레팡아가 자은 실의 만남에 기도를."

진심으로 신에게 기도를 바칠 마음도 없는 주제에 그런 인사를 시작으로 점심부터 술잔치가 벌어졌다. 콸콸 소리를 내며 잔에 부을 때마다 호박색 술의 향기로운 술내가 방안에 퍼져 나갔다.

술을 준비한 기베 그라츠가 한 모금 마시며 독이 없음을 보여준다. 그 모습을 본 베제반스가 묵직한 은잔을 들어 입가에 가져갔다. 걸쭉하고 농후한 맛 속에 찌릿하고 혀를 자극하는 맛이 있었다. 그 맛을 즐기고자 혀를 움직여 목구멍으로 천천히 술을 흘려 보냈다. 베제반스는 목구멍을 짜릿하게 울리는 알코올을 느끼며 만족스러운 숨을 내쉬었다. 제법 괜찮은 술이다. 이곳에 모인 자들의 혀를 만족하게 하려고 기베 그라츠가 상당히 무리했음이 틀림없다.

"그런데 베제반스 님. 부탁한 평민 출신 견습무녀는 어디에……?"

모두가 한 모금씩 술을 입에 대는 모습을 본 후, 입을 뗀 사람은 기베 게를라흐였다. 베제반스는 자신에게 모이는 귀족들의 시선을 느끼며 천천히 술을 한 모금 마셨다. 마력이 있는 평민을 사겠다며 마인을 이 자리에 데려와 달라는 부탁을 들었지만, 이곳에 마인은 없다.

"데려오지 않았소."

"어, 어째서입니까?"

놀란 듯 눈이 휘둥그레진 귀족들에게 베제반스는 콧방귀를 뀌었다.

"내가 왜 그런 평민과 동승해야 한단 말이오? 그놈과 같은 공간에 있기도 싫을 뿐더러 그 평민을 위해 마차 한 대를 더 준비하는 것도 화가 나오."

"미리 귀띔을 주셨다면 저희 쪽에서 마차를 준비했을 것을……."

귀족들은 흔치 않은 기회를 놓쳤다며 한탄했지만, 신관장 몰래 마인을 데려오기는 힘들었다. 델리아를 시킬까도 잠깐 생각했지만, 신관장의 충견 같은 시종의 철통같은 감시 때문에 델리아와 마인 둘만 있게 할 기회가 없을 터였다. 실패할 확률이 높고, 신관장에게 괜한 경계심만 사게 될 뿐이다.

'무엇보다 영주의 피를 이은 내가 왜 당신들을 위해 위험을 감수해야 하지?'

그렇게 마음속으로 생각하면서 베제반스는 이미 생각해 둔 변명으로 기베 게를라흐에게 책임을 전가했다.

"기원식을 멋지게 실패해 준 덕분에 경계가 심해진 터라 골치 아픈 일은 우선 피했소."

"……아, 그 일은 참으로 아쉬웠습니다. 빈데발트 백작께서 보내 주신 신식병으로 기원식 일행을 덮쳐서 청색 견습무녀를 끌고 올 예정이었는데 말이죠……."

기원식에서 청색 견습무녀 마인을 납치하는 계획이 실패했다고 한다. 마술을 쉽게 다루는 귀족이 계획한다면 평민 출신의 청색 무녀를 납치하는 일 따위 손쉽다. 그런데도 실패한 원인은 일행 속에 신관장인 페르디난드가 있었기 때문이다. 페르디난드 또한 귀족이며 마술을 다룰 수 있었다.

"그 방해꾼 때문이겠지."

"정말 아쉽네요. 그 평민 출신인 청색 견습무녀도 그렇지만, 페르디난드 님도 아주 뼈 아픈 꼴을 당했으면 했거든요."

마인뿐만 아니라 신관장인 페르디난드에게도 깊은 증오를 품은 이 사람은 달돌프 자작부인이다. 그녀는 가을에 있었던 토론베 토벌에서 마인의 호위를 맡았던 아들이 처형을 당했다.

베제반스는 달돌프 자작부인의 부탁으로 페르디난드에게 불평하고 누님에게 시키코자의 처벌을 경감해 달라고 부탁했다. 솔직히 시키코자의 최후가 어땠는지 딱히 관심은 없다. 정변과 숙청으로 운 좋게 신전을 빠져나간 시키코자에게 조금 짜증이 났었기 때문이다.

"페르디난드 님이 예상외로 노련하셨던 모양입니다. 라이제강에서 묵을 때 청색 견습무녀를 납치해 올 수 있었다면 라이제강에게 죄를 덮어씌울 수도 있었을 터인데……."

안타까운 얼굴로 베제반스를 쳐다보며 그렇게 말하는 게를라흐 자작에게 베제반스는 속으로 '쫄보 자식'이라고 욕설을 퍼부었다.

기원식 도중에 유괴했다면 자기 손을 더럽힐 없이 그 짜증 나는 평민 꼬맹이를 치우고, 기원식의 책임자인 신관장에게 모든 책임을 지게 하여 처벌했을 텐데. 신전에서 멀리 떨어진 땅에서 참혹한 사고를 당했다는 보고를 기대하며 기다렸건만, 실제로 베제반스에게 온 소식은 둘을 태운 마차가 무사히 신전에 도착했다는 보고였다. 분하기 짝이 없었다.

"라이제강을 포함하여 제 영지와 갈둔의 경계 부근에 사는 영민들도 선동하여 습격시켰는데 한 사람도 돌아오지 않았습니다. 에렌페스트의 영민도 절반 정도 있었을 터인데 그 습격으로 몽땅 사라져 버렸습니다."

빈데발트 백작의 말에 갈둔과 인접한 자이첸의 기베인 자이첸 자작이 이해할 수 없다는 표정을 지었다

"그런데 갈둔 자작은 수많은 영민이 사라졌다는 소리가 전혀 들리지 않는군요. 경계에 가까워서인지 습격도 모르는 눈치던데……?"

"그건 또 이상하군요……."

신관장이 영지 소속에 따라 공격을 달리 할 수 있었다는 말인가. 과연 그런 일이 가능키나 할까. 어떤 상황이었는지 상세히 물어보고 싶지만, 갈둔 자작은 라이제강 백작과 사이가 좋은 귀족이라 기원식 습격 정보를 그에게 미리 알리지도 않았고, 이 자리에도 없었다. 습격한 자들이 전원 돌아오지 않았다면 그곳에서 무엇이 일어났는지 알지 못하리라.

"그때 영민뿐만 아니라 신식병도 절반이 당했죠. 마술구를 작동시키는 데에 적당한 하급 귀족 레벨의 강한 마력을 가진 병사도 있었답니다. 저희 손을 더럽히지 않고 일을 처리하기에 편한 녀석들이었는데 안타까운 결과로 끝나 버렸습니다. 병력 보충을 위해서라도 그 청색 견습무녀를 팔아 주셨으면 합니다."

빈데발트 백작이 그렇게 말하며 낮게 웃었다. "으흣, 으흣" 하는 천박한 웃음소리에 베제반스는 살짝 인상을 찌푸렸다. 하지만 그 표정

이 제안을 거부하는 뜻으로 비친 듯하다. 주변 귀족들이 서로 얼굴을 마주 보고, 언뜻 공손한 미소를 지어 보이며 말을 덧붙였다.

"청색 견습무녀와 관련된 계약이나 정보를 얻으려면 신전장이신 베제반스 님의 협력이 꼭 필요합니다."

"당신에게도 그 평민 견습무녀가 불쾌한 존재이지 않습니까. 나쁜 거래는 아닐 텐데요?"

그 말대로 마인의 존재는 불쾌하고도 위험하다. 그것이 사라져 준다면 얼마나 마음이 편할까. 마인의 보호자를 자청한 페르디난드가 어떤 얼굴을 할지도 기대가 되었다. 하지만 베제반스는 자신의 책임이 될 법한 매매는 썩 내키지 않았다. 상당히 일이 잘 해결되지 않는 이상은 무녀의 매매 계약서에 서명하는 자신이 페르디난드의 규탄을 받게 될 터였다.

"상대는 평민이오. 회색 고아들과 다르지 않지요. 그리 생각지 않소?"

"하지만 회색 견습무녀는 아니지요. 파란 의상을 허락받을 만한 마력을 지녔습니다. 평범한 평민이라면 위압 따위 쓸 리가 있겠습니까."

직접 마인에게 마력의 위압을 받았던 베제반스는 알고 있다. 마인의 마력은 제법 강했다. 방심했다고는 하나 평민 출신의 꼬맹이가 가질 수 있는 마력이 아니었다. 그 위력은 페르디난드와 둘이서 치른 봉납식에서도 증명되었다. 봉납식은 서로가 어느 정도 마력이 맞먹어야 함께 의식을 치를 수 있다.

"그 녀석은 상당히 반항적일세. 이쪽에서 손을 댔다가 또 녀석의 위압을 받는 일은 사양하겠어. 마술구를 잔뜩 가진 그대들과 달리 내게는 위압을 막을 수단도 없소. 고작 견습무녀 매매로 그런 위험을 감수할 생각은 추호도 없단 말이오."

"흠." 하고 출렁이는 턱밑살을 쓰다듬으며 베제반스의 의견을 듣던 빈데발트 백작이 허리에 찬 가죽 주머니 속에서 천에 싸인 동그란 물건을 꺼냈다. 그리고 뚱뚱한 손 위에 올리고는 천천히 천을 걷었다.

"……이것은……?"

"마력을 흡수하는 어둠의 마석입니다. 이것을 쓰면 평민 출신 견습무녀의 위압 따위는 효력을 잃지요. 신전장님과 저 사이의 친분의 징표로 어떠십니까?"

다시 천에 싸여 가는 새까만 마석을 바라보자, 베제반스의 입꼬리가 천천히 올라갔다. 저것이 있다면 그 평민 꼬맹이 따위 두렵지 않다. 영주의 피를 이은 베제반스에게 무례하게 굴었던 일을 후회하게 해 줄 수 있다.

집어삼킬 듯 꾸러미를 바라보는 베제반스를 본 빈데발트 백작은 꾸러미를 내밀며 씨익 입꼬리를 올렸다.

"……협력해 주시겠습니까?"

빈데발트 백작의 탁한 눈이 반짝였다. 베제반스의 협력을 확신하는 눈빛이다. 솔직히 베제반스는 남의 생각대로 움직이는 일에는 부아가 치밀었다. 하지만 자신에게 위압을 가한 무례한 마인을 다른 영지에 팔아 버리고, 자신의 명령을 무시하며 대든 짜증스러운 마인의 부모를 절망의 나락으로 떨어뜨리고 싶어 늘 이를 갈아 왔다. 그래서 빈데발트 백작이 들고 있는 검은 마석이 간절했다.

베제반스는 금방 생각을 고쳐먹었다. 빈데발트 백작의 뜻대로 움직이려는 것이 아니다. 자신을 아껴 주는 누님을 위해서 움직이는 것이라고.

수많은 기사 앞에서 '자신의 보호 아래에 있다'고 선언한 견습무녀가 팔려 나간 사실을 알면 페르디난드는 분명 괴로워하리라. 그러면 누님의 기분도 좋아지겠지. 또 베제반스의 대답을 기다리는 달돌프 자작부인도 아들의 원수를 갚아 조금은 기분이 나아질 것이 틀림없다.

'빈데발트 백작이 이익을 얻어 기뻐한다면 나와 관계가 깊은 귀족들도 모두 기뻐하게 되잖나.'

자기 나름의 이유를 붙이니 내민 손을 잡는 데엔 아무런 망설임이 없었다. 베제반스는 빈데발트 백작의 탁한 눈동자를 보며 똑같이 미소를 지었다.

"꼭 신전에 들러 주시게나. 무슨 일이든 누님에게 부탁하면 해결될 걸세."

"오오."

그가 협력하는 자세를 보이자, 그 자리에 모인 귀족들이 감탄을 자아냈다. 든든하다는 목소리는 누님의 권력 때문이지만, 이미 그런 일은 신경 쓰이지 않았다.

"자, 어찌 될지 기대가 되는군."

베제반스가 잔을 들고 에렌페스트의 마을이 있는 방향으로 시선을 돌렸다. 비는 더욱 강하게 내리치고 있었다. 지금의 베제반스는 거칠어진 날씨조차 마음에 쏙 들었다.

카밀 돌보기

귀여운 남동생의 출생으로 누나가 된 기념비적인 첫날이다. 누나답게 해 주자는 결심까지는 좋았으나, 나의 숙적인 졸음이 덮쳤다. 새벽에 엄마가 산통을 시작했고, 카밀이 태어난 시각은 두 점 종과 세 점 종 사이였다. 새벽녘부터 엄마를 걱정하며 우물 주변을 빙빙 돌았던 나는 이미 체력이 한계였던 모양이다. 식사를 끝내자마자 졸리기 시작했다.

'안 돼, 안 돼, 자면 안 돼.'

엄마에게 물을 가져다주거나 설거지하는 등, 내가 할 일이 있을 터였다. 적어도 아래층 광장에서 열리는 연회에 참가하는 아빠와 투리가 돌아와서 교대해 주기 전까지는 엄마를 돕고 싶었다. 저절로 무거워지는 눈꺼풀을 필사적으로 끌어올리며 졸음과 싸우는데, 엄마가 자기 안쪽 이불을 가볍게 톡톡 두드렸다.

"자도 괜찮아, 마인."

"아니야. 투리랑 아빠가 돌아오기 전까지 깨어 있을게. 나 카밀을 돌보는 멋진 누나가 될 거야."

이제 막 태어난 카밀을 두고 자고 싶지 않았다. 처음으로 안아도 봤고, 앞으로도 계속 돌봐 줄 거라는 나의 결의를 듣자 엄마의 눈빛이 부드러워지며 쓴웃음을 지었다.

"마음은 고맙지만, 쓰러지면 더 곤란하단다. 지금은 얌전히 자두렴."

엄마의 말에 나는 고개를 끄덕였다. 출산의 피로가 남아 있어 보이는 엄마에게 이 이상 걱정을 끼치거나 짐이 될 수는 없었다. 식기를 정리하고는 구두를 벗고 침대 위로 꼼지락거리며 올라갔다. 그리고 카밀을 깔아뭉개지 않게 조금 거리를 두고 누웠다. 꿈나라에 간 카밀의 옆얼굴을 보면서 나는 눈을 감았다.

'누나가 일어나면 힘낼게.'

자겠다고 결심하면 그다음은 순간이다. 엄마가 이불을 덮어 주고, 머리를 쓰다듬는 손길을 느끼는 사이 의식이 추락하듯 멀어져 갔다.

모처럼 달게 자는데, "후에엥, 후에엥" 하는 고양이 소리 같은 작은 울음소리에 천천히 의식이 되돌아왔다. 졸린데 억지로 깬 감각에 인상을 팍 찡그렸다. '더 자고 싶은데 시끄럽네' 하고 생각하며 이불 속으로 몸을 숨기듯 뒤척였다. 그런데도 어째서인지 울음소리가 더 가까워졌다.

'으, 정말, 이렇게 가까이서 무슨 울음소리야? ……아, 카밀!'

눈을 번쩍 뜨자 울고 있는 카밀을 안고 젖을 먹이고 있는 엄마와 눈이 마주쳤다.

"잘 자더구나. 슬슬 다섯 점 종이 울릴 때야."

엄마는 키득 웃으며 그렇게 말했다. 굉장히 오래 잤는데도 아직 잠이 부족한 느낌이다. 나는 눈을 비비며 카밀을 보았다.

조그마한 남동생은 열심히 엄마의 젖을 빨고 있었다. 오물거리는 입도, 어디를 보는지 초점이 맞지 않는 동글동글한 눈도, 꼭 쥐어진 작은 손도 전부 귀엽다.

"다녀왔습니다. 카밀, 일어났어?"

"어서 와, 투리. 지금 젖 먹는 참이야."

내가 현관을 향해 그렇게 말하자 연회에서 돌아온 투리가 침실로 얼굴을 빼꼼 내밀었다. 투리는 침대 끄트머리에 걸터앉아 카밀을 바라보았다.

"정말 조그맣네."

엄마는 "투리도 마인도 똑같이 조그마했단다." 하고 웃었다. 하지만 나는 그랬던 기억도 없고, 어떻게 반응해야 좋을지 몰라서 곤란했다.

이제 더 먹일 필요가 없는지 가슴에서 얼굴을 뗀 카밀을 안아 올리고 엄마가 등을 가볍게 두드리자 카밀의 입에서 "꺽" 하는 소리가 나왔다.

"마인은 젖도 잘 못 먹고, 느리고, 입 주변에 질질 흘리질 않나, 겨우 먹었다 싶으면 거하게 토해 냈었지."

그리운 듯 눈을 가늘게 뜬 엄마가 나를 바라보며 그렇게 말했다. 태어날 때부터 손이 많이 가는 아이였다는 말에 나는 입술을 삐죽거렸다.

"그래도 막 태어났을 때라서 기억 안 나."

"뭐~? 마인은 지금도 밥 먹는 속도도 느리고, 신나게 먹으면 먹는 대로 배가 아프다며 낑낑거리니까 그때랑 똑같네."

"투리, 너무해!"

엄마도 "어머, 그러네." 하고 웃었지만, 솔직히 나도 할 말은 있다. 우리 집에서 먹는 빵은 너무 딱딱하다. 나는 도저히 씹기 힘들어 빵을 수프나 음료에 담가 흐물흐물해지면 먹었다. 부드러워지기를 기다리다 보니 다 먹기까지 느려졌을 뿐이다. 내가 느린 건 순전히 빵이 딱딱해서다.

"모두가 같은 빵을 먹는데 마인만 느리니까 빵 때문이 아니지 않아? 그렇게 흐물흐물해질 때까지 수프에 담가두니까 느린 거야."

"그치만 잘 안 씹힌단 말이야."

최근에는 신전에서 부드러운 빵을 먹고 지내다 보니 예전보다 씹는 힘이 약해진 듯하지만, 나는 조금이라도 딱딱한 빵을 맛있게 먹을 수 있게 연구에 연구를 거듭했다.

투리와 그런 대화를 나누는데 엄마가 쓴웃음을 지으며 손을 저었다.

"엄마는 이제 카밀 기저귀를 갈아야 해……."

"시켜 줘! 해 볼래!"

투리가 눈을 반짝이며 그렇게 말하고는 기저귀 갈이에 도전했다. 나도 누나답게 도울 수 있게 기저귀를 가는 방법을 견학하기로 했다. 둘둘 만 천을 풀고 안쪽의 깨끗한 부분으로 엉덩이를 말끔하게 닦은 후, 새 기저귀 천으로 둘둘 말면 완성이다.

"완성!" 투리가 만족스럽게 소리쳤다. 투리도 한 번에 해낸 걸 보니 제법 간단해 보였다.

'다음엔 나도 해 봐야지.'

투리가 너러운 천 뭉치를 재빨리 바구니에 집어넣으며 파란 하늘이 펼쳐진 창밖을 바라보았다.

"있지, 엄마. 카밀 기저귀는 이게 다야? 시간은 늦었지만, 빨리 빨아야 할 것 같아. 슬슬 날씨가 나빠질 거야."

"어머, 그러네. 서둘러야겠구나. 여기 있는 게 다니까 잘 부탁해. 기저귀를 널 수 있도록 부엌에 끈을 달아 뒀는데, 둘에게는 좀 높으니까 아빠한테 부탁하렴."

엄마와 투리의 얘기가 척척 나아가는 가운데, 나는 고개를 살짝 갸웃거리며 창밖을 바라보았다. 조금 구름은 끼었지만, 파랗게 갠 맑은 하늘이었다. 태양이 저물어 저녁이 되어 가는 시각이지만, 어디를 봐야 날씨가 나빠진다는 건지 전혀 알 수 없었다.

"……날씨가 바뀔 걸 다들 어떻게 알아?"

"그러는 마인은 왜 몰라? 날씨가 어떻게 바뀌는지 모르면 위험해서 숲에도 못 나가. ……이럴 게 아니라 빨래 해야지. 마인, 가자."

투리의 기세에 이끌려 함께 현관을 나서려던 그때 정신이 들었다.

"난 다무엘 님이 밖에 나가지 말라고 했는데……."

우물 광장 정도면 괜찮을까도 싶었지만, 명령을 지키지 않으면 주변 사람들을 위험에 빠트릴 수 있다는 말을 들었다. 잉크 협회 회장의 죽음이나 기원식 습격 사건을 생각하면 안이하게 외출하지 않는 편이 좋을 성싶었다.

집까지 데려다준 다무엘이 엄격한 얼굴로 '데리러 올 때까지 밖에 나오지 마라'라던 말을 함께 들었던 투리는 "그러고 보니 그랬네." 하고 어깨를 축 떨구었다.

"귀족님의 명령을 거스르지 않는 편이 좋겠지? 그럼 난 빨래하고 올 테니까 마인은 먼저 저녁 준비하고 있어. 나랑 아빠는 광장에서 이것저것 먹어서 그렇게 배가 안 고파. 수프만 만들면 되겠지? 이웃집에서 축하 선물로 봄철 채소랑 소시지를 조금씩 줬어."

받은 봄철 채소로 수프를 만들라는 말에 나는 점심도 수프와 빵이었다는 것을 떠올리고 손으로 배를 문질렀다.

"……난 점심도 수프뿐이어서 배가 고픈데. 특별히 신전 식구들이 준 고기도 아직 안 먹었고, 엄마는 젖이 많이 나오려면 영양을 충분히 섭취해야 해."

내가 배를 누르며 '고기가 먹고 싶다'고 호소하자, 투리가 "그럼 마인은 새고기를 손질해 둬." 하고 창고를 가리켰다.

"알았어. 소금이랑 약초로 무치면 돼?"

허브 구이를 제안하자 투리가 고개를 저었다.

"약초는 임산부나 산모한테 안 좋은 종류도 있으니까 소금이면 돼." 그리고 투리는 빨랫감과 비누가 든 대야를 안고 계단을 내려갔다. 소금구이보다 허브 구이를 더 좋아하지만, 엄마가 먹지 못하면 의미가 없다.

"……약초가 안 되면 아빠의 술을 조금 넣자."

나는 투리를 배웅하고 집으로 돌아와 겨울 준비방으로 향했다. 고기를 챙겨 와서 부엌 선반에 놓인 아빠의 술로 손을 뻗었다.

아빠가 있을 때 요리에 술을 쓰려고 하면 아빠는 "아빠 술을 안 써도 마인이 만든 요리는 충분히 맛있어." 하고 필사적으로 저항했다. 하지만 아빠의 말은 조금이라도 많은 술을 확보하고 싶은 핑계일 뿐이다.

'아빠가 아무리 싫다 해도 난 술을 사용할 테야! 고기 요리에 술로 비린내를 잡느냐 아니냐로 아주 달라지거든.'

고기를 술과 소금으로 주무른 뒤, 평범한 채소를 썰기 시작했다. 아직 손질이 어려운 위험한 채소도 많지만, 나도 제법 위험한 채소와 안전한 채소를 구별하게 되었다.

"……응? 어라? 신전에서 지내는 동안 서툴러졌나?"

오랫동안 신전에 틀어박혀 하나부터 열까지 시중을 받는 아가씨 생활을 한 탓에 감각이 둔해진 모양이다. 칼을 쥔 손이 바들거렸다.

"우윽, 안 잘려. 가뜩이나 낮은 생활력이 더 바닥이 됐어. 가사일도 일상적으로 해야지 안 되겠네."

떨어진 생활력을 비관하며 다치지 않게 조심스레 채소를 썰었다.

"아, 발게일이다. 이건 수프 재료로 쓰기보다는 버터로 볶아야 맛있는데."

발게일은 언뜻 화이트 아스파라거스로 보이지만, 맛은 베이비콘 혹은 영콘이라 불리는 것과 비슷하다. 삶아서 버터로 볶거나 크림을 묻히면 맛있는 봄철의 진미다.

"아빠 왔다."

내가 채소를 써는 동안, 빨래를 끝낸 투리와 술에 취해 기분이 좋은 아빠가 돌아왔다.

"아빠는 이걸 널어 줘. 우린 저녁 준비를 할게."

투리는 빨래를 끝낸 기저귀를 아빠에게 넘기고, 대야를 창고에 넣으러 갔다. 아빠는 부엌 천장 주변에 친 몇몇 끈에 천을 펼쳐서 널기 시작했다. 식사 준비 중에 천을 탈탈 터니 신경이 쓰였지만, 카밀의 기저귀가 마르지 않으면 곤란하므로 참아야 한다.

"날씨가 맑으면 밖에 널면 되는데."

"맞아, 기저귀는 매일 더러워지는데 비가 오면 마르질 않으니 참."

부엌에 기저귀가 줄줄이 흔들거리는 익숙지 않은 풍경에 도무지 안정되지가 않았다. 종이 기저귀가 얼마나 위대한지 뼈저리게 느꼈다. 게다가 이곳에 매달린 천 기저귀는 우라노 시절에 본 깨끗한 하얀색이 아니라 누더기 천을 이어 붙인 기저귀였다. '청결!'을 외치고 싶지만, 천이 없으니 어쩔 수 없다. 무엇보다도 "오물로 뻔히 더러워질 걸 아는데 어떻게 새 천을 쓰니." 라는 말을 듣고 반박하지 못했다. 몇 번이고 씻은 천은 부드러워져서 감촉만큼은 좋았다.

"마인, 어디까지 끝냈어?"

"내가 썰 수 있는 채소는 다 썰었어. 이제 슬슬 발게일도 끝물이네. 꽤 딱딱해졌어."

가장 맛있는 시기를 넘겨 버린 발게일을 투리에게 보이자 "그야 봄도 반이나 지났으니까." 하고 당연한 대답이 돌아왔다.

"추위가 오래 가면 발게일의 수명도 오래 가겠지만, 난 빨리 따뜻해졌으면 좋겠어. 숲에 채집할 것이 많아지잖아."

투리가 고기를 소금으로 굽고 버터로 볶은 발게일을 곁들였다. 그 동안 나는 봄 채소로 수프를 만들었다.

"마인, 엄마를 불러와 줘."

투리의 말에 나는 카밀이 깨지 않게 침실로 살금살금 들어갔다. 엄마는 카밀 옆에서 자고 있었다. 이미 어둑어둑해져서인지 안색이 나쁘고 굉장히 피곤해 보였다. 깨워야 하나 망설인 나는 되도록 발소리가 나지 않게 부엌으로 돌아갔다.

"투리, 엄마 자고 있는데……."

"그럼 안 깨워도 돼. 갈라 아줌마 말이 출산 후에는 되도록 몸을 쉬어야 한대."

투리가 접시를 놓으며 그렇게 말했다. 출산을 도울 때 아줌마들에게 이런저런 조언을 들은 모양이다. 출산하고 당분간은 움직이지 못하는 엄마를 위해 가족들이 협력해서 가사를 해야 할 듯하다.

'그러고 보니 우라노 시절에도 산후조리원의 퇴원을 축하할 정도

였지.'

"마인은 보지 않았으니까 모를 거야. 출산은 피도 철철 나오고, 엄마는 아주 괴롭고 아파해. 정말 힘든 일이야."

투리가 작은 목소리로 중얼거리며 엄마가 자는 침실을 걱정스럽게 쳐다보았다. 이번 출산에도 쫓겨났고, 우라노 때도 주변에 출산한 사람이 없었다. 책에서 읽은 내용과 얘기라면 들어 봤지만, 실제 출산이 어떤지 모른다. 상상만으로 출산 직후에 엄마가 매우 힘들었겠다는 것만 이해했다.

"당분간 엄마가 집안일 안 하게 열심히 도와야지. 무리하면 원래 체력으로 회복이 잘 안 된대. 그러니까 마인도 최대한 도와줘."

"알았어."

그날 밤은 카밀이 울 때마다 잠을 깼다. 옆에서 하도 울어서 잠이 달아나 버렸다. 엄마가 달래며 젖을 주는 모습을 멍하니 바라보다 잠들기를 네 번 정도 반복했을까. 덕분에 수면 부족이다. 아침부터 머리가 띵하다.

"사흘째쯤 되면 울음소리도 익숙해져서 잘 잘 수 있을 거야."

곤란한 듯 내 머리를 쓰다듬으며 그렇게 말하는 엄마에게 "그렇게 쉽게 익숙해질 리 없잖아." 하고 대답했지만, 이틀째 밤은 카밀의 울음소리를 의식 저편으로 들으면서 거의 깨지 않고 아침을 맞이했다.

"……음. 나 의외로 적응력이 높나 봐."

"마인은 아빠를 닮아서 그래."

오늘도 수면 부족인 투리가 나를 노려보며, 세상 편하게 자는 아빠를 가리켰다.

버려진 신식 아이

집과 이웃에서 치르는 탄생 축하 이벤트를 전부 마치면 가족들도 일상으로 돌아간다. 나도 오늘부터 다시 신전에 가게 되었다. 나를 데리러 온 다무엘과 프랑을 이끌고 길베르타 상회로 향했다. 벤노에게 축하 선물의 답례로 카밀이 얼마나 귀여운지 전해 줘야 했다. 내친김에 인쇄 관련 얘기도 해 둬야 한다.

"정말요. 막 태어난 엄청 조그만 아이가 울면 새빨개지고 쭈글쭈글해서 귀여워요. 남동생이 이렇게 귀여운 줄 처음 알았어요."

오면서 루츠와 프랑과 다무엘을 상대로 끝없이 했던 내용을 벤노에게도 반복했다. 벤노는 진저리를 치며 관자놀이를 눌렀다.

"그만 됐다. 자식 자랑은 오토 하나로도 신물이 난다. 얼른 인쇄 얘기나 해."

"네? 코린나 씨 출산했어요? 전 그런 말 못 들었는데!?"

대체 언제!? 하고 눈을 동그랗게 뜨자, 벤노가 미간을 찌푸렸다.

"말 안 했나? 네가 신전에 박혀 지낼 동안이었으니까 잊었나 보군. 오토가 하도 시끄러워서 너희 아버지한테 얘기가 들어갔거나, 루츠나 레온한테 들었을 줄 알았는데……."

그렇게 말하며 벤노는 적갈색 눈을 루츠에게 향했다. 그 시선에 루츠는 곤란한 듯 어깨를 들썩였다.

"주인님께서 직접 말씀하시는 게 도리라고 레온이 그러기에 일부러 말하지 않았습니다."

"확실히 본래는 내가 말하는 것이 맞고, 태어난 후에도 마인과 만났지만……. 그런 얘기를 할 여유가 없었다. 금속 활자를 완성했을 때도, 청색 신관의 견학 일에 불려 갔을 때도."

그렇게 말하며 벤노는 조금 먼 곳을 바라보았다. 돌이켜 생각해보면 확실히 항상 바빴다. '코린나가 아기를 낳았다'는 훈훈한 화제를 꺼낼 상황이 아니었던 것 같다.

"정식으로 보고하지……. 겨울 끝 무렵에 태어났다. 이름은 레나테. 길베르타 상회의 상속녀다. 앞으로 잘 부탁한다."

주변 사람들에게 자랑하며 퍼뜨리는 아빠의 모습과 전혀 딴판인 지나치게 담담한 소개에 나는 고개를 갸웃거렸다.

"벤노 씨는 그렇게 안 기쁘신가 봐요. 기다리고 기다리던 후계자인데……."

"그야 오토가 내 몫까지 기뻐해 주고 있거든. 녀석은 멍청하게 응석이든 뭐든 다 받아 줄 텐데, 나라도 엄격하게 교육하지 않으면 길베르타 상회가 폭삭 망할 거다."

못마땅한 표정을 짓는 벤노를 보니 쓴웃음이 나왔다. 엄격하게 한다면서 응석을 받아 줄 벤노가 쉬이 상상이 갔다.

"뭐야?"

"아뇨, 그러나저러나 벤노 씨는 꽤 무르시잖아요."

"뭐?"

적갈색 눈으로 날카롭게 노려봤지만, 나는 어깨를 으쓱거렸다.

"교육은 코린나 씨한테 맡기시면 돼요. 부드럽고, 온화하고, 상냥하고 따뜻하게 미소를 지으면서도 이익은 확실하게 확보할 후계자로 키울 거예요."

코린나의 서글서글하고 앳된 분위기에 속아 귀중한 정보를 술술 내뱉어 버린 것을 나중에서야 깨닫고 기운이 쭉 빠진 적이 몇 번이나 있었던가. 벤노는 나의 무른 대응을 지적하거나, 스스로 얼마나 정보를 방출했는지 깨닫게끔 힌트를 주지만, 코린나는 일절 없다. 미소만 지으며 더 많은 정보를 뽑아내려고 했다. 프리다는 지나치게 적극적으로 장사 얘기를 꺼내는 경향이 있어서 무심코 경계하게 되는데, 코린나는 잡담의 연장선으로 정보를 끌어낸다.

'장사 상대로 보면 프리다보다 무서워.'

상인이라는 관점에서 보면 벤노 씨가 무른 편이다. 아마 벤노 씨는 나를 상인 수습생으로 키우고자 할 때의 보호자 감각이 아직도 남아 있는 탓에 내게 무른 것이겠지만.

"그 코린나를 키운 사람이 나다."

"그럼 길베르타 상회는 당분간 무사하겠네요."

"당연하지." 라며 벤노는 고개를 끄덕이고 오늘의 본론을 꺼냈다.

"그래서 인쇄에 관한 얘기라니 뭐지?"

"신관장님한테 당분간 활판 인쇄를 금지당했어요. 이대로 진행하면 결국 대립하게 되는 기득권자가 귀족이 된대요. 저희가 이길 승산이 없어요."

"……귀족이 기득권자라고? 그건 도망치는 것이 득이겠군."

기득권자에 싸움을 걸기 좋아하는 벤노도 귀족을 상대로는 그럴 생각이 없는 모양이다. 나는 살짝 안심하면서 신관장에게 들은 얘기를 벤노에게 전달했다.

"구체적으로는 귀족들이 필사본을 만드는 일을 하기 때문에 글자가 빽빽한 어른용 책은 만들지 말라고 했어요. 어린이용 책은 대립하시 않는다고 했으니 앞으로 몇 년간은 어린이용 그림책에 전력을 다할까 해요."

"전력……이라고? 그쪽을 구체적으로 말해 봐."

벤노의 날카로운 시선에 나는 크게 끄덕이고, 앞으로의 마인 공방 사업 계획을 발표했다.

"구체적으로 그림에 색을 입힐 수 있게 색깔 잉크를 개발할 거예요. 그리고 등사 원지를 개발하고, 등사기 인쇄의 기술을 향상시키려고 해요. 급하게 진행하지 않으면 늦어요."

"……늦어? 무엇에?"

의아한 듯 고개를 갸웃거리는 벤노에게 나는 자랑스럽게 대답했다.

"우리의 귀여운 카밀의 성장에 맞춘 그림책이 필요해요. 카밀을 위해서라도 전력을 다해 임할 생각이니까 가까운 시일에 밀랍 공방을 소개해 주세요."

"그건 신관장님께 허락받았나?"

굉장히 의심스러운 듯 인상을 찡그리며 벤노가 내게 물었다. 신관장이나 벤노나 '허가를 받아라' '보고해라'라고 집요하게 강조하는데 내가 어찌 무시하겠는가.

"신관장님은 어린이용 그림책이라면 기득권자와 부딪치지 않으니 상관없다고 하셨어요. 애초에 그림책에 색을 넣으라는 이야기는 신관장님의 주문이고요. 빌마의 그림은 흑백으로는 아깝다느니, 책에는 꼭 색이 있어야 된다느니……."

"허가를 받았다면 됐다. 가까운 시일에 밀랍 공방의 공방장과 만나게 손을 써 보지."

밀랍 공방에 데려가 주겠다는 약속을 받고, 나는 길베르타 상회를 나왔다.

　"안녕하세요. 저 다녀왔어요."

　"어서 오십시오. 마인 님."

　델리아와 로지나의 마중을 받으며 나는 파란 의상을 입었다. 입으면서 두 사람에게 카밀이 태어났다고 얘기했다.

　"얼마 전에 제 남동생이 태어났어요. 이름은 카밀. 막 태어난 엄청 조그만 아이가 울면 새빨개지고 쭈글쭈글해서 정말 귀여워요."

　"마인 님, 그 말씀은 그렇게 귀엽게 들리지 않는데요."

　로지나가 키득거렸다. 카밀은 새빨갛고 쭈글쭈글한 부분도 귀여운데 표현이 잘 전달되지 않은 듯하다.

　"마인 님의 남동생이 아무리 귀엽다 해도 아무런 관계가 없는 저희에게까지 왜 그런 말씀을 하시죠?"

　"카밀의 탄생을 많은 사람이 기억할 수 있도록 알려야 한대요."

　카밀의 귀여움에 대해 한차례 이야기하고 만족한 후에 페슈필 연습을 시작했다.

　로지나의 지도를 받는 사이 1층에서 노크 소리와 문을 여는 소리가 들렸다. 잠시 뒤 프랑이 계단을 올라와서 조금 곤혹스러운 표정으로 말을 걸이 왔다.

　"연습 중에 죄송합니다. 마인 님, 빌마가 급한 용무가 있다고 합니다."

　"들여보내 주세요."

　빌마의 급한 용무라면 고아원과 관계된 일이다. 나는 페슈필을 델리아에게 정리하게 하고, 빌마를 맞이하기 위해 테이블로 이동했다.

2층으로 올라온 빌마는 아기를 안고 있었다. 카밀보다 조금 큰 아기를 품에 안고 올라온 빌마도, 안내해 준 프랑도 도움을 구하는 표정으로 나를 보았다.

"빌마, 그 아기는 누구인가요?"

적어도 임신한 회색 무녀가 신전에 있다는 얘기는 못 들었다. 청색 신관의 시종이 되었다 해도 임신하면 고아원으로 돌아오는 것이 관례이기에 이곳에서 태어난 아이가 아닌 건 확실했다.

"버려진 모양이에요. 문지기에게 맡겼다는데……."

빌마는 평소처럼 평민촌 방향에 서 있던 회색 신관에게 한 여성이 재빨리 다가왔다고 했다. 그리고 "이것을 신에게 바칩니다." 라고 말하며 천으로 돌돌 싼 둥근 물건을 건넸다고 한다.

가끔 신에게 빌어 달라며 공물을 바치러 오는 사람이나 신의 도움을 받고 공물을 가져오는 사람이 있어서 문지기는 아무 의심 없이 건네받았다고 한다.

"청색 신관에게 넘기기 전에 물건을 확인하려고 천을 풀었더니 이아기가 있었다고 합니다."

평민촌에서 어떤 물건이 넘어오는지 모르므로 청색 신관에게 건네기 전에 반드시 내용물을 확인하는 절차가 있다고 한다.

"아이를 신에게 바치다니……."

부모가 죽이지도, 키우지도 못하고 신에게 앞날을 맡기려고 데려오는 곳이 고아원이다. 카밀보다 조금 크고 목을 세워도 아직 기어 다니지도 못하는 아기를 보자, 아기를 버린 어머니를 향한 분노가 일었다.

"어쩌면 좋으냐고 물어도 고아원 식구가 늘어난 적은 이번이 처음인걸요. 신관장님께 상담하는 방법밖에 없네요. 프랑, 시급한 용무라고 전하고 신관장님께 면담 의뢰를 부탁해 주겠어요?"

"알겠습니다."

프랑도 처음 겪는 안건이리라. 곤란한 표정으로 재빨리 방을 나갔다. 우리의 곤혹스러운 심정도 모르고 아기는 빌마의 품에서 새근새근 잠들었다.

"잘 자네요."

자는 아기를 보고 있자니 카밀이 생각나 헤벌레해졌다.

'이 아이도 귀엽지만 우리 카밀이 더 귀여워. 응.'

"지금은 자고 있어서 괜찮지만, 깨어나면 어찌해야 좋을지 모르겠어요. 아기를 낳은 회색 무녀가 지금은 아무도 없거든요. 젖을 줄 수가 없는데 어찌해야 좋을까요……."

예전에는 바깥에서 아기가 들어와도 지하에 데려가면 임신 중이거나 아이들을 돌보는 산모 회색 무녀가 있었다. 어린 아기라도 그녀들이 자기 자식들과 함께 돌봐 주었다고 한다.

하지만 지금은 고아원에서 엄마가 된 회색 무녀가 사라지고, 지하에서만 공유해 온 육아 지식이 완전히 끊겨 버렸다. 남아 있는 회색 무녀나 견습생은 꽃을 바쳐 본 적도 없는 여자아이들뿐이다. 세례식과 동시에 지하에서 나오고, 부모와 완전히 떨어져서 자란 고아들은 임신, 출산, 육아의 지식이 전혀 없어 이기를 어떻게 돌봐야 하는지 전혀 모르는 모양이었다.

"엄마 없는 아기를 어떻게 키우는지 마인 님은 알고 계시나요?"

"엄마에게 모유가 안 나오면 대신 염소젖을 먹였다는 이야기를 책에서 읽은 적이 있어요. 소젖보다 아기에게 좋대요. 시간은 걸리겠지만, 작은 숟가락으로 조금씩 떠 주면 먹을 수 있을 거예요."

전쟁이 무대인 이야기 속에서 읽은 지식이지만, 전혀 몰랐던 빌마에게는 한 줄기 광명의 빛이었던 모양이다. 나를 찬양하듯 얼굴빛이 환해졌다.

"감사하게 생각합니다, 마인 님. 바로 준비하겠습니다."

"기저귀나 옷도 준비해야 할 거예요."

카밀을 돌볼 때 필요한 물건을 머릿속에 떠올리자 빌마는 가볍게 고개를 저었다.

"몇 벌 정도 예전에 쓰던 옷이 있습니다. 몇 벌 더 준비해야겠지만, 지금 당장은 없어도 괜찮습니다."

"그래요."

신관장의 방에서 돌아온 프랑에게 부탁하여 염소젖을 준비했을 무렵 아기가 잠에서 깨어 자기 손을 빨면서 울기 시작했다.

"배가 고픈가 봐요."

내 말에 아기를 안은 빌마가 작은 숟가락으로 염소젖을 조금씩 먹였다. 처음엔 엄마와 다르다고 눈치챘는지 싫다며 고개를 도리도리 흔들던 아기도 주린 배를 채우는 것이 우선이다 싶었는지 짭짭거리며 조금씩 염소젖을 먹기 시작했다.

아기의 모습을 가만히 지켜보던 모두가 안도의 한숨을 내쉬었다. 이걸로 아무것도 먹일 게 없어 아사하는 사태만큼은 피할 수 있었다.

세 점 종이 울려 퍼졌다. 아기는 종소리에 화들짝 놀랐지만, 금세 배를 채우는 걸 우선시했다.

"프랑, 신관장님께 갑시다. 다무엘 님, 호위를 부탁합니다."

둘과 함께 조금 빠른 걸음으로 신관장의 방으로 향했다. 카밀이 태어나고 누나로서 책임감이 강해져서일까, 어서 빨리 저 아이에게 환경을 마련해 줘야겠다는 생각에 조급해졌다.

"신관장님, 드릴 말씀이 있습니다."

나는 신관장과 면담하며 아기가 버려졌다는 사실을 보고했다. 고아원에 아기가 늘었을 때의 절차에 관해 질문하고, 어떻게 돌보면 될지 상담했다.

"어떻게라니? 지금까지대로 하면 되지 않는가?"

"아이를 낳아 기르는 회색 무녀가 없으니까 상담하는 건데요?"

내 말을 듣고 신관장은 퍼뜩 정신이 들었는지 눈을 크게 떴다.

"그랬었지. 그런데 없는 걸 어쩌겠는가. 유모라도 고용할 생각인가? 안타깝게도 내겐 육아 경험이 없다."

"유모를 고용할 수 있어요?"

유모를 들이면 굉장히 편해지겠다는 생각에 내가 눈을 반짝이자, 신관장은 천천히 고개를 저었다.

"……고아원에 오고 싶다는 장한 사람을 발견한다면 말이지."

"그건 어렵겠네요."

아마 신관장은 귀족의 육아를 토대로 한 말이리라. 하지만 평민촌에서도 그다지 좋은 시선으로 보지 않는 고아원에 유모로 와 줄 장한 사람이 있을 리 만무하다. 엄마에게 부탁하면 와 줄지도 모르지만, 그건 엄마가 움직일 수 있게 된 후의 얘기다. 집안일조차 못할 정도로 약해진 엄마에게 신전에 와 달라고는 말할 수 없다.

나는 유모 고용은 어렵겠다고 얼른 결론지었다. 일단은 내 시종들 선에서 해결해야 한다. 모두에게 제법 부담이 크겠지만, 죽게 두고 싶지 않다면 할 수밖에.

"이름은 어쩌죠? 천이나 옷에도 이름 같은 건 없어서……."

"너희 쪽에서 알아서 붙이거라. 지금 고아원에 있는 아이들과 겹치지만 않으면 상관없다."

"알겠습니다."

일련의 상담을 끝내고 나는 곧장 방으로 돌아왔다. 아기는 배도 차고 기저귀도 갈았는지 생생했다. 기저귀를 갈아 준 빌마의 말에 의하면 남자아이라고 한다.

"교대로 돌봐야겠어. 빌마 혼자서 봤다간 쓰러질 거야."

임산부나 엄마들이 몇 명이나 돌봤을 때였다면 지하의 회색 무녀에게 맡겨 둬도 문제가 없었을 터였다. 하지만 지금 고아원에 남아 있는 회색 무녀는 젖먹이를 돌본 경험이 없다. 돌보는 방법도 모른다. 누구한테 질문할 수도 없다. 그런 상황에서 아무리 고아들을 돌보는 역할이라며 빌마 혼자에게만 떠맡겼다가는 돌보는 쪽이 쓰러질 터였다.

"한밤중에도 수유가 필요하니까 늦게까지 깨어 있을 사람과 일찍 일어나서 돌볼 사람으로 나눠서 취침 시간을 조절해야겠어."

오후에는 고아원에서 빌마가 돌보고, 저녁엔 내 방에서 시종들이 총출동하여 돌보기로 정했다. 원래 올빼미족인 로지나가 새벽까지 돌보고, 대신 프랑이 아침 일찍 일어나서 아기를 본다. 델리아가 일어나면 빌마가 데리러 오기 전까지는 델리아가 교대해서 돌본다.

"정말! 왜 제가 그런 일까지 해야 하죠!?"

주인인 내 시중을 든다면 몰라도 버려진 아이를 매일 돌봐야 할 이유를 모르겠다며 델리아가 성을 냈다. 델리아의 기분도 이해는 되지만, 아이를 죽게 내버려 둘 수도 없는 노릇이다.

나는 가만히 델리아를 바라보았다. 뭔가 효과적인 말이 없을까? 델리아가 자발적으로 이 아이를 돌보고 싶어질 말이 필요하다. 생각하는 사이 갑자기 뭔가가 떠올랐다. 가족을 이해할 수 없다면서도 부러워하던 델리아의 눈빛을. 델리아는 가족이란 것을 강렬하게 동경했다.

"당연히 돌봐야죠. 델리아는 이 아이의 누나잖아요."

"네? 누나?"

델리아는 놀란 토끼 같은 표정으로 나와 아기를 번갈아 보았다.

"델리아는 엄마뻘 나이는 아니니까 누나겠죠? 이 아기를 델리아의 가족이라고 생각하고 귀여워해 주세요."

"내 가족……?"

델리아는 마치 이상한 말이라도 들은 것처럼 고개를 갸웃거리고는 "가족." "누나." 하고 몇 번이고 중얼거리며 아기를 빤히 쳐다보았다.

"얼마 전에 누나가 된 나처럼 델리아도 오늘부로 누나가 된 거예요. 어느 쪽이 좋은 누나가 될지 우리 경쟁해요."

"그건 제 승리가 당연하죠!"

자기 가슴을 두드리며 델리아가 자랑스럽게 주장했다. 나는 델리아의 모습에 피식 웃었다. 이걸로 델리아는 좋은 누나가 되기 위해 열심히 돌봐 주겠지. 원래 델리아는 노력파이며 근면성실하고 솔직했다.

완전히 내 페이스에 넘어온 델리아를 보며 주변 시종들도 흐뭇해했다. 하지만 아직 어린 델리아가 열심히 돌보는 모습을 보면 로지나와 프랑도 부담되긴 해도 잘 돌봐 줄 터였다.

"우선 이 아이의 이름을 정합시다. 고아원 아이들과 겹치지만 않다면 우리가 자유롭게 정해도 된대요. 뭔가 희망 사항이 있나요?"

"저와 비슷한 이름이 좋아요. 가족 같은 느낌이 들도록."

빌마의 팔에 안긴 아기를 흥미진진하게 바라보면서 델리아가 그렇게 말했다. 그걸로 애착이 생겨 준다면 좋은 방법이겠다 싶어 나는 델리아와 비슷한 이름을 고민했다.

"델리아와 비슷한 이름……. 디터나 디르크는 어떨까요?"

"디터…… 디르크……. 디르크가 좋아요."

델리아는 알기 쉽게 얼굴을 빛내며 "디르크, 누나야." 하고 디르크의 머리로 조심스레 손을 뻗었다. 쓰다듬는 델리아의 손길에 디르크가 방긋 웃었다.

"마인 님, 보셨어요? 웃었어요!"

"……델리아, 대단하네요. 난 카밀을 울리기만 하는데."

갑자기 누나의 능력 차이를 본 나는 아주 조금 풀이 죽었다.

그날 일찍 집에 돌아온 나는 누나의 능력을 쌓기 위해 카밀을 돌보려고 의욕을 불태웠다. 하지만 엄마와 투리가 할 일을 거의 끝내 버리고 내게는 아무것도 시키지 않았다. 기저귀 갈기에도 요령이 있는지 내가 갈려고만 하면 도중에 카밀이 오줌을 싸서 주변이 엉망이 되어 버렸다.

"그랬구나, 버려진 아기를 고아원에……. 돌볼 사람이 없어서 힘들겠네."

엄마는 카밀에게 젖을 먹이면서 내 얘기를 들어 주었다.

"있지, 엄마. 내가 할 수 있는 일이 있을까?"

"보자. ……낮잠만 자도 저녁에 수유하기가 훨씬 편해져. 되도록 돌볼 사람들의 수면 시간을 확보해 주는 건 어떻겠니?"

육아 경험자에게 귀중한 조언을 얻은 나는 크게 끄덕였다.

"그럼 난 엄마와 모두가 낮잠을 잘 수 있게 카밀과 디르크의 기저귀 갈이를 힘내겠어."

"되도록 빨리 할 수 있게 해 주렴."

크게 기대는 안 하지만, 하고 말하며 엄마는 기쁜 듯 웃었다.

다음 날, 신전에 가니 프랑과 로지나가 지친 기색이 역력했다. 역시 지금까지의 생활 리듬을 무너뜨리고 한밤중에 염소젖을 준비해서 먹이기는 힘들었던 모양이다. 본격적으로 낮잠이 필요할 듯하다.

"프랑과 로지나는 점심 후에 종 하나 울릴 동안 낮잠을 자세요. 한밤중에 일어나기 힘드니까 오후에 몸을 쉬어 주세요."

"정말 감사합니다."

프랑과 로지나가 안심하며 그렇게 말했다. 엄마가 자기 자식을 돌보기도 벅찬데 갑자기 고아원에 들어온 남의 자식을 돌보는 것은 여간 힘든 일이 아닐 터였다.

"그것보다 마인 님. 디르크는 어딘가 이상해요."

델리아가 걱정스럽게 디르크를 바라보면서 그렇게 말했다. 지금은 새근새근 잠들어 있어서 어디에도 이상한 구석이 없었다.

"오늘 아침 일찍 디르크가 울기 시작했는데 염소젖을 준비하기 전이라 하는 수 없이 울게 내버려 뒀습니다. 그랬더니 갑자기 열이 나면서 뺨이 우둘투둘 올라왔습니다. 젖을 먹이니 금방 가라앉았긴 했지만."

지금 디르크의 얼굴엔 프랑도 봤다던 자국이 전혀 없었다. 두 사람의 말을 이해할 수 없어 다들 고개를 갸웃거렸다.

"그럼 염소젖을 준비해 두고 잠시 울게 내버려 둬 봐요. 어떻게 되는지 직접 봐야 알겠어요. 아기한테 자주 있는 일인지 물어봐야 하니까요."

공복으로 울기 시작한 디르크를 모두가 바라보았다. 그러자 째지는 듯한 울음소리로 바뀌며 정말 열이 확 오르기 시작했다.

"봐요. 마인 님. 엄청 뜨거워요."

내가 만지자 마치 반발하듯 전기가 통하는 찌릿한 감촉이 느껴졌고, 디르크가 더욱 격하게 울어댔다.

"마인 님, 볼이 우둘투둘해지기 시작했어요."

"델리아, 얼른 젖을 먹여요."

"네. 디르크, 자, 젖 먹자."

델리아가 작은 수저를 디르크의 입에 댔다. 입속에 염소젖을 흘려보내자 울음을 딱 멈추고, 정신없이 마시기 시작했다. 그러자 울퉁불퉁했던 볼이 금방 가라앉았고, 열도 내렸다. 이번엔 내가 만져도 아무런 느낌이 없다.

"프랑, 신관장님께 면담을 넣어 주세요. ……되도록 빨리."

조금 예민해진 내 목소리에 프랑이 즉각 방을 나갔고, 델리아가 불안스럽게 나를 바라보았다.

"마인 님, 뭔가 알아내셨나요?"

"정확하지 않아서 이 자리에서는 말할 수 없어요."

델리아의 질문에 나는 눈을 내리깔고 고개를 저었다. 내 예상이 틀리길 바랐다. 하지만 틀림없다. 디르크는 신식이다. 그것도 아기 때 죽어 버릴 정도의 마력을 가진 신식으로 보였다.

정확히 대답하지 않은 나를 바라보는 델리아의 눈이 불안스럽게 흔들리며 디르크를 지키려는 듯 꼭 안았다.

디르크에 관한 상담

디르크가 큰 마력을 지닌 신식이라면 마력을 흡수하는 마술구를 빌리기 전에 목숨이 위험해질 가능성이 충분하다. 만에 하나라도 위험을 피할 방도가 필요하다.

"루츠, 부탁해. 숲에 가서 타우 열매를 따다 줬으면 해. 공방 밑 흙바닥에 놔두면 당분간은 버텨 주겠지?"

나는 공방에 있던 루츠를 내 방 2층으로 불러서 문 근처에 서 있는 다무엘에게 들리지 않게 소곤거리며 부탁했다. 타우 열매의 존재를 귀족에게 알리지 않는 편이 좋기 때문이다.

디르크를 힐끗 바라보는 내 시선만으로 대충 사정을 눈치챈 루츠가 작게 끄덕이며 바로 숲을 향해 달려가 주었다. 이걸로 디르크가 갑자기 마력의 폭주로 죽는 사태는 피할 터였다.

"마인 님, 면담 허가가 떨어졌습니다."

프랑이 지친 기색으로 돌아왔다. 어제에 이어 오늘도 긴급 면담을 신청하니 신관장과 아르노까지 질린 표정을 지었던 모양이지만, 정말 급한 용무라 어쩔 수 없다. 디르크가 신식인지 아닌지, 그리고 어느 정도 마력을 가졌는지, 어떻게 대처해야 좋을지 신관장에게 할 말이 산더미였다.

"신관장님 방에 디르크를 데려가려면 오늘은 빌마에게 맡기지 말까? 프랑이 디르크를 데리고 있어 주겠어요?"

나는 화제의 당사자인 디르크를 데리고 신관장의 방에 갈 생각이었다. 그런데 델리아는 디르크를 지키려는 듯 꼭 안았고, 프랑은 천천히 고개를 저었다.

"마인 님, 세례식이 끝나지 않은 고아는 고아원 밖으로 내보낼 수 없습니다."

내 방은 고아원장실이라 고아원의 일부로 치지만, 신관장의 방까지는 데리고 갈 수 없는 듯했다. 고아들을 몰래 숲에 데리고 나가는 터라 까맣게 잊고 있었다. 그러고 보니 세례 전 아이들은 청색 신관의 눈에 띄지 않게 고아원에 갇혀 살아야 했다.

"……신관장님과 의논하려면 디르크를 데리고 나가는 편이 좋을 것 같았는데, 하는 수 없죠."

나는 평소대로 프랑과 다무엘을 거느리고 신관장의 방으로 향했다. 입실한 내게 신관장이 "이번엔 뭔가?" 하고 조금 귀찮은 표정을 지어 보였다.

"매우 중요한 일인데 이 자리에서 얘기해 버려도 괜찮습니까?"

나는 목소리를 낮추고, 가만히 방을 둘러보았다. 눈썹이 움찔하던 신관장이 도청 방지 마술구를 꺼내 왔다. 나는 마술구를 손에 쥐었다.

"그대가 주변 시선을 신경 쓸 만큼 중요한 이야기인가?"

"……네. 어제 들어온 아기, 디르크 말인데요, 신식 같아요."

나는 아침에 본 디르크의 상태를 전했다. 신관장은 미간을 좁히며 깊은 한숨을 내쉬었다.

"마력량에 따르겠지만…… 아기의 몸으로 그만한 증상이 나온다면 제법 마법량이 많겠군."

"신식이 틀림없나요?"

"그래."

신관장은 천천히 끄덕였고, 손끝으로 가볍게 관자놀이를 두드리면서 나를 보았다.

"마력량에 따르겠다만, 얼른 귀족과 계약하는 편이 좋겠군."

"계약……"

"그렇지 않으면 살지 못한다."

신관장의 말에 나는 도청 방지 마술구를 강하게 쥐었다. 귀족과 계약한다는 말은 목숨을 부지하기 위해 마술구를 받는 대신 귀족에게 얽매여 죽을 때까지 마력을 착취당하며 살아야 한다는 뜻이다. 내 남동생과 똑같이 갓난아기인 디르크의 미래를 생각하니 몸이 떨렸다.

"신관장님, 저처럼 마력을 제공하는 청색 신관이 되거나, 귀족의 양자로 들어갈 수는 없는 건가요?"

"아기를 청색 신관으로 키우려면 돈이 든다. 그 돈을 누가 내지?"

청색 견습무녀가 된 나는 아주 잘 안다. 이 생활에 얼마나 많은 돈이 드는지. 마인 공방을 운영하는 나도 겨울 동면에 들어가기 전에는 하마터면 적자에 허덕일 뻔했다. 옷과 구두, 주변 물품들이 하나같이 비쌌다.

"그대는 필요한 경비를 스스로 벌었지만, 고아인 그 갓난아기가 과연 똑같은 일이 가능할까?"

"……아니요."

"아니면 그대가 두 사람 비용을 부담할 텐가? 자신의 가족도 아닌 아기를 위해 그만한 금액을 지불하겠는가? 그대의 가족은 그것을 허락할 것인가? 가령 가족이 허락했다 한들 고아원 원장이 한 고아에게만 특혜를 주게 되는 셈이 아닌가?"

나는 할 말을 잃었다. 끝까지 두 사람 비용을 지불할 수 있을지도 모르겠고, 고아원에서 한 사람만 우선시하는 행위는 금지되어 있다. 돕고 싶어도 어떻게 해야 할지 몰라 답답했다.

신관장은 망설이는 내 마음을 간파했는지 표정이 부드러워졌다.

"귀족의 양자로 들어가려면 영주의 허가가 필요하다. 아무나 다 양자로 들어갈 수 있는 게 아니라는 뜻이지. 그대는 막대한 마력량과 스스로 이익을 창출하는 재능, 그리고 지식을 유용하게 활용하기 위해 상급 귀족의 양녀로 들어가는 편이 좋다고 판단한 것이다."

신관장의 말에 내가 칼스테드의 양녀가 되는 결정을 하게 된 배경에도 여러 가지 일들이 있었다는 사실을 알았다. 분명 신관장이 뒤에서 애썼으리라.

"마인, 그 아기는 여자아인가?"

"남자아이인데요?"

어제 신관장과 대화할 때는 아직 성별을 몰랐다. 내가 디르크의 성별을 밝히자 신관장이 천천히 고개를 저었다.

"……남자아이는 양자가 되기 더 어렵겠군. 전에도 말했듯 다음 세대의 마력은 모친의 영향을 받는다. 그러니 여자아이라면 양녀가 되는 길도 있었겠지. 애초에 양녀라기보다 귀족의 딸로 삼아 정략결혼의 희생양으로 키우겠지만."

그렇게 신관장이 중얼거렸다. 나는 입술을 꼭 깨물었다. 정략결혼의 희생양도, 평생 계약된 몸으로 살아가는 삶도 스스로 정하지 못하는 인생이라는 점에서 크게 다를 것 같지 않았다. 이런 생각을 하는 것은 내가 과거에 자유롭게 살아 온 일본인이었기 때문일까.

"마력이 부족한 현재라면 혹시나 양자로 원하는 자가 있을지도 모른다. 일단은 아기의 마력량을 재 보지 않고는 판단하기 어렵군. 내일 아침…… 어디 보자. 세 점 종이 울린 후 마력 측정용 마술구를 가지고 그대의 방에 가겠다. 괜찮나?"

"알겠습니다. 기다리고 있겠습니다."

나는 도청 방지 마술구를 돌려주었다. 그러자 신관장이 다시 마술구를 들이밀었다. 깜빡한 말이라도 있나 싶어서 나는 고개를 갸웃거리며 마술구를 손에 집었다.

"마인, 그 아기가 신식이라는 사실을 아는 자가 몇이나 있지?"

신관장의 말에 나는 가볍게 눈을 감고 생각했다. 내 시종들은 대부분 신식에 대해 자세히 모른다. 프랑조차 디르크의 증상을 보고도 몰랐으니 내게 질문한 것이다. 루츠는 타우 열매가 필요하다는 내 시선만으로 눈치챘지만, 시종들은 아무도 몰랐을 터였다.

"디르크의 증상이 마력과 관련됐다고 확신하는 사람은 지금 상황에서는 저뿐일 거예요."

"그럼 당분간은 숨기고 키우거라. 특히 신전장의 귀에 들어가지 않게 조심하도록."

"……네."

델리아에게는 신식이라는 사실을 숨겨야 한다. 디르크가 신식임을 모른다면 신전장에게 보고하지 못할 테니까. 좋은 누나가 되려고 디르크를 귀여워하는 델리아에게 숨겨야 하는 현실에 조금 우울해졌다.

다음날, 세 점 종이 울리자 신관장이 아르노를 거느리고 내 방에 찾아왔다. 신관장이 오는 시간에 맞춰 디르크의 수유도 끝내고, 기저귀도 갈았다. 새 기저귀로 간 직후에 싸 버리기도 하지만, 그건 어쩔 수 없었다.

디르크는 잘 울지 않는 아이다. 배가 부르고 기저귀만 깨끗하면 대개 방긋방긋 웃었다. 잘 때 잘 칭얼거리지 않고, 손이 많이 가는 아기가 아니라 참 다행이었다.

참고로 우리 카밀은 디르크에 비하면 잘 운다. 특히 졸릴 때 오랫동안 칭얼댄다. 엄마가 안아 주지 않으면 잘 자지도 않았다. 달수가 차면 자게 되는 것인지, 아니면 아기의 개성인지 잘 모르겠다.

지금은 내 방 한구석에 짚을 채워 넣은 쿠션 같은 곳에 디르크를 눕히고 옆에서 델리아가 앉아 돌보고 있다. 이 쿠션은 프랑이 돌볼 때에는 1층, 로지나와 델리아가 돌볼 때는 2층으로 간편하게 방으로 이동하는 디르크 전용 침대인 셈이다.

"안녕하십니까, 신관장님."

문을 여는 소리가 들리고, 1층에서 프랑의 목소리가 들렸다.

"아기는 어디지?"

"지금은 2층에 있습니다. 이쪽으로 오십시오."

신관장을 마중한 프랑의 목소리에 눈치챈 델리아가 방실방실 웃는 디르크를 안은 채 굳은 표정으로 계단 쪽을 돌아보았다. 내게 신관장은 뭐든 맡길 수 있는 상대지만, 델리아에게는 신뢰하는 상대가 아닐지도 모른다.

"여기까지 찾아와 주셔서 감사하게 생각합니다."

"마인, 사람을 물려라."

아르노는 가져온 마술구를 테이블 위에 올리고 가슴 앞에 손을 교차한 후 물러났다. 신구로 쓰는 소마석이 박힌 관처럼 생긴 마술구다.

"모두 물러나 주세요."

내가 사람을 물리치자, 델리아는 불안한 듯 나와 커다란 쿠션 위에 멍하니 있는 디르크를 번갈아 바라보고는 천천히 계단을 내려갔다.

모두가 1층을 내려간 것을 확인한 뒤 신관장이 도청 방지 마술구를 꺼냈다.

"이곳은 사람을 물리쳐도 목소리가 다 들리니까."

나는 도청 방지 마술구를 쥐고 디르크가 누워 있는 쿠션 쪽으로 향했다. 신관장도 마력을 재는 마술구를 들고 디르크 쪽으로 향했다. 마석이 달린 관을 디르크의 이마에 끼우자 머리 크기에 맞춰 마술구의 크기가 바뀌었다. 나도 쓰는 사람에 맞춰 마술구의 크기가 바뀌는 것 정도로는 놀라지 않았다.

"아, 색이 변했어요."

신구에 봉납할 때와 마찬가지로 돌의 색깔 변화로 마력이 흡수되어 가는 과정을 확인할 수 있었다. 귀족은 자식이 태어나면 이것으로 마력을 잰다고 한다. 변화가 잠잠해질 때쯤에 신관장이 관을 벗겼다. 그리고 색깔이 변한 돌의 수를 세었다.

"흠. ……조금 강한 중급 귀족 정도겠군."

"중급 귀족이요? 저보다 많을 줄 알았는데……."

신식으로 다섯 살까지 살았던 마인보다 당장에라도 죽을 것 같은 디르크 쪽이 훨씬 마력이 많을 줄 알았더니 아니었던 모양이다.

"마력의 제어 방법을 모르고 방출하는 아기와 겉모습은 어린애일지라도 성인이 될 때까지 살았던 그대의 정신력은 천차만별이지. 무엇보다 그대는 배우지도 않았는데 마력을 압축하지 않았던가."

마력을 억누르는 방법에 익숙해지면 마력이 압축되므로 같은 그릇이라도 담을 수 있는 마력의 크기가 다르다고 신관장이 말했다.

신관장의 이야기로 추측건대 원래 마인은 다섯 살에 의식을 먹혀 버릴 정도의 마력을 가진 아이였다. 태어난 시점에서는 디르크의 마력량이 더 많았을 터였다. 그런데 내가 마인의 의식을 가지고 열을 몸속으로 꾹꾹 밀어 넣는 방법에 성공하자, 거기서 생긴 틈새에 마력이 채워졌다. 마력이 차면 열이 활개치므로 다시 마력을 밀어 넣어 틈새를 만들었다. 그런 반복으로 인해 마력이 대폭 증가했던 모양이다.

지금의 나는 어린애 몸이라고 믿기지 않을 정도로 몸속에 마력을 압축해 모아 둔 상태라고 신관장이 설명했다. 원래 이 방법은 몸이 성장하는 제2차 성장기를 앞두고 귀족원에서 배우게 되는 마력 취급 방법이라고 한다.

"그럼 어릴 때부터 익히면 귀족도 마력을 더욱 늘릴 수 있잖아요."

"어리석긴. 쉽게 말하지 말거라. 온몸에 퍼진 마력을 정신력으로 억누르는 건 그야말로 목숨을 건 행위다. 그대도 경험했겠지?"

"네, 몇 번이나요."

몸에 퍼져가는 열을 깊숙이 억누르려고 몇 번이고 고군분투했다. 내 마력이 강해진 것은 마인으로 살기 시작한 뒤 신전에 들어오기까지의 1년 반 동안 매일같이 생명이 위험했기 때문이라고 한다.

"마력을 억누를 만한 정신력이 없으면 압축은 어렵다. 그러니 성장할 때까지 기다렸다가 방법을 배우는 것이다. 마력의 조절에 실패하여 목숨이 위험해질 뻔한 학생도 매년 몇 명씩은 나온다."

내게는 일상이지만, 귀족의 아이는 그런 위험에 빠지지 않도록 태어나면 마술구를 선물한다고 한다. 귀족원에 다니며 마력의 취급법을 익히기 전까지는 주로 그 마술구에 마력을 흘려보낸다. 귀족원에 가지 못해서 마력의 취급 방법이나 증강 방법을 배우지 못하는 청색 신관은 평생 신구에 의존하여 마력을 흘려보내며 살아야 한다고 한다.

"어쨌든 그대에 관한 이야기는 여기까지로 하지. 이 아기의 마력량으로 볼 때 마력이 부족한 지금이라면 입양을 원하는 자가 있을지도 모르겠군. 다만 지금은 그대의 신변 안전을 고려해 정보 유출을 자제하고 있으니 정보를 널리 퍼뜨려 희망자를 모집하는 일은 위험하다."

양자로 들어가는 방법이 절망적이라면 적어도 디르크에게 좋은 계약자를 찾아 주고 싶었다. 나는 신관장을 올려다보았다.

"……저기, 신관장님이 디르크와 계약하실 순 없나요?"

"할 수는 있지만 내겐 이 아기의 마력 따위 전혀 필요가 없다."

대체로 신식과 계약하는 이는 자신의 마력만으로는 불안한 귀족이다. 그들은 토지 유지와 귀족이 디루는 마술구에 마력이 필요하므로 신식과 계약한다고 한다. 딱히 공개하고 싶지 않은 계약이므로 드러낼 수 있는 자라면 애인이나 시종으로 삼아 자연스럽게 주변에 두지만, 전혀 교육받지 못한 자는 지하실에 평생 가둬 살게 하는 경우도 종종 있다고 한다.

'그래서 길드장이 큰돈을 털어서 프리다를 귀족처럼 교육하는구나.'

디르크의 장래를 생각하며 한숨을 내쉬자 신관장도 질린다는 듯 한숨을 내쉬었다.

"그렇게 걱정된다면 그대가 칼스테드의 양녀가 된 후에 스스로 계약자가 되면 된다."

"……제가요?"

생각지도 못한 말에 나는 눈을 깜빡였다. 내가 귀족이 되어 디르크의 계약자가 된다는 발상은 해 보지 못했다.

"양녀가 되어 귀족의 신분을 얻으면 가능하다. 그때까지 신식임을 숨기고 고아원에서 키우도록."

"감사하게 생각합니다."

내가 계약자가 되면 디르크를 키우는 데에 불평할 사람은 없어진다. 신관장과 양부가 될 칼스테드의 의견을 들어야겠지만. 내가 칼스테드의 양녀가 되기 전까지 디르크가 신식인 사실을 숨기고 키우면 된다. 처음 예상보다 디르크가 밝은 장래를 보내게 될 것 같았다. 기뻐하는 나를 노려보듯 신관장의 눈이 가늘어졌다.

"마인, 그렇게 기뻐할 때가 아니다. 신전장이 이 아기의 존재를 알면 반드시 이용하려 들 것이다. 자신의 의지대로 되지 않는 그대와 아직 자아가 없는 아기, 신전장이 어느 쪽을 택할지는 명백하지. 지키고 싶다면 끝까지 숨겨라."

신전장은 자신이 자유롭게 쓸 마력을 얻기 위해 디르크를 원할 것이었다. 만약 신전장이 디르크를 내놓으라고 으름장을 놓으면 내게는 저항할 방법이 없다.

"이 아기를 지키느냐 아니냐로 그대의 입장과 환경이 크게 바뀐다는 생각을 항상 염두에 둬라."

"네."

신진장은 조금 전 마력 측정으로 마력을 흡수한 덕분에 당분간 마력이 넘칠 정도로 늘어나지는 않을 것이라고 말한 뒤, 마술구를 회수하고 퇴실했다.

"마인 님, 신관장님께서 뭐라 하셨나요? 디르크가 병이라도 걸렸나요?"

신관장이 돌아가자마자 델리아가 계단을 뛰어 올라왔다. 나는 천천히 고개를 저었다.

"아뇨, 딱히 문제 없답니다. 이대로 고아원에서 키우라 하셨어요."

"그렇군요. 다행이다……."

델리아는 진심으로 안도했는지 어깨에 힘을 빼고 디르크를 안아 볼을 비볐다. 그 모습에 다른 귀족의 양자로 보내거나 계약시키지는 못하겠다고 다시 생각했다.

"마인 님, 디르크를 데리러 왔습니다."

"빌마, 잘 부탁해요."

오후부터 휴식에 들어가는 프랑과 로지나가 느긋하게 쉴 수 있게 디르크는 고아원으로 이동한다. 빌마에게 안겨 고아원에 향하는 디르크를 델리아가 쓸쓸하게 배웅했다.

"델리아도 디르크와 함께 고아원에 가도 돼요."

"프랑과 로지나도 휴식 시간이고, 길은 공방에 가 있는데 저까지 가면 마인 님 곁에 시종이 없지 않습니까?"

"그럼 나도 함께 고아원에 갈까요?"

날카롭게 째려보는 델리아가 시종의 업무를 들며 혼을 내기에 나는 델리아가 움직일 수 있는 제안을 꺼내 봤다.

"마인 님, 전 고아원에 가고 싶지 않다고 예전에 이미 말씀을 드렸을 텐데요?"

냉랭한 대답에 나는 "그랬었죠." 하고 가볍게 흘려 버리고 집무용 책상으로 향했다. 프랑과 로지나가 쉬는 동안에는 방 밖을 어슬렁거리지 못하므로 디르크가 읽을 흑백 그림책 2탄을 만들기로 한 것이다. 갓 태어난 카밀과는 달리 몸을 뒤집으려고 아등바등하는 디르크라면 곧 흑백 그림책이 보이게 될 시기였다.

"마인 님, 디르크는 뭐 하고 있을까요?"

"낮잠이라도 자고 있겠죠."

하얀 종이에 잉크로 동그라미와 삼각형을 조합한 그림을 그렸다. 이젠 겨우내 건조시킨 아교를 써서 판자에 그림을 그린 종이를 붙이면 끝이다. 프랑이 일어나면 아교를 녹여 달라고 하자. 완성된 판자를 들고 돌아가서 아빠한테 구멍을 뚫게 하고 끈으로 연결하면 흑백 그림책 완성이다.

"마인 님, 디르크가 울거나 외로워하지 않을까요?"

"아이들도 많으니까 외롭지는 않겠죠. ……시끄러워서 못 자는 일은 있어도."

"그건 디르크가 너무 불쌍하잖아요!"

"……나한테 화내면 어떡해요? 정말 시끄러운 환경인지 어떨지는 실제로 봐야 알겠죠."

델리아의 말을 흘려 넘기고 나는 앞으로 해야 할 일을 서자판에 적어 내려갔다. 우선 밀랍 공방에서 밀랍을 몇 종류 구입해야 한다. 등사기 인쇄에 쓰는 등사 원지는 원래 글씨가 잘 새겨지도록 밀랍에 송진 등을 섞는다. 하지만 이번엔 일단 밀랍만 종이에 먹여 볼까 한다. 일부러 가공하지 않아도 문제없이 인쇄에 쓸 수 있으면 좋겠는데, 과연 어떤 결과가 나올까?

"마인 님은 디르크가 걱정되지 않으세요?"

"빌마가 확실히 돌봐 줄 테니까 그렇게 걱정되지 않아요."

다음에는 색깔 있는 잉크를 만들기 위해 가능하면 잉크 공방의 관계자와 얘기를 나누고 싶다. 고아원에서는 먹을 수 있는 소재는 쓰지 못했지만, 다른 공방에 부탁하면 쓸 수 있지 않을까?

"어떨지 모르잖아요, 정말! 제 얘기 진지하게 듣고 계신가요!?"

내가 적당히 흘려 넘기자 델리아가 폭발했다. 서자판에서 눈을 뗀 나는 델리아를 보며 과장되게 한숨을 내쉬었다.

"그렇게 신경이 쓰이면 델리아가 보고 오면 되잖아요. 빌마는 거절하지 않을 거예요."

"……전 고아원에는 가고 싶지 않아요."

델리아는 분한 듯 입술을 잘근 깨물었다. 가고 싶지만 가고 싶지 않은 델리아의 복잡한 감정이 얼굴에 드러났다.

"그래요. 그럼 난 디르크의 상태나 보러 다녀올까?"

"너, 너무하세요!"

델리아가 내 소매를 꽉 붙잡았다. 하지만 숙녀가 시종도 없이 밖을 돌아다녀서는 안 되기에 '고아원에 가겠다'라는 말은 그냥 해 본 말이었다. 예상외로 달려드는 델리아의 모습에 웃음이 터질 뻔했다.

"저기, 델리아. 같이 가지 않을래요?"

내가 묻자, 델리아는 하늘색 눈동자를 요리조리 굴리고, 주홍색 머리카락을 흔들며 잠시 갈등했다. 결국 고개를 든 델리아는 분한 듯 입술을 꼭 다물고 눈물이 그렁거리는 눈으로 나를 노려보았다.

"……안 가겠어요."

가지 않기로 한 델리아에게 나는 어깨를 으쓱이며 다시 집무용 책상으로 향했다. 이번엔 델리아도 말을 걸지 않았다. 따분하게 어슬렁거리기만 했다. 하지만 왠지 귀여운 디르크를 보러 델리아가 고아원으로 향하게 될 날도 그리 멀지 않을 것 같은 느낌이 들었다.

잉크 공방의 후계자들

"마인, 비어 있는 날을 물어보라는데⋯⋯."

길베르타 상회에서 호출이 들어온 것은 카밀이 태어나고 열흘 정도 지났을 때였다.

밀랍 공방에 데리고 갈 계획이 섰나 보다. 그 외에 벤노가 호출할 이유가 떠오르지 않았던 나는 활짝 웃으며 루츠를 올려다보았다.

"벤노 씨가 밀랍 공방에 데려가 주는 거지? 그럼 프랑도 같이 가는 편이 좋으니까 내일모레 오전 중으로 어때?"

"아니, 만나고 싶어 하는 사람이 있대."

"⋯⋯뭐야."

단숨에 기분이 저하되었다. 어서 밀랍 공방에 가고 싶었는데 아니었던 모양이다. 나는 입술을 삐죽이며 승낙했다.

"이번엔 프랑 말고 길을 데려오는 편이 좋을 거야. 주인님이 잉크 공방의 장인이라고 했거든."

루츠의 말에 나의 기분은 V자를 그리며 회복했다. 잉크 개발 건으로 잉크 공방 관계자를 만나고 싶다고 생각했던 참이었다. 이번 기회에 색깔 잉크를 만들 수 있을지 상담해 봐야지.

"우후후~ 기대된다, 루츠."

"갑자기 기분이 좋아졌네."

어이없어하는 루츠의 시선에도 신이 난 나는 순간 퍼뜩 떠올랐다. 죽은 잉크 협회의 회장은 내 정보를 찾고 있었다. 혹시나 지금도 새로운 회장이 정보를 모으고 있을지도 모른다.

"……아, 나 잉크 공장 관계자랑 만나서 얘기해도 괜찮은 거야?"

단숨에 불안해진 나를 보고 루츠는 잠시 고민했다.

"주인님이 괜찮다는 판단을 내리고 만나게 하는 것일 테니까 괜찮겠지?"

"그럼 기대하고 있을게."

약속한 날 아침, 데리러 온 루츠와 다무엘, 길과 함께 나는 길베르타 상회로 향했다. 바빠 보이던 마르크가 나를 눈치채고 상점 앞으로 나와 주었다.

"마인 님, 안녕하십니까. 손님이 벌써 와 계십니다."

"마르크 씨, 안녕하세요. 바쁘시겠지만 안내해 주실 수 있으시겠습니까?"

부드럽게 웃는 마르크를 따라 길베르타 상회의 안방으로 들어갔다. 그곳엔 본 적이 있는 잉크 공방의 주인장과 젊은 여성이 있었다. 잉크 공방의 주인장은 여전히 미간에 주름을 새긴 신경질적인 얼굴이었다.

젊은 여성은 머리를 올린 스타일로 보아 성인인 모양이다. 뒤로 땋은 적갈색 머리를 대충 올려 고정한 헤어스타일로 보아 외견을 신경 쓰지 않는 타입으로 보였다. 호기심에 찬 회색 눈동자가 이리저리 구르며 바쁘게 관찰하는 모습이 그녀를 더욱 어려 보이게 했다.

"아빠, 쟤야?"

"상대는 귀족 아가씨다. 손가락질하면 안 돼."

아무래도 부녀지간인 모양이다. 짧고 낮은 목소리에 혼이 난 그녀는 나를 가리키던 손가락을 얼른 등 뒤로 숨겼다. 하지만 그 호기심 어린 회색 눈동자는 여전히 내게 고정되어 있었다.

"마인 님, 안녕하십니까."

벤노가 그렇게 말하며 나를 받아 주었고, 자기 옆자리에 앉도록 손으로 가리켰다. 나는 고개를 끄덕이고, 다무엘을 올려보았다. 그러자 다무엘이 물 흐르는 듯한 움직임으로 에스코트하며 나를 의자에 앉혀 주었다. 역시 귀족님. 움직임이 우아하다.

"볼프가 죽고 새롭게 잉크 협회의 회장이 된 비어스다. 바라진 않았지만, 맡게 된 이상 최선을 다하려고 한다."

비어스는 그렇게 말하고 미간을 누르며 잉크 협회의 내부 사정을 알려주었다. 굉장히 미심쩍게 죽은 볼프의 뒤를 잇는 잉크 협회 회장 자리를 두고 공방 주인장들이 서로에게 떠넘기며 좀체 정하지 못하다가 최종적으로는 비어스가 떠맡게 되었다고 한다. 참 딱하기도 하지.

"죽은 사람을 나쁘게 말하고 싶지 않지만…… 볼프는 지나치게 강제적이고, 말도 안 되는 일에 발을 들였어."

비어스는 고개를 숙이고 그렇게 말했다. 그의 뒤처리를 전부 떠맡게 되어 상당히 고생하고 있는 듯했다. 그다지 달변가는 아닌지 비어스는 더듬더듬 말을 이어 갔다.

"나는 공방을 운영하면서 모든 잉크 공방을 통솔해 나가고 싶다. 하지만 보이는 바와 같이 말주변이 없어서 판매에는 재간이 없어."

본래 잉크 공방은 잉크를 만드는 일만 한다. 판매는 상업 길드의 상인이나 상점을 통해 이루어진다. 하지만 평민촌에는 잉크를 취급하는 문구점이 단 한 군데밖에 없었다. 그래서 도매 외의 귀족을 상대로 한 영업은 볼프가 무단으로 계속 독점하며 이익을 챙겼다고 한다.

"지금까지 장인들은 판매 걱정 없이 그저 잉크만 만들면 됐었다.

이젠 죽어 버린 볼프를 대신해서 누군가가 창구 기능을 맡아야 하는데, 이제껏 귀족과 교류가 없던 문구점 할아범에게 귀족과 거래하라고 강요할 수도 없지 않은가?"

솔직히 귀족과의 거래는 수익이 많지만, 그만큼 성가신 일도 많다. 내 눈에는 무난하게 귀족과 거래하는 것처럼 보이는 벤노조차 질베스타나 신관장과 면담하고 나면 위통을 일으키거나, 신경이 곤두서기도 했다. 인사만 해도 외워야 할 것이 많고, 실패가 상점의 진퇴를 결정하니 어찌 보면 당연한 일이었다.

평민촌의 부유층만 상대하며 평화롭게 상점을 운영해온 문구점 할아버지에게 갑자기 귀족과의 교류를 요구하는 것은 가혹한 얘기다. 점주가 귀족과 교제하는 방법을 모르는데 후계자나 다프라가 알 리도 없다. 귀족을 조사하여 배울 기회가 있다면 모를까, '잉크 협회의 회장이 의문사했으니 이제부터는 제가 담당자가 되었습니다. 내일부터 잘 부탁합니다' 라는 말을 듣고 어느 누가 금방 납득하겠는가.

'그 원인불명의 죽음에 귀족의 관여 여부가 의심스러우면 누구라도 도망치고 싶을 거야.'

실제로 평민촌 상인 중에 귀족과 거래하는 사람은 대형 상점의 주인 정도다. 그 수는 결코 많지 않다. 그중에서도 잉크를 상품으로 취급하는 상점이라면 겨우 몇 군데로 범위가 좁아진다.

"길드장의 상점이라면 그런 귀족용 소품도 취급하잖아? 그쪽에 부탁하지 그래?"

벤노가 살짝 눈썹을 치켜세우고 비어스를 보았다. 길드장의 일을 뺏어 버리겠다고 생각할 정도로 잉크 판매가 매력적이지는 않은지, 이익에 비해 성가신 일이 많은지, 더는 규모를 넓히지 못하는 건지,

벤노는 자신이 잉크를 팔아 주겠다고 선뜻 말하지 않았다. 벤노가 맡아 주기를 기대했었는지 비어스가 실망한 듯 어깨를 떨구며 고개를 저었다.

"그러고 싶은 마음은 간절하지만, 원래 상업 길드의 길드장이 취급하고 있었는데 볼프가 회장이 된 순간 독점해 버린 거였어. ……다시 부탁하러 찾아가면 어찌 될지 뻔하지 않나?"

단박에 길드장이 보일 태도가 눈에 아른거렸는지 벤노가 인상을 찌푸렸다.

"약점을 잡겠지. 불쾌하게 웃는 영감 얼굴이 눈에 아른거리는군."

"그래서 길베르타 상회에 부탁하고 싶었던 거야."

새로운 잉크를 고안하고 앞으로 큰 손이 될 마인 공방과 마인 공방에서 만든 그림책을 독점 판매하는 길베르타 상회라면 잉크를 취급해도 이상하지 않다. 비어스의 주장에 벤노는 관자놀이를 누르며 고개를 저었다.

"그렇게 간단하지 않아. 볼프가 지금까지 숨어서 떠맡았던 구린 짓을 대신 맡아 달라고 주장하는 귀족도 있을 것이고, 내가 잉크까지 팔게 되면 길드장이 여태까지보다 더 이상한 트집을 잡지 않겠나?"

나는 벤노를 힐끗 올려다보았다.

"……그럼 다른 곳에 양보하실 거예요?"

벤노가 난색을 표하는 마음은 이해하지만, 잉크 협회가 다른 상점에 잉크를 도매하게 되면 나는 그 상점과 거래할 수밖에 없다. 나의 겉모습 때문에 우습게 볼 테니 제대로 거래하게 되기까지 쏟아야 할 노력을 생각하니 갑자기 피곤해졌다.

"앞으로 마인 공방에서 책을 인쇄하려면 잉크가 대량으로 필요하게 될 건 빤하잖아요. 솔직히 다른 상점이 파는 것보다 벤노 씨가 팔아 주면 훨씬 안심되는데."

"그거 봐, 아가씨도 이렇게 말하잖아. 부탁해, 주인장."

"음~ 그렇긴 하다만……."

곤란한 표정으로 난색을 보이지만, 조금 전보다는 거절의 의지가 약해졌다. 그 낌새를 눈치챈 비어스가 나를 보며 전력을 다해 애원했다.

"아가씨도 강하게 부탁해 주지 않겠어?"

"……벤노 씨의 설득을 돕는 건 상관없지만, 색깔 잉크 개발에 협력해 주세요."

"색깔 잉크? 뭐냐, 그건?"

고개를 갸웃거리는 비어스의 옆에 가만히 앉아 있던 딸이 척하니 손을 들었다.

"내가 할래! 그 얘기를 하려고 여기에 왔거든."

"어…… 하이디 양이었던가?"

"그래, 내 딸인데 공방을 이을 녀석이다. 잉크 제조와 관련된 새로운 일을 좋아해서 스무 살이 넘었는데도 차분하질 못해. 이 녀석과 녀석의 남편이 아가씨가 말한 식물지 전용 잉크를 만들고 있어."

언뜻 이제 막 성인이 되어 보이는데 실은 스무 살이 넘었고, 기혼자였다니 놀라웠다.

"아가씨가 제안한 잉크는 제조법이 신선하고 지금까지와는 전혀 달라서 매우 자극적이었어. 앞으로 잘 부탁해."

"마인이라고 합니다. 저야말로 잘 부탁드립니다."

"지금은 식물지 전용 잉크를 만들어도 구입해 줄 곳이 마인 공방뿐이야. 계속해서 사 주고, 마구 써 줘."

기존의 잉크는 식물지가 쉽게 상한다는 점을 빼면 전혀 못 쓰는 건 아니다. 만약 저렴한 식물지를 구입하는 사람이 늘었다 치더라도 대부분 기존의 잉크를 쓰게 될 터였다. 일부러 잉크를 따로 사서 용도를 나눌 만큼은 필요하지 않은 셈이다. 무엇보다 내가 잉크 공방에 공개한 제조법은 인쇄용으로 적합한 점도가 강한 잉크를 만드는 방법이다. 그러니 아직 이 잉크를 원하는 사람이 없겠지.

"그럼 어서 그림책 2탄을 제작해야겠네요."

"아, 그리고 식물지용 잉크를 만들 때 떠올랐는데, 같은 제조법으로 검은색 외에도 만들 수 있지 않을까 했거든……."

하이디는 색깔 잉크를 만드는 아이디어는 떠올랐지만, 바로 만들 수는 없었다고 한다.

검은 잉크의 권리 양도에 그 비싼 계약 마술을 맺은 길베르타 상회가 상대인 만큼 색깔 잉크도 여러 가지 계약이 있을지도 모른다며 아버지인 비어스가 말렸다고 한다.

그래서 색깔 잉크를 꼭 만들어 보고 싶어진 하이디는 벤노에게 색깔 잉크 제조를 상담하러 왔다고 한다.

"검은색 외에 만들어도 돼요. 꼭 만들어 주세요."

"그런데 재료가 말이지, 뭐가 적당한지 몰라서……. 뭔가 정보가 있으면 얻을 수 있을까 해서 여기에 왔어. 미술 도구나 염료에 쓰이는 재료라면 많이 모았는데, 어떤 재료가 맞아?"

반짝반짝 빛나는 회색 눈동자가 나를 똑바로 바라보았다. 내가 입을 열려고 하자 벤노가 어깨를 덥석 잡았다.

"마인, 알지?"

눈이 '공짜로 불어만 봐라'라고 말하고 있다. 나는 입을 앙다물고 벤노를 향해 한 번 고개를 끄덕인 후, 하이디 쪽으로 몸을 돌렸다.

"정보료로 색깔 잉크 매출의 10퍼센트를 받겠어요."

"너무 비싸! 상품이 완성되기까지 돈이 얼마나 많이 드는데!"

하이디가 비명과 같은 소리를 질렀다. 연구와 개발에 수고와 비용이 든다는 점은 알고 있다. 나는 신음하며 고개를 갸웃거렸다.

"색깔 잉크 매출의 10퍼센트를 받는 대신 초기 연구비의 절반을 댈게요."

"좋아, 받아들이겠어!"

하이디가 얼굴을 빛내며 바로 손을 척 내밀었다. 협상 성립이다. 내가 하이디의 손을 잡으려고 하자 내 머리를 벤노가 꽉 잡고, 비어스는 하이디의 머리를 찰싹 때렸다.

"너희들끼리 멋대로 정하지 마!"

나와 하이디는 동시에 머리를 누르며 각자의 보호자를 보았다.

"……네? 그치만 타당한 협상이잖아요."

"타당하기는. 네 손해다. 정보를 주니까 초기 비용의 4분의 1이면 돼."

"그 정도가 타당하다."

비어스도 벤노의 수정안을 받아들이고 끄덕였다. 보호자들끼리 세세한 사항을 정하기 시작하자, 나는 하이디와 색깔 잉크에 관해 얘기하고 싶어서 좀이 쑤셨다. 하이디도 똑같은 생각인지 몸을 들썩이며 기대에 찬 눈으로 나를 보았다.

"아가씨, 공방에 가지 않을래? 짚이는 재료란 재료는 다 모아 봤어. 덕분에 아빠한테 엄청 혼났지만."

"멋져요! 꼭 가고 싶어요!"

왠지 하이디와는 죽이 매우 잘 맞을 것 같다. 나와 하이디가 동시에 일어나려는 순간, 각자의 보호자가 목덜미를 붙잡고 다시 의자에 앉혔다.

"아직 얘기가 안 끝났다!"

"침착해, 멍청아!"

보호자끼리도 죽이 척척 맞다. 벤노는 내 목덜미를 누른 채, 깊은 한숨을 쉬었다.

"……하는 수 없지. 잉크 판매는 일단 우리 쪽에서 맡겠어. 단, 마인 공방에서 사용하는 식물지 전용 잉크만 우리 쪽에서 독점으로 팔겠다. 색깔 잉크도 포함해서 말이지. 그 외에는 팔고 싶다는 곳이 있으면 그곳도 참여하게 해. 길드장의 공격을 다른 곳으로 돌려 줘."

"알겠다. 고맙다."

녹초가 된 듯한 벤노와 비어스의 대화로 무사히 잉크의 판매 방법도 정해진 듯하다.

"그럼 공방에 가도 되나요?"

"어서 새로운 색깔을 만들어 보자."

나와 하이디가 일어서자 벤노가 루츠를 불러 그 어깨에 손을 올렸다.

"루츠, 잘 감시해. ……마인이 둘로 늘었다."

"주인님, 저도 마인 하나로 벅차서 둘은 못 봅니다."

상당히 불안한 얼굴로 배웅해 주는 벤노에게 웃으며 손을 흔들고 나는 잉크 공방으로 향했다. 하지만 내 걸음 속도를 참지 못한 하이디가 "먼저 가서 준비할게." 라고 말하고는 혼자 공방으로 뛰어가 버렸다. 비어스는 새파랗게 질려서 내게 사과했지만, 딱히 기분이 상할 일이 아니었기에 상관은 없었다.

"저기, 루츠. 하이디는 참 일에도 적극적이고 재밌지만 좀 특이하지?"

"……네가 할 말이냐."

비어스에게 안내받은 잉크 공방은 마치 요리 연구소 같은 곳이었다. 수많은 기구와 천칭 같은 저울로 신중하게 분량을 재며 몰식자 잉크를 만드는 장인들이 있었다.

모퉁이에는 내가 발주한 식물지용 잉크를 만드는 장소가 있었다. 완성된 잉크를 담은 병이 여러 병 늘어서 있었다. 그곳에 먼저 돌아갔던 하이디가 20대 중반 남성에게 호되게 혼이 나고 있었다. '놀기 전에 일해라' 라는 내용이다.

"비어스 씨, 하이디는 바쁜가요?"

"……아가씨가 신경 쓸 일은 아니야. 어이, 요제프! 오늘은 됐어. 하이디에게 손님 상대를 시킬 거다."

비어스가 그렇게 큰 소리로 말하자, 하이디는 눈을 반짝이며 돌아보았고, 요제프라고 불린 남성이 깜짝 놀라며 눈이 휘둥그레졌다.

"공방장, 하이디한테 손님을 상대하게 하다니 진심인가요!?"

"새로운 색깔 잉크를 원한다면서 녀석의 연구비 중 4분의 1을 부담해 줄 귀중한 후원자니까 오늘은 하이디를 막지 않아도 돼. 무례하게 굴지 않는지만 감시해."

둘의 대화로 평소에 하이디가 어떤 대우를 받고 있는지 눈에 훤히 보이는 듯하다.

"아가씨, 이 녀석은 요제프. 하이디의 남편이고, 이 공방의 실질적인 후계자다. 하이디와 같이 잘 부탁해."

"마인 공방의 공방장, 마인입니다. 오늘은 완성된 식물지용 잉크 매입과 새로운 색깔 잉크 연구를 보러 왔어요."

내 말에 요제프가 안심한 듯 한숨을 내쉬었다. 만들긴 했지만, 식물지 잉크를 원하는 손님이 없어서 곤란하던 참이었다고 한다.

"이게 지금까지 만든 양이다."

"그럼 이것만 내일 중에 상점에 옮겨 주십시오."

길베르타 상회의 다프라인 루츠가 주인장에게 물건을 사고, 마인 공방에 판다. 언뜻 귀찮아 보이지만, 꼭 이 순서를 밟아야 한다고 한다. 상인의 거래는 루츠에게 맡기고, 나는 공방을 둘러보았다. 함께 따라온 다무엘과 길도 평민촌 공방이 신기한지 흥미진진하게 주변을 돌아보았다.

"아가씨, 여기, 여기."

하이디가 손짓하는 곳에 가니 소재를 모았다는 그녀의 말대로 다양한 소재를 조금씩 모아 두고 있었다. 이미 가루가 되어 있어 원래 어떤 상태였는지 전혀 알 수가 없었다. 그리고 색을 만드는 소재뿐만 아니라 기름도 여러 종류 있었다.

"하이디, 여기 있는 기름은 뭐죠?"

"닥치는 대로 모아 봤어. 아마씨유로는 부족할지도 모르잖아?"

"네. 저도 같은 생각을 했어요."

잉크를 만들려면 건성유가 필요한데 이 마을에서 눈에 보이는 것들 중 있을 만한 기름은 아마씨유뿐이었다. 리넨 비슷한 옷감이 있으니 존재하리라고 예상은 했다. 하지만 아마씨유만으로는 양이 부족하고,

가격도 비싸다. 나도 달리 대용할 만한 기름이 없는지 찾아보려던 참이었다. 이번 기회에 이 세계의 기름 종류를 조사해 보고 싶었다.

"기름에는 건조시키면 말라붙는 건성유와 건조시켜도 마르지 않는 불건성유가 있는데, 잉크 제작에는 건성유가 적합해요."

"음, 그러면 아마씨유 빼고는 몇 종류 없어. 미슈, 페도, 아이제, 투름이 그래."

하이디는 진열된 기름 중에서 이름을 콕콕 찍으며 빠르게 선별했다. 잇따라 불리는 견과류나 꽃 이름을 나는 서둘러 서자판에 적어 두었다.

"내가 아는 잉크는 대부분 색깔이 있는 광석을 빻은 가루를 섞어서 만들어요. ……어디 보자, 이런 황토색 흙으로 황색과 갈색의 중간색을 만들 수 있어요."

"좋아, 해 보자. 요제프, 도와줘."

하이디가 요제프를 불러 바로 만들기 시작했다. 요제프가 대리석판 위에서 황토와 기름을 섞기 시작했다.

"……어? 갈색이 안 되는데?"

"어, 왜 그러지?"

황토와 기름을 섞으면 황토색 외에 다른 색이 나올 리가 없다. 그런데 어째서인지 내 앞에는 파란색이 있다. 대리석 위에 펼쳐진 맑은 하늘같은 선명한 파란색을 보고 입이 쩍 벌어졌다.

"다, 다른 기름으로 섞어 봐요."

미슈, 페도, 아이제, 투름 순으로 요제프와 하이디가 황토와 섞었다. 유일하게 아이제만 예상했던 황토색이 나오고, 나머지는 빨갛거나 청록색처럼 뜬금없는 색깔이 나왔다.

다섯 가지 색깔이 펼쳐진 대리석 앞에서 나뿐만 아니라 모두가 눈을 끔뻑였다.

"아무리 생각해도 이상한데?"

"네. 설마 기름 종류로 색이 바뀔 줄은 몰랐네요. 예상 밖의 결과지만, 적은 소재로 색깔 종류가 늘어났으니 환영할 일이지요."

계속해서 섞던 요제프가 근육을 풀려고 팔과 어깨를 빙빙 돌리며 피곤한 표정으로 나를 보았다.

"아가씨, 예상 이상으로 긍정적이네?"

"내가 원했던 것이 색깔 잉크니까 무색투명하게만 되지 않으면 문제없어요."

일단 완성된 결과를 서자판에 기록했다. 뭔가 법칙이 있을지도 모른다. 루츠는 완성된 색깔 잉크를 바라보면서 고개를 갸웃거렸다.

"왜 이런 결과가 나오지?"

"너도 그렇게 생각하지? 참 이상하지? 꼭 원인을 밝히고 싶지?"

하이디가 활짝 핀 얼굴로 루츠의 손을 잡았다. 아무래도 하이디는 뭐든지 수수께끼를 밝히고 싶어 하는 타입인 듯하다. 나는 서자판을 탁 하고 덮었다.

"하이디, 지금은 원인이 문제가 아니에요. 중요한 건 몇 가지 색깔을 만들 수 있느냐예요."

"뭐!? 아가씨는 이 이상 현상이 왜 일어나는지 궁금하지 않아?"

마치 배신당하기라도 한 듯이 하이디의 회색 눈동자가 휘둥그레졌다. 그러자 바로 옆에서 요제프가 하이디의 머리를 덥석 잡았다.

"어이! 아가씨를 너랑 똑같은 괴짜 취급하지 마!

"괴짜라니 너무해. 이 아가씨라면 이해해 줄 것 같았단 말이야."

하이디에겐 미안하지만, 나는 딱히 수수께끼의 원인을 밝히고 싶지 않았다. 귀여운 남동생 카밀을 위해 알록달록한 그림책을 만들고 싶을 뿐이다. 솔직히 스스로 원인을 밝히고 싶지는 않지만, 연구 결과를 정리한 책이라면 대환영이다.

"전 이유나 원인보다 결과를 알고 싶어요. 아이제는 예상했던 색깔이 나왔잖아요. 이번엔 저 파란색을 아이제와 섞어 봐요. 하나씩 해 보면 공통점이나 차이점이 밝혀지겠죠."

내가 파란 분말을 가리키자 하이디가 웃으며 크게 끄덕였다.

"그 말에는 나도 동감이야. 계속해 보자."

황토색이 나왔던 라피스라줄리 가루 같은 파랑과 섞으니 어째서인지 선명한 노란색이 되었다. 유채꽃밭 그리기엔 딱 맞지만, 내가 원하는 색은 노란색이 아니다. 결국, 라피스라줄리 같은 파란색을 만든 기름은 아마씨유였다.

"……이거 어렵겠는데."

다양한 소재와 다섯 종류의 기름을 앞에 두고 나는 내 지식과 현저히 다른 이(異)세계의 상식에 커다란 장벽을 느끼면서 결과를 기록한 서자판을 노려보았다.

색 만들기 연구 중

완성한 색깔 잉크를 담은 병이 죽 늘어서 있다. 그 병 하나하나에 기름과 소재의 조합을 기록한 작은 목패를 걸었다.

몇 시간 내내 잉크를 섞은 요제프와 하이디의 팔이 한계를 호소하고, 점심시간이 다가온 데다 서자판 두 개가 빽빽하게 차 버린 바람에 오늘 실험은 중단했다. 내 서자판에 다 적지 못한 실험 결과를 루츠의 서자판까지 빌려 쓴 나는 두 개의 서자판을 보면서 신음했다.

"색깔을 예측 불가능해서 곤란하네요."

"하지만 이렇게 보면 다소 경향을 알 것 같지 않아? 게다가 이렇게 정확하게 실험 결과를 남기다니 대단해. 글자를 쓸 줄 아는 아가씨가 있어 줘서 너무 기뻐. 최고야!"

하이디가 기쁜 듯 나의 서자판을 들여다보며 절찬했다. 하이디는 일과 관련된 숫자나 단어는 다소 읽어도 완벽하게는 읽지 못한다고 한다. 지금까지는 이것저것 실험한 결과를 전부 기억해야 했다고 했다.

"나는 그 많은 실험 결과를 기억하는 하이디의 기억력이 최고인 것 같은데요."

"안타깝게도 하이디의 기억은 실험 외에는 못 써. 최고와는 거리가 멀지."

요제프가 어깨를 떨구며 그렇게 말하자, 루츠는 나를 보면서 놀리듯 웃었다.

"마인이랑 똑같네. 책이 관련할 때만 엄청난 집중력과 행동력을 보이거든."

요제프와 루츠는 이상한 부분에서 죽이 잘 맞는지 이따금 서로 어깨를 두드리며 위로했다.

'코드가 맞는 사람을 만나니까 즐거워. 매일매일이 조금 즐거워지는걸.'

"그럼 내일모레는 오늘 실험 결과를 정리해서 올게요."

"난 글을 못 쓰니까 아가씨한테 부탁할게."

나와 하이디는 웃으며 악수하고 헤어졌다. 오늘은 이대로 집에 돌아가서 결과를 정리할까 싶었다. 그런데 길이 조금 망설이는 눈치로 내 소매를 살짝 끌었다.

"마인 님, 나도 서자판을 갖고 싶어요……."

길이 눈을 내리깔고 나직이 내뱉었다. 그러고 보니 글자를 읽고 쓰게 되었으니 봄에 만들어 주겠다고 말한 적이 있었다.

"그럼 지금부터 요한의 대장간에 들러서 길이 쓸 철필을 주문해요. 그 뒤에 난 집에 돌아가서 오늘 결과를 정리할게요."

대장간은 같은 장인 거리에 있어서 잉크 공방에서 그리 멀지 않다. 점심시간 직전에 들어가면 요한이 싫어하겠다고 생각하면서 나는 대장간으로 향했다.

"안녕하세요. 요한 있나요?"

"오, 아가씨."

다른 손님을 상대하던 주인장이 부릅뜬 눈으로 문 쪽에 있는 나를 발견한 순간, 웃음을 참았다. '푸흐흡' 하고 웃으며 비어 있는 자리에 앉도록 권유해 주었다.

"요한이라면 바로 불러 주지. ……어이, 구텐베르크! 네 후원자님께서 오셨다!"

"푸흡!"

장난 섞인 주인장의 우렁찬 목소리에 루츠와 길이 서둘러 입을 틀어막았다. 대장간에서 요한은 구텐베르크라는 호칭으로 완전히 정착한 모양이다.

"그러니까 그 이름으로 부르지 말라고 했잖아요, 공방장!"

내게 구텐베르크는 자랑스럽고 멋있는 호칭이지만, 정작 불리는 요한은 마음에 들지 않는 모양이다. 울상을 짓고는 주인장에게 저항하면서 요한이 안방에서 뛰쳐나왔다.

"안녕하세요, 요한."

"아, 마인 님. 어서 오세요."

"점심 전에 와서 미안해요. 주문이 있는데 괜찮아요?"

"……아직 앞의 주문이 덜 끝났는데요."

내가 추가로 주문한 금속 활자를 제작 중인 듯 요한이 난감하다는 표정을 지었다. 신관장이 활판 인쇄를 못 하게 하는 판이라 금속 활자는 그리 급하지 않았다. 2년 정도에 걸쳐 천천히 대량으로 만들어 주면 충분했다.

"예전에 주문했던 철필인데 길이 쓸 걸 만들었으면 하니까 먼저 이쪽을 우선해 주세요."

"할게요!"

내가 철필을 주문한 순간, 요한의 얼굴이 환해졌다. 주먹까지 꽉 쥐고 들어 올리며 만감이 교차하는 표정으로 중얼거렸다.

"크윽…… 금속 활자 외에 얼마 만에 받아 보는 일감인가…….''

'왠지 미안하네.'

나 외에 아직 후원자를 찾지 못한 요한은 쉴 새 없이 금속 활자만 만들었다고 한다. 그리고 금속 활자를 만들면 주인장부터 장인들이 구텐베르크라고 놀렸다고 하니 가끔 다른 일을 맡기는 편이 좋을지도 모르겠다.

"다음엔 금속 활자 외에 다른 물건도 주문하러 올게요."

등사 원지를 만들 다리미나 등사판용 철필과 줄판은 어떨까. 몇 가지 요한이 만들어 줬으면 하는 물건이 떠올랐지만, 무엇을 만들든 전부 인쇄용 도구다.

"금속 활자 외의 주문을 기대하고 있을게요."

기뻐하며 철필 주문을 받아 준 요한의 미소에 약간 죄책감을 느꼈다. 아무리 생각해도 요한은 구텐베르크에서 벗어나지 못할 것 같다.

길의 철필을 주문하고 대장간을 나오자, 점심시간을 가리키는 네 점 종이 울려 퍼졌다.

"마인은 집에 돌아갈 거지?"

"응."

"난 배가 고프니까 얼른 상점에 돌아가고 싶어. 서두를 거니까 업혀."

루츠가 그렇게 말하며 그 자리에 웅크렸다. 서둘러 돌아가지 않으면 자기 먹을 몫이 줄어든다고 한다. 다급할 때 방해가 되는 나는 얌전히 루츠의 등에 업혔다. 루츠는 벌떡 일어나 거의 뛰다시피 우물 광장으로 돌아왔다.

"넌 오후부터 집에서 오늘 결과를 정리하고 있어. 난 오후에 마인 공방도 보고 와야 하고, 주인님한테 보고도 해야 하니까. 넌 밖에 나오지 마."

우물 광장에 나를 내리고 서자판을 내 손에 쥐어 준 후 루츠는 바로 상점으로 달려갔다. 상당히 점심이 걱정되나 보다. 나는 루츠를 배웅하고 눈을 끔뻑이는 길과 다무엘에게 시선을 돌렸다.

"……길과 다무엘 님도 고마웠어요. 오늘은 이제 외출 안 할 테니 두 사람도 신전으로 돌아가시면 돼요."

"그래. 내일은 신전에 올 거지?"

"네. 사실은 잉크 공방에 가고 싶은데, 페슈필 연습을 빼먹으면 로지나한테 혼나거든요."

루츠의 서자판을 토트백에 넣고 나는 혼자 계단을 올라가 집으로 돌아왔다.

"다녀왔습니다."

나는 되도록 조용히 현관문을 열었다. 하지만 '끼이이익' 하고 삐걱거리는 경첩 소리를 피할 수는 없었다.

"어서 오렴, 마인. 일찍 왔네?"

집으로 살그머니 들어가니 엄마가 말을 걸어 왔다. 아궁이 앞에 서 있는 걸 보니 점심을 준비하던 참이었던 모양이다.

"엄마, 카밀은? 자? 안 깼어?"

"그럼. 괜찮아."

침실 쪽을 힐끗 쳐다보며 묻자, 엄마가 살짝 웃으며 끄덕였다.

나는 카밀이 깨지 않게 조심스레 침실로 들어갔다. 카밀의 잠든 모습을 살짝 보고 짐을 내려놓았다. 그 뒤 손을 씻고 엄마와 점심을 먹기 시작했다.

"응애, 응애……."

식사 도중에 카밀이 가냘픈 소리로 울기 시작했다. 엄마는 서둘러 밥을 먹고 카밀이 있는 곳으로 달려갔다.

"마인, 미안한데 치워 주렴."

나는 나와 엄마가 먹은 식기를 씻고 정리한 후, 부엌 테이블에서 내 서자판과 루츠의 서자판에 기록한 오늘의 실험 결과를 실패작 종이에 옮겨 적기 시작했다.

생뚱맞았던 실험 결과도 표로 정리해 보니 조금씩 법칙이 보였다. 아마씨유는 파란 계열, 미슈는 초록 계열, 페도는 빨간 계열, 아이제는 노란 계열로 색이 변했고, 투름은 불규칙적으로 변화했지만, 전체적으로 파스텔톤으로 완성되는 듯했다.

"음, 법칙에서 벗어난 경우도 몇몇 있지만, 좀 경향이 보이기 시작하는데?"

소재를 조합하니 의외로 다양한 색이 나왔다. 어떻게 변색하는지를 표로 정리해 두면 생각보다 많은 색을 만들 수 있을 것 같았다.

"심각한 표정으로 뭘 하니?"

엄마가 포대기처럼 기다란 천으로 동동 감싼 아기 띠에 카밀을 넣어 안고 침실에서 나왔다. 수유가 끝나서 배가 부른지 카밀의 눈이 말똥말똥했다.

"카밀에게 줄 그림책을 만들어. 지금은 거기에 쓸 예쁜 색깔 잉크를 만드는 중이야."

"처음부터 만드니? 한참 걸리겠구나."

"응, 오래 걸릴 거야. 카밀, 오늘은 기분 좋아?"

나는 아기 띠 속에 폭 안긴 카밀의 얼굴을 쓰다듬었다. 카밀은 눈도 깜빡이지 않고 가만히 내 얼굴을 쳐다보았다. 디르크와 딱 달라붙은 델리아에게 실력에서는 완전히 지고 있지만, 울리지 않게 된 것만으로 나는 만족했다.

"카밀, 카밀. 마인 누나야."

잠시 카밀과 접촉하는 시간을 가지자 카밀은 금세 다시 꾸벅꾸벅 졸기 시작했다. 재우러 들어가는 엄마를 바라보며 나는 내가 쓴 표를 가만히 바라보았다.

"어?"

기름의 이름을 보고 있던 나는 내게 익숙한 파루 기름이 포함되어 있지 않았다는 사실을 깨달았다. 시험해 볼 가치가 있을지도 모른다.

"파루 기름은 어떠려나? 공방에 조금만 가져가 볼까? 그리고 완성한 잉크를 종이에 칠해도 변색하지 않는지, 시간이 지나도 문제없는지 확인해 봐야 해. 덧칠하면 어떻게 되는지도 시험해 봐야지."

궁금한 점, 조사해 보고 싶은 점을 생각나는 대로 기록해 갔다. 다음에 하이디에게 물어서 실험해 봐야 했다.

다음 날은 신전에 가서 페슈필 연습과 신관장의 일을 돕는데 시간을 할애했다. 오후부터는 디르크가 고아원에 가 있는 동안 한가해진 델리아를 상대했다. 그리고 루츠에게 공방에서 종이와 붓을 가져오라고 부탁했다. 내일 잉크 공방에 가져가서 잉크를 실제로 칠해 봐야 했기 때문이다.

그리고 그 다음 날. 나는 겨울에 쓰고 남은 파루 기름과 종이, 붓을 들고 길과 다무엘, 루츠와 함께 잉크 공방으로 향했다. 눈이 빠지게 기다렸는지 공방 앞에서 어슬렁거리던 하이디가 우리를 발견하고는 활짝 웃으며 손을 휘휘 저었다.

"안녕, 아가씨. 기다렸어!"

"안녕하세요, 하이디. 이것이 실험 결과를 정리한 표예요."

공방에 들어가자마자 나는 얼마 전의 실험 결과를 정리한 종이를 보였다. 하이디는 흥미진진하게 표를 보더니 고개를 푹 떨구었다.

"몇몇 재료는 알겠는데, 거의 못 읽겠어."

"그리고 이쪽은 표를 정리할 때 생각난 건데요……."

내가 시험해 두고 싶은 점들을 말하자 하이디는 눈을 반짝이며 크게 끄덕였다.

"파루는 겨울에만 딸 수 있어서 기름에 포함하지 않았어. 재밌는 결과가 나오겠네. 얼른 해보자."

하이디와 요제프가 각자 내가 가져온 파루 기름에 소재를 섞었다. 하이디가 빨강, 요제프가 파란색 소재를 넣고 비벼서 섞었다. 그러자 묘하게도 변색이 일어나지 않고 본연의 색깔로 잉크가 완성되었다.

"파루 기름은 양쪽 다 생각대로 색깔이 나왔네요. 굉장해."

나는 대리석 판 위에 완성된 잉크를 보고 눈을 크게 떴다. 묘하게 만 변색하던 잉크만 봐 온 나는 평범한 색이 완성된 사실만으로 굉장히 감동했다. 하이디도 완성된 잉크를 보고 감동의 한숨을 내쉬었다.

"색도 선명하고 아주 좋아. ……겨울이 아니어도 파루를 딸 수 있으면 참 좋을 텐데."

하이디의 말대로 맑은 겨울 날씨에만 따는 파루 기름은 맘 편히 쓸 수 있는 소재는 아니다. 좋은 기름이지만, 대량 생산에 맞지 않는 점이 상당히 아쉬웠다. 아쉬워하는 나와 하이디의 옆에서 요제프는 얼른 다음 준비를 시작했다.

"자, 다음은 지금까지 만든 잉크를 종이에 칠해 보자."

하이디가 요제프를 분주하게 도우며 지금까지 만든 잉크를 가져왔다. 두 사람이 준비하는 모습을 보면서 나는 루츠에게 물었다.

"저기, 루츠. 파루 나무를 종이로 만들 수 있을까?"

토론베라는 마목(魔木)이 좋은 종이 소재가 된 것처럼 어쩌면 파루 나무도 좋은 소재가 될지도 모른다. 파루 기름의 질을 보고 기대를 한 내 질문에 루츠는 딱 잘라 대답했다.

"절대 무리야. 불만 닿으면 녹아 없어지는 나무야. 찌는 과정에서 사라져 버릴 텐데 어떻게 껍질을 벗기겠어?"

"……파루가 그렇게 별난 나무였어?"

겨울 숲에는 가지 못하는 나는 파루 나무를 직접 본 적이 없다. 맑은 겨울 아침에만 나타난다는 이상하고 아름다운 나무라는 이야기만 들었을 뿐, 아직 어떤 나무인지 수수께끼가 가득했다.

"아가씨, 준비 다 끝났어."

하이디의 부름에 나는 붓을 든 길을 불러 종이에 잉크를 칠하게 했다. 종이는 일단 실패한 포린지와 토론베지를 몇 장 들고 왔다. 토론베지로 그림책을 만들 일은 없지만, 일단 반응을 보고 싶었다.

"……우와."

놀랍게도 종이 종류에 따라서도 발색이 달랐다. 토론베지는 거의 잉크색 그대로였는데 포린지는 색이 조금 칙칙해졌다. 하지만 토론베지와 나란히 놓고 비교하지 않는 한은 신경이 쓰이는 정도는 아니었다. '괜찮겠어'라고 스스로를 타이르는데, 시간이 지나 말라 갈수록 색깔이 더욱 칙칙해졌다.

"이래서는 다른 종이도 써 보면서 실험해 봐야겠어."

내가 토론베지와 포린지에 칠한 잉크를 비교하면서 신음하자, 루츠가 가볍게 어깨를 으쓱거렸다.

"당분간은 포린지만 쓸 테니까, 포린지에 맞춰서 색을 만들면 되지 않아?"

루츠의 말대로 마인 공방의 종이는 토론베지와 포린지뿐이다. 그림책을 만들 포린지를 중심으로 색깔 제조를 고민하는 편이 좋을 것 같았다.

"이 빨강은 원래 엄청 예쁜 색인데, 칠하고 말리니까 좀 거무칙칙한 적갈색이 되어 버렸네요. 핏자국을 그릴 때 딱 맞겠어요."

"그렇게 용도가 제한적인 잉크 따위 필요 없어!"

루츠의 핀잔에 나는 입술을 삐죽였다. 그래도 혹여 쓸 일이 있을지도 모르지 않는가. 신화 내용에도 피 튀기는 표현이 조금은 있으니까.

"그나저나 이거 정말 어렵네. 예술 쪽 공방이 물감 제조법을 왜 비밀로 하는지 이해가 가."

하이디가 팔짱을 끼고 색이 변한 잉크를 노려보았다. 스스로 만드는 건 간단하지 않았다.

그림물감에 관해서는 계약 마술을 맺지 않았으니 어느 공방이 어떤 식으로 만들든 문제는 없지만, 독자적인 제조법은 공방의 기업 비밀이고, 평민촌에서는 판매하는 그림 도구가 없다고 벤노에게 들은 적이 있다.

그림을 즐기는 귀족의 물감은 주문을 받은 공방이 직접 납품하러 간다고 예술 무녀의 시종이었던 로지나가 알려 주었다. 같은 공방에서 주문해야 똑같은 색을 구입할 수 있으므로 크리스티네는 여러 공

방과 친밀하게 거래해 왔다고 했다.

"아가씨. 왜 변색하는지 조사해 보자."

"중요한 건 결과라니까요."

물론 기초 연구도 중요하지만, 카밀을 위한 그림책을 만들고 싶은 나는 그런 것을 조사할 시간이 아까웠다. 어서 빨리 색깔 잉크가 필요했다.

"그럼 색을 덧칠해 볼까요. 길."

"네, 마인 님."

길은 여태까지 칠한 형형색색의 물감 위에 파란색 선을 쓱 그었다. 그러자 겹쳐진 부분이 검은색으로 변해 갔다. 그것도 완벽한 검정도 아닌 어두운 색으로 변해 어느 하나 선명한 색이 없었다. 마치 '위험하니 섞지 마라' 라고 주장하는 듯하다.

"……이거 어쩌죠?"

길이 변색한 종이를 집어 팔락거렸다. 우리는 모두 어둡게 변색된 색을 보고 절규했다. 전혀 예상치 못한 결과에 말이 나오지 않았다. 그러자 침묵을 깨뜨리듯 요제프가 고개를 세차게 저었다.

"물감은 기본적으로 단색으로 쓰는 게 좋겠어."

"하지만 색을 못 섞으면 그림을 어떻게 그려? 그림 공방에서 만드는 물감에는 아직 비밀이 숨어 있을 거야."

하이디의 말대로 모든 물감이 섞여서 검게 변해 버린다면 신전의 귀족 구역에 걸린 그림이 그려질 리가 없다. 분명 이곳 물감에 내가 모르는 비밀이 숨어 있을 게 틀림없다.

"오늘은 이쯤 해요. 몇 번이고 색을 만들어 봤자 시간이 지날수록 변색하잖아요. 겹쳐 칠하지도 못해서는 쓰지도 못하는 걸요."

어떻게 그림 공방에 잠입해서 물감의 비밀을 파헤쳐 올 순 없을까. 나는 막막해진 잉크 제조에 어깨가 축 처졌다.

바로 쓰지 못하니 색깔 잉크 만들기는 사실상 실패다. 고개를 푹 떨군 채 집에 돌아온 나는 투리와 함께 저녁을 차리면서 오늘 결과를 보고했다.

"여차여차해서 색깔 잉크 만들기는 중단되어 버렸어."

"색이 겹치는 족족 검정이 되어 버리다니 곤란하네."

"응. 정말이야. 아무리 노력해도 인쇄는 못 할 거야."

나는 입술을 삐죽이며 수프를 휘휘 저었다. 음식을 만드는 우리를 지켜보면서 카밀에게 젖을 주던 엄마가 이상하다는 듯이 고개를 갸웃거렸다.

"색을 칠할 때 정착제는 안 쓰니?"

"……정착제가 뭐야?"

우라노 시절엔 사진이나 그림용 정착제가 존재했지만, 이곳에서 쓰이는 정착제는 대체 어떤 물건인지 알 수 없었다. 엄마는 고개를 갸웃거리는 나를 힐끗 보고, 품에 안은 카밀에게로 시선을 돌리며 입을 열었다.

"정착제는 색을 정착시키는 데 쓰는 액체야. 옷을 염색할 때도 색깔이 변하지 않도록 쓰는 건데……."

"엄마, 자세히 가르쳐 줘. 정착제를 어떻게 만들어?"

내가 눈을 반짝이며 엄마를 바라보자 엄마는 매우 곤란한 표정을 지었다.

"가르쳐 줘도 되려나?"

"계약 마술에 걸리는지 어떨지는 내가 조사해 볼게."

"……뭐, 만들어도 되는지 마인이 조사한다면야 괜찮겠지."

엄마는 조금 걱정스럽게 말하면서 가르쳐 주었다.

그나데라는 나무 수액에 하이라인이라는 꽃의 줄기를 넣고 진득해질 때까지 졸이면 정착제의 원액이 되는데, 실제로 쓸 때는 뜨거운 물에 20배 정도로 묽게 풀어서 쓴다고 한다.

"천에 쓸 때와 다를지도 모르니까 조심하렴."

"고마워, 엄마. 해 볼게."

정착제의 존재를 알아낸 나는 얼른 루츠에게 재료를 모아 오도록 부탁했다. 루츠도 정착제를 몰랐는지 감탄스럽게 눈을 크게 떴다.

"그런 게 있었구나. 염색 공방에서 일하는 에파 아줌마가 없었다면 전혀 모를 뻔했네."

"응. 엄마한테 만드는 방법도 들었으니까 재료만 모으면 바로 만들어 보려고."

"마인은 만드는 방법만 가르쳐 줘."

"그래. 우리가 만들게. 마인 님은 일하면 안 되니까."

마인 공방에서 만든다면 나는 작업에 참여할 수 없다. 왕따가 된 나는 입술을 삐죽였지만, 아무도 내 편이 되어 주지 않았다.

상업 길드에서 계약 마술을 조사하고, 벤노에게 소재를 찾도록 하여 정착제를 만들 모든 준비가 되었다. 그날은 아침부터 루츠도 길도 새로운 도전에 들떠 있었다. 나는 만드는 방법을 상세히 적은 목패를 두 사람에게 긴넨 것만으로 할 일이 끝나 버렸다.

나는 페슈필 연습을 끝낸 뒤 로지나와 색깔 잉크에 관한 얘기를 나누었다. 그리고 작업에 따돌림당해 분하다며 열변을 토했다.

"그런 이유로 저만 쏙 빼놓고 길이랑 루츠만 정착제를 만들고 있어요. 너무하지 않아요?"

로지나는 내가 따돌림당한 일보다 오히려 정착제를 몰랐다는 말에 눈이 휘둥그레졌다.

"어머, 마인 님께서 정착제를 모르고 계셨군요. 그림을 그릴 때 정착제는 필수예요. 그것 없이는 그림을 그릴 수 없답니다."

이곳에도 정착제를 아는 사람이 있었다니. 그림을 그릴 때 필수란다. 하지만 로지나는 이미 완성된 정착제밖에 쓴 적이 없어서 만드는 방법은 모른다고 했다.

"……혹시 마인 님은 정착제를 쓰는 방법도 모르시는 것 아닌가요?"

"몰라요. 가르쳐 주세요."

엄마는 천을 염색할 때 쓰는 방법밖에 모른다. 그림책을 만들려면 그림을 그릴 때 쓰는 방법이 필요하다. 내가 즉시 부탁하자 로지나가 키득거리며 웃었다.

"미리 종이에 정착제를 발라서 말려 두는 거예요. 그러면 그림을 그릴 때 물감이 겹쳐도 색이 변하지 않는답니다. ……마인 님은 깜짝 놀랄 만한 것들은 아시면서 기본적인 것은 모르시는군요."

"지금까지 물감이나 잉크를 써서 그림을 그려 본 적이 없는걸요."

"그렇군요."

로지나는 그렇게 중얼거리더니 손바닥을 '탁' 치고 싱긋 웃었다.

"정착제와 색깔 잉크가 완성되면 빌마에게 그림을 배우시면 되겠네요. 그림도 교양의 하나랍니다."

"생각해 볼게요."

지금보다 자유 시간을 줄이기 싫었던 나는 애매하게 대답했다. 하지만 어차피 2년 후에 귀족의 양녀가 될 터이니 해 두는 편이 좋지 않겠느냐고 마음속 어딘가에서 중얼거렸다.

엄마에게 알아낸 정착제의 제조법과 로지나에게 들은 사용법에 따라 잉크를 칠하면 칙칙해지거나 겹쳐 칠할 때 검게 변하지 않는 그림을 그릴 수 있게 되었다.

색깔 잉크가 완성된 것이다.

등사 원지에 도전

일단 색깔 잉크는 그럴싸하게 완성했다. 정착제를 칠한 종이 위라면 겹쳐 칠할 수 있어도 팔레트에 섞으면 결국 검게 변하는 잉크이기 때문에 상당한 주의해서 써야 하지만, 어쨌든 한 발 전진한 셈이다.

"아아~. 순식간에 완성해 버렸네."

색깔 잉크를 만들어 안심한 나와 달리 하이디는 마치 장난감을 빼앗긴 어린아이처럼 실망한 표정으로 중얼거렸다. 원인을 찾아내기도 전에 즐거웠던 실험이 끝나 미련이 남는 모양이다. 요제프가 어이없는 표정으로 하이디의 머리를 쿡 찔렀다.

"색깔 잉크를 완성했으니까 아가씨가 투자한 연구도 이걸로 끝이야."

"중요한 결과도 얻었으니 연구를 계속하고 싶다면 돈은 조금 낼 수 있는데요?"

내가 그렇게 말하자 하이디는 희색에 넘쳤고, 요제프는 믿기지 않는 듯 나를 돌아보았다.

"선명한 색을 만들거나 색깔을 늘리려면 색깔 잉크의 기초 연구가 중요하다고 생각해요. 이번엔 시간이 없어서 완성을 우선시했지만, 연구는 가능한 한 이어 가는 편이 좋아요."

이 변색의 원인은 스스로 찾을 생각이 없으니 대신 누군가가 해 주겠다면 나야말로 환영이다.

"아가씨, 최고야!"

"아가씨, 하이디를 너무 다 받아주면 안 돼!"

"제게는 하이디도 요제프도 구텐베르크 동지거든요."

인쇄에는 잉크 관계자도 필요하다. 나는 새로운 구텐베르크 동지를 발견하고 씨익 웃었다. 루츠는 "늘어나 버렸네." 하고 머리를 싸맸고, 하이디와 요제프는 눈을 끔뻑이며 고개를 갸웃거렸다.

"……구테……뭐? 뭐라고?"

"구텐베르크. 마치 신처럼 책의 역사를 바꾸어 버린 업적을 남긴 위인이에요. 지금은 금속 활자의 요한, 식물지의 벤노 씨, 그리고 책을 파는 루츠가 이 마을의 구텐베르크예요. 그리고 인쇄기를 만들어 줄 사람으로 잉고 씨, 잉크를 만들어 주는 사람으로 하이디와 요제프를 구텐베르크 동지로 생각하고 있어요. 제가 읽을 책을 만드는 데 꼭 필요한 구텐베르크에게 당연히 투자해야죠."

나는 자랑스럽게 설명했지만, 요제프는 여전히 이해할 수 없다는 표정이다. 하지만 하이디는 펄쩍 뛰며 좋아해 주었다.

"구텐베르크래, 요제프. 일이래. 투자해 주겠대. 연구해도 된대. 야호!"

일단 색깔 잉크는 완성했으니 나머지는 하이디 마음대로 연구해도 문제는 없다. 오히려 원인을 알면 도움이 될 일도 있을 터이니 계속해서 잉크를 연구해 줬으면 했다.

"단, 최우선은 잉크 만들기예요. 주문한 잉크를 납기일까지 납품하지 못 하는 일이 생긴다면 가차 없이 투자를 끊겠어요."

"히익!?"

이런 연구광은 연구만 시작하면 주변을 잘 보지 못한다. 최우선 과제를 철저히 주입하고, 해내지 못했을 때의 페널티를 정해 두지 않으면 끝까지 폭주할 것이다.

"역시 동족이라 그런지 패턴을 완벽히 파악했네."

루츠가 웃으면서 그렇게 말하자, 요제프도 입가를 틀어막으며 작게 웃음을 터트렸다. 요제프가 책임을 지고 하이디의 연구를 감시해 줄 것 같다.

"색깔 잉크는 대강 목표가 보였고, 이번엔 등사 원지가 필요해."

다음으로 등사 인쇄에 빠질 수 없는 등사 원지를 준비하고 싶었다. 철필로 쓴 대로 인쇄가 가능하므로 글자를 오려서 판지를 만들거나 금속 활자를 짜는 것보다 쉽게 그림책에 들어갈 글자를 인쇄할 수 있다. 그림도 세밀한 선을 찍을 수 있게 되므로 빌마의 그림체가 훨씬 멋있게 인쇄될지도 모른다.

"지금 쓰는 판지로는 안 돼?"

"안 되는 건 아니야. 지금대로라도 그림책은 만들 수 있으니까. 하지만 등사 원지를 만들면 표현 방법을 늘릴 수 있어. 커터로 일일이 잘라서 판지를 만드는 일보다 철필로 긁는 방식이 훨씬 간단하고, 선도 세밀하게 표현할 수 있거든."

등사 원지를 만들려면 우선 뒷면이 비쳐 보이는 얇은 종이가 필요하다.

하지만 종이를 만들기 시작한 지 루츠조차 2년 반, 고아원 아이들은 1년도 채 안 됐다. 양면 인쇄가 되도록 두껍게 뜬 그림책용 종이라면 몰라도, 얇으면서 두께가 균일한 종이를 만드는 건 그들에게 조금 버거웠다. 마인 공방에서 도전은 하고 있지만, 아직 성공보다 실패가 많았다. 초지틀에서 벗길 때나 건조하려고 목판에 붙일 때 찢어져 버리는 모양이었다.

"토론베라면 꽤 간단히 만들 수 있는데."

루츠가 팔짱을 낀 채 곤란한 표정을 지었다. 포린보다 섬유가 촘촘하고 긴 토론베 쪽이 얇고 균일하게 종이를 뜰 수 있다고 한다. 하지만 토론베를 판지로 쓰기엔 지나치게 비싸고 희소성이 강했다.

"어떻게든 포린지로 만들지 않으면 단가가 너무 높아."

"……하긴."

종이의 개량은 루츠와 길을 중심으로 힘내 줘야 했다. 공방에서는 그림책용 종이를 만드는 동시에 손재주가 좋은 사람들을 모아 얇은 종이를 뜨기로 했다.

어떻게 해야 성공률이 오를지 다 같이 검증하면서 만들게 된 지 며칠 뒤, 점심을 먹고 돌아온 루츠가 내 방에 찾아왔다.

"마인, 주인님의 전언이야. 밀랍 공방과 연락이 닿았대. 내일 오후라면 괜찮다는데."

"정말? 잘됐다. 이제 길의 서자판도 만들 수 있겠어."

그날 밤, 아빠에게 부탁해서 루츠와 똑같은 크기로 길이 쓸 서자판 틀을 만들었다. 중앙에 밀랍을 부어 넣으면 완성이다. 내 서자판도 밀랍이 꽤 줄었고, 유연성도 떨어져서 이번 기회에 밀랍을 채워 넣고 싶었다. 나는 내 서자판 속에 남은 밀랍을 싹싹 긁어서 비워 냈다.

"안녕하세요, 벤노 씨."

"좋아, 갈까."

벤노가 나를 번쩍 눌러업고 걷기 시작했다. 벤노의 어깨 너머로 내가 준 서자판 틀을 소중히 가슴에 안은 길과 루츠가 종종걸음으로 뒤

따라오는 모습이 보였다.

아무렇게나 나를 안아 올리는 벤노를 보고 다무엘이 순간 당황한 표정을 지었다. 하지만 이내 성큼성큼 걷는 벤노의 속도에 내가 따라가지 못하기 때문이라고 깨달았나 보다. 다무엘도 큰 보폭으로 걷기 시작했다.

"벤노 씨, 밀랍의 냄새 제거 방법은 얼마에 팔릴 것 같아요?"

공방에 가기 전에 벤노와 미리 의논해 둬야 했다. 또 폭주했느니, 제멋대로 정했다느니 꾸중을 듣기 싫었다.

"잉크 제조법을 잉크 협회에 팔았듯이 공방이 아니라 협회에 파는 편이 좋아. 한 공방에서 다룰 가격이 아니야."

"그런가요?"

아무래도 제법 큰 돈이 될 듯하다. 뭔든 연구와 개량이 필요한 구텐베르크의 자금이 될 것 같았다. 내가 협상의 의지를 불태우자, 벤노가 낮은 목소리로 쐐기를 박았다.

"냄새 제거법 협상은 내가 하겠다. 넌 협상에 나서지 마라. 볼프 같은 녀석이 또 없다는 보장은 없으니까."

"……네."

염석 협상은 벤노에게 맡기기로 하고, 수수료와 협상 방법에 관해서는 나중에 얘기하기로 했다.

"협상을 미룰 거라면 오늘은 밀랍 공방에 뭘 하러 가는 거지?"

"오늘은 길과 제 서자판에 밀랍을 넣으려고요. 그리고 밀랍을 여러 종류 사 두고 싶거든요."

"사기만 하면 되나?"

벤노의 말에 나는 끄덕였다. 일단 기본 밀랍으로 등사 원지를 만들 수 있는지 없는지 시험해 보고 싶었다. 성공한다면 럭키. 실패하면 밀랍을 개량해야 한다.

"기본 밀랍으로 등사 원지가 만들어지면 좋겠는데, 실패했을 땐 공방 직원이 밀랍을 개량하는 작업을 도와줬으면 좋겠어요. 송진 같은 수지를 첨가해서 좀 찰기 있는 밀랍을 만들고 싶거든요."

등사 원지에 쓰이는 밀랍은 송진처럼 수지나 파라핀을 섞은 것이다. 이곳에 석유로 만든 파라핀이 있을 리 만무하고, 내 지식이 통할지도 확실치 않다.

색깔 잉크의 변색 때처럼 묘한 변화를 일으킬 가능성도 있으므로 가능하면 개량할 때 밀랍 전문가가 도와주길 바랐다.

"흐음. 일단 오늘은 구입뿐이군. 개량은 실패했을 때 부탁하면 되는 거지?"

"네."

벤노는 나를 데리고 밀랍 공방에 들어갔다. 공방 안은 후끈거리는 열기와 설명이 힘들 정도로 코를 틀어막고 싶은 짐승의 역한 기름 냄새로 가득했다.

벤노가 미리 연락한 덕분에 주인장이 금방 밖으로 나와 주었다.

"오, 벤노 씨. 어서 옵쇼. 오늘은 무슨 용건이요?"

"여기에 가장 싼 밀랍을 부어 줘."

나와 길이 서자판을 꺼내자 "아아, 전에도 했었지." 하고 말하며 주인장은 금방 밀랍을 부어 넣어 주었다. 굳을 때까지 만지지 말라는 말에 길이 채워져 가는 투명한 밀랍을 안절부절못하는 모습으로 바라보며 입가를 씰룩거렸다. 이따금 조금이라도 빨리 식히려고 숨을 불어넣는 모습이 귀여웠다.

"길, 그렇게 했다간 표면에 굴곡이 생길지도 몰라요."

내가 웃으면서 말하자, 길은 움찔 어깨를 떨며 나를 보았다.

"완전히 굳기 전에 손가락으로 쿡쿡 찔러서 표면이 울퉁불퉁해진 마인이 하는 말이니 사실이야."

"루츠, 이 수다쟁이야!"

쓸데없는 소리를 폭로한 루츠를 노려보자 길이 키득거리며 서자판에서 거리를 두었다. 나의 전철을 밟고 싶지 않나 보다.

"어이, 벤노 씨. 일부러 연락을 준 걸 보면 이것 말고도 용건이 또 있지?"

서자판에 밀랍을 부어 넣은 주인장이 도구를 정리하며 벤노가 있는 곳으로 왔다. 벤노는 가볍게 끄덕였다.

"그래, 여기서 파는 모든 밀랍을 종류별로 작은 상자 하나씩 줘."

"저, 전부 종류별로? 평소에 사는 초가 아니라?"

"그래. 실수하지 마. 초가 아니라 밀랍이다."

벤노의 주문에 주인장의 눈이 휘둥그레졌다. 평소엔 초의 크기, 원료, 물량을 전달해서 사는 길베르타 상회의 주인이 초의 원료인 밀랍을 종류별로 사다니 전혀 예상하지 못한 듯했다.

"대체 어디에 쓰려고?"

"그건 아직 말할 수 없어."

벤노가 피식 웃자, 주인장은 고민하듯 턱에 손을 괴었다. 누구든 잇따라 정력적으로 새로운 일을 벌이는 벤노가 또 뭔가 새로운 물건을 만들려 한다고 예상하리라.

"알겠어. 내일까지 상점에 옮겨다 주지."

"지금 당장 준비할 수 있는 물건이 있으면 두엇 정도 먼저 주겠나?"

"그래, 바로 준비하지."

주인장이 서둘러 구석 작업장으로 들어가며 작업 중인 사람들에게 말을 걸었다. 우리는 두 종류의 밀랍을 손에 들고 공방을 뒤로했다.

"자, 이거면 작업할 수 있지?"

"고맙습니다, 벤노 씨."

길베르타 상회에 돌아간 뒤, 나는 벤노와 카드를 맞춰 밀랍 값을 지불했다. 그리고 염석 방법을 종이에 적어 대리 협상할 금액을 설정했다. 이것으로 벤노가 밀랍 협회와의 협상을 해결해 줄 터이다.

"그럼 공방에 돌아가면 바로 해 봐요."

길에게 밀랍 상자를 건네면서 그렇게 말하자, 루츠가 불안한 듯 내 어깨를 잡고 말렸다.

"마인, 잠깐 기다려. 뭘 어떻게 할 건데? 설명이 전혀 없잖아. 여기서 전부 설명하고 신전에 돌아가."

공방에서 나는 기본적으로 움직일 수 없으므로 먼저 설명이 필요하다. 고아원장실에서 설명할 생각이었는데, 길베르타 상회에서 설명하는 편이 정보 누설을 막을 수 있다. 나는 고개를 끄덕였다.

"얇게 만든 종이가 있지? 거기에 밀랍을 얇게 바르는 거야. 밀랍을 얇게 썰어서 종이 위에 뿌린 뒤에 '다리미'로 녹이면 돼. 간단하지?"

"마인, 그건 어떤 물건이고 어디에 있어?"

내가 납종이를 만드는 가장 간단한 방법을 설명하자 루츠의 표정이 딱딱하게 굳었다. 아무래도 '다리미'가 통하지 않은 모양이다. 나는 기억을 더듬으며 다리미를 설명했다.

"음, 그러니까 밑바닥이 평평한 금속이고, 엄청 뜨겁고, 천의 주름을 펴는 물건인데 몰라? 부잣집이나 의류 공방에는 있을 텐데."

의식용 의상을 만들었을 때를 생각하면 코린나라면 분명 가지고 있을 것이다. 그렇게 말하자 벤노가 불쑥 끼어들었다.

"아아, 코린나의 공방에 다리미가 있었지. 그런 물건을 쓴다고?"

벤노의 말로는 예쁜 옷을 입는 부잣집이나 의류 공방에는 밑바닥이 평평한 냄비 같은 물건에 숯을 넣고 주름을 펴는 숯다리미 비슷한 것이 있다고 한다. 헌 옷밖에 입지 않는 우리 동네에는 필요가 없어서 존재하지 않는 물건이라 루츠도 몰랐던 모양이다.

"벤노 씨, 길베르타 상회에서 다리미도 파나요?"

"아니. 그건 대장간에 주문하는 물건이야. 누구나 쓰는 물건도 아니고, 몇 개나 필요한 물건도 아니니까. ……그나저나 서투른 녀석이 쓰면 주변이 더러워져서 다루기 어려운 물건인데, 너희들이 쓸 수 있냐?"

냄비 형태의 다리미는 숯이 튀어서 주변이 더러워지기도 하는 모양이다. 조작이 쉬운 전기다리미가 갖고 싶지만, 그런 걸 내가 만들 수 있을 리가 없다.

"일단 요한한테 형태만이라도 좀 개량해 달라고 부탁해 볼게요."

아무래도 등사 원지는 바로 착수하기 힘들 것 같다. 신음하는 내 옆에서 루츠도 똑같이 팔짱을 끼고 신음했다.

"의욕과 지식만 있고, 도구가 없는 상태라니 예전 기억이 새록새록 나네. 마인, 잘 생각해. 또 부족한 물건은 없어?"

종이를 만들 때 도구가 없어서 고생했던 날을 루츠에게 지적받았다. 나는 볼에 손을 얹고 납종이의 쉬운 제작법을 떠올렸다.

"음, 밀랍을 잘게 잘라서 종이 위에 얹어. 밀랍은 차거름망 같은 도구로 갈 수 있으니까 괜찮아. 잡화점에서 사면 돼. 그리고 밀랍을 종이 위에 뿌리고 나면……."

거기서 얼굴이 새파랗게 질리며 입을 뻐끔거렸다. 루츠의 지적대로 도구가 부족했다. 나는 머리를 감싸 쥐고 그 자리에 주저앉았다.

"Noooo! '쿠킹 시트'가 없어!"

"응? 그건 뭔데?"

간단한 방법으로 납종이를 만들려고 했더니 쿠킹 시트가 없다. 아무리 그래도 내 힘으로 쿠킹 시트는 만들 수 없다. 만드는 방법도 모른다.

"……아무리 생각해도 무리야."

"낙담하기 전에 해결책을 생각해 봐. 대신 쓸 만한 건 없어?"

루츠의 말에 나는 미간을 찌푸리며 생각에 잠겼다. 쿠킹 시트가 발명되기 전에는 알루미늄 호일이나 파라핀 종이를 써 왔다. 알루미늄 호일은 쭈글쭈글해져서 밀랍이 균일하게 발리지 않고, 파라핀지는 파라핀으로 코팅된 종이라는 개념으로 보면 지금 만들려는 납종이와 비슷하다.

"음, 다리미를 쓸 수 있고, 녹인 밀랍이 주변에 배지 않도록 하는데 쓰는 물건이니까 일반 종이로 끼워 버려도 되나? 되면 좋겠는데, 루츠는 어떻게 생각해?"

밀랍이 너무 두꺼워지면 사이에 복사용지를 끼워서 흡수시키기도 하므로 평범한 종이를 끼워도 괜찮을 것 같았다. 아니, 괜찮았으면 좋겠다.

"전혀 모르는 나한테 물으면 어떻게 하냐. 그 외에 필요한 도구는 없어?"

"납종이만 만들 거라면 그걸로 충분해. 그런데 완성한 납종이가 등사 원지로 쓸 수 있을지 어떨지 시험하려면 등사기용 철필이랑 줄판이 필요한데."

납종이라면 밀랍을 녹여 붙여서 말리기만 하면 된다. 다리미에 납이 묻거나 잘못 쓰다가 주변이 지저분해질 가능성은 있지만 실패하지는 않을 터였다. 문제는 완성된 납종이를 등사 원지로 쓸 수 있느냐다.

"등사기용 철필이랑 줄판은…… 요한?"

"응. 전부 요한 담당이네."

내가 벌떡 일어나 루츠에게 끄덕이자, 벤노의 입꼬리가 씨익 올라갔다.

"마인에게 휘둘리는 구텐베르크도 참 힘들겠군."

"요한뿐만 아니라 벤노 씨도 구텐베르크인데요?"

뭘 남의 얘기처럼 말하느냐고 내가 지적하자, 벤노의 표정이 굳어졌다. 그리고 내 머리를 한 손으로 덥석 잡더니 목소리를 깔며 신음하듯 말했다.

"너한테 구텐베르크로 지정당한 놈들은 죄다 산더미 같은 업무에 파묻혀 고생에 고생을 하고 있다. 끊임없이 일거리를 쌓아 올리는 네 입에서 한 마디 정도는 해 줘야 하지 않겠냐?"

"네? 네? 네?"

나는 벤노가 요구하는 한 마디가 얼른 떠오르지 않자 벤노와 루츠를 바라보았다. 두 사람은 서로 닮은 엄격한 눈으로 나의 한 마디를 기다렸다. 힌트를 기대하긴 어려울 것 같다.

"책 보급을 목표로 앞으로도 다 함께 노력합시다."

"아니야! 조금은 고마운 줄 알라고!"

벤노가 고함치며 내 머리를 끼우고 주먹 돌리기를 선사했다. 나는 울상을 지으며 소리쳤다.

"고맙습니다! 고맙습니다! 지금의 제가 있는 건 루츠와 벤노 씨 덕분이에요! 앞으로도 신세 좀 지겠습니다. 잘 부탁합니다!"

구텐베르크의 일이 산더미 같다며 벤노에게 지적받았지만, 카밀과 함께 지낼 수 있는 기한이 정해진 나는 그림책 만들기를 자중할 생각이 전혀 없다. 오히려 더 서둘렀으면 좋겠다.

길의 철필을 받으러 갔을 때 금속 활자 외의 일을 원하던 요한에게 내가 아는 형태로 설계한 다리미와 등사기용 철필, 줄판 설계도를 건넸다. 이 모든 도구가 인쇄에 쓰인다는 것을 눈치챈 요한은 구텐베르크의 호칭에서 절대 벗어나지 못하는 자신의 처지를 깨닫고 눈물을 흘리며 기뻐했다.

델리아의 성장

요한에게 등사 원지를 만들 도구를 주문했지만, 도구가 완성되기까지 아직 한참 시간이 걸린다. 그리고 도구의 완성보다 먼저 다음 그림책에 넣을 빌마의 그림이 완성되었다. 주제는 봄, 물의 여신 플류트레네와 그 권속인 열두 여신에 관한 이야기다.

"있지, 루츠. 도구가 완성되려면 시간도 걸리는데 먼저 다음 그림책을 만들어 버릴까?"

색깔 잉크를 완성하기 전부터 빌마가 제작에 매달린 판지는 예전과 마찬가지로 그림자 그림책을 염두에 두고 만든 것이었다. 그래서 이번에도 흑백으로 인쇄해 버리고 싶었다.

판지를 쓴 흑백 인쇄라면 도구를 기다리지 않아도 인쇄가 가능하다. 봄이 되고, 이제 종이를 만들기 시작한 참이라 수량이 부족하지만, 벤노가 세운 식물지 공방에서 부족한 양을 사다 써도 된다.

"이왕이면 인쇄기를 쓰고 싶은데……."

"신관장님이 안 된다고 했다며. 포기하고 커터로 판지나 만들자."

루츠에게 즉시 퇴짜를 맞은 나는 포기하고 두꺼운 종이를 오려내기로 했다. 애써 금속 활자도, 간단한 인쇄기도 만들었는데 아쉬웠다.

"쓰지 말라는 인쇄기를 몰래 쓰는 것보다 해야 할 일이 있잖아. 되도록 빨리 색깔 잉크가 완성됐다고 프랑과 신관장님께 보고하고, 다음 그림책에는 색깔 잉크를 살린 그림을 그려 달라고 빌마에게 알리는 편이 좋아. 인쇄를 어떻게 할지, 어떤 그림으로 그릴지도 고민해야 한다고."

"하긴. 빌마가 디르크를 돌보니까 느긋하게 얘기할 시간이 없었어. 오늘은 오후에 고아원에 가서 얘기해 볼게."

나는 루츠와 그런 대화를 나누면서 터벅터벅 걸었다. 길을 걷는 도중에 아기를 업은 엄마를 보자 정신이 퍼뜩 들었다. 토트백에 손을 넣어 나무통과 자갈이 들어간 주머니를 꺼냈다. 아빠가 깎고 가다듬은 뒤 속을 도려내 준 나무통과 깨끗이 씻은 자갈이다.

"루츠, 이 나무통에 이렇게 돌을 넣고 나서 뚜껑을 닫고 아교로 붙여 줄래?"

"……상관은 없는데, 뭔데?"

루츠는 내가 건넨 나무를 보며 갸우뚱했다. 자갈을 넣고 아교로 뚜껑을 닫으면 간단한 딸랑이가 완성된다. 똑같은 것이 두 개 있었다.

"아기 장난감이야. 카밀이랑 디르크 꺼. 이렇게 붙여서 흔들면 소리가 나."

"아아. 형태는 좀 다르지만, 비슷한 장난감이라면 있어."

"사실은 여기에 귀엽게 색깔을 입히고 싶지만, 아기가 입에 넣는 물건에는 잉크를 칠하기가 좀 그래서……."

카밀이나 디르크 정도 월령의 아기는 선명한 색밖에 보지 못하니까 빨간색 딸랑이면 좋겠지만, 아기가 입에 넣는 장난감에 잉크를 칠하는 데에는 저항감이 들었다. 식재료로 만든 잉크라면 입에 넣어도 문제가 없을 것 같지만, 혹시나 잉크에 세균이 발생하면 어쩌지.

"어차피 오래 쓸 것도 아니잖아? 입에 넣어도 괜찮은 잉크를 쓰면돼. 얼마 전에 공방에서 실험한 색깔 잉크도 달리 쓸 데도 없고."

"그럼 루츠, 부탁해도 될까?"

"그래. 오후에 갖다 줄게."

루츠와 공방 앞에서 헤어지고 내 방에 돌아오니, 로지나가 페슈필을 안고 나를 기다리고 있었다.

"안녕하신지요, 마인 님."

나는 의욕에 찬 로지나에게 쓴웃음을 지으며, 디르크와 놀고 있는 델리아에게 옷을 갈아입혀 달라고 부탁했다.

"델리아, 옷을 갈아입고 싶은데 괜찮아요?"

"알겠습니다. 디르크, 볼일 보고 올 테니까 잠깐만 기다려."

델리아가 아쉬워하며 디르크에게 떨어지고, 서둘러 옷을 갈아입혀 주었다. 잽싸게 파란 견습무녀복을 입히고 허리끈을 졸라 주고는 금방 디르크에게로 돌아가 버렸다.

"디르크, 기다렸지."

나는 지금까지 본 적 없는 반짝이는 환한 미소로 델리아가 디르크에게 말을 걸었다. 델리아는 디르크에게 푹 빠져 사족을 못 썼다.

'뭐야, 그 귀여운 미소는. 난 본 적도 없는데.'

원래 미인형인 델리아의 미소에 나도 모르게 숨을 삼켰다. 디르크에게 약간의 질투를 느낄 정도로 부드럽고 애정에 가득 찬 미소였다.

"마인 님, 곧 디르크도 뒤집기를 할 수 있대요. 역시 내 남동생. 우수한 아이예요."

델리아는 몸을 비틀려고 낑낑대는 디르크 옆에 앉아 디르크의 볼을 쓰다듬었다. 완전히 디르크밖에 보지 않는다. 디르크가 고아원에 온지 겨우 열흘이 지났는데, 상당히 애지중지하게 된 모양이다.

"마인 님, 디르크는 델리아에게 맡기시고 페슈필 연습을 시작합시다."

로지나의 말에 나는 작은 페슈필을 손에 들고 연습을 시작했다. 몇 번 과제곡을 연주하는 사이 문이 열렸다. 고아원의 아침 식사와 정리를 끝내고 고아들을 공방으로 보낸 빌마가 디르크를 데리러 온 것이다.

"안녕하신지요, 마인 님. 디르크를 데리러 왔습니다."

"안녕하세요, 빌마. 그럼 오늘도 잘 부탁할게요. 오늘 그림책 건으로 할 얘기가 있으니 오후에 고아원으로 가겠어요."

"알겠습니다."

내가 오늘의 예정을 밝히자 빌마가 끄덕였다. 그 뒤 델리아와 디르크에 관련된 일들을 인수인계했다. 밤에 어느 타이밍에 얼마 정도 염소젖을 먹었는지를 듣고, 다음 수유 시간을 예측하여 준비해 두어야 하기 때문이다.

"육아 경험이 있는 회색 무녀가 없으니 젖먹이를 맡았을 때의 대응을 생각해 두지 않으면 앞으로 고아원을 운영해 나가기 힘들겠네요."

이제 자기 자식과 더불어 고아들을 돌봐 줄 회색 무녀는 없다. 그리고 아기가 생기는 경위를 고려했을 때, 가능하면 앞으로도 늘어나서는 안 될 존재다. 신관장과도 젖먹이를 맡았을 때의 대응을 상담해 두어야 한다. 앞으로 계속 내 시종들만 부담을 안고 갈 수도 없는 노릇이니까.

"디르크가 없으면 쓸쓸해요."

델리아는 그렇게 말하며 아쉬운 듯 몇 번이고 디르크를 쓰다듬은 뒤, 빌미에게 맡겼다.

디르크가 고아원에 가 버리면 기운이 빠져 생기를 잃는 델리아와 대조적으로 로지나는 어딘지 안심하는 표정을 지었다.

　세 점 종이 울릴 때까지 페슈필 연습을 하고, 그 뒤엔 점심 전까지 프랑과 함께 신관장의 업무를 돕는다. 점심을 들고 나면 프랑과 로지나는 각자의 방에서 휴식을 취한다. 오후에 휴식 시간을 가지게 되면서 로지나와 프랑의 컨디션이 조금씩 돌아오는 듯했다. 그래도 여전히 피로의 기색이 엿보였다.

　"두 사람 다 느긋하게 쉬세요."

　"그럼 이만 물러나겠습니다."

　프랑과 로지나가 오후 휴식에 들어가면 방에 남는 시종은 델리아뿐이다. 델리아는 방 청소를 끝내고 계산 연습을 했고 나는 집무용 책상에 앉아 판지를 만들면서 루츠의 방문을 기다렸다. 얼마 안 있어 길베르타 상회에서 점심을 먹은 루츠가 완성한 장난감을 들고 찾아왔다.

　"자, 마인. 완성했어."

　"와, 고마워."

　루츠가 손에 들고 온 딸랑이를 흔들면서 완성품을 보여주었다. 조금 어두운 빨간 장난감을 두 아기가 기뻐해 줄까? 카밀은 아직 기쁘다고 표현할 달수가 아니기 때문에 우선 디르크의 반응이 궁금했다.

　"주인님한테도 종이를 주문했으니까 마음만 먹으면 언제든 인쇄할 수 있어."

　"루츠, 일처리가 빠른데'?"

　"아직 한참 멀었어. 마르크 씨는 쓸데없는 움직임이 많다고 지적하시거든."

　마르크에게 받은 교육의 성과가 착실히 나오고 있는 듯하다. 루츠

본인은 마르크나 벤노, 레온에게도 못 이긴다고 하지만, 그 나이에 어디까지 바라고 있는 걸까.

"마인, 잊지 말고 빌마에게 판지를 받아다 줘. 공방에서도 인쇄 준비를 시작해야 하니까."

"응, 맡겨 둬."

나는 루츠를 배웅한 뒤, 딸랑이 하나를 토트백에 넣었다. 그리고 또 하나를 손에 쥐고 1층 거실에 있는 다무엘에게 말을 걸었다.

"다무엘 님, 지금부터 고아원에 가려고 하는데요⋯⋯."

"아, 알았다."

내가 문 쪽에서 기다려주는 다무엘에게 빠른 걸음으로 다가가자 다무엘이 내 주변을 둘러보다가 엄격한 표정을 지었다.

"어이, 견습무녀. 시종은 어쨌어? 한 명도 안 거느리고 외출하다니 어쩌자는 거야?"

"⋯⋯네?"

다무엘이 있으니까 문제없으리라 생각했는데 아무래도 호위와 시종은 따로 쳐야 하는 모양이다. 숙녀가 시종도 없이 방을 나와서는 안 된다고 한다. 나는 하는 수 없이 델리아를 불렀다.

"델리아, 지금부터 고아원에서 빌마와 할 얘기가 있어요. 따라와 주세요."

"마인 님, 전⋯⋯."

긴장한 얼굴로 돌아본 델리아가 할 말을 삼키며 분한 듯 입술을 잘근 씹었다. 싫다고 거절하고 싶어도 입장상 어찌 말할 수 있으랴. 평소라면 델리아의 의견을 존중했겠지만, 기사인 다무엘을 기다리게 하는 상황이라 어쩔 수 없었다.

"델리아, 고아원 앞까지면 돼요. 거기까지 참아 줄 수 있어요? 돌아오는 길은 빌마에게 부탁할 테니까."

"……알겠습니다."

델리아가 침울한 모습으로 선두를 걸으며 복도를 나아갔다. 뒤를 따라가는 내 눈에도 델리아의 어깨가 굳고 발걸음이 무거워 보였다. 등 뒤에 있는 내게 델리아의 표정은 보이지 않지만, 필사적인 표정을 하고 있으리라.

고아원 앞에 도착하자 델리아가 발걸음을 멈췄다.

"그럼 전 돌아가겠습니다."

"어이, 시종. 돌아가기 전에 문을 열어라. 주인인 견습무녀에게 열게 할 생각인가?"

발걸음을 돌리려던 델리아를 다무엘이 엄격하게 꾸짖었다. 고아원의 문은 기사인 다무엘에게 열게 할 수도, 내가 열 수도 없다. 시종은 주인의 번거로움을 대신하는 존재다.

고아원 문을 열라는 명령에 델리아의 얼굴이 색을 잃은 듯 새하얘졌다. 하지만 여전히 냉엄한 표정의 다무엘을 보고 하는 수 없이 문으로 향했다. 델리아가 눈과 입을 꼭 닫은 채 떨리는 손으로 고아원의 문을 밀었다.

'끼익' 하고 묵직한 소리를 내며 문이 열렸다. 눈 앞에 펼쳐진 곳은 커다란 테이블이 나란히 이어진 고아원 식당이었다. 식당의 안쪽에 놓인 커다란 쿠션 주변에 회색 무녀들이 있었다.

문이 열리는 소리에 눈치챘는지 그녀들이 일제히 이쪽을 돌아보았다. 내 방문을 눈치챈 모두가 쿠션 위에 누운 디르크에게 등을 돌리고 무릎을 꿇어 양팔을 가슴 앞에서 교차했다.

"마인 님, 전 돌아가겠습니다."

고아원 광경을 시야에 담지 않으려고 고개를 푹 떨군 상태로 델리아가 중얼거렸다.

"네, 무리하게 부탁해서 미안해요. 고마워요, 델리아."

"아닙니다."

델리아는 딱 한 번 디르크가 있는 쪽에 눈길을 주고 발걸음을 돌리려고 했다. 그 순간, 델리아가 눈을 크게 뜨고 다시 돌아보는가 싶더니 갑자기 식당 안쪽에 놓인 쿠션을 향해 달리기 시작했다.

"디르크!"

뒤집기를 하려는 디르크의 몸이 절반 가량 쿠션에서 튀어나와 있는 게 아닌가. 그 기세로 뒤집기에 성공하면 쿠션에서 굴러떨어질 순간이었다. 우, 우, 소리를 내며 몸을 비트는 디르크에게 미끄러지듯 델리아가 팔을 뻗었고, 동시에 디르크가 첫 뒤집기에 성공했다.

"정말! 디르크가 쿠션에서 떨어져서 다치기라도 하면 어쩔 거예요! 제대로 봐 주세요!"

디르크를 쿠션 가운데에 눕히며 델리아가 눈썹을 치켜세웠다. 하지만 그런 불평을 한들 회색 무녀들이 청색 견습무녀가 왔는데 무릎을 꿇지 않을 수가 없다. 디르크의 귀여움에 푹 빠져서 주위가 보이지 않는 델리아에게 나는 고개를 저었다.

"……고아원에도 들어왔으니 델리아가 디르크를 보면 어때요?"

"앗!?"

내 말에 델리아는 자신이 서 있는 곳을 보고 눈을 크게 떴다. 서둘러 일어나는 델리아에게 나는 들고 있던 딸랑이를 건네주었다.

"소리가 나는 장난감이에요. 디르크한테 주려고 했는데, 델리아가 전해 줘요. 나보다 델리아가 놀아 주는 쪽을 디르크도 좋아할 거예요."

망설이듯 델리아가 손안의 빨간 딸랑이를 바라보았다.

"슬슬 빨간색을 눈으로 쫓게 될 거예요. ……아니면 제가 줄까요? 디르크의 첫 장난감은 누나가 주는 편이 좋을 텐데."

그렇게 말하며 내가 델리아의 손에 있는 딸랑이를 뺏으려고 했더니 델리아가 딸랑이를 잡은 손을 슥 올렸다. 나는 닿지 않는 높이다.

"그럼 델리아가 디르크에게 주세요. 빌마, 할 얘기가 있는데 괜찮나요? 다른 분들도 하던 대로 디르크를 돌봐 주세요."

디르크의 쿠션이 시야에 들어오는 테이블에 앉아 내가 빌마와 얘기를 시작하자 무릎을 꿇고 있던 회색 무녀들도 움직이기 시작했다.

"디르크, 마인 님께서 선물로 주신 장난감이야. 보이니?"

델리아가 상냥하게 말을 건네며 디르크의 눈앞에서 딸랑이를 소리 내며 흔들었다. 디르크는 크게 뜬 눈으로 가만히 소리와 색깔을 쫓았다. 카밀의 선물로 어떨지 확인 차원에서 디르크의 반응을 보려고 했는데, 꽤 시선을 끄는 모양이다. 디르크의 반응을 보아하니 카밀도 분명 기뻐해 주겠지?

"어머, 보이나 보네요."

"소리에 반응하는 걸까요?"

아기와 접할 기회가 없는 회색 무녀들은 흥미진진하게 디르크와 델리아를 바라보았다. 주변 목소리로 자신이 있는 위치가 어디인지 생각났는지 델리아가 새빨갛게 물든 얼굴로 나를 노려보고는 벌떡 일어났다.

"마인 님, 전 이만 방에 돌아가겠습니다. 여러분, 디르크를 잘 부탁해요."

델리아가 한 회색 무녀에게 딸랑이를 떠밀고는 고아원을 뛰쳐나갔다. 한 번 들어왔으니 빌마처럼 조금씩 익숙해지면 언젠가 고아원에 드나들 수 있게 되지 않을까.

뛰쳐나가는 델리아의 등을 빌마가 걱정하며 바라보았다.

"마인 님, 델리아는 괜찮을까요? 고아원을 끔찍이 싫어한다고 들었는데요."

"……글쎄요. 디르크를 귀여워하는 마음으로 조금씩 익숙해지길 바랄 뿐이에요. 델리아는 기억 속 과거의 고아원을 싫어하지만, 그때의 지하는 이제 없으니까요."

줄곧 끔찍한 지하에서 지내다 세례식 날 신전장의 방으로 옮긴 델리아에게는 지하가 고아원에 대한 기억의 전부일 터였다. 지금도 간신히 지나쳐 가는 정도였다. 그때의 고아원과 다르다는 것을 실감하고, 익숙해지면 식당 정도는 출입할 수 있게 되지 않을까.

되도록 일찍 출입하게 되지 않으면 델리아는 곧 디르크와 못 만나게 된다. 디르크가 저녁에도 제법 잘 자게 되면, 고아원의 세례식 전 아이들이 있는 방으로 옮겨야 할 테니까.

"귀여운 남동생과 떨어지지 않으면 좋겠는데요."

"매일 디르크를 데리러 갈 때 델리아는 정말 아쉬운 표정으로 디르크를 품에서 놓으려고 하질 않아요. 데리고 가는 제가 꼭 나쁜 짓을 하는 것 같은걸요. 저렇게 귀여워하는데 못 만나게 되다니 둘에게도 슬픈 일이니까 조금이라도 일찍 델리아가 고아원에 익숙해졌으면 좋겠어요."

부드럽게 미소를 짓는 빌마의 얼굴에는 로지나나 프랑처럼 피곤한 기색이 없었다.

"이곳엔 일손이 있어서 그런 걸까요? 빌마는 안색이 나쁘지 않네요."

"전 오후에만 디르크를 상대하고, 또 혼자서 돌보지 않으니까요. 반대로 늦은 밤에 혼자 봐야 하는 로지나와 프랑은 정말 힘들 거예요."

오후 동안에만 디르크를 돌본다고는 해도 빌마를 디르크에게 빼앗겼다고 생각하는지 어린아이들 중에는 아기에게 시샘하여 투정이 심해진 아이도 있다고 한다. 디르크를 재우는 빌마 옆에 꼭 붙어 떨어지지 않는다고 한다.

"빌마는 고아원의 어머니네요. 손이 가는 아이들이 많아서 힘들겠어요."

"전 세례식을 치르기 전까지 지하에서 어머니의 귀여움을 받으며 자란 기억이 있어요. 그래서 엄마를 잃은 아이들에게 애정을 듬뿍 주고 싶어요. 모두가 저를 엄마로 생각해 주면 정말 고맙죠."

아이들이 너무 귀엽다는 빌마의 미소에 나는 빌마를 고아원의 관리자로 삼길 잘했다고 속으로 생각했다.

그 뒤 빌마와 그림책에 대해 의논했다. 이제부터 새로운 그림책 인쇄를 시작할 테니 판지를 줬으면 좋겠다는 점, 색깔 잉크를 완성했다는 점, 그리고 앞으로 색깔 잉크를 쓸 그림을 고려해 줬으면 한다는 점. 하지만 인쇄 방법은 지금까지와 마찬가지로 공판인쇄이므로 색깔별로 판지를 만들 필요가 있다는 점. 등사 원지를 만들 예정이니까 좀 더 섬세한 그림을 부탁한다는 점.

"마인 님은 정말 책을 좋아하시는군요. 어쩜 이렇게 계속해서 새로운 방법을 생각해 내시나요……. 저도 힘껏 그림을 그리겠습니다."

"고마워요, 빌마."

내가 대화를 대략 끝내고 빌마에게 판지를 받았을 때쯤에 디르크가 배고플 시간이 된 듯하다. 칭얼대기 시작한 디르크를 위해 빌마 없이도 회색 무녀들이 재빨리 지하에서 염소젖을 가져와 준비하기 시작했다. 벌써 익숙해진 모양이다. 빌마가 없어도 돌볼 수 있다면 나는 얼른 방에 돌아가는 편이 좋으리라. 내가 있으면 모두 나의 움직임에 신경 쓰면서 움직여야 하기 때문이다.

"다들 힘들겠지만, 디르크를 잘 부탁해요. 빌마, 미안한데 방까지 함께해 주세요."

나는 회색 무녀들에게 인사하고 고아원을 뒤로했다.

각자의 주장

방으로 돌아가니 "정말!" 하고 소리치는 델리아의 목소리가 들렸다. 디르크가 온 이후로 대체로 기분이 좋아서 요즘에는 잘 들리지 않던 델리아의 신경질적인 목소리에 나는 빌마와 얼굴을 마주 보았다.

"델리아의 목소리인 것 같은데요."

"무슨 일이지?"

"서둘러 돌아가자. 견습무녀."

경계심을 드러낸 다무엘의 재촉에 최대한 빠른 발걸음으로 방으로 돌아갔다. 그곳에는 말다툼 중인 프랑과 델리아의 모습이 있었다.

"신관장님은 신용 못 해요!"

"신용이 넘치는 분이십니다."

둘이 서로 으르렁댄다기보다 델리아가 일방적으로 물고 늘어지는 느낌이지만, 드문 조합에 나는 눈을 끔뻑거렸다.

"프랑, 델리아. 무슨 소동이죠?"

두 사람은 내가 말을 걸기 전까지 전혀 눈치채지 못한 듯하다. 홱 뒤돌아본 프랑이 서둘러 내게 사죄하고 맞아 주었다.

"어서 오십시오, 마인 님. 흉한 꼴을 보여서 죄송합니다."

하지만 바로 태도를 고친 프랑과 달리 델리아는 내 쪽으로 달려와 날카롭게 노려보며 소리쳤다.

"마인 님, 대체 이게 어떻게 된 일이죠!?"

갑자기 소리쳐도 뭐가 뭔지 나는 전혀 알 수가 없었다.

"어, 무슨 말인가요?"

"델리아! 마인 님께 무슨 태도입니까?"

프랑의 질책을 흘려 넘기고, 델리아는 내 어깨를 강하게 잡았다.

"디르크를 양자로 보내겠다니 대체 무슨 말이냐고 묻는 거예요!"

"아까부터 몇 번이고 말했듯이 그 얘기는 없었던 일로 되었다고 아르노가 말하지 않았습니까. 마인 님한테서 손을 떼세요, 델리아."

프랑은 끝까지 냉정한 자세를 유지하며 델리아의 손을 떼어 냈지만, 나는 여전히 의미를 알 수가 없는 상태였다. 둘에게 나는 완전히 뒷전이었다.

'저기, 누가 설명 좀, 플리즈.'

상황을 몰라 안절부절못한 사람은 나 하나가 아니었다. 여기까지 데려다준 빌마도 프랑과 델리아의 모습에 눈만 끔뻑였다.

'어, 이럴 땐 어떻게 해야 좋지? 아, 맞다. 양쪽의 주장을 자세하게 들어야지.'

예전부터 신관장에게 들었던 조언을 떠올리니 약간은 침착할 수 있었다. 나는 주변을 돌아보고 우선 빌마에게 말을 걸었다.

"빌마, 여기까지 고마워요. 이제 돌아가 주세요. 이 두 사람의 주장을 끝까지 듣다간 고아원 업무에 지장이 생길 거예요."

"알겠습니다."

빌마는 그렇게 대답하면서도 프랑과 델리아가 신경 쓰이는지 몇 번이고 뒤돌아보면서 고아원장실을 나섰다.

"마인 님!"

"2층에서 자세히 이야기를 들을 테니 델리아는 차를 달여 주세요."

느긋하게 물을 끓이고, 정성 들여 차를 달이는 과정에서 델리아가 조금이라도 진정해 주기를 바라는 작은 기대를 가지고 프랑과 계단을 올라갔다.

그러자 2층에서는 왠지 멍한 분위기로 나른하게 페슈필 앞에 앉아 있던 로지나가 나와 눈이 마주치자 천천히 의자에서 일어났다.

"어서 오십시오, 마인 님."

"로지나는 무슨 사정인지 아나요?"

"아뇨, 델리아의 목소리에 깨 버려서 자세히는 모릅니다."

낮잠을 자며 휴식을 취하는데 델리아의 노성에 눈이 뜨였다고 한다. 말수가 적어진 로지나의 표정에는 감정이 드러나 있지 않지만, 매우 기분이 안 좋으리라 예상되었다.

"로지나는 좀 더 방에서 쉬고 있으세요."

"그렇게 하겠습니다."

비틀거리는 발걸음으로 로지나가 방을 나갔다. 나는 프랑이 끌어 주는 의자에 앉았다. 먼저 프랑의 사정을 듣기로 했다.

"미안하지만 전혀 이해가 안 가네요. 프랑, 자세히 설명해 줘요."

"델리아가 고아원에서 돌아오는 도중에 신관장님의 전언을 듣고 온 아르노와 만났는지 함께 방으로 돌아왔습니다. 그때 전 휴식 중이었습니다만, 델리아가 부르기에 서둘러 옷을 갈아입고 아르노를 만났습니다."

말을 들어보니 프랑도 로지나처럼 낮잠을 자던 중 델리아의 부름에 억지로 일어났고, 아르노의 대응과 델리아의 생트집을 들어야했다고 한다. 내가 방에 있었다면 프랑을 깨우지 않고도 델리아와 둘이서 어떻게든 대응했었을 일이었다.

"방을 비워서 미안해요."

"아닙니다. 마인 님이 계셨어도 아르노가 왔을 때는 절 불러 주셔야 했습니다."

프랑은 가볍게 고개를 저었다. 신관장이 보낸 전언은 나 혼자만이 아니라 프랑도 함께 얘기를 들어야 한다고 했다.

"솔직히 아르노의 용건은 정말 전언뿐이라 딱히 큰일이 아니었는데 델리아가 격분할 줄은 몰랐습니다."

프랑이 주방 쪽에 시선을 돌리고 가볍게 한숨을 내쉬었다. 프랑이 귀찮은 표정을 짓는 건 정말 드문 일이었다. 델리아가 얼마나 심하게 대들었는지 알 만했다.

"그래서 아르노가 어떤 전언을 가져온 거죠?"

"신관장님께서 디르크가 양자로 들어갈 곳을 찾아 보셨지만, 역시 어렵다는 내용이었습니다."

프랑의 설명에 의하면 신관장은 처음 내 부탁대로 디르크가 양자로 들어갈 곳을 찾아 보았다고 한다. 안타까운 결과가 되었지만, 실망하지 말고 고아원에서 양육하라고 했다는 연락을 아르노가 가져왔다고 한다.

남자아이는 양자로 들어가기 어렵다고 들었을 때 이미 거의 포기했었던 나는 내가 귀족의 양녀가 되면 디르크와 계약해야겠다고 마음을 먹었다. 그래서 입양처를 찾겠다는 얘기조차 절반 가량 잊고 있을 정도였다.

'신관장님도 참 성실하다니까.'

프랑의 설명을 들은 나는 감탄했지만, 차를 달여 온 델리아는 다시 분노에 불이 붙었는지 내 앞으로 살짝 난폭하게 컵을 들이밀며 프랑을 노려보았다.

"왜 신관장님의 입에서 디르크를 양자로 보내겠다는 얘기가 나오는 겁니까!?"

프랑의 얘기로 보아 아르노도 프랑도 디르크가 신식이라는 정보를 모르는 것 같았다. 지금 델리아의 분노도 자신도 모르게 디르크의 양자 이야기가 진행되었다는 부분에만 집중되어 있었다.

나는 살짝 눈을 내리깔았다. 신관장은 디르크가 신식이라는 사실을 숨기라고 지시했다. 델리아에게 디르크에게 마력이 있어서 귀족의 양자 자리를 찾으려 했다는 사정을 숨기고 뭐라 설명해야 좋을까.

"마인 님의 가족도 그렇고, 나와 디르크도 그렇고, 신관장님은 가족을 갈라놓는 취미라도 있으신가요!?"

"그런 취미가 있을 리 없다고 몇 번이나 말했지 않습니까! 신관장님 나름의 생각이 있으실 겁니다."

아무래도 델리아의 머릿속엔 신관장이 가족의 사이를 억지로 갈라놓는 나쁜 사람으로 인식된 듯하다. 그리고 그런 말을 들으면 신관장을 존경하는 프랑의 말투가 거칠어지는 것도 어쩔 수 없었다.

"델리아."

나는 심호흡하듯 천천히 숨을 내쉬고 델리아를 보았다.

"이곳엔 갓난아기를 돌보는 회색 무녀가 없습니다. 그래서 만약 디르크를 양자로 원하는 분이 계시면 보내는 편이 디르크가 행복해지는 길이라고 생각해서 내가 신관장님께 부탁한 거예요."

"뭐라고요!? 마인 님께서 저희를 갈라놓으려고 하셨다고요!?"

델리아의 분노가 나를 향했다. 나는 고개를 저어 부정했다.

"아니에요. 델리아도 처음엔 디르크를 돌보기 싫어했잖아요? 아무도 돌보고 싶지 않다니까 부탁했던 거였어요."

자신의 발언이 생각났는지, 깜짝 놀라 크게 뜬 눈으로 델리아가 웅얼거렸다.

"그, 그건 제일 처음에 잠깐 그랬을 뿐이잖아요."

"네. 내가 신관장님께 상담한 날도 그때였어요."

델리아가 입을 꾹 다물자 거세던 분노도 가라앉았다.

"아이를 키울 회색 무녀가 없으니 어떻게 돌봐야 할지 아무도 모르는 상황이었죠. 유모를 고용하고 싶어도 고아원에 와 줄 사람은 없어요. 새벽까지 돌봐 주는 프랑과 델리아의 부담도 큰 만큼 양자로 받아 줄 사람이 있으면 좋겠다고 생각했었어요."

지금은 일단 낮잠 시간도 생기고, 델리아가 돌봐주는 시간이 늘어나서 어느 정도 상황이 좋아졌지만, 아무것도 모르던 초반 며칠간은 모두에게 부담이 매우 컸다. 그 상황을 직접 겪어서 잘 아는 델리아는 불만스럽게 나를 노려보면서도 입만 우물거릴 뿐, 딱히 말을 내뱉지는 않았다.

"신관장님은 그런 내 부탁을 듣고 성실하게 양자 자리를 찾아 보신 것뿐이에요. 처음부터 찾기 어렵다고 들은지라 기대도 하지 않았죠. 하지만 신관장님께서는 전력을 다해 주셨답니다."

"……그랬군요."

델리아가 납득한 듯 어깨에 힘을 뺐다.

"난 델리아가 이렇게나 열심히 디르크를 돌볼 줄을 몰랐어요. 지금 생각하면 양자 얘기가 없던 일이 돼서 다행이라고 생각해요. 아르노도 이대로 고아원에서 키우라는 전언을 가져와 줬잖아요?"

"네, 실망하지 말고 양육에 힘쓰라고 신관장님께서 말씀하셨답니다."

프랑이 말을 거들자 델리아는 몇 번 눈을 끔뻑인 후, 약간 남은 불안마저 깨끗이 떨치고 싶은 표정으로 나를 가만히 응시했다.

"……그럼 마인 님은 저와 디르크를 떼어놓지 않으실 거죠?"

"네, 델리아에게 디르크가 얼마나 소중한지 잘 알았고, 가족과 떨어지고 싶지 않은 마음은 나 자신이 아주 잘 알고 있으니까요."

"……다행이다."

안심한 듯 델리아는 자신의 가슴을 누르며 숨을 내쉬었다.

"전 디르크와 절대 떨어지고 싶지 않아요. 처음 생긴 가족이니까요."

델리아가 납득해 준 지 열흘 정도가 지났다.

요한에게 부탁한 물건 중 가장 이해하기 쉬웠는지, 아니면 가장 창작 의욕을 자극했는지 완성된 다리미가 도착했다. 그리하여 두 권째 그림책 인쇄에 들어가기 전에 판지에 밀랍을 칠해 강화해 보았다. 철필로 긁어서 만들 게 아니라면 밀랍이 다소 두꺼워도 문제없을 터이다.

"이제 인쇄를 잔뜩 할 수 있을 거야!"

납칠로 내구성을 높인 판지를 앞에 두고 내가 당당하게 말하자, 루츠가 팔짱을 끼고 고개를 갸웃거렸다.

"……저기, 마인. 신관장님이 적당히 만들라고 하지 않았어? 잔뜩 인쇄해도 괜찮은 거야?"

"판지에 납칠을 해 두면 다시 사용할 수 있잖아. 두고두고 오래 쓸 수 있어."

"외면하지 마!"

아무리 루츠가 화를 내도 나는 그림 판지에 관련해서는 양보할 생각이 전혀 없다. 글자는 언젠가 활판 인쇄를 쓰게 되지만, 그림은 다시 고쳐 그려야 한다.

"빌마의 고생을 덜기 위해서야. 여러 번 쓰는 편이 좋잖아?"

빌마가 그림을 그려서 꼼꼼하게 오려내느라 얼마나 고생하는지 잘 아는 루츠는 오만상을 지으며 인상을 찌푸렸다.

"……그림만이야."

나는 납칠을 한 모든 그림 판지를 길에게 맡겼다. 이미 마인 공방의 인쇄 작업은 길과 회색 신관들에게 맡길 수 있게 되었기 때문이다.

길에게 공방을 맡기게 되고부터 루츠에게는 조금 여유가 생겼다. 덕분에 나는 루츠, 다무엘과 함께 공방이나 길베르타 상회에 출입하는 날과 신전에 가는 날을 교대로 소화하게 되었다. 문과 창틀이 들어오기 시작하여 완공을 눈앞에 둔 이탈리안 레스토랑을 벤노와 함께 보러 가거나, 잉크 공방에 가서 하이디의 연구 결과를 듣고 표에 정리하거나 하며 바쁘게 보내고 있다.

"마인, 무슨 생각을 하길래 갑자기 조용해?"

"카밀 생각."

"또?"

바쁜 내 머릿속은 카밀에게 줄 장난감 생각으로 가득하다. 나무토막의 속을 도려내어 만든 딸랑이는 디르크가 아주 좋아하지만, 자기 손에서 얼굴 위로 떨어뜨리는 바람에 종종 울어 버린다는 고아원의 보고를 받았다. 카밀이 사랑스러운 얼굴에 장난감을 떨어뜨려도 아프지 않을 징난감을 만들어야 했나.

"루츠, 나 '방울'이 필요해."

"갑자기 뭐야?"

"그러면 손에 쥐는 딸랑이 인형을 만들 수 있어."

'종'이라 불리는 소리 나는 금속제 물건은 있지만, 일본에서 자주 보는 동그란 방울은 이곳에서 본 적이 없다. 예쁜 소리를 내기는 어렵 겠지만, 구조는 간단하므로 요한에게 부탁하면 만들 수 있겠지.

"좋아, 대장간에 가자."

나는 들뜬 마음을 안고 잉크 공방에서 멀지 않은 대장간으로 향했다.

"안녕하세요."

"어서 오세요. 어~이, 구텐베르크! 마인 님이 오셨어!"

처음 보는 장인이 아무렇지 않은 얼굴로 안쪽을 향해 '구텐베르크' 라고 불렀다. 이젠 놀림거리도 아닐 정도로 완전히 침투해 버린 모양 이다. 안쪽에서 나온 요한이 "구텐베르크라고 부르지 마." 라고 힘없 이 말해도 장인은 "예이, 예이." 하고 가볍게 흘려 넘겼다.

"마인 님, 오늘은 어떤 용건이시죠? 철필은 아직 완성이 안 됐는 데요."

등사 원지용 철판에 쓸 철필을 몇 종류나 부탁한 터라 완성까지 아 직 조금 시간이 걸린다고 한다.

"저기, 요한이 다른 수습생에게 맡겨도 괜찮으니까, 이렇게 생긴 '방울'을 만들어 줬으면 해요."

내가 방울의 설계도를 그 자리에서 그리기 시작하자 요한은 흥미진 진하게 들여다보았다. 역시 종 같은 타입만 있고, 동그란 방울은 존재 하지 않나 보다.

"마인 님, 이 홈은 장식인가요?"

"소리를 울리게 할 때 필요해요. 꼭 이 모양이 아니어도 되지만, 홈은 반드시 넣어 주세요. 속에 넣은 구슬이 빠지지 않는 크기로 부탁해요."

아마 홈의 크기나 금속 두께, 속에 든 구슬의 크기나 소재에 따라 방울 소리가 전혀 달라지겠지만, 거기까지 자세히는 모른다. 형태만 엇비슷하다면 소리는 날 것이다. 그리고 완성한 작은 방울을 알맹이로 삼을 좀 더 큰 방울을 만든다. 방울이 2중이어야 인형에 넣었을 때 소리가 울린다.

"······이거라면 그렇게 어렵진 않겠네요. 이것도 인쇄에 쓰나요?"

"아뇨, 이건 아기 장난감에 쓰려고요. 나도 가끔은 인쇄 외의 물건도 주문하거든요?"

그렇게 내가 입을 삐죽이자 요한은 매우 기쁜 듯이 웃었다.

"책이나 인쇄와 전혀 관련이 없는 주문은 이번이 처음이에요."

책밖에 흥미가 없는 아이인 줄 알았다며 요한이 왠지 안심하듯 말했다. 사실 지금은 카밀 생각에 정신이 없지만, 대체로 나는 책밖에 흥미가 없다. 요한이 모처럼 기뻐하니 당분간은 그렇게 생각하도록 놔두자. 그렇게 생각하는데 루츠가 요한을 풀 죽게 했다.

"마인은 책 외에 흥미가 없어. 구텐베르크의 칭호에서 벗어났다고 생각하면 큰 오산이야."

"알아. 헛된 기대도 못 가지냐?"

노골적으로 풀이 죽어 탄식하는 요한에게 루츠는 "요한도 얼른 마인한테 익숙해져야지." 하고 연타를 가했다.

"그럼. 루츠는 나를 가장 잘 다루는 훌륭한 구텐베르크인걸?"

내 말을 들은 루츠의 어깨가 어째서인지 요한과 함께 축 처졌다.

'루츠를 칭찬했는데 왜 그러지?'

"오늘은 이대로 집에 돌아갈게요."

대장간에서 나와서 다무엘에게 말을 거는데 갑자기 '캉캉캉' 하고 비상사태를 알리는 종이 울리기 시작하더니 곧이어 동문 위에 마술구를 써서 올리는 지원 신호 같은 붉은빛이 피어올랐다.

종소리에 가장 먼저 반응한 사람은 기사인 다무엘이었다. 험한 표정으로 동문에서 피어오른 붉은빛을 흘겨보더니 즉시 나를 둘러업었다.

"서두르자."

다무엘은 그 말만 하고 집까지 쉬지 않고 달렸다. 영문을 모르는 루츠가 눈을 희번덕거리면서도 다무엘을 따라 달리려고 했다.

"이제 길은 아니까 루츠 넌 집에 가든 상점으로 돌아가든 알아서 하도록 해."

따라오려는 루츠에게 그렇게 내뱉고 다무엘은 달렸다. 최근 나를 호위하느라 평민촌을 돌아다녀서인지 복잡한 골목길을 망설임 없이 나아갔다. 평소라면 헤어지는 장소인 우물 광장도 지나치고 나를 업은 채 집 계단을 뛰어 올라가 우리 집 현관문을 세차게 두드렸다.

"네, 누구? ……마인!?"

문을 연 엄마를 거의 밀어내다시피 다무엘이 집 안으로 들어가 나를 내려놓았다. 그리고 놀란 눈을 깜빡이는 엄마와 나를 굳은 표정으로 번갈아 바라보았다.

"동문에서 기사단에게 도움을 요청하는 사태가 일어난 모양이다."

"동문!?"

"가느다란 빛줄기로 보아하니 위험한 사태까지는 아니고 기사의 판단이 필요한 사태겠지. 다만 만일에 대비해서 견습무녀의 안전이 확인될 때까지 난 잠시 여기서 대기하겠다."

갑작스러운 기사의 방문에 엄마는 눈에 휘둥그레졌지만, 사태를 이해했는지 바로 고개를 끄덕였다.

"마인을 잘 부탁합니다."

다무엘은 사태 대비를 위해 현관문 앞에 섰다. 엄마는 울음을 터트린 카밀을 달래러 침실로 갔다. 나는 조금 숨을 헐떡이는 다무엘을 위해 물을 떠다 주었다.

"아, 미안하군."

단숨에 물을 들이켠 다무엘은 천천히 숨을 골랐다. 계속 다무엘의 주위를 맴돌면 방해될 것 같았던 나는 창고로 향했다. 방울이 들어간 인형 딸랑이용으로 어떤 천이 있는지 알아 두고 싶었다.

"흰색이 많으니까 토끼를 만들어야지."

촉감이 부드러워 보이는 천을 발견하고 부엌 테이블에서 종이에 본을 뜨고 있는데, 예전에 봤던 마술구가 변신한 하얀 새가 벽을 통과하여 날아왔다. 갑자기 방 안에 나타난 새를 보고 내가 깜짝 놀라자, 다무엘이 새를 향해 팔을 뻗었다. 그 팔에 착지한 새가 입을 열었다.

"다무엘, 견습무녀를 신전 아니면 집으로 보낸 후, 기사단에 합류하라."

낮은 남성의 목소리로 똑같은 말을 세 번 반복한 새가 흐물흐물 형태가 무너지더니 노란색 마석으로 돌아갔다. 다무엘은 신관장이 했던 것처럼 빛나는 시휘봉을 꺼내더니 놀을 톡톡 두드리고 뭐라 외쳤다. 그러자 마석은 또다시 하얀 새로 모습을 바꾸었다.

"현재 견습무녀의 자택에서 대기 중. 금방 돌아가겠습니다."

그렇게 말하고 다무엘이 지휘봉을 흔들자, 새가 벽에 빨려 들어가듯이 사라졌다.

"견습무녀, 난 정보를 얻으러 기사단과 합류하고 오겠어. 내가 데리러 올 때까지 절대 집에서 나오지 마. 알았어?"

"네."

우물 광장에도 나오지 말라고 거듭 강조하고서 다무엘이 집을 나갔다. 대체 어떤 긴급 사태인지 정보가 전혀 없으니 알 수 없지만, 기사단에서 다무엘의 합류를 요구했다는 것은 나와도 관계있는 사태가 아닐까.

"마인, 기사님은 돌아가셨니?"

카밀의 수유를 끝낸 엄마가 불안한 표정으로 침실에서 나왔다. 기사인 다무엘이 있는 동안에는 안심했지만, 지금 이 집에는 나와 엄마와 카밀뿐이다. 무슨 일이 있을 때 대처할 사람이 없었다.

"기사단에서 불러서 가셨어. 다무엘 님을 이곳에 남겨둘 필요가 없다고 판단해서일 테니까 심한 사태를 벗어났든지 아니면 마무리됐을 거야."

내 말에 엄마가 조금 안심하며 웃었다.

"마무리가 되어서 돌아가신 거구나. 다행이네."

그날 저녁, 다무엘보다 빠르게 아빠가 정보를 가지고 돌아왔다. 봄부터 동문에서 근무하는 아빠가 오늘 소동의 중심에 있었던 것이다.

"아빠, 오늘 대체 무슨 일이 있었던 거야?"

"너한테는 얘기해 두는 편이 좋겠구나."

저녁 식사 후, 아빠는 느긋하게 술을 홀짝이며 이야기해 주었다.

"다른 영지의 귀족이 마을에 들어오려고 소동을 일으켰단다."

오늘 일어난 긴급 사태는 다른 영지의 귀족이 억지로 마을에 들어오려다 생긴 일이라고 한다. 신관장이 예전에 말했듯이 봄부터 귀족의 출입 규칙이 여러 가지 바뀌었다. 그중에는 영주의 허가 없이는 타영지의 귀족을 마을에 들여서는 안 된다는 규정이 있다. 지금까지는 귀족끼리의 소개를 통해 출입했었지만 이제는 불가능해진 것이다. 이곳 영지의 귀족이라면 겨울 모임에서 영주의 발언을 직접 들었을 테지만, 다른 영지의 귀족은 규칙이 바뀐 사실을 모른다. 그래서 평민인 문지기가 자신의 출입을 제지하자 분노를 터뜨렸다고 한다.

"당연히 이런 사태를 예상했는지 문에서 귀족과 관련된 말썽이 일어나면 기사단이 출동하라는 방침이 있었단다."

"흠, 영주님도 이래저래 생각해 두셨나 보네요."

오늘 기사단의 지원 신호용 마술구를 발동시켜 기사단을 부른 사람이 아빠였다고 한다. 그 마술구는 붉은 돌이 박힌 망치로 기사단에게 받은 붉은 돌을 두드리면 지원 신호가 나가는 구조라고 한다. 봄의 기원식 때 프랑 일행이 탔던 마차에 실렸던 마술구와 똑같은 것이라고 짐작했다.

평민 상대로는 제멋대로 행동할 수 있더라도 그 마을 귀족을 상대로 다른 영지의 사람이 이길 수는 없었다. 영주의 허가가 없으면 마을에 들어올 수 없다는 기사단의 설명을 들은 귀족은 투덜거리며 돌아갔다고 한다.

"귀족이 일으킨 문제는 귀족이 해결하는 게 제일이다. 솔직히 한시름 놨어."

"그나저나 여기 귀족의 초대장을 들고 온 거죠? 영주의 허가가 없이는 못 들어오게 바뀐 것을 알면서도 왜 초대장을 보냈을까요?"

"글쎄다."

봄이 되기 전에 받은 초대장이었을까. 답을 알 수 없는 의문에 고개를 갸웃거리며 생각에 잠기자, 아빠가 진지한 표정으로 나를 불렀다.

"마인, 아무쪼록 몸조심해라. 전에 신관장님께서 말씀하셨지? 다른 영지의 귀족이 너를 노리고 있을지도 모른다고."

아빠의 신신당부에 나는 얌전히 고개를 끄덕였다.

"이 아빠는 위험한 귀족이 들어오지 못하게, 만약 들어오려고 하면 바로 기사단을 불러서 문을 지키마. 너도 호위 곁에서 떨어지지 않게 정신 바짝 차려라."

문과 마을과 딸을 지키겠다는 아빠의 말이 기쁜 나머지 나는 이런 사태 속에서도 흐뭇한 미소가 저절로 지어졌다.

사라진 두 사람

다음 날도, 그다음 날도 다무엘은 나를 데리러 오지 않았다. 우물 광장에조차 외출이 금지된 나는 참을 수 없는 심심함에 집에 틀어박힌 채 카밀에게 줄 인형 딸랑이를 투리와 함께 만들거나 그림책 3탄에 넣을 내용을 고민했다. 투리는 자기가 만든 딸랑이를 코린나의 딸 레나테에게 선물하겠다고 했다.

"코린나 님 댁에 아기를 보러 갈 때 가져가려고. 이번에 갈 거지?"

"여태까지 길베르타 상회에 신세를 져 놓고 아무것도 안 할 수야 없지. 벤노 씨한테 카밀의 선물도 받았고."

험악한 분위기가 가라앉으면 코린나 댁에 놀러 갈 생각이다. 투리도 함께 갈 의욕에 넘쳐 있었다. 여자아이도 귀엽겠지. 자식 사랑에 팔불출이 되어 있을 오토도 내심 기대되었다.

"……그런데 이거, 마인이 만든 쪽이 더 귀엽네."

손안에 든 완성된 딸랑이를 내려다보며 투리가 입술을 살짝 삐죽였다. 투리가 만든 건 흰곰처럼 생긴 동물, 내가 만든 건 토끼처럼 생긴 동물이다. 천 속에 솜 대신 자투리를 넣어서인지 조금 울퉁불퉁했다.

"바느질은 투리가 압승이지만."

투리의 말처럼 내가 만든 딸랑이는 조금 바늘땀이 뒤죽박죽이긴 해도 제법 귀여웠다. 스스로의 솜씨에 만족하는 내 옆에서 들여다보던 투리가 가볍게 어깨를 으쓱거렸다.

"넌 좀 더 바느질 연습을 안 하면 시집 못 갈 거야."

"괜찮아! 난 평생을 책에 바칠 각오가 되어 있어."

이곳에서 바라는 신붓감은 건강하고 슬기롭고 바느질을 잘하는 사람이다. 어느 것 하나 해당하지 않는 내가 시집을 가는 건 아무리 생각해도 무리다. 우라노 때와 마찬가지로 책을 애인 삼아 살 수 있다면 만족한다. 오히려 누군가의 아내가 되어 정신없이 가족들이 입을 옷을 만들며 살 바에 차라리 이대로 책을 만들어 읽으며 살고 싶었다.

이제 방울만 있으면 딸랑이가 완성된다고 생각한 사흘 째 저녁에 루츠가 상점에 도착한 방울을 들고 와 주었다.

"요한이 가져다줬어. 이걸 어쩔 거야?"

루츠는 그렇게 말하며 방울 몇 개를 손바닥 위에 굴리자 딸랑딸랑, 하고 귀여운 소리가 났다. 역시 요한, 훌륭한 완성도다.

"방울은 이렇게 인형 속에 넣고 꿰맬 거야. 흔들면 소리가 나지?"

어린 아기가 잘못해서 입에 넣지 않게 방울은 반드시 인형 속에 넣는다. 눈과 입만 실로 꿰매고 방울을 넣을 자리만 벌려 놓은 인형 속에 방울을 넣었다. 루츠가 보는 앞에서 금방 딸랑이가 완성되었다.

흔들면 인형 속에서 딸랑딸랑 귀여운 소리가 울렸다. 대성공이다.

"카밀, 완성했어. 방울소리 들리니?"

카밀의 귓가에 토끼를 흔들어 방울 소리를 내자, 카밀이 몇 번 눈을 깜빡였다. 아직 목을 가누지 못하는 카밀은 고개를 돌리지는 못하지만, 눈은 소리의 근원지를 찾으려고 살짝 움직였다.

"귀여워! 니무 귀여워, 카밀!"

내가 만든 물건에 반응해 준 기쁨에 헤벌쭉한 내 얼굴을 본 카밀이 울어 버렸다. 동생이 잘 따르는 누나가 되는 길은 아직 멀었나 보다.

그리고 집에 박혀 지내게 된 지 닷새째 아침, 프랑과 다무엘이 집으로 데리러 와 주었다.

"안녕하십니까, 마인 님."

"안녕하세요, 다무엘 님, 프랑."

"안녕, 견습무녀."

내 인사에 다무엘이 가볍게 끄덕였다. 그리고 오후 근무라 아직 집에 있던 아빠에게 말을 걸었다.

"그럼 견습무녀를 데려가겠다."

"잘 부탁합니다."

아빠가 가슴을 두 번 두드리는 병사식 경례로 다무엘에게 대답했다. 다무엘도 똑같은 동작으로 회답했다. 그리고 진지한 표정으로 입을 열었다.

"귄터, 페르디난드 님의 전언이 있다. 영주가 현재 중앙에 출두하셨으니 당분간 새로이 통행 허가를 내릴 일이 없다. 위조 허가증이 나돌지 모르니 신경을 곤두세우라는 말씀이다. 명심하도록."

"네!"

진지한 표정을 지은 아빠가 허리를 꼿꼿이 폈다. 문을 지키는 아빠의 얼굴은 참 멋있다.

"그럼 다녀오겠습니다."

"조심해라."

우물 광장에서 기다리던 루츠와 합류하고 신전으로 향했다. 그런데 신전에 다가갈수록 프랑의 표정이 점차 굳어졌다.

"프랑, 왜 그래요? 미간에 주름이 졌는데요……."

"나중에 말씀드리겠습니다."

길거리에서 말할 내용이 아니라며 프랑이 입을 굳게 다물었다.

"신전에 도착하면 자연스레 알게 될 거다."

그렇게 말한 다무엘을 쳐다봤지만 귀족답게 아무것도 느껴지지 않는 평온한 미소를 띠고 있을 뿐이라 감정다운 감정을 읽을 수 없었다.

"자, 난 오늘 숲에 갈게."

"응, 부탁해."

평소대로 공방 앞에서 루츠와 헤어진 나는 방으로 향했다. 아가씨답게 프랑이 문을 열어 주기를 기다렸다가 안에 들어갔다. 평소와 다른 방의 분위기에 나는 눈을 깜빡였다.

"……너무 조용하네요."

방 안이 이상하리만치 조용하게 느껴졌다. 평소라면 디르크의 울음소리와 델리아가 디르크를 달래는 목소리, 여러 사람이 있다고 느껴지는 잡음이나 분위기가 오늘은 전혀 없었다. 주방에서 일하는 요리사의 목소리가 작은 거실에까지 또렷이 들릴 정도로 방이 조용했다.

디르크가 자는 걸까? 나는 발소리를 내지 않게 살금살금 2층으로 올라갔다. 그곳에는 로지나가 테이블을 닦고 있었다. 손이 상하기 싫어서 모든 방의 잡일을 델리아에게 맡기고 악기 연주와 서류 업무만 하는 로지나가 일하는 모습에 나는 당혹감을 감출 수 없었다.

"로지나, 안녕하세요. 델리아는 어디 있죠? 몸이라도 안 좋은가요?"

내가 방을 둘러보며 묻자, 로지나는 한 번 눈을 내리깔더니, 걸레를 놓고 옷장 쪽으로 갔다.

"델리아는 이제 이곳에 없습니다. 디르크와 함께 신전장님 밑으로 들어갔습니다."

"네?"

너무나도 갑작스러운 나머지 금방 이해하지 못했다. 나는 혼란에 빠져 로지나를 올려다보았다. 파란 의상을 손에 든 로지나는 적당한 말을 찾듯 시선이 이리저리 헤매더니 슬픈 표정으로 미소 지었다.

"마인 님, 말씀드리기 전에 옷을 갈아입혀 드리겠어요. 그렇지 않으면 프랑이 위층으로 못 올라옵니다."

로지나는 들고 온 청색 견습무녀 의상을 내게 갈아입히고 자리에 앉을 것을 권유했다. 로지나가 테이블 위의 종을 울리자 프랑이 준비한 차를 들고 위층으로 올라왔다. 그리고 내 앞에 조심스레 찻잔을 두었다. 나는 한 모금 마셨다. 맛있어야 할 프랑의 차에서 아무 맛도 느껴지지 않았다. 내가 찻잔을 내리고 두 사람의 얼굴을 번갈아 보자 로지나가 입을 열었다.

"어제 저와 프랑이 오후 휴식에 들어갔다가 일어났을 땐 이미 디르크가 쓰는 쿠션과 기저귀 등이 사라졌었어요. 델리아의 모습도 보이지 않기에 불안해서 고아원에 찾으러 갔지만, 고아원에 디르크도 없었습니다. 빌마에게 얘기했더니 델리아가 '가족이니 데리고 가겠다'라며 디르크를 데리고 갔답니다."

빌마는 고아원을 싫어하는 델리아가 디르크를 위해 힘내서 고아원까지 데리러 와 주자, 응원하는 마음에서 부탁대로 디르크를 건넸다고 한다. 설마 내 시종이 내 방이 아닌 다른 곳으로 디르크를 데리고 갔으리라고는 전혀 생각하지 못했다고 한다.

"로지나의 이야기를 듣고 신관장님께 접견을 부탁했습니다. 신전 내에서 청색 견습무녀의 시종이 홀연히 사라졌으니 보고를 드리고 찾아야겠다고 생각했습니다."

프랑은 천천히 숨을 내쉬었다. 혹시나 주인이 자리를 비운 사이, 청색 신관과 연관된 말썽에 휘말리기라도 하면 큰일이다. 그렇게 생각하고 신관장의 방으로 향하는 도중, 프랑은 신전장과 함께 있는 델리아를 발견했다고 한다. 델리아의 품에는 디르크도 있었다고 했다. 그 자리에서 추궁하려 했더니 신전장에게 저지당한 탓에, 신관장에게 이야기를 전하고, 사정을 들었다고 한다.

"신전장님에게 어떻게 간단 말이죠? 원래 신전장님의 시종이었던 델리아라면 몰라도 고아인 디르크는 고아원에서 나가서는 안 되잖아요."

내가 신관장에게 상담하러 갈 때에도 데리고 나와서는 안 된다고 들었다. 세례식이 끝날 때까지 보기 흉하니 고아원에 가두라고 말할 것만 같은 신전장이 고아인 디르크를 귀족 구역에 들이다니 이상한 이야기다.

내 말에 프랑이 살짝 눈을 내리깔았다.

"……디르크는 더 이상 고아가 아닙니다."

"네?"

"디르크는 신전장님의 권한으로 귀족의 양자가 되었습니다."

고아원장인 나와 신관장의 사인이 없어도 신전장의 사인이 있으면 고아를 양자로 들일 수 있다. 하지만 이것은 양자로 들어가는 집안이 평민일 때에 한해서다.

"귀족의 양자로 들어가려면 영주님의 허가가 필요하잖아요. 오늘 아침에 다무엘 님도 말씀하셨지 않나요? 영주님이 부재중이라 새로운 허가는 낼 수 없다고……."

"신관장님의 말씀으로는 이 영지가 아닌…… 다른 영지 귀족의 양자로 들어간다면 이곳 영주님의 허가가 필요 없다고 합니다."

법망을 교묘히 피하는 꼼수가 특기인 사람은 어디에나 있었다. 다른 영지와의 양자 결연 형식으로 양부, 양자, 신전장의 피도장이 있는 서류라면 유효하다. 디르크는 이미 다른 영지의 귀족의 양자가 되어 버렸다.

"……기뻐할 수 없는 사태지요?"

"네, 신관장님도 난처해 하고 계십니다."

프랑도 신관장처럼 미간에 주름을 새기며 팔짱을 끼었다. 그리고 천천히 고개를 들어 나를 똑바로 바라보았다.

"마인 님, 델리아를 자르십시오. 마인 님께서 정이 많은 분이신 줄은 압니다. 하지만 주인의 양해도 없이 제멋대로 행동한 데다가 주인님께 불이익을 초래한 델리아를 이대로 시종으로 둬서는 안 됩니다. 신전장님 쪽에 가겠다면 해고해야만 합니다."

내가 해고를 선언하기 전까지는 델리아는 내 시종이다. 본래라면 신전장의 시종으로 이동하기 전에 미리 언질이 있어야 한다고 로지나도 분개했다.

시종이 된 초반에 비해 요즘에는 잘 지내 오고 있다고 믿었던 만큼 갑작스러운 델리아의 배반에 가슴이 아팠다. '어째서'라는 의문이 가슴속에서 소용돌이쳤다. 잔잔히 파문치는 차의 표면을 바라보면서 나는 입을 열었다.

"……델리아를 해고하겠어요. 이야기를 해야겠으니 불러 주세요."

내가 해고하길 훨씬 더 꺼릴 줄로 예상했던 프랑이 내 말에 긴장한 표정을 아주 조금 누그러뜨렸다. "알겠습니다." 하고 가슴 앞에서 손을 교차한 뒤, 방을 나갔다.

이야기를 일단락하고 나는 눈앞에 놓인 찻잔을 들었다. 조금 전엔 맛이 안 느껴지던 차가 이번엔 굉장히 쓰게 느껴졌다.

프랑이 돌아왔을 때에는 델리아도 함께였다. 불쾌한 표정을 짓는 프랑과 매우 기분이 좋아 보이는 델리아의 미소가 대조적이다. 델리아는 진홍색 머리를 흩날리며 가벼운 발걸음으로 걸어 들어왔다.

"안녕하세요, 마인 님. 제게 하실 말씀이 있으시다고요?"

델리아의 얼굴에는 전혀 악의가 없었다. 평소와 다름없는 표정, 평소와 다름없는 말투에 현기증이 일었다. 델리아와 디르크가 신전장 쪽에 붙다니 무슨 오해라도 있었나 싶은 착각을 들게 할 정도였다. 델리아의 태도에 무심코 어리벙벙한 표정을 지었지만, 테이블 옆에 선 프랑과 로지나의 굳은 표정에 퍼뜩 정신을 차리고 이내 가볍게 고개를 저었다.

"신전장님 밑으로 돌아갔다고 들었는데……."

"맞아요."

델리아는 얼굴을 빛내며 매우 기쁜 듯 내게 보고했다.

"신관장님이 디르크를 양자로 받아 줄 곳을 찾는 데 실패하셨다고 보고를 드렸더니 신전장님께서 단번에 찾아 주셨답니다! 그것도 귀족 집안예요."

대단하지 않으냐고 말하는 델리아는 실로 자랑스러운 표정이다.

"이곳 영지의 귀족에게 입양시키려면 영주님의 허가가 필요해서 바로 양자로 삼지 못하니까 다른 영지의 귀족을 찾아 주셨어요. 역시 신전장님은 인맥부터가 다르세요."

"디르크가 타 영지 귀족의 양자가 되면 델리아와 함께 못 지내게 되지 않나요?"

바로 그곳 영지로 거두지는 않는 걸까. 아니면 시중 담당으로 델리아도 함께 데려가는 걸까. 신전장이 찾은 곳은 영주의 허가가 필요 없는 곳이다. 불안한 낌새를 느끼고 곤란한 표정을 지어 버린 내게 델리아가 자그맣게 웃었다.

"후훗. 디르크가 성인이 되기 전까지는 신전장님이 맡아서 키우시기로 했어요. 이제 디르크는 고아가 아니에요. 전 신전장님의 시종에게 주어지는 방에서 디르크와 함께 살게 됐답니다."

'그거 어딘가 좀 이상하지 않아?'

디르크가 성인이 되기 전까지 신전에서 자란다면 귀족의 양자가 되어도 귀족원에 다니지 못할뿐더러 가족으로 대해 줄지도 의문이다. 그 귀족은 대체 무슨 목적으로 디르크를 양자로 삼은 걸까. 마력이 목적이라면 신전장 밑에서 키우는 의미가 없다. 이야기를 들으면 들을수록 불안해진 내 앞에서 델리아는 볼을 장밋빛으로 물들이며 기쁘게 웃었다.

"이제 디르크가 자라도 저와 떨어질 일은 없겠지요? 마인 님 곁에 있으면 시종인 저와 디르크는 곧 있으면 따로 살아야 하잖아요."

고아원장실과 고아원으로 생활 터전이 바뀐다는 것은 아직 고아원에 출입하지 못하는 델리아의 입장에서는 완전히 헤어지는 것이나 다름없다고 한다. 그 말대로 델리아가 고아원에 갈 수 있게 되어도 함께 사는 것은 아니며, 디르크가 세례식을 마치고 남자동으로 옮기면 더욱 만나기 힘들어질 터였다. 디르크와 함께 지내고 싶은 마음만 보고 무작정 저질러 버린 델리아를 어찌 비난할 수 있으랴.

"두 사람 다 고생하는 건 아니죠?"

"네, 물론이죠."

지금 현재로는 신전장이 델리아에게 좋은 모습만 보여주는 모양이다. 신전장이 사람 좋은 태도만 델리아에게 보이고 있다면 내가 무슨 말을 한들 델리아는 듣지 않겠지. 크게 끄덕이는 델리아를 응시하며 나는 천천히 심호흡했다.

"그럼 델리아를 내 시종에서 해고하겠습니다. 앞으로는 신전장님의 시종으로 대응하겠습니다. 괜찮겠지요?"

"알겠습니다. ……마인 님, 말씀이 끝나셨다면 전 이만 디르크에게 돌아가겠습니다. 조만간 디르크의 양부님도 오시기로 하셨거든요."

이쪽은 납덩이라도 삼키는 심정으로 해고 선언을 했는데, 정작 해고당한 델리아는 아무것도 느끼는 것이 없는 듯하다. 어서 디르크에게로 돌아가고 싶은 마음에 안절부절못하고 있다.

"불러들여서 미안해요. 하지만 아무 귀띔도 없이 두 사람이 사라지는 바람에 프랑도 로지나도 힘들게 찾아다녔어요. 고아원에서 디르크를 맡아 줬던 빌마도, 공방에서 돌아왔더니 텅 빈 방을 본 길도, 오늘 아침에 이야기를 들은 저도 정말 깜짝 놀랐고, 두 사람에게 무슨 일이 생긴 건가 걱정했어요. 적어도 전언이라도 남겨 주지 그랬어요."

원망까지는 아니지만, 마지막 불만을 티트렸다. 델리아는 자신의 행동을 되짚어보더니 얼버무리는 듯한 웃음을 지어 보였다.

"……신전장님께서 마인 님께 디르크를 데리고 나가겠다고 알리면 반대할 거라고 하셔서 몰래 행동으로 옮겼어요. 이 점은 사과드리겠어요. 죄송합니다."

반대할 만한 행동이었다는 자각은 있었던 모양이다. 델리아는 시선을 홱 돌리며 신전장의 조언이었다며 변명했다.

"그럼 힘들겠지만 디르크를 잘 돌보도록 하세요."

"네. 이만 실례하겠습니다."

명랑한 웃음을 보인 델리아는 디르크가 있는 곳으로 돌아갔다. 본인이 행복하다면 그걸로 족하다. 하지만 그다지 좋은 미래가 상상되지 않았다.

"……델리아도 디르크도 괜찮을까요?"

"델리아 본인의 선택인걸요. 이제 고아가 아닌 디르크에게 우리들이 해 줄 건 없습니다."

"……그러네요."

딱 잘라 단언하는 로지나의 말에 나는 천천히 끄덕였다.

그래도 뭔가 도움이 되고 싶다고 생각하는 내 옆에 프랑이 무릎을 꿇었다. 그리고 내 손을 잡고 진지한 눈빛으로 올려다보았다.

"마인 님, 앞으로는 아무리 델리아가 부르더라도 결코 신전장님이 있는 곳에 가지 않겠다고 약속해 주십시오."

눈을 깜빡이는 내게 프랑은 불안스러운 표정으로 힘주어 말했다.

"조금 전 델리아를 부르러 갔을 때도 신전장님은 마인 님을 불러들이려고 필사적이셨습니다. 시종 때문에 주인이 발길을 옮길 순 없다고 몇 번이나 말씀드린 끝에야 겨우 델리아를 데리고 나왔지만, 신전장님의 수상한 행동이 전 두렵습니다."

내 꼴도 보기 싫다, 자신의 방엔 절대 들이지 않겠다던 신전장이 나를 '데려오라'고 했다. 델리아에게 해고를 선언하러 직접 자신의 방에 불러들이려고 했다. 그 변화가 거슬린다고 프랑이 말했다. 내가 생각해도 그 점은 이상했다.

"그리고 지난번 동문에서 일어났던 소동 말입니다만, 타 영지 귀족에게 초대장을 준 사람이 신전장이었던 모양입니다."

초대장에 적힌 이름을 확인한 기사단이 신전장에게 사정을 들으러 찾아왔었다고 한다. 신전장은 친분을 쌓기 위해서였다는 무난한 핑계를 댄 모양이지만, 시기상 디르크의 양자 결연을 목적으로 타 영지의 귀족을 마을에 들이려 했다고 신관장은 추측하고 있는 모양이었다.

"영주의 허가 없이 출입이 금지되어 있는데, 신전장은 왜 초대장을 보냈을까요?"

"모르셨다고 합니다."

의미를 몰라 고개를 갸웃거리자 프랑은 난감하다는 표정을 지으며 목소리를 깔았다.

"신전장님은 겨우내 봉납식을 치르느라 신전에서 지내셨습니다. 그리고 정식 귀족이 아니므로 겨울 사교 모임에 초대받는 일이 거의 없습니다. 그래서 규칙이 바뀌었다는 사실을 몰랐던 겁니다."

엄밀히 귀족이 아닌 신전장은 겨울 동면 기간에 치르는 귀족의 사교 모임에도 초대받지 못하여 영주가 그 자리에서 발표한 새로운 규칙을 몰랐다고 한다. 그래서 예전처럼 타 영지 귀족을 초대했다는 것이었다.

"디르크를 타 영지 귀족의 양자로 넣고 자기 밑에 두려는 신전장의 의도가 무엇인지 모르겠습니다. 부디 마인 님께서도 신중하게 행동해 주시기 바랍니다."

걱정 때문인지 살짝 떨리는 프랑의 손을 꼭 쥐며 나는 고개를 끄덕였다.

유괴 미수

"마인 님, 델리아 대신 새 시종을 들이지 않으시겠습니까?"

"지금 당장 필요할까요?"

겨울처럼 신전에서 지내지 않는데 당장에 델리아의 후임을 들여야 할 정도로 일이 많지는 않다.

"들이는 편이 좋을 것 같습니다."

육체노동은 디르크가 떠나고 밤에도 숙면을 취하게 된 프랑과 길이 담당하면 어떻게든 가능했다. 하지만 로지나는 손이 상하지 않으려고 잡일을 마다하므로 어쨌든 델리아를 대신할 인원이 필요하게 된다고 프랑이 말했다.

"마인 님께선 정에 휩쓸리는 여린 마음에 아직 델리아를 걱정하시고 계십니다. 솔직히 말씀드리면 이번 기회에 델리아에게 가졌던 정을 다른 시종에게 주시는 편이 저희도 안심됩니다."

나의 여린 구석을 지적하는 말에 말문이 턱 막혔다. 조금 썰렁해진 공간에서 내가 무심코 델리아의 모습을 찾는 장면을 목격했던 모양이다. 프랑의 말대로 나가 버린 델리아를 언제까지고 걱정하기보다 프랑과 로지나의 걱정을 덜어 주는 편이 앞날을 위해서도 좋을 듯하다. 나는 살짝 한숨을 쉬고 눈을 내리깔았다.

"……새로운 회색 무녀를 들인다면 모니카와 니콜라겠죠?"

모니카와 니콜라는 겨울 내내 엘라의 요리를 도와주었던 아이들이다. 빌마가 추천한 두 사람이 얼마나 부지런하게 열심히 일하는지 이미 잘 알고 있고, 방의 잡일부터 요리 조수까지 맡길 수 있다.

실은 엘라를 뺀 모든 요리사는 곧 완성될 이탈리안 레스토랑으로 가 버리게 된다. 엘라는 이곳에 남는 편이 레시피를 늘릴 수 있을 것 같다며 이곳에 남는 선택을 했고, 벤노와 협상도 마쳤다. 그리고 벤노가 새로 투입할 요리사의 교육을 맡게 되었다. 모니카와 니콜라라면 엘라와도 마음이 잘 맞으니 일이 쉬워질 것 같았다.

"모니카와 니콜라 말씀입니까? 마인 님, 두 사람이나 고용하셔도 괜찮습니까?"

이 방의 경제 상황을 잘 아는 프랑이 나를 걱정하며 살짝 물어 왔다. 확실히 계절에 따라 주머니 사정이 조금은 어려워지기도 하지만, 겨울 수작업도 추가 주문이 들어왔고 이대로 순조롭게 그림책이 팔려 준다면 괜찮을 것 같았다.

"지난 겨울에 둘 다 열심히 해 주었잖아요? 둘 중 한 명만 선택해 버리면 또 겨울에 부탁하기 미안하니까 차라리 두 사람 다 고용할래요."

"마인 님께서는 회색 무녀의 감정까지 신경 쓰지 않으셔도 됩니다……."

로지나가 쓴웃음을 지었다. 하지만 고아원 생활과 시종 생활은 그 대우가 확연히 다르다. 그 사실을 알면서 어찌 한 쪽만 고르겠는가.

"델리아에게 시종을 맡기는 것보다 안심돼요. 둘에게 제안하러 갈까요?"

"네. 두 사람 다 시종 경험은 없을 테고, 교육 기간을 고려하면 되도록 빨리 말을 꺼내는 편이 좋을 것 같네요. 교육 담당인 프랑은 어떻게 생각하세요?"

두 사람은 이탈리안 레스토랑이 개점해서 주방의 인원이 줄기 전에 방의 잡무를 익혔으면 했다. 하지만 로지나가 손이 상하길 꺼리니 본보기를 보여줄 수 없으므로 프랑과 길이 잡무 교육 담당을 맡게 되는데, 프랑에게 여유가 없으면 교육이 힘들어진다.

"서류 업무를 로지나에게 돌릴 수 있게 된 덕분에 다소 여유는 있습니다."

"그럼 빌마에게 연락해서 내일이라도 고아원에 가 봐요."

내일 예정이 결정된 그때 '똑똑' 하고 누군가가 방문을 노크했다.

내 시종이라면 마음대로 들어올 테고, 신관장이나 시종처럼 신전 관계자라면 종을 쓴다. 노크하는 사람은 평민인 루츠와 투리뿐이다.

"루츠인가? 그런데 돌아오기엔 좀 이른 시간인데?"

다섯 점 종이 울린 지 얼마 채 지나지 않은 시각이었다. 프랑이 마중하러 1층으로 내려갔고, 난 계단 쪽으로 나와 1층을 내려다보았다.

경계하는 표정으로 다무엘이 문을 열었다. 그곳에는 예상대로 루츠가 있었다. 그런데 루츠뿐만 아니라 투리도 함께였다.

"두 분 다 들어오십시오."

프랑이 둘을 안으로 들이고, 문을 닫으려던 그때, 조금 먼 곳에서 "잠깐만!" 하고 소리치는 길의 목소리가 들렸다. 문을 연 채 프랑이 기다리자, 길이 숨을 헐떡이며 뛰어 들어왔다.

"투리, 무슨 일이야?"

"마인, 데리러 왔어. 같이 돌아가자."

투리는 계단을 내려오는 나를 가만히 바라보면서 싱긋 웃었다.

"위험하니까 내가 마인을 지켜줄게."

자기 가슴을 퉁 두드리면서 투리가 그렇게 말하자, 길도 대항하려는 듯 옆에서 끼어들며 당당하게 서서 가슴을 내밀었다.

"나도 마인 님을 지킬게! 시종이니까!"

"두 사람의 의욕은 기쁜데, 집에 가는 인원수가 늘어나도 괜찮으려나?"

많은 인원을 호위하게 될 다무엘을 올려다보자 다무엘은 기가 차다는 식으로 어깨를 들썩였다.

"……호위 대상이 늘어나면 더 위험한데."

"그렇죠? 그래도 절 걱정해 주는 거니 오늘만 잘 부탁드릴게요, 다무엘 님. 투리한테는 이제 오지 말라고 말해 둘게요."

와 버린 걸 어쩌겠는가. 평소에 비하면 조금 이르지만, 얼른 함께 돌아가기로 했다. 나는 로지나의 도움을 받으며 옷을 갈아입고, 재빨리 돌아갈 준비를 했다.

"프랑, 고아원에 연락 부탁할게요. 오늘은 서둘러 돌아가겠어요."

"알겠습니다. 일찍 돌아오시기를 기다리고 있겠습니다."

신전을 나온 우리는 앞줄엔 루츠와 길, 그 뒤를 나와 투리가 걷고, 내 뒤를 다무엘이 따르는 식으로 큰길을 걸었다.

"마음은 기쁜데 투리는 이제 데리러 오면 안 돼."

걸으면서 나는 투리에게 주의를 주었다.

"어째서?"

"위험한 일이 생겼을 때, 나 혼자라면 다무엘 님이 지켜 줄 수 있는 상황도 투리까지 있으면 둘 다 못 지킬 수도 있거든."

아무리 다무엘이 기사라도 한계가 있다. 그리고 당연하게도 다무엘은 긴급 사태에 호위 대상인 나의 안전이 최우선이기 때문에 투리까지 구해 줄지는 미지수다. 도망칠 때 버려 두고 가거나 잘못하면 미끼로 쓰이게 될지도 모른다.

"정말 무슨 일이 일어났을 때 투리가 위험해져."

"……알았어. 그렇지만 나도 마인을 지킬 수 있는데."

투리는 불만스럽게 볼을 부풀리며 나를 보았다. 그런 귀여운 표정을 해도 안 되는 건 안 된다. 나 혼자라면 몰라도 투리까지 위험에 처할지도 모르는 상황은 절대 용납할 수 없다.

중앙 광장을 지나 장인 거리를 향해 남향으로 직진하여 집 쪽으로 꺾었다. 큰길에서 인적이 드문 좁은 골목길로 들어가고 얼마 안 가서 오토의 모습을 발견했다. 오토는 마치 순찰이라도 하는 중인지 손에 창처럼 생긴 무기를 들고 두리번거리며 걷고 있었다.

"오토 씨, 오래간만이에요."

"마인!"

나를 발견한 오토의 얼굴이 환하게 빛났다.

"무사했구나. 다행이다. 이제 반장님한테 얻어터지지는 않겠다."

첫마디에 '무사하다'라는 단어가 왜 나오는지 아무래도 불안했다. 혹시 아빠한테 얻어터질 짓이라도 저지른 걸까?

"……오토 씨. 혹시 무슨 엄청난 실수라도 저질렀어요?"

"내가 아니야. 동문 문지기랑 병사장이 좀."

그렇게 말하며 오토가 어깨를 들썩였다. 오토 자신은 서류 작업 담당이라 문을 지키고 서 있지는 않지만, 아빠에게 얻어터질 실수를 저지른 동문의 병사장과 문지기 때문에 뒷수습으로 끌려 나왔다고 한다.

"오늘 오후 늦게 반장님이 각 문의 병사장에게 알릴 지시사항을 전달받으러 중앙에 가 있는 동안 생긴 일인데."

"네?"

오토의 말에 나는 눈을 번쩍 떴다. 아빠가 중앙에 가서 전달받아 올 중요한 지시사항이라면 혹시 '영주의 부재중에는 허가증이 발급되지 않는다'와 관련된 내용이 아닐까. 굉장히 불길한 예감이 든다.

오토의 말에 따르면 오후 당번이었던 아빠는 교대 시간보다 상당히 일찍 동문에 오더니 곧장 동문 병사장과 이야기를 나누고 각 문의 병사장을 중앙으로 소집하게 했다고 한다. 거기서 모두에게 다무엘에게 들은 '영주가 부재중이며 허가증이 위조되었을 가능성'이 있음을 전달하고 동문으로 돌아왔다고 했다.

"반장님이 돌아왔을 땐 이미 귀족의 마차를 통과시킨 후였어. 동문 병사장한테 아무런 연락도 못 받았는지 문지기들이 위조 허가증이라는 의심을 아무도 못 한 거야. 반장님이 교대할 때 그 실태를 들으신 거지. 왜 중요 사항을 문지기 전원에게 전달하지 않았느냐고 병사장에게 노발대발하셨어. 그리고 네가 무사한지 확인하겠다고 신전으로 달려가셨는데 못 만났어?"

아빠와 만났느냐는 문제보다도 귀족의 마차가 통과했다는 말에 나는 무심코 다무엘을 올려다보았다. 다무엘도 믿기지 않는다는 듯이 눈이 휘둥그레져 있었다.

"마차를 통과시켰다고!? 설마 며칠 전 그……?"

"맞아. 너 똑똑한데? 그 귀족이야. 지금 문지기만 제외하고 동문 병사 전원이 동원되어서 찾고 있는데 아직 마차가 발견되지 않았어. 이미 귀족 마을로 들어갔나? 그래도 귀족 마을에 들어가는 북문에도 기사가 배치되어 있으니 금방 발견될 텐데."

그렇게 말하며 오토가 고개를 갸웃거렸다. 다른 영지 귀족의 마을 출입을 영주가 금지했음에도 병사들에게 그 위기감이나 긴급함이 전혀 공유되지 않았던 모양이다.

"기사단에도 연락을 넣었겠지!?"

다무엘이 매섭게 눈꼬리를 추켜세우며 버럭 호통쳤다. 하지만 금방 대답할 수 없는지 오토는 얼버무리며 손으로 턱을 받치고 생각에 잠겼다.

"……글쎄? 병사장이 넣었나? 반장님은 바로 뛰쳐나가셨으니까 어쩌면 아직 안 넣었을지도 모르겠는데."

"멍청한 녀석. 당장 알려라!"

다무엘은 위기감이 전혀 없는 오토를 호되게 꾸짖고는 곧장 지휘봉을 꺼냈다. 지휘봉을 보고 깜짝 놀라 "어? 귀족님이었어……?" 하고 어리벙벙한 표정으로 중얼거리는 오토 앞에서 다무엘이 지원 신호인 붉은빛을 쏘아 올렸다.

이제 기사단이 와 주리라는 확신에 조금 안도하면서 하늘 높이 올라가는 붉은빛을 올려다본 그 순간, 시야 끝에 있던 투리의 모습이 갑자기 사라졌다.

"어? 투…….."

돌아볼 새도 없이 펄럭이는 무언가가 나를 덮치고 시야가 깜깜해졌다. 몸이 붕 뜨는 느낌이 들더니 덜컹거리며 흔들리기 시작했다.

"으앗!?"

내 등과 다리를 잡은 손의 감촉으로 누군가가 나를 업고 옮기려는 길 알았다. 서둘러 발버둥을 쳤지만, 천 같은 뻣뻣한 감촉만 닿을 뿐, 꼼짝할 수가 없다. 천의 올 사이사이로 빛이 아물거리며 들어오는

것으로 보아 나를 마대자루로 뒤집어씌우고 업어 가는 듯했다.

"도, 도와……."

"마인! 투리!"

"두 사람을 돌려줘!"

암흑의 저편에서 루츠와 다무엘이 소리치는 소리가 들리고, 쫓아오는 여러 발소리가 들려왔다. 아무래도 투리도 함께 납치된 모양이다. 투리의 비명이 들린 것 같다. 큰길의 떠들썩한 소리가 멀어지는 것으로 봐서 골목길을 달리고 있는 것 같다.

"반장님! 저 자루에 마인이!"

"내 딸한테 무슨 짓이야!"

오토의 외침이 들리고, 아빠의 고함이 울리는가 싶더니 갑자기 내 몸이 뱅그르르 돌았다. 아빠의 공격을 막으려고 나를 내던진 모양이다. 어두컴컴한 시야 속에서 상황 파악도 못 한 채 내던져진 내 몸은 군데군데 돌바닥에 부딪쳤다.

"아악!"

"마인!?"

"마인 님!"

루츠와 길의 애타는 목소리와 동시에 누군가가 힘으로 포대를 잡아끌어서 내 몸을 일으켰다. 어둠 속에서 눈만 깜빡이는 사이 거칠게 마대자루가 벗겨지면서 갑자기 시야가 밝아졌다. 어두운 곳에서 갑자기 밝은 곳으로 나와 눈이 부셨다.

빛에 익숙해지려고 재차 눈을 깜빡이며 주저앉은 채로 주변을 둘러보았다. 나를 들여다보는 루츠와 길, 그리고 오른편에는 나를 지키려고 주변을 경계하는 다무엘의 뒷모습과 왼편에 무기를 쥔 채 이를 가는 아빠, 그 뒤로 오토의 모습이 있었다.

"투리는!?"

"저기에⋯⋯."

안타까움과 분노에 불타는 길의 보라색 눈이 가리키는 곳에 인질로 잡힌 투리가 보였다. 한 사내가 투리에게 나이프를 들이밀며 도망칠 기회를 보았고, 투리는 나이프에 시선을 고정한 채 숨을 삼키며 공포에 차 굳어 있었다.

"시, 싫어⋯⋯."

새파래져서 눈물을 머금으며 바들바들 떠는 투리에게로 초점이 맞춰졌다. 그러자 온몸의 피가 들끓으며 마력이 몸속을 돌았다. 순식간에 내 안에서 무언가가 폭발했다.

"마인!?"

"마인 님!?"

나는 천천히 몸을 일으켰다. 몸속은 내장이 마치 부글부글 끓을 만치 뜨거운데 머릿속은 차가워지는 이 감각을 전에도 느낀 적이 있다.

요 1년 사이 신전에서 봉납식을 치르는 동안 생각보다 훨씬 마력을 잘 다루게 된 모양이다. 예전에는 신전장을 포함해서 시야에 들어온 모두에게 방출했던 위압도 지금은 목표를 정확히 지정할 수 있었다.

"너, 우리 투리를 어쩔 셈이야?"

투리에게 칼을 들이미는 사내를 날카롭게 노려보자, 사내의 안색이 점점 변해 갔다. 분노와 흥분으로 새빨갰던 얼굴이 공포로 새파랗게 물들더니 마치 무언가에게 호흡이 막힌 것처럼 거무죽죽한 보랏빛으로 변했다. 사내는 나의 위압에서 도망치려고 몸을 꼬려 했지만, 꼼짝할 수 없는지 눈만 번뜩인 채 표정만 딱딱해졌다.

"당장 투리한테서 그 더러운 손을 치워. 그렇지 않으면 죽는다. 네가 말이야."

주위의 흐름이 느려지는 감각 속에서 나는 입가에 거품을 물고 떨기 시작한 사내를 향해 마력의 위압을 조금씩 높였다.

"으……아."

남성의 입이 움직인 순간, '피융' 하는 소리를 내며 날아온 날붙이가 투리를 붙들고 있는 사내의 팔뚝에 꽂혔다.

"어?"

내가 놀란 눈을 깜빡이며 이성이 돌아온 동시에 단검을 쥔 아빠가 남성에게 달려들었다. 위압을 받아 꼼짝 못 하는 사내는 도망치지도 못하고 칼에 찔렸다.

"으악!"

남자의 비명과 함께 피가 솟았다. 그 순간 아빠가 밀쳐낸 투리가 뒤얽힌 두 사람에게서 굴러 나왔다.

"투리!"

"괜찮아!?"

길과 루츠가 재빨리 투리에게 달려들어 볼에 튄 사내의 핏자국을 소맷자락으로 닦았다.

"……무, 무서웠어."

나도 다리에 힘이 풀려 주저앉은 투리에게로 달려가려고 한 발 내디딘 순간이었다. 시야 끝에서 무언가가 빛났다. 홱 뒤를 돌아보니 아빠와 뒤얽힌 사람이 아닌 나를 납치하려고 했던 사내의 손가락에서 반지가 빛나는 모습이 보였다. 순간적으로 반지가 마력을 얻을 때 내는 빛이라 이해한 나는 사내에게 일격을 가한 아빠에게 소리쳤다.

"아빠, 피해!"

아빠가 돌아보는 동시에 다무엘이 "귄터, 떨어져!" 하고 소리치며 아빠를 밀쳤다.

"큭!?"

아빠를 밀친 다무엘의 왼손에 방패가 떠오르더니 일직선으로 날아온 마력의 빛을 튕겨 냈다. 설마 튕겨 낼 줄은 몰랐는지 공격한 사내는 동요한 듯 다무엘을 쳐다보면서 도망치려고 했다.

"귄터, 상대는 마력을 가진 자다. 여긴 내가 상대하겠다! 너희는 신전으로 돌아가서 페르디난드 님에게 알려!"

"알겠습니다! 오토, 마인을 안아!"

대답한 아빠는 다리에 힘이 풀려 움직이지 못하는 투리를 번쩍 들어 올려 큰길을 향해 맹렬하게 달리기 시작했다. 깜짝 놀란 루츠와 길도 아빠의 뒤를 따랐다. 나는 오토에게 가로 뉘인 자세로 안긴 채 큰길을 나와 신전 쪽으로 돌아갔다.

"마인, 피가 나와……."

달리는 오토는 자신이 아픈 것처럼 인상을 찡그렸다. 오토의 시선이 닿은 곳에 내 무릎에서부터 정강이를 타고 흐르는 피가 보였다.

"조금 전 바닥에 떨어졌을 때 다쳤나 봐요."

흥분으로 전혀 아픔을 느끼지 못했지만, 상처를 본 순간 지끈, 하고 아픔이 덮쳐 왔다. 내 피를 보고 조금 전 사내에게서 분수처럼 터져 나오던 피가 뇌리를 스쳤다.

"……오토 씨, 지금은 도움이 필요한, 위험한 상황이겠죠?"

투리를 들쳐 업고 선두를 달리는 아빠를 따라 루츠와 길이 인파를 헤치며 큰길을 질주하는 모습을 보면서 묻자, 오토가 비명 같은 소리

유괴 미수 ◆ 153

를 질렀다.

"위험한 상황이 아니면 뭐겠어!?"

"도움을 요청해도 혼나지 않을까 확인하고 싶었을 뿐이에요."

나는 엄지손가락으로 내 무릎에 난 상처를 눌러 피를 묻혔다. 그리고 줄곧 몸에 지니고 있던 목걸이를 꺼내어 오닉스처럼 생긴 검은 돌에 피를 꾹 눌렀다.

아주 잠깐 돌이 금색으로 빛났다. 하지만 검은 돌 속에 금색 아지랑이만 흔들릴 뿐, 딱히 아무 일도 일어날 기미가 없었다. 질베스타에게 어떠한 형태로 연락이 가거나, 아니면 나의 위치를 알리는 발신기 같은 마술구일까? 피를 찍어 봤지만 전혀 알 수가 없었다.

"그건 뭐야?"

"부적이요. 위험한 상황이 오면 도와주러 온대요."

어디에 쓰는 마술구인지 모른 채 나는 목걸이를 다시 옷 속에 집어넣었다. 그때 즈음엔 이미 길베르타 상회 앞까지 와 있었다.

"투리와 루츠는 오토와 같이 오토 집에서 대기해."

아빠는 상점 앞에서 투리를 땅에 내리면서 곧바로 지시를 내렸다. 루츠가 거칠게 헐떡거리며 아빠를 올려다보았다.

"귄터 아저씨, 나도…….."

"방해다."

같이 가고 싶다고 루츠가 말하기도 전에 아빠가 거절했다.

"그치만 길은 가잖아."

"길은 신전 관계자지만 루츠는 아니야."

아빠는 싸우지 못하는 녀석은 필요 없다며 루츠의 부탁을 쌀쌀하게 잘라 버리고, 나를 내려놓는 오토에게 강렬한 시선을 보냈다.

"오토, 투리를 부탁한다. 난 마인을 데리고 신전에 갈 테니까."

"반장님, 마인. 부디 몸조심하세요."

오토가 주먹을 쥐고 팔꿈치를 구부렸다. 아빠도 마찬가지로 주먹을 쥐고 팔꿈치를 구부려 자신의 주먹을 오토의 주먹에 가볍게 갖다 댔다.

"괜찮아. 기사단이 움직이기 시작했어."

엄한 표정을 유지한 채 아빠가 손을 치켜들어 하늘을 가리켰다. 마석이 변신한 기수가 하늘을 날아가는 모습이 보였다. 아마 다무엘이 있는 곳으로 향하는 것이리라. 금방 합류할 것 같았다.

"가자, 마인."

아빠는 나를 안아 들고, 신전을 목표로 달리기 시작했다.

다른 영지의 귀족

아빠에게 안긴 채 신전에 도착했더니 어째서인지 프랑이 정문에서 기다리고 있었다. 신전에 돌아간다고 연락할 여유도 없었는데 왜 문앞에 나와 있는 걸까.

"프랑? 정문까지 나오다니 무슨 일 있어요?"

"창문에서 기사단의 지원 요청 붉은빛을 보고 혹시나 마인 님께서 돌아오실 것 같아서 나왔습니다."

정말 돌아올 줄은 몰랐다며 프랑은 우리들을 둘러보았다. 함께 돌아갔던 루츠와 투리의 모습은 없고, 다무엘 대신 아빠가 있는 상황을 보고 심각한 일이 있었다고 짐작했으리라.

"프랑, 우리는 신관장님께 할 얘기가……."

"신관장님은 안 계십니다."

"……네?"

"자세한 이야기는 방에서 말씀드리겠습니다. 길, 미안하지만 이곳에서 다무엘 님을 기다렸다가 신관장실이 아닌 마인 님의 방으로 와달라고 전달해 주세요."

방에 도착한 후 딸을 안고 정신없이 달린 아빠에게 물을 주게 하고, 1층 홀에서 이야기를 시작했다. 프랑이 나지막하게 입을 열었다.

"마인 님이 집으로 돌아가시고 난 후부터 있었던 얘기를 들려드리겠습니다."

우리가 집으로 돌아가고 얼마 뒤, 아빠가 원장실로 찾아왔다고 한다. 지난번에 소동을 일으킨 귀족이 마을에 들어왔으니 신관장님께 보고하라는 말을 남기고 아빠는 곧장 내 상황을 확인하러 마을로 되돌아갔다.

"전 신관장님께 보고를 드리러 급히 신관장님의 방으로 찾아갔습니다. 그런데 아르노에게 신관장님이 부재중이시라고 들었습니다."

프랑은 하는 수 없이 방으로 돌아오려고 했다. 그러던 도중에 델리아가 프랑을 불러 세웠다고 한다.

"델리아가? 무슨 용무였어요?"

"디르크의 양부가 된 귀족이 도착했다며 지금까지 디르크를 돌봐 준 마인 님과 대화하고 싶다고 했습니다. 이미 마인 님께서는 돌아가셨다고 하고 돌려보냈습니다. 신관장님이 부재중이실 때 신전장님의 방에 마인 님을 안 보내게 되어 다행이라고 안도했습니다만……."

프랑이 왜 돌아왔느냐고 묻고 싶은 듯한 원망스러운 눈초리로 나를 바라봤지만, 그런 눈으로 봐도 곤란했다.

"실은 우리도 많은 일이 있었어요."

내가 돌아가는 길에 벌어진 일을 간단히 보고하자 프랑이 팔짱을 끼고 생각에 잠겼다.

"마인 님의 말씀와 맞춰 보면 신관장님께도 기사단의 요청이 갔겠군요. 다무엘 님이 돌아오실 즈음에 신관장님도 돌아오실 겁니다."

중앙으로 이동한 영주를 따라 호위 기사도 동행하므로 분명 기사단의 인원이 부족했기 때문일 거라며 프랑이 한숨을 내쉬었다.

"마인 님, 다무엘 님이 합류하실 때까지 무녀복으로 갈아입고 기다려 주세요."

나는 불안한 표정의 로지나에게 도움을 받아 파란 의복을 입었다.

그러고 오래지 않아 다무엘이 길과 함께 돌아왔다. 평민촌의 소동을 해결하러 온 지원단이 다무엘을 호위 임무로 돌아가게 했다고 한다. 프랑이 길과 다무엘에게도 마실 물을 건네고 간단히 신전 쪽 사정을 설명했다.

"······이상하네."

다무엘이 의아하다는 듯이 중얼거렸다.

"현장에 온 기사 중 페르디난드 님은 안 계셨어. 오히려 기사단이 페르디난드 님께 보고하라고 내게 부탁했는데. 이쪽에 없으시다고?"

다무엘의 말에 이상함을 느낀 우리는 다시 한번 신관장의 방에 가기로 했다. 신관장이 부재중이라던 아르노에게 어디로 갔는지 물어야 했다. 그만큼 심각한 사태라고 다무엘이 강하게 말했다.

"견습무녀, 이거 가지고 있어."

뭔가 문득 떠올랐는지 다무엘이 허리춤에 매단 작은 주머니에서 반지 하나를 꺼내어 내 손에 쥐어 줬다. 조금 색깔이 탁한 작은 돌이 박힌 반지였다.

"아까 습격했던 녀석이 끼고 있던 증거품이다. 귀족의 문장이 새겨져 있지?"

"이렇게 중요한 건 받을 수 없어요!"

"작고 품질도 좋진 않지만, 마석이 달린 거야. 무슨 일이 생겼을 때를 대비해서 챙겨 두는 편이 좋아. 페르디난드 님이면 몰라도 난 네게 빌려줄 마석이 없거든."

가난한 귀족이라는 다무엘에겐 남에게 빌려줄 마석의 여분이 없다고 했다. 하지만 이 반지는 마술구가 아닌지 크기가 조절되지 않았다.

"······고장이라도 났나 보네. 문장만 있으면 증거품으로는 충분하지만, 쓰지 못하면 의미가 없어. 마력은 담을 수 있나?"

다무엘의 말에 나는 반지에 마력을 흘려 보았다.

"음, 일단 마력은 담을 수 있나 봐요."

신관장에게 빌린 마석의 용량과 비교하면 아주 조금이지만.

"마석의 질이 나쁘니까 마력을 갑자기 대량으로 담으면 깨질 가능성이 있어. 조심해."

까딱하다간 깨질 반지를 떨어뜨리지 않게 손에 꽉 쥔 나를 중심으로 선두에는 프랑, 좌우를 아빠와 다무엘이 포위한 형태로 신관장의 방으로 향하기로 했다.

"길은 방에서 기다려 줘."

전투 능력이 없는 어린아이인 길은 방을 지키기로 했다. 폭력은 금지라고 배우며 자란 길에게 피가 튀고 사람이 죽는 오늘의 전투가 상당히 충격적이었던 모양이다. 안색이 나쁘고, 상당히 동요하고 있었다. 옆에 있어 주고 싶은 마음은 굴뚝같지만, 지금은 그럴 여유가 없다. 딱딱한 표정을 짓는 길의 배웅을 받으며 우리는 방을 나섰다.

"마인 님, 부디 몸조심하세요."

귀족 구역에 들어가자마자 앞쪽 모퉁이를 돌아 나오는 신전장 일행이 보였다. 배가 볼록 나온 너구리 같은 신전장의 옆에는 못생기고 뚱뚱한 두꺼비 상을 한 남성이 있었다. 의상은 다르지만, 분위기는 마치 악당 두목과 조무래기다. 그들 주변으로 졸졸 따라오는 회색 무녀와 처음 보는 시종들로 구성된 열 명 정도의 무리가 이동 중이었다.

프랑이 가장 가까운 모퉁이를 돌아서 우리 일행과 마주치지 않게 피했다. 이 길은 귀족 출입문으로 가는 길이었다. 멀리 돌아가는 셈이지만, 되도록 신전장과 마주치지 않게 신관장의 보호 구역에 들어가는 쪽이 좋다. 아빠는 나를 안아 올렸고, 다무엘은 주변을 경계하고, 프랑은 빠른 발걸음으로 신관장의 방으로 향했다.

"다무엘 님, 신전장님과 같이 계시던 분은 누구세요?"

"빈데발트 백작. ……위조 허가증으로 마을에 들어온 다른 영지의 상급 귀족이다. 아마 널 노리고 있을 거야."

다무엘이 목소리를 낮추어 속삭였다. 나를 안아 올린 아빠의 팔에 힘이 들어갔다.

"기사단이나 적어도 페르디난드 님이 계셨다면 붙잡았겠지만, 지금의 난 신분이나 마력으로도 상대가 안 돼. 상대가 기사가 아니고 싸움 방식을 모르는 자라도 마력의 차이가 너무 커."

귀족 출입문에서 가장 가까운 문이 보였다. 앞쪽 모퉁이를 돌아 신관장의 방으로 향하려던 그 순간, 복도를 막은 신전장 일행이 보였다. 피하려고 돌아왔더니 그들이 우릴 앞질러 버린 것이다.

"빈데발트 백작, 저것이 청색 견습무녀 마인이오."

형용할 수 없을 정도로 기분 나쁜 웃음을 짓는 신전장이 아빠에게 안긴 나를 손가락질했다. 두꺼비가 입을 찢듯이 히죽 웃으며 나를 검사하듯 위아래로 훑어보았다.

"호오, 저 아이가……."

전신에 닭살이 돋는 불쾌한 시선에 나는 무심코 아빠에게 꼭 매달렸다. '쳐다보지 마' 하고 소리치고 싶은 기분을 꾹 참는 스스로를 칭찬해 주고 싶을 정도였다.

"흠. 십으로 돌아갔다고 들었는데 급히 보호자에게로 돌아온 건가. 그럼 녀석들이 실패했군. 무능한 것들."

빈데발트 백작이 쉰 목소리로 중얼거리더니 나에게 손을 뻗었다.

"마인, 너와 계약해 주마."

"……정중히 거절하겠습니다. 이미 약속이 되어 있습니다."

"흠, 보호 아래에 있다고는 하나 아무런 계약도 안 하지 않았느냐? 그럼 먼저 계약해 버리면 그만이다."

'푸헤헤' 하고 기묘한 웃음소리를 내고는 두꺼비가 뚱뚱한 배를 출렁이며 한 발 앞으로 나왔다.

"빈데발트 백작님은 마인 님도 양녀로 들이시나요?"

디르크를 안은 델리아가 신전장의 뒤에서 나타나 분위기와 동떨어진 밝은 목소리로 말했다. "귀족님의 눈에 띄다니 부럽네요." 라느니 "디르크와 남매가 되겠네요." 라며 기뻐 보인다. 그런 델리아를 바보 취급하듯 두꺼비가 코웃음을 쳤다.

"양녀? 이 몸이 더러운 평민을? 설마."

"그치만 백작님은 디르크와……."

"양자라니. 그 아기와 맺은 건 종속 계약이다."

두꺼비는 "푸헤헤" 하고 웃으며 정식 양피지 계약서를 꺼냈다. 그런데 화려하게 장식된 계약 항목 부분이 이중으로 겹쳐져 있었다. 백작이 끈적거리는 웃음을 지으며 그 부분을 벗기자, 양자 결연이 아닌 신식 종속 계약이라는 글자가 나타났다.

"네? 하지만 디르크는……."

"목숨을 유지하는 마술구를 받는 대신 계약 상대에게 죽을 때까지 종속되어 살아야 해요."

내 말에 델리아가 품속의 디르크를 꼭 안은 채 고개를 세차게 저으며 신전장을 올려다보았다.

"거짓말! 그, 그런 거…… 그런 거 아니죠? 신전장님은 디르크와 제가 함께 있을 수 있도록 해 주시겠다고……."

"걱정 마라, 델리아. 그 아기는 신전을 위해 이곳에서 자랄 것이다. 함께 산다는 사실엔 변함이 없다. 이건 거래다. 내가 그 아기를 내 밑에 두는 대신, 마인이 신전에서 나가면 그만이다."

마치 마음씨 좋은 사람처럼 신전장이 델리아에게 상냥하게 말했다. 그러자 새파래진 얼굴로 델리아가 나와 디르크를 번갈아 보았다.

"마인 님이 디르크 대신 신전을 나간다……?"

그때 뚱뚱한 배가 망연자실하게 중얼거리는 델리아를 감추듯 불쑥 내 시야에 들어왔다.

"이건 네 계약서다. 자, 계약해. 초봄도 그렇고, 오늘도 그렇고, 네 덕분에 상당히 많은 부하를 잃었거든. 자, 네가 그 손실을 메꿔야지."

백작이 한 발 앞으로 나오면 우리는 한 발 뒤로 슬금 물러났다. 나를 도와줄 신관장의 방은 신전장 일행의 뒤편에 있었다.

"신관장님……."

나의 중얼거림을 들은 신전장이 입술을 비틀며 조소했다.

"안타깝게도 너를 보호해 줄 신관장은 이곳에 없다. 아무리 도움을 요청해도 쓸데없는 짓이지. 얼른 내 앞에서 사라져라."

신전장은 몇 걸음 앞에 서 있는 두꺼비에게 말을 걸었다.

"빈데발트 백작, 영주도 신관장도 없는 지금이 기횔세. 이곳에서 무슨 일을 벌이든 관여하지 않을 터이니 자네 맘대로 마인을 끌고 나가도 신경쓰지 않겠네. 얼른 잡아서 마을을 나가게."

신전장의 말에 순간 그곳에 긴장감이 서렸다.

아빠가 나를 땅에 내리고 한 발 앞으로 나오며 무기를 쥐었다. 자신보다 고위 귀족을 상대해야 하는 다무엘은 어금니를 깨물면서 무기를 들었다. 프랑도 허리에 찬 가방 속에서 단검을 꺼냈다.

"……어린애 외에는 죽여도 좋다. 잡아라."

두꺼비의 목소리와 함께 일행 속에서 세 명의 사내가 앞으로 나왔다. 조금 전 아빠가 쓰러뜨린 사내와 똑같은 분위기를 가진 그들은 귀족과 계약한 신식의 미래를 보여주는 본보기 같은 존재였다.

"견습무녀, 떨어져!"

덤벼 오는 두 사람을 다무엘이 상대하고, 나머지 한 사람을 아빠와 프랑이 둘이서 상대했다.

정식 기사 훈련을 받은 다무엘에 비해 백작의 사병은 전투력과 마력이 약하고 마력을 모으는 데 시간이 걸리는지 잘 싸우질 못했다. 하지만 혼자서 둘을 상대하기는 벅찼는지 다무엘은 상당히 힘겨워했다.

한 사람을 상대하는 아빠와 프랑은 언뜻 선전하는 듯 보여도 마력을 막지 못해 고전했다. 무기만 쓰는 전투라면 아빠가 유리하지만, 마력 공격은 평민인 아빠가 어찌하질 못했다.

사내가 낀 반지가 갑자기 빛나면서 아빠와 프랑을 향해 마력을 방출한 순간, 다무엘이 즉시 지휘봉을 꺼내 휘둘렀다. '끼잉' 하고 유리 긁는 듯한 소리가 나더니 마력을 튕겨 냈다.

"귀족이라고……!?"

다무엘이 지휘봉을 꺼낸 순간, 두꺼비와 신전장의 표정이 싹 변했다. 침을 튀기며 델리아를 다그쳤다.

"델리아, 저 녀석은 누구냐!?"

"마인 님을 호위하는 기사입니다."

델리아가 깜짝 놀라 숨을 들이쉬며 반사적으로 대답하자 신전장이 눈을 부릅뜨고 다무엘을 가리켰다.

"저 비실비실한 놈이 기사라고!?"

신관장이 정보를 숨겨서일까. 신전장은 내게 호위가 붙은 줄은 알았지만 다무엘이 귀족 기사임을 몰랐던 모양이다. 평민촌 출입을 위해 간편한 옷차림을 한 다무엘은 언뜻 보면 귀족으로 보이지 않았다.

"이 일이 기사단에 알려지지 않게 하려면 서둘러야겠어. 저놈은 실종되어 줘야겠군."

지금까지 히죽거리며 상황을 지켜보던 백작의 안색이 바뀌며 땅딸막한 손가락에 낀 반지에 마력을 흘려보내더니, 팔을 크게 휘둘렀다. 옅은 파랑으로 빛나는 마력 덩어리가 반지에서 튀어나오더니 다무엘을 향해 날아들었다.

"위험해!"

나도 따라 하며 팔을 휘둘러 마력을 방출했다. 파랗게 빛나는 백작의 마력과 나의 하얀색 마력이 부딪치며 백작의 마력이 목표물에서 빗나갔다. 빗나간 마력이 벽에 부딪치며 펑! 하고 웅장한 소리를 냈지만, 마치 마력을 흡수해 버린 듯 벽에는 상처 하나 없었다.

"평민 신식 주제에 건방지게……."

백작은 짜증스럽게 신음하고 다시 한번 반지에 힘을 채워 갔다. 나도 지지 않도록 백작의 반지를 가만히 쳐다보면서 반지가 부서지지 않을 만큼만 마력을 흘려보냈다. 이 반지에서 나오는 마력으로는 맞부딪쳐서 공격의 방향을 바꾸는 정도가 다였다. 그래도 이미 둘이나 상대하는 다무엘이 백작까지는 상대하지 못할 터였다.

'육탄전으로 덤비는 것보다야 훨씬 낫지.'

때리려고 육체적으로 덤빈다면 나 정도쯤이야 1초 만에 끝장나겠지만, 마력을 부딪쳐 빗나가게 한다면 좀 더 시간을 벌 수 있었다.

"그 정도 마력으로 얼마나 버틸 수 있으려나?"

백작이 "푸헤헤" 하고 웃으면서 마치 사자가 작은 동물을 괴롭히듯 나를 향해 계속해서 마력을 날렸다.

"꺅!"

나는 품질이 나쁜 반지가 깨지지 않게 되도록 적은 마력으로 계속해서 날아오는 마력을 튕겨 냈다. 다무엘, 아빠, 프랑도 자기 앞의 적과 싸우는 데 급급했다. 모두가 마력의 공격을 맞았다간 단숨에 균형이 무너져 버린다. 실패하지 않으려다 보니 호흡은 점차 거칠어지고, 등은 긴장감에 땀으로 흠뻑 젖었다.

"큭……."

얼마나 마력을 튕겨냈을까. 예상보다 내가 제법 잘 버텨내자 잠시 마력 덩어리 발사를 멈춘 백작이 불쾌한 눈초리로 나를 노려보았다.

'아직 힘낼 수 있어.'

나는 헐렁헐렁한 반지가 떨어지지 않게 주먹을 다시 꽉 움켜쥐고 백작을 응시했다. 그러자 백작의 시선이 내 반지를 주목하더니 갑자기 웃음을 터뜨렸다.

"응? ……뭐야, 벌써 종속의 반지를 끼고 있었구나. 하하, 이건 또 무슨 촌극이냐. 이런 귀찮은 짓을 할 필요도 없었군."

내가 낀 반지는 종속 계약을 한 신식에게 주는 반지로 이 반지를 끼고 있으면 주인을 공격하지 못하게 된다고 한다. 그리고 주인인 백작이 계약을 파기하지 않는 한에는 뺄 수도 없다고 한다. 명령을 위반하면 주인이 흘려보내는 마력으로 고통을 줄 수 있는 악취미적인 반지인 모양이다.

"다치고 싶지 않으면 내게 복종해라. 푸헤헤."

자신만만하게 웃는 백작 앞에서 나는 반지를 쏙 빼 보였다. 계약도 하지 않은 데다 거의 반쯤 부서진 반지라서 본래의 용도로는 쓸 수 없어진 모양이다.

"이 반지, 바로 빠지는데요?"

"뭣이!?"

눈을 부릅뜨는 두꺼비 뒤에서 조금 벗겨진 머리 부분까지 새빨개진 신전장이 "건방진 것이!" 하고 소리쳤다. 그리곤 델리아의 손에서 디르크를 강제로 뺏었다.

"앗!"

갑작스러운 상황에 민첩하게 반응하지 못한 델리아가 눈만 휘둥그레 뜨는 사이, 신전장은 마석으로 억지로 디르크의 마력을 빼앗아 갔다. 신전장에게 붙잡힌 디르크의 얼굴빛이 새파랗게 변하며 작게 경련하듯 몸을 떨었다.

"디르크!"

델리아가 비명을 지르며 디르크를 되찾으려고 팔을 뻗었다. 하지만 신관장은 혀를 차며 델리아의 손을 뿌리쳤다.

"……역시 갓난아기의 마력은 턱없이 적군."

디르크에게서 빼앗은 마력을 그리 평가한 신전장이 나를 향해 마력을 쏘았다. 나는 서둘러 반지를 끼고 마력을 튕겨 냈다. 어금니를 깨물며 매섭게 신전장을 노려보았다.

"디르크한테 무슨 짓이야!"

전신에 분노가 일었다. 내가 위압을 발산하려고 하자 신전장이 힘없이 축 늘어진 디르크를 자기 앞으로 쑥 내밀었다.

"훙, 네가 갓난아기를 공격하겠다고? 델리아를 절망의 구렁텅이에 빠뜨릴 셈이냐?"

"멈춰! 멈춰 주세요. 마인 님! 부탁이에요!"

인간 방패가 된 디르크와 델리아의 비명 같은 부탁에 마력의 위압으로 공격할 수가 없었다.

숨을 꾹 참고 망설이던 그 찰나.

나는 내 옆으로 살금살금 다가온 신전장 소속의 회색 무녀들에게 붙잡혀 버렸다.

"꺅……!?"

"마인!?"

"좋아! 잘 했다. 예니! 그대로 마인을 잡고 있어라."

신전장은 그렇게 말하며 축 늘어진 디르크를 집어던지듯 델리아에게 넘겼다. 내 시야에 울면서 디르크를 꼭 끌어안는 델리아가 보였다.

"놔줘!"

"못 놔요. 신전장님 아래로 들어가 꽃을 바치는 생활을 강요당하는 날 두고 로지나와 빌마는 마인 님의 시종으로 크리스티네 님 때와 똑같은 생활을 보내다니……. 절대 용서할 수 없어요."

마치 노래 부르듯 속삭이며 부드럽게 울리는 목소리 속에서 예니의 한이 느껴져 등골이 오싹거렸다. 내가 사라지고 로지나와 빌마가 고아원에 돌아갔으면 좋겠다. 그런 소망을 품은 예니에게 무엇을 호소한들 놓아줄 것 같지 않았다.

"이제야 계약할 수 있겠구먼."

빈데발트 백작이 힛힛 웃으며 슬금슬금 다가왔다. 내가 아무리 발버둥을 쳐도 예니는 힘을 풀지 않았다. 예니는 여리여리하고 얌전했지만, 그래도 성인이다. 그렇잖아도 부실한 내 힘으로는 상대가 안 되었다.

백작이 지휘봉을 꺼내 나이프로 변화시켰다. 나이프를 쥐고 웃는 백작의 눈은 시키코자의 눈과 많이 닮아 있었다. 평민인 나를 하찮게 보고, 복종을 당연히 여기는 귀족의 눈빛이다.

시키코자가 나이프를 들이밀었을 때와 똑같은 공포심에 몸을 떠는 내게 번쩍이는 칼끝이 다가와 나의 손끝을 베었다.

"아얏!"

루츠가 혈도장을 찍을 때 살짝 베어 줬을 때와 달리 나의 상처 따위는 고려하지 않는 난폭한 움직임에 생각보다 훨씬 깊은 상처가 생겼다. 베인 상처에서 점차 피가 부풀어 올랐다.

"손을 펴라."

히죽히죽 불쾌한 웃음을 지으며 계약서를 꺼낸 백작이 다가왔다. 가까워져 오는 두꺼비 같은 얼굴이 기분 나빴다. 나는 최대한의 반항으로 백작을 날카롭게 노려보았다. 힘을 꼭 쥔 주먹에서 피가 한 방울 떨어졌다.

"손을 펴라고 명령했다!"

억지로 내 주먹을 펴려는 힘에 필사적으로 저항했지만, 애초에 힘이 없는 나는 금세 펼 수밖에 없었다.

"싫어, 싫어, 싫어! 아파!"

"마인을 놔라!"

그런 노성과 함께 아빠가 예니의 등에 혼신의 발차기를 날렸다. 나와 예니는 엄청난 충격과 함께 눈앞에 육박하던 두꺼비 쪽으로 날아갔다. 볼록한 배에 부딪혀 넘어진 예니와 백작 사이에 끼어 버린 나는 순간 숨이 턱 막혔다. 그러자 바로 달려온 아빠가 나를 잡아끌어 번쩍 안아 올렸다.

"마인, 난폭하게 해서 미안하다, 안 늦었지?"

그렇게 말하면서도 아빠의 눈은 나를 보고 있지 않았다. 백작의 옆에서 신음을 흘리는 예니의 어깨를 잡자마자 다시 발차기를 먹였다. '케엑' 하는 둔탁한 목소리와 함께 예니의 입에서 토사물이 튀어나왔다.

"어, 어찌 이런 추한 행패를······."

신전에서는 볼 수 없는 폭력 행사에 질린 신전장과 벌벌 떠는 시종들을 아빠는 차가운 눈초리로 바라보았다.

"어린애를 잡아 칼을 들이밀고, 동의하지 않는 계약을 강요하는 건 추하지 않단 말이야!?"

"이, 이 평민이!"

나와 함께 바닥에 쓰러진 백작이 굴욕감으로 새빨개져서는 상반신을 일으켰고, 분노를 실어 반지를 휘둘렀다. 지금까지 중 가장 큰 마력이 발산됐다. 파란빛 덩어리가 일직선으로 이쪽을 향해 날아왔지만, 거리가 짧은 나머지 나는 반지에 마력을 담을 시간이 없다.

'이제 끝이야!'

나를 향해 날아오는 마력 덩어리에 무심코 눈을 꼭 감았다. 그때 아빠가 순식간에 나를 품에 안고 옆으로 몸을 던졌다.

"크윽!"

"아빠!?"

마력을 완전히 피할 수 없었는지 아빠의 왼쪽 어깨부터 팔꿈치까지 화상을 입은 것처럼 빨갛게 부어올랐다. 고통에 신음하는 아빠의 모습에 내 속의 참을성이 '툭' 하고 끊어졌다.

나는 아빠의 품에서 구르듯 빠져나와 침착하게 몸을 일으켰다. 그리고 반지에 마력을 채워 넣는 백작을 응시하며 처음부터 온 힘을 다해 마력을 내리쳤다.

"용서 못 해!"

전신에서 흘러나온 마력에 내 손가락에 낀 반지의 마석이 마치 풍선이 터지듯 '펑!' 하고 산산조각이 나며 깨졌다. 불시에 위압의 직격탄을 맞은 백작이 믿을 수 없다는 듯 눈을 크게 뜨며 그 자리에 털썩 무릎을 꿇었다.

백작은 부들부들 떨리는 손을 움직이려 했지만, 무거운 추라도 단듯 생각대로 움직이지 않는 모양이었다. 나는 이 이상은 공격할 마음이 들지 않았다.

"빈데발트 백작!?"

신전장의 초조한 목소리가 들렸다. 나는 그대로 고개를 돌려 신전장을 노려보았다. 디르크라는 인간 방패를 잃은 신전장 따위 무섭지 않았다.

순간, 신전장이 주머니에서 검은 마석을 꺼냈다.

"내가 몇 번이고 똑같은 수에 당할 줄 알았더냐!"

신전장이 손에 쥔 검은 마석이 나의 마력을 거침없이 흡수해 갔다. 하지만 나는 신전장의 자신만만한 웃음에도 개의치 않고 끝까지 마력을 내리쳤다. 그래도 마력은 흡수되어 가기만 했다.

"큭, 방심했다. 설마 이렇게까지 거대한 마력을 가졌을 줄이야."

시야의 끝에서 무릎을 꿇던 백작이 느릿하게 일어났다. 그리고 나를 깔보는 표정을 완전히 지운 무표정한 얼굴로 지휘봉을 꺼냈다.

검은 부적

"견습무녀!"

깜짝 놀란 다무엘이 지휘봉을 들고서 나와 백작 사이를 가로막았다. 붉은빛을 발하는 다무엘의 등이 내 오른쪽을 지켰고, 나는 표정을 찡그리는 신전장에게 의기양양한 얼굴로 계속해서 마력을 쏟아부었다.

"쓸모없는 짓이다."

신전장이 그렇게 말하며 음침하게 웃었다. 그때 검은 마석에 노란 빛이 감돌기 시작하더니 '빠직' 하고 작은 소리가 나면서 반들거리는 둥근 마석에 한 줄, 또 한 줄 금이 갔다.

"……뭐지!?"

경악하는 신전장을 무시하고 계속해서 마석을 노려보며 마력을 흘려보내자 마석은 점점 검은색에서 어렴풋한 노란색으로 변했다.

"이게 대체 무슨 일이지!?"

어느새 검은빛이 완연히 사라지고 옅은 노란색으로 가득 찬 마석은 언뜻 금색으로 보였다. 온통 잔잔하게 금이 간 마석은 한 번 눈부신 빛을 발하더니 모래처럼 후두둑 바스러졌다. 신전장은 옅은 금색으로 변한 마석이 모래처럼 자신의 손에서 빠져나가는 장면을 눈알이 빠질 듯 크게 뜨고, 입술을 떨며 응시했다. 그동안에도 나는 신전장을 향해 계속 마력을 흘려보냈다.

"마인, 너란 놈은 대체……. 크악!"

핏기 서린 눈동자로 나를 보던 신전장이 나의 위압을 정면으로 받자, 가슴팍을 움켜쥐며 피를 토해 냈다. 이대로 잇따라 마력으로 공격하려던 순간, "크헉!" 하고 고통스러운 다무엘의 신음이 들렸다.

홱 뒤돌아보니 다무엘이 그 자리에 무릎을 꿇고 있었다. 손에 힘이 빠졌는지 바닥에 떨군 지휘봉은 공기에 녹듯 사라져 갔다. 다음 순간, 다무엘의 몸이 천천히 기울어지며 그대로 바닥에 쓰러졌다.

"다무엘 님!"

허둥대며 다가가자, 괴로운 호흡 소리만 들릴 뿐, 다무엘은 의식이 없었다.

"다무엘 님, 다무엘 님……."

내가 말을 걸어 보아도 돌아오는 것은 오직 신음뿐이었다.

"흥, 고작 그 정도 마력으로 기사라니, 가소롭긴……."

두꺼비가 다무엘을 멸시하는 웃음으로 히죽이면서 콧방귀를 뀌었다. 이대로는 다무엘이 위험하다. 도움을 요청하려고 주변을 둘러보았다. 세 사람이던 적측 남자들은 비틀거리는 마지막 한 사람만 남겨두고 있었다.

아빠가 사내의 뒤통수를 붙잡더니 농구공으로 덩크 슛을 하는 듯한 포즈로 바닥에 내리꽂았다. 흰자위를 드러내며 의식을 잃은 사내를 그대로 내팽개치고, 아빠는 힘이 없는 왼팔을 부축하며 내가 있는 곳으로 향했다.

"마인!"

"아빠……."

프랑도 적과의 싸움에서 중상을 입었는지 귀족 출입문으로 통하는 문에 기대어 거친 숨을 내쉬고 있었다.

나의 위압을 정면으로 받은 신전장은 그 자리에 쭈그리고 앉아 여전히 피를 쏟아내었고, 그의 시종인 듯한 회색 무녀들이 신전장의 주변에서 오들오들 떨고 있었다. 델리아는 정신을 잃은 디르크를 안은 채 미동도 없다.

이 자리에 큰 상처 없이 서 있는 사람은 나와 백작뿐이다. 그런 혼란스러운 상황에서 갑자기 신관장의 방문이 열렸다. 그러고는 부재중이라던 신관장이 모습을 드러내고 복도의 처참한 상황에 두 눈을 크게 떴다.

"이게 대체 무슨 일인가!?"

방에서 나온 순간 시체처럼 나뒹구는 부상자들을 보면 누구라도 놀랄 터이다. 하지만 방 밖에서 이렇게나 큰 소동이 일어나는데 신관장이 전혀 몰랐다는 것이 더 의아했다.

"신관장, 아르노는 분명 자네가 부재중이라고 했는데, 어째서 여기에 있지!?"

"어째서라니요……. 아르노에게 부재중이라 말하라고 전해 뒀습니다. 어차피 방에 찾아오셔도 못 만났을 테니 거짓말은 아닙니다."

깜짝 놀란 신전장의 목소리에 신관장은 시치미를 뗐다. 방에 있으면서 만날 수 없다는 말은 즉, 설교의 방에 틀어박혀 있었던 것이 틀림없다. 신관장의 마력으로 출입하는 그 방은 공간이 완전히 격리된 탓에 바깥의 소동이 전혀 들리지 않는다.

신관장이 천천히 시선을 돌리며 주변 상황을 둘러보았다. 그리고 나와 눈이 마주친 순간, 나를 가볍게 노려봤고, 나는 아빠의 등 뒤로 쏙 숨었다. 마력을 폭주시킨 사실을 들켜 버렸을까. 의자에 포박당한 채 아프고 무서운 이야기를 듣게 될 끔찍한 공포에 나는 숨이 턱 막혔다. 신관장은 관자놀이를 누르며 신전장 쪽으로 몸을 돌렸다.

"신전장님, 제 일보다 이 사태를 설명해 주시죠. 낯선 이가 신전 내에 출입한 것 같은데, 누굽니까?"

하지만 신전장은 신관장의 질문에 대답하지 않았다. 오직 입을 꾹 닫고 노려볼 뿐이다. 백작을 쳐다보니 이미 백작의 손에서는 지휘봉이 사라지고 없었다. 빈데발트 백작은 귀족다운 오만한 표정으로 배를 출렁이며 신관장을 보았다.

"고작 신관을 상대로 이름을 밝혀야 하나? 나는 정당한 허가를 받고 이곳에 왔다."

"그 허가증을 보여 주십시오."

"왜 신관장 따위에게 보여야 하지?"

나는 기사단원들의 태도로 보아 신관장이 지위가 상당히 높은 귀족임을 알았지만, 타 영지에서 온 백작에게는 그저 신전 관계자라는 인식에 그치는 모양인지 두꺼비의 태도는 제법 고압적이었다. 그런 백작의 태도에 힘을 입었는지 인상을 찡그리며 피를 토하던 신전장도 입가를 닦고, 고압적인 태도로 바꾸어 자리에서 일어났다.

"신관장이여. 여기에 계신 분은 아렌스바흐 영지의 귀족이다. 설마 영주가 부재중인 이때 일을 크게 벌이려는 건 아니겠지?"

"일을 벌이려는 사람은 신전장님이 아니십니까. 영주가 영주 회의로 자리를 비운 지금, 타 영지 귀족에게 출입 허가가 떨어질 리가 없습니다."

냉정하게 받아친 신관장의 대답에 순간 말문이 막힌 신전장이 주변을 둘러보았다. 나와 눈이 마주친 순간, 입꼬리가 씨익 올라갔다.

"허가증은 이미 예전부터 받아 두었던 것이다. 게다가 문제를 일으킨 건 내가 아닐세. 신전의 평화를 어지럽히고 귀족을 공격한 자는 마인이다. 책임이 있다면 마인에게 있지. 귀족에게 거역한 죄로 즉시 잡아들여라."

신전장이 아니꼽다는 듯 나를 손가락질하며 책임을 전가하더니 쿨럭이며 피를 토했다. 자신의 손과 바닥에 튄 피를 신관장에게 보이고는 침을 튀기며 나를 힐책했다.

"이, 이것 보아라. 한 번도 아니고 두 번이나 마력으로 나를 공격했지 않느냐. 이 짓이 악의 없이 가능하더냐? 모든 책임은 마인이 져야 마땅하다."

"그래. 나도 공격받았다. 고작 평민 주제에 파란 의상을 받았다고 귀족인 내게 공격을 퍼붓는 저 꼬맹이야말로 벌을 받아 마땅하다."

빈데발트 백작도 신전장의 말에 찬동했다. 그리고 나를 손가락질하며 "푸헤헤" 하고 기분 나쁜 웃음을 터트렸다. 평민은 결코 귀족에게 거역해서는 안 된다고 시키코자도 주장하던 귀족의 논리다.

"자, 신관장. 마인을 잡아라. 그리고 마력을 발동하지 못하게 만들어 버려라."

신전장의 말에 신관장은 가볍게 한숨을 내쉬고 나와 아빠 쪽으로 몸을 돌렸다. 이쪽으로 천천히 걸어오는 신관장을 보며 아빠가 내 손을 꼭 잡았다. 나도 잡은 아빠의 손에 힘을 주고 다가오는 신관장을 가만히 응시했다.

"마인, 또 마력을 폭주시켰구나."

"비상사태였어요."

"그런 모양이군. 이 참상을 보니 알겠다."

신관장은 조그맣게 중얼거리며 동정 어린 슬픈 눈으로 나를 내려다보았다. 그 눈은 신관장이 나를 보호해 줄 수 없다는 뜻을 담고 있었다.

"……신관장님, 제게 죄를 물으실 건가요?"

"그래. 신전장과 타 영지 귀족이 상대라면 그대를 포함한 그대의 가족, 시종, 모두에게 죄를 묻게 될 것이다."

신관장의 말에 나는 "미안해, 아빠." 하고 말하며 아빠를 올려다보았다. 그러자 아빠는 작게 쿡쿡거렸다.

"네가 신전에 들어갈 때 이미 죽을 각오는 했어. 지금도 마찬가지다."

신경 쓰지 말라고 했지만, 어찌 신경을 안 쓸 수 있겠는가.

"이렇게 될 바에는 차라리 처음부터 신관장님이 나오기 전에 신전장과 '두꺼비'를 죽이고 땅에 묻어서 증거를 인멸할 만한 힘이 있었으면 좋았을 텐데."

"부주의하고 야무지지 못한 그대에게 증거 인멸은 무리다."

내가 어깨를 으쓱이며 말한 농담에 신관장이 살짝 미간을 찌푸렸다. 내가 아는 귀족 중에서 가장 믿음직스러운 신관장조차 나를 구해 줄 수 없다고 한다. 아마 나를 구해 줄 사람은 어디에도 없으리라.

"하아. ……질베스타 님의 부적은 효과가 전혀 없었네요. 도와주겠다고 하셨는데."

나는 목에 건 체인을 잡아당겼다. 여전히 검은 돌의 중앙에는 금색 아지랑이가 살랑이고 있었지만, 아무런 변화도 없었다. 신전장과 빈데발트 백작의 의도대로 우리는 귀족에게 반항한 평민으로 처형당하게 될 것이다.

나는 속으로 '질베스타 님, 거짓말쟁이.' 하고 생각하며 목걸이를 쳐다보았다. 그때 신관장이 몸을 구부려 목걸이를 찬찬히 관찰했다. 그러더니 믿을 수 없는 것을 보았다는 표정으로 내게 물었다.

"마인, 이걸 어째서 네가 가지고 있지?"

"질베스타 님께서 평민촌 숲에서의 사냥이 즐거웠다고 선물로 주셨어요. 부적이라고 하면서요."

"과연. 이건 참으로 강력한 부적이 되겠구나."

순간 비통함과 동정에 찼던 시선이 사라진 신관장이 그렇게 확언했다. 신전장과 빈데발트 백작의 말을 뒤집을 수 있는 물건이라고 신관장이 단언할 정도로 강력한 부적인 모양이다.

'의심하고 거짓말쟁이라고 해서 미안해요, 질베스타 님.'

마음속으로 질베스타에게 사과하는데 신관장이 나와 아빠를 번갈아 보았다.

"허나 그대들이 각오해야만 이 부적이 강력한 효력을 발휘할 것이다."

나는 신관장을 올려다보았다. 가족과 시종들, 나와 이어진 사람들을 구제해 줄 수 있는 길이라면 어떤 각오라도 할 수 있었다.

"무슨 각오입니까?"

"……양녀가 될 각오다."

"칼스테드 님의 양녀요? 그거라면……."

이미 각오하고 있다는 말을 하려고 했더니 신관장이 고개를 저으며 내 말을 끊었다.

"칼스테드가 아니다. 질베스타의 양녀다."

믿음직스러운 칼스테드가 아니라 행동은 예측 불가에 속은 초등학생 같은 질베스타의 양녀라니. 너무나도 뜻밖의 말에 나는 휘둥그레진 눈으로 신관장을 멍하니 바라보았다. 무슨 농담인 줄 알았건만 신관장의 옅은 금색 눈동자는 진지함 그 자체였다.

'질베스타 님의 양녀?'

첫 대면에서 갑자기 내 볼을 쿡쿡 찌르며 "꿀꿀거려 봐." 라고 하는 통 영문을 알 수 없는 사람이지만, 몇 번 만나 보니 나쁜 사람은 아니었다. 게다가 질베스타는 나를 구하고 싶은 마음에서 이 부적을 주었다. 가족도 시종도 모두 지킬 수 있다면 나는 그의 양녀가 되어도 상관없었다.

"……그걸로 모두를 구해 준다면 자진해서 양녀가 되겠어요."

"마인!"

아빠가 눈을 부릅뜨고 소리쳤지만, 나는 천천히 고개를 저었다.

"미안, 아빠. 그치만 모두를 구하고 싶어. 용서해 줘."

"각오했다면 됐다."

신관장은 그렇게 말하며 내게 반지를 건넸다. 노란 돌이 박힌 반지가 내 손바닥 위로 '톡' 하고 떨어졌다. 조금 전 깨져 버린 증거품 반지와는 크기도 투명도도 한눈에 봐도 확연히 다른 품질이 좋은 반지였다.

"마인, 바람에게 빌어서 지켜라. 그대의 소중한 사람들을 내 마력으로부터."

"신관장님의 마력으로부터?"

나는 생각지도 못한 의아한 말에 신관장을 올려보았다. 신관장은 지금껏 본 적이 없을 정도로 흉악한 표정으로 씨익 웃었다.

"그래, 마력이 새어 나가면 귀찮게 될 터이니, 문 바깥으로 마력이 새지 않게 문을 덮는 형태로 바람의 방패를 만들어라. 모처럼 손에 넣은 대의명분이다. 이 기회에 방해꾼을 처리해야지."

아무래도 두꺼비와 신전장에게 고개 숙여 들어가야 했던 이 상황이 신관장에게 상당히 불쾌했던 모양이다. 대체 어떤 대의명분을 얻었는지는 모르겠지만, 신관장은 즐거운 듯 입꼬리를 올리며 내게 등을 보였다. 그리고 신전장과 백작에게로 다가갔다.

"신관장, 마인의 마력을 봉하였느냐?"

"마술구를 줬습니다."

내 모습을 살피며 신전장이 질문하자, 신관장이 산뜻한 미소로 답했다. 하지만 내가 받은 마술구는 마력을 봉하는 물건이 아니라 반대로 마력을 다룰 때 쓰는 마술구다.

신전장은 신관장의 말을 제 편한 방식으로 해석했다. 위압을 경계하던 태도에서 일변하여 오만한 웃음을 지었다.

"그렇군. 그럼 저런 위험인물은 빈데발트 백작에게 처분을 맡기고, 영지 밖으로 쫓아내 버리면 되겠군."

그러나 신관장은 예전의 태도를 되찾은 신전장을 바보 취급 하듯 콧방귀를 뀌며 지휘봉을 꺼냈다. 그리고 신전장을 응시하며 그를 향해 지휘봉을 들이밀었다. 마치 적을 대하는 자세로.

"뭐, 뭐냐?"

신관장이 무언가 읊조리며 지휘봉을 휘두르자, 빛나는 끈이 나타나 신전장의 몸을 둘둘 감았다. 마치 오뚝이처럼 된 신전장은 신관장을 날카롭게 노려보며 어금니를 꽉 깨물었다.

"신관장, 이게 무슨 짓이냐?"

"지금 당신이 죽으면 곤란해서다."

"……죽어?"

뒤숭숭한 신관장의 말에 표정이 싹 바뀐 신전장을 무시하고, 신관장은 빈데발트에게로 몸을 돌렸다. 백작은 노골적으로 당황해서 신관장의 손에 든 지휘봉을 가리켰다.

"어째서 신관 따위가 그런 물건을 가지고 있지?"

"그야 물론 귀족원을 졸업한 귀족이니까 당연하지 않은가."

아무래도 지휘봉은 귀족원을 졸업한 증표인 듯하다. 즉, 신전에서 자랐을 신관은 지휘봉을 가질 수 없는 셈이다. 타 영지 귀족은 당연히 모르겠지만, 신관장은 신전 출신 신관이 아니다. 신전을 나서면 기사단장이 무릎을 꿇는 지체 높은 귀족이다.

"그럼 상대해 주실까. 빈데발트 백작."

"어, 어떻게 내 이름을……."

"영주의 허가도 받지 않았으면서 동문에서 제지하는데도 불구하고 마을에 침입하는 바람에 기사단이 수습한 타 영지의 귀족을 내가 모를 리 있겠는가."

신관장은 백작의 이름과 사정을 속속들이 보고받았다고 했다. 여전히 좋은 성격인 신관장은 아군이면 더없이 믿음직스러운 사람이다.

"이 영지를 빠져나가면 너 혼자만은 안전할 줄 알았겠지만, 대의명분을 얻은 지금은 내가 너를 쉽게 도망치게 내버려 둘 거라는 생각은 마라."

"대의명분이라고?"

신관장이 지휘봉을 향해 계속해서 마력을 흘려보냈다. 신관장이 꺼낸 지휘봉에 흘러드는 마력을 느낀 백작도 눈을 크게 뜨고 허둥대며 자신의 지휘봉을 들었다.

나는 지휘봉에 흘러가는 신관장의 어마어마한 마력량에 숨을 삼켰다. 조금 전 두꺼비 백작의 마력 따위 상대도 안 되었다.

"아빠, 지금 당장 다무엘 님을 프랑이 있는 문 쪽으로 옮겨 줘!"

나는 아빠에게 그리 부탁하고 부랴부랴 프랑에게로 달려갔다. 다가오는 나를 보고 프랑은 인상을 찌푸리며 몸을 일으키려고 했다.

"프랑, 움직이면 안 돼요. 앉아 있어요!"

멀리 있어서 자세히 보이지 않지만, 프랑의 몸에 작은 상처와 멍이 군데군데 생겨 있었다.

"프랑, 미안해요. 괜찮아요?"

"이런 사태에 익숙하지 않은지라 도움이 되지 못해 죄송합니다."

전투 훈련도 받지 않았고, 폭력은 안 된다고 배우며 살아 온 회색 신관이 이런 사태를 어찌 예상이나 했으랴. 말려들게 한 내 잘못이다.

"겸손할 것 없다. 내 움직임에 방해되지 않게 잘 싸웠다. 눈이 좋은 거겠지. 훈련받으면 더욱 강해질 거다."

다무엘을 둘러업은 아빠가 문 쪽으로 다가오며 프랑을 칭찬했다. 나는 바닥에 눕힌 다무엘과 프랑과 아빠에게서 몸을 돌리고 한 발 앞으로 나와 반지에 마력을 흘려 넣으며 기도문을 외었다.

"수호를 관장하는 바람의 여신 슈첼리아여, 그 곁을 모시는 권속의 열두 여신이여."

문을 포함해 우리를 감싸는 바람의 방패를 상상하며 기도문을 이었다.

"나의 기도를 듣고 거룩한 힘을 내려 주시어 해의를 품은 자가 가까이 오지 못하도록 바람의 방패를 내 손에 주소서"

'끼잉' 하고 높은 쇳소리를 내며 바람의 방패가 생성되었다. 이렇게 마력을 쓰는 내 모습을 처음 본 아빠가 놀란 목소리로 "마인……." 하

고 중얼거렸다. 나는 등 뒤로 아빠의 중얼거림을 들으며 바람의 방패에 마력을 쏟아부었다.

'반드시 지키겠어.'

신관장과 백작이 각자의 지휘봉에 쏟아부은 마력이 아직 발사되기 전임에도 불구하고, 이곳저곳에서 불꽃이 튀듯 파직파직 소리를 내며 부딪치기 시작했다. 방패를 향해 날아오는 불꽃이 바람에 부딪혀 튕겨 나갔다.

"괜찮아. 지킬 테니까."

부풀어 오르는 두 사람의 마력이 마치 사방에서 날아오는 위압처럼 되어 아무런 방어도 없는 신전장 일행은 그 자리에서 꼼짝도 못 하고 바들바들 떨었다. 그런 가운데 델리아만은 디르크를 지키려는 듯 꼭 껴안고 안전한 곳을 찾으며 시선을 요리조리 움직였다. 그리고 내가 생성한 바람의 방패를 발견하자 비틀거리며 몸을 일으켰다.

"부탁이에요, 마인 님. 살려 주세요, 제발 디르크를 살려 주세요!"

아무리 비통한 목소리로 도움을 요청해도 나는 신관장과 백작의 위압을 막기 위해 마석에 마력을 쏟아부어 바람의 방패를 유지하는 것이 한계였다. 아빠, 프랑, 의식이 없는 다무엘을 지키는 쪽이 우선이라 델리아와 디르크를 지킬 여유 따위 전혀 없었다.

"살고 싶으면 스스로 방패 안으로 들어오세요, 난 못 움직여요."

사방으로 튀는 마력의 불꽃에 디르크가 맞지 않도록 델리아는 디르크를 자기 품에 소중히 껴안았다. 그리고 마력의 위압을 필사적으로 떨치며 무거운 움직임으로 이쪽을 향해 움직이기 시작했다.

"마인 님, 델리아를 구하시려는 깁니까?"

질책이 담긴 프랑의 목소리에 나는 살짝 고개를 저었다.

"구할 여유 따위 없어요. 방패에 들어올 수 있다면 들어와도 상관 없다는 말이었을 뿐이에요."

"그렇지만……."

불만스러운 프랑에게 나는 가볍게 고개를 숙였다. 질책하고 싶은 프랑의 마음도 이해가 갔다. 델리아를 잘라 버리라던 말도 기억하고 있다. 하지만 두 사람이 이곳에서 신관장의 마력에 맞아 죽기를 바라지는 않았다. 특히 디르크는 자신의 의지도 아닌 계약을 맺어야 했고, 억지로 마력을 빼앗겨 죽어 가고 있다. 내 설명에 프랑은 불만을 억지로 집어삼킨 씁쓸한 표정을 지으며 중얼거렸다.

"부디 델리아에게 끌려다니지 말아 주십시오."

느릿하게 방패 안으로 들어온 델리아는 힘이 빠진 듯 그 자리에 주저앉았다. 그러면서도 여전히 디르크를 품에서 떼지 않았다. 담홍색 머리를 흩날리며 주저앉은 채 나를 올려다보았다.

"마인 님, 감사합니다."

"델리아, 난 두 사람이 죽기를 바라지 않아요. 그러니 방패 안에 들어와도 상관은 없습니다. 하지만 그렇다고 지금까지 델리아가 저지른 행동을 용서한 건 아니에요. 그것만은 잊지 말아 줘요."

"……네."

방패 안에 들어간 델리아를 본 신전장의 시종들이 언행은 용서받지 못할지언정, 목숨만은 구해 준다고 생각했는지 델리아를 따라 방패 안으로 들어오려고 했다.

"마인 님, 저희도 들어가게 해 주십시오."

"들어올 수 있다면 들어오세요."

"감사합니다."

하지만 바람의 방패 속으로 들어올 수 있었던 사람은 셋 중 단 한 명의 회색 무녀뿐이었다. 나머지 둘은 방패에 튕겨 바람에 날아가 버렸다.

"······꺅!?"

"안 돼!"

무사히 바람의 방패 속에 들어온 회색 무녀와 델리아는 바람에 날려가는 무녀들을 보고 눈이 휘둥그레졌다.

"······어째서?"

"악의가 있는 자는 들어올 수 없습니다."

그녀들이 들어오지 못한 이유는 나 때문이 아니다. 동료인 예니에게 발차기를 한 아빠, 혹은 먼저 방패에 들어온 델리아나 디르크 중 누군가에게 악의를 가졌던 것이다. 우리 중 누군가에게 악의를 가진 인간까지 지키고 싶을 정도로 난 성인군자도 아니고 여유도 없다.

"들어오지 못하면 어쩔 수 없죠."

내가 그렇게 중얼거리던 그때, 등 뒤의 문이 끼익 소리 내며 열렸다.

"오래 기다렸다, 마인."

씨익 웃는 질베스타와 칼스테드가 들어오려던 그때 신관장과 백작의 마력이 지휘봉에서 뿜어져 나왔다.

"무, 무슨 일이냐!?"

거대한 마력의 충돌을 눈앞에 두고 내가 소리쳤다.

"두 사람 다 어서 방패 안으로 들어와서 문을 닫아 주세요!"

소동의 책임

　질베스타와 칼스테드는 민첩한 속도로 방패 안으로 들어와 바로 문을 닫았다. 나는 마력을 최대한으로 쏟아부어 방패를 강화했다. 이 안에 있는 모두를 반드시 지켜야만 했다.

　신관장과 백작의 지휘봉에서 방출된 마력이 회오리치며 맞부딪쳤다. 마력의 크기와 힘은 신관장이 압도적으로 컸다. 신관장의 마력에 눌린 백작이 엄청난 기세로 날아가 '쾅' 하고 벽과 충돌했다. 그리고 바닥에 힘없이 내동댕이쳐졌다. 신관장의 마력이 자아낸 폭발에 아빠와 똑같이 화상을 입은 백작은 바닥을 뒹굴며 몸부림쳤다. "꾸엑, 꾸엑!" 하고 고통에 신음하는 목소리가 정말 두꺼비 같았다.

　"아, 아……."

　신전장은 빛의 밧줄에 둥둥 묶여 있던 탓에 죽지 않고 살아 있었다. 눈앞에서 본 강대한 마력의 충돌이 상당히 두려운 모양이다. 눈을 크게 뜬 채 완전히 굳은 얼굴을 하고 있었다. 하지만 스스로의 몸을 지키지 못한 회색 무녀와 쓰러져 있던 사내들은 마력 공격에 휩쓸려 형태도, 그림자도 없어졌다.

　"마인, 증거 인멸이란 이렇게 하는 법이다. 이왕 이렇게 됐으니 이 마을에 있을 리가 없는 이 자도 인멸하겠느냐?"

　신관장은 차가운 눈초리로 화상을 입고 '꾸엑꾸엑'거리는 두꺼비를 내려다보며 곧바로 지휘봉을 들이댔다. 백작은 "히이이익!" 하고 소리치며 필사적으로 뒷걸음질을 쳤지만, 신관장은 단 몇 걸음 만에 거리를 좁혔다. 만약 인정사정없는 신관장이 아군이라면 든든하지만, 절대 적으로 둬서 안 되는 상대다.

'신관장님, 너무 무서워.'

"페르디난드, 그만 됐다. 마인도 이제 필요 없으니 이 방패를 없애라."

청색 신관복이 아닌 귀족 옷차림인 질베스타는 그렇게 말하고는 밝은 황토색 망토를 펄럭이며 바람의 방패에서 한 걸음 앞으로 나왔다. 나는 지시대로 반지에 흘려보내던 마력을 멈추어 바람의 방패를 없앴고, 신관장도 지휘봉을 거두었다.

"페르디난드, 물러서라."

질베스타가 가볍게 턱을 들어 신관장에게 비키도록 지시했다. 그러자 신관장은 몇 걸음 뒤로 물러서서 가슴 앞에 손을 교차하고 질베스타 앞에 무릎을 꿇었다.

"……어?"

나는 무릎을 꿇는 신관장을 보고 입이 쩍 벌어졌다. 청색 신관은 형식상 신분차가 없다. 그래서 신전 내에서는 무릎을 꿇을 필요가 없다고 배웠다. 하지만 신관장의 태도는 청색 신관인 질베스타를 대하는 행동이 아니었다.

'혹시 질베스타 님은 신관장님보다 친가 쪽 신분이 높은 청색 신관인 걸까? 아니면 가짜 신관?'

기원식 여행 중 친해 보이던 신관장과 질베스타를 보고 오랫동안 알고 지낸 사이라고 짐작했다. 하지만 지금까지 이렇게 명확하게 신분 차이를 느끼게 하는 언행은 두 사람 다 보여 주지 않았다.

기원식에서 보여 준 관계가 사적인 태도였다면 지금은 공적인 자리에서 취하는 태도다. 즉, 질베스타는 청색 신관이 아닐뿐더러 기사단에서 제일 신분이 높다는 신관장도 무릎을 꿇는 신분을 가진 사람인 셈이다.

'혹시 나 엄청 대단한 사람의 양녀가 된 게 아닐까?'

관자놀이를 식은땀이 주룩 타고 흘렀다. 신전장을 진압하는 신분을 가진 자이며 신관장을 무릎 꿇게 하는 사람이다. 그래야만 나를 포함한 주위 사람들을 도울 수 있을 터였다. 예상외의 전개에 내 심장이 콩당거리며 뛰기 시작했다.

"오오, 질베스타. 타이밍이 딱 좋군. 어서 그 무례한 자에게 이 포박을 풀라고 명령해 주게."

질베스타와 아는 사이인지 빛의 밧줄에 칭칭 감긴 채 바닥에 구르고 있는 신전장이 신관장과 질베스타를 번갈아 올려다보았다. 하지만 질베스타는 무릎 꿇은 신관장을 힐끗 쳐다만 볼 뿐, 밧줄을 풀라고 명령하지는 않았다.

"기사단의 요청으로 서둘러 돌아왔더니 이 무슨 소란이냐?"

"……누, 누구냐?"

빈데발트 백작이 요리조리 시선을 바쁘게 움직이며 질베스타와 신전장을 보았다. 상황 변화를 전혀 알아채지 못한 눈치다.

질베스타보다 한 발 앞으로 나온 칼스테드가 우뚝 서서 백작을 날카롭게 노려보았다.

"이 분은 아우브 에렌페스트이시다."

"뭐, 뭐뭐뭐……. 설마, 그런, 거짓말이다!"

백작은 몸을 부들부들 떨면서 질베스타를 손가락질하며 같은 말을 반복했다. 왜 갑자기 마치 뱀 앞에 선 개구리처럼 떠는지 나는 전혀 이해할 수 없었다. 고개를 갸웃거리는 내 대각선 뒤에서 아빠가 척 소리를 내며 무릎을 꿇었다. 나는 살며시 아빠에게 다가가 "아빠, 누군지 알아?" 하고 귓속말로 물었더니, 새파랗게 질린 아빠는 작은 목소리로 대답해 주었다.

"이 영지와 이름이 같은 분은 단 한 사람, 영주님뿐이다."

'뭐!? 속은 초등학생인 질베스타 님이 영주님?'

나는 터져 나올 뻔한 비명을 필사적으로 틀어막고 목구멍 속에 집어삼켰다.

'처음 만난 여자애에게 꿀꿀거려 보라고 명령하질 않나, 비녀를 빼앗거나, 기원식에서 농민을 상대로 곡예를 펼치고, 호위도 없이 평민촌 숲에 사냥을 가는 이 이상한 사람이 영주라고? 이 영지, 괜찮은 거야?'

"무례하구나! 상대가 누군지 알고도 그 태도는 뭔가? 그것이 아우브 에렌페스트를 대하는 태도인가!? 무릎을 꿇어라!"

"아, 옙!"

속으로 아주 무례하고 버릇없는 생각을 하던 나는 백작에게 던진 칼스테드의 질책에 펄쩍 뛸 듯이 놀라 그 자리에 넙죽 엎드렸다.

"……마인, 넌 대체 뭘 하는 거냐?"

놀라움과 어이없음이 섞인 칼스테드의 목소리에 나는 슬그머니 고개를 들었다. 모두가 무릎을 꿇고 팔을 교차하는 가운데, 나 혼자서만 석고대죄를 하고 있었다. 모두의 시선이 마치 기묘한 것을 보듯 따가웠다.

"무, 무릎을 꿇으라기에 그만……."

아주 중요한 순간에 저질렀던 모양이다. 내가 허둥대며 자세를 고치고 무릎을 꿇자, 질베스타가 천천히 주위를 둘러보았다. 그 표정은 지금껏 본 적 없이 진지하고 엄격했다. 처음부터 그 표정만 봐 왔더라면 영주래도 납득하지 않았을까.

질베스타는 신전장에서 시선을 멈추고, 눈을 가느다랗게 떴다.

"자, 사정을 들어 볼까, 외삼촌."

놀랍게도 이 두 사람은 친척이었던 모양이다. 즉, 질베스타의 양녀가 되면 신전장이 반드시 나의 친척으로 딸려 오게 되는 셈이다.

'이런 친척 필요 없어!'

"오오, 내 말을 들어 주겠느냐, 질베스타."

신전장의 입에서는 실로 자신에게 유리하게 부풀린 이야기들이 줄줄 흘러나왔다. 빈데발트 백작을 이 마을에 부르게 된 이유도, 이 소동이 일어나 질베스타가 호출된 원인도 전부 얌전하게 잡혀 주지 않은 나 때문이란다. 신관장에게 빛의 밧줄로 포박을 당해 괴로운 경험을 당하게 된 것도 나 때문, 신전에서 무슨 일이 일어나는 건 전부 나 같은 평민이 청색 의상을 입기 때문이라고 했다.

80퍼센트는 나 때문이고, 나머지 20퍼센트는 신관장 때문이었다. 자신을 속이려고 방에 있으면서 없다고 시종을 시켰다는 것이다. 나는 솔직히 신전장이 바보 같다는 생각이 들었다. 신관장의 업무를 도우며 장부 대부분을 맡아 계산하는 나는 잘 안다. 신관장이 신전장을 속이려고 하는 건 없는 척하는 행동이 아니다. 결단코 아니다. 신관장은 그보다 훨씬, 더 훨씬 무서운 사람이다.

"빈데발트 백작, 그대의 의견도 같은가?"

질베스타는 똑같은 말만 되풀이하는 신전장의 말에 진저리치더니 백작에게로 시선을 옮겼다. 화상을 입은 두꺼비의 주장은 신전장과 거의 같았다. 대부분 평민인 나 때문이었다.

'아무리 생각해도 그 화상이 나 때문이라는 건 너무 억지스러운 주장 아냐?'

"그럼, 페르디난드. 증언 또는 증거품을 제출하라."

"알겠습니다."

신관장은 위조 서류로 백작이 영지에 들어왔다는 사실을 담담하게 진술했다. 그리고 내가 평민촌에서 습격당한 사건도 보고했다. 문제가 생긴 동문에서 근무하는 아빠는 질베스타의 의견 요청을 받고, 문지기의 시점에서 신관장의 증언에 힘을 실었다.

"타 영지 귀족인 제가 새로 정해진 규칙을 어찌 알 것이며, 이것이 위조 서류인지 아닌지 어찌 분간하겠습니까? 초대받고 왔을 뿐입니다. 그게 그리도 큰 죄입니까?"

평민촌에서 일어난 습격 사건은 자신과 관계없다고 주장한 백작은 오히려 자신이 피해자라고 열을 냈다.

"아우브 에렌페스트, 전 이 서류가 위조된 줄 몰랐습니다. 그저 허가를 받은 줄로만……."

두꺼비는 "으흣, 으흣." 하고 아첨하듯 웃으며 주머니에서 서류를 꺼냈다. 그 서류를 칼스테드가 압수하여 질베스타에게 넘겼다. 위조 서류를 본 질베스타의 입꼬리가 아주 살짝 올라갔다. '증거품 입수'라고 말하고 싶은 듯한 표정이었다. 그 순간 퍼뜩 정신이 들었다. 백작에게 압수해야 할 서류가 또 있었다.

"백작은 양자 계약이라고 속이고 디르크와 종속 계약을 맺었습니다. 그 서류는 위조에 해당하지 않나요?"

"저 아이는 거짓말을 하고 있습니다. 전 처음부터 종속 계약을 맺었습니다. 귀족인 제가 평민인 고아를 양자로 들일 리 없지 않겠습니까."

백작은 눈을 부릅뜨고 나를 노려보며 즉시 거짓말쟁이 취급을 했다. 내 뒤에서 디르크를 껴안은 채 무릎 꿇고 있던 델리아가 강한 눈빛으로 두꺼비를 쏘아보았다.

"신전장님도 백작도 양자로 맞겠다고 하셨지만, 서류에 한 항목만 2중으로 되어 있었어요!"

"닥쳐라!"

"……그 계약서도 보여 달라."

이미 2중으로 되어 있던 부분을 떼어낸 서류는 어디를 보든 일반적인 종속 계약의 계약서로밖에 보이지 않았다. 백작 입장에서도 켕길 게 없다고 생각했는지 칼스테드에게 쉽게 서류를 내밀었다.

"어떤가, 페르디난드."

"제가 본 것은 양자 계약 서류였습니다."

신관장이 제멋대로 거짓말을 지껄이지 말라고 말하고 싶은 듯한 눈초리로 백작을 노려보았다. 평민인 나나 회색 견습무녀인 델리아의 증언이라면 자신의 높은 신분으로 쉽게 묵살해 버릴 수 있겠지만, 귀족인 신관장의 의견은 그럴 수 없다. 질베스타가 신관장의 의견을 듣는 자세만 봐도 그 신뢰도가 보였다. 신관장을 평범한 청색 신관인 줄 알고 이미 수많은 일을 저지른 백작의 안색이 조금씩 나빠졌다.

"잘못 보신 거 아닙니까? 그리고 상대는 어차피 신식 고아입니다. 양자든 종속이든 크게 다를 바 없지요. 안 그렇습니까?"

절대 같을 리 없지만, 같은 것으로 치고 싶은 모양이다. 형세가 나빠지고 있음을 눈치챈 백작은 시선만 바삐 움직이며 주변을 두리번거렸다. 그리고 나와 눈이 마주친 순간, 뭔가 생각난 듯 나를 손가락질하며 갑자기 화제를 바꾸었다.

"그것보다 저 평민에게 벌을 주십시오!"

"평민이라니?"

질베스타가 눈썹을 씰룩이며 화제를 물었다. 거기서 승리를 확신했는지 백작은 침을 튀기며 호소하기 시작했다.

"저 마인이라는 계집은 아우브의 온정으로 파란 의상을 받았을 뿐인 평민이라고 들었습니다. 그런데도 아주 거만하고 제멋대로입니다. 귀족에게 마력을 행사하고, 덕분에 저를 지키는 사병 수도 꽤 줄여 주었지요. 위험하고 흉포하기 짝이 없는 평민입니다. 대체 무슨 속셈인지……."

끝없이 쏟아져 나오는 말도 안 되는 주장에 나는 깜짝 놀랐다.

'대체 저 두꺼비는 무슨 말을 하는 거야? 뇌에 장애라도 있는 거 아냐?'

"저를 잡으려고 사병을 투입한 건 그쪽이잖아요. 설마 자기가 한 말도 기억 못 하는 건가요?"

"어디 평민이 귀족에게 말대꾸냐!"

나를 노려보며 격분한 백작에게 질베스타가 히죽 웃었다.

"빈데발트 백작, 무슨 착각을 하고 있는지 모르겠다만, 그대가 말하는 평민 계집은 내 양녀다."

"뭐, 뭣이!? 영주가 평민을 양녀로!?"

눈을 끔뻑이는 빈데발트 백작을 무시하고 질베스타가 내게 손짓했다.

"양자 계약은 이미 끝마쳤다. 마인, 이쪽으로 와라."

내가 일어나 질베스타에게 가자, 질베스타가 내 목에 걸린 체인을 끌어 검은 돌이 박힌 목걸이를 꺼냈다.

"이것이 그 증거다."

"이 계집이 영주의 양녀, 라고……?"

"그렇다. 마인이 평민이라면 너의 주장이 전부 통했겠지만, 마인은 이미 내 양녀가 되었다. 즉, 너는 출입이 금지된 마을에 들어온 죄뿐만 아니라 영주 일족에게 공격을 가한 셈이다. 호위에게는 중상을 입혔고, 마인에게도 마력으로 공격을 가했다고 했지? 마인, 이 백작에게 무슨 짓을 당했는지 말해라."

질베스타는 백작을 바보 취급하듯 콧방귀를 뀌고 내게 말했다.

"마력 공격만이 아니에요. 평민촌에서 습격도 당했어요. 종속 계약도 억지로 맺으려고 했어요. 보세요, 저 사람이 나이프로 입힌 상처예요."

나는 손바닥을 펼쳐 겨우 피가 멎은 상처를 보였다. 안색이 나빠진 두꺼비를 보면서 나는 내가 얻은 정보를 공개했다.

"그리고 봄의 기원식에 저를 공격한 남자들도 저 사람과 종속 계약을 맺은 신식이래요. 초봄도 그렇고, 이번에도 저를 공격하려다가 부하를 많이 잃었다고 한탄했었어요."

평민의 증언에는 아무런 힘이 없어도 영주의 양녀라면 통한다. 그리고 봄의 기원식에는 몰래 따라오긴 했지만 질베스타도 동행했었다. 빈데발트 백작은 전혀 몰랐겠지만, 그는 영주 일행을 습격한 셈이다.

"호오? 죄는 그것 말고도 있어 보이는군. 빈데발트 백작, 자네를 구속하겠다. 확실한 죄목은 불법 침입과 영주의 양녀, 그리고 그 호위 기사에게 공격을 가한 죄다."

질베스타는 거기서 한번 말을 끊고, 반론을 용서치 않는 엄격한 목소리로 고했다.

"의심되는 죄는 기원식에서 일행에게 가한 습격이다. 여기엔 나도 동행했던 만큼 자네 쪽 영주의 선전포고로 간주할 수도 있다. 영지를 뒤흔들 가능성이 있는 범죄자인 그대의 모든 죄목을 소상히 밝혀, 아우브 아렌스바흐에게 선전 포고의 의도를 물은 후에 선고하도록 하겠다. 잡아들여라."

칼스테드가 지휘봉을 꺼내어 휘두르자 신전장을 포박한 것과 똑같은 빛의 밧줄이 날아갔다. 입가에서 부글부글 거품을 물며 눈을 부라리는 백작은 저항도 못 하고 잡혔다.

칼스테드는 귀족 출입문에 가까운 문 쪽으로 성큼성큼 걸어가서 문을 활짝 열어젖혔다. 그리고 마력의 빛을 쏘아 올렸다. 그러자 금방 귀족 출입문이 열리며 대기하고 있던 듯한 기사단이 백작과 의식이 없는 다무엘을 회수해 갔다.

기사단의 작업을 곁눈으로 보던 질베스타는 여전히 바닥에 구르고 있는 신전장에게로 시선을 향했다.

"질베스타, 어느 여자가 낳았는지도 모르는 페르디난드의 의견 따위 들을 필요도 없다. 그리고 마인처럼 어리석은 평민을 양녀로 들이다니 대체 어떤 식으로 속아 넘어간 것이냐. 영주를 홀리다니 참으로 무시무시한 계집이로다. 당장 양자 계약을 파기하라. 이건 외삼촌으로서의 충고다."

신전장은 빛의 밧줄로 돌돌 감겨 바닥에 뒹군 자세로 잘난 체하며 충고했다. 넌더리를 치는 칼스테드와 신관장의 표정을 보면 항상 그런 말투인 모양이다.

"페르디난드는 비록 어머니가 다르지만, 내 남동생이다. 우수한 데다가 실로 일을 유능하게 처리하고 있지. 모욕하지 말아 줬으면 좋겠군."

"이복형제 따위 어찌 신용하느냐! 누님은……."

"그건 당신 집 사정이다. 우리와 달라."

'영주의 이복동생이라면 전 영주의 아들인 거지? 그러니 기사단이 무릎을 꿇는구나.'

나는 전혀 몰랐던 신관장의 집안 사정에 눈을 깜빡였다. 이복형제인데도 사이가 좋은 점으로 보아 신전장과 질베스타의 어머니가 거추장스러운 존재였음이 틀림없다. 어쩌면 신관장이 신전에 들어오게 된 이유도 그와 관련된 사정이었을까.

"자네는 나의 귀여운 조카다. 누님의 소중한 아들이다. ……불행해지길 원치 않아. 내 충고를 들어라, 질베스타."

하지만 질베스타는 불쌍한 노인처럼 매달리는 신전장을 차가운 시선으로 내려다보았다.

"나는 아우브 에렌페스트다. 이번이야말로 영주로서 육친의 정을 버리고 판결을 내리겠다."

"뭣이!? 그런 짓을 했다간 누님이 용서치 않을 것이야!"

듣고 보니 지금까지 신전장이 저지른 짓을 영주인 질베스타의 어머니가 혈육의 정으로 수습하고, 간섭해 왔던 모양이다. 신전장은 난폭하고 오만하고 잘난 체하는 사람이라고 생각했는데, 영주의 어머니가 아군이라면 무엇이든 신분이 해결하는 이 마을에서는 그야말로 제 세상이었으리라.

"외삼촌, 당신이 한 짓은 정도를 넘어섰다. 이제 어머님도 당신을 지켜 주지 못해. 왜냐면 어머님도 공문서 위조와 범죄 방조죄로 재판에 넘겨졌거든."

질베스타는 신전장을 재판하기 위해 자신의 어머니까지 함께 넘겼다고 한다. 아마 지금까지 질베스타의 어머니는 신전장을 감싸며 말참견만 했을 뿐, 격리당할 정도의 큰 죄를 범하지는 않았으리라. 하지만 이번엔 친아들이라지만 영주의 명령을 어겼고, 외지인을 들이려고 공문서를 위조하는 명백한 죄를 범했다. 질베스타는 어머니와 외삼촌을 한꺼번에 제거할 생각이었다.

"질베스타, 자네는 친어머니를 범죄자로 만들 생각인가!? 그런 짓을 하면 자네도 무사하지는 않을 게다!"

"당신 때문이지 않나!"

큰 소리로 비난하는 신전장에게 질베스타가 고함쳤다.

"지금까지 셀 수도 없는 수많은 죄를 저지른 당신을 어머님이 남동생을 위하는 마음에 계속해서 감싼 탓에 이렇게 된 것이다. 죄를 샅샅이 뒤져 당신을 처형하고 어머님은 별궁에 유배하겠다. 나의 통치에 당신은 필요 없다."

단호히 잘라 말하자 신전장은 하얗게 타 버린 듯 얼빠진 표정으로 질베스타를 쳐다보았다. 하지만 영주의 판결을 뒤집지는 못했다.

"신전장과 그 시종들을 붙잡아 끌고 가라."

"네!"

내가 죄를 저지르면 내 가족과 시종에게도 피해가 가듯이, 신전장이 죄를 저지르면 시종들도 함께 처벌받는다. 칼스테드에게 지명된 기사들이 꼼짝당한 신전장을 비롯해 신전장의 방으로 가서 시종들을 잡아 왔다. 문 가까이에 있던 회색 무녀도 붙잡혔고, 델리아에게도 손

을 뻗었다.

델리아가 고개를 들어 매달리는 듯한 시선을 보내 왔다.

나와 눈이 마주친 것은 아주 짧은 찰나였다.

델리아는 만사를 포기한 미소를 지으며 눈을 내리깔더니 디르크를 내밀었다.

"마인 님, 디르크를 잘 부탁합니다."

쓴 약이라도 삼킨 듯 미간에 짙은 주름을 새기며 시선을 피하는 델리아의 표정을 나는 알고 있다. 고아원을 개혁하려 할 때 "도와 주기를 바랬었다"며 호소했던 그때의 표정이다.

가슴이 찌릿, 하고 아팠다.

그때 나는 델리아에게 약속했었다. '다음에 곤란해지면 도와 주겠다'고.

"질베스타 님, 부탁이 있습니다."

나는 고개를 들어 질베스타에게 말을 걸었다.

"말해 봐라."

"델리아의 처형은 용서해 주실 수 없습니까?"

"어째서지?"

질베스타의 짙은 녹색 눈동자가 호기심에 반짝였다.

"델리아는 저 백작과 신전장에게 속았을 뿐입니다. 여러 가지로 안 좋은 행동을 저지른 것은 분명하지만, 처형을 당할 만한 악행이나 꽃을 바치는 일에도 전혀 관여하지 않았다고 생각합니다."

"……흠. 허나 이 자리에서 실제로 소동에 관련된 이상, 아무런 벌도 내리지 않을 수는 없다. 영주의 양녀로서 네가 어떤 식으로 재판할지 보여 봐라."

마음에 안 드는 심판을 내렸다가는 즉각 처형이라고 말하는 눈빛이다. 호기심 어린 엄격한 눈빛에 나는 침을 꿀꺽 삼켰다.

"델리아에게는 다시는 돌아가고 싶지 않다던 고아원으로 돌려보내겠습니다."

"그것뿐이냐?"

"그, 그리고 두 번 다시 시종이 되지 못하고, 평생을 고아원에서 생활하도록 하겠습니다. 시종이 되는 것은 고아들에게는 유일한 출세입니다. 그 출셋길도 막고, 고아원에 들어가는 것조차 거부하던 델리아에겐 충분한 벌이 될 것입니다."

질베스타는 새파랗게 질린 델리아의 표정을 보고 가볍게 고개를 끄덕였다.

"뭐, 벌이 될 것 같으니 괜찮겠지."

"감사합니다. 델리아, 당신을 고아원에서 살게 하겠습니다. 디르크를 포함한 고아들을 돌보는 것이 앞으로 델리아의 임무입니다."

"……알겠습니다."

디르크를 꼭 안은 델리아의 불안으로 딱딱하던 표정이 아주 조금 부드러워졌다.

앞으로의 나

기사들이 신전장과 그 시종들을 포박하여 끌고 나가느라 주변이 어수선했다. 뭔가 내가 할 수 있는 일을 찾는 사이, 델리아의 품에 축 늘어진 디르크가 눈에 들어왔다.

"저기, 디르크도 걱정되고, 델리아를 고아원에 데리고 가는 김에 빌마에게 사정을 설명하고 오겠습니다."

"그런 일은 다른 사람에게 맡겨라."

팔짱을 끼고 우뚝 서 있는 질베스타가 나를 내려다보더니 즉각 퇴짜를 놓았다.

"너를 어떻게 할 것인가에 관한 가장 중요한 이야기가 전혀 끝나지 않았다. 페르디난드, 방을 빌려줘."

"알겠습니다. 준비하겠으니 이대로 기다려 주십시오."

신관장은 발길을 돌려 영주인 질베스타를 맞이할 준비를 위해 자신의 방으로 돌아갔다.

델리아는 디르크를 안고 "마인 님, 감사합니다. 혼자서도 괜찮아요. 고아원으로 가겠습니다." 하고 나직이 중얼거린 뒤, 고아원으로 걸어가기 시작했다. 점점 작아지는 델리아의 등을 바라보는 내 등 뒤로 질베스타의 목소리가 들려왔다.

"자네가 마인의 아비인가?"

"에, 귄터라고 합니다."

휙 돌아보니 여전히 무릎을 꿇고 있는 아빠를 질베스타가 무슨 생각인지 알 수 없는, 감정을 드러내지 않는 표정으로 가만히 바라보고 있었다.

"가족을 불러라. 양녀 결연 서류만이라면 자네 혼자라도 충분하다만, 마지막 이별 정도는 하도록 허락하마."

"……감사합니다."

아빠가 주먹을 꽉 쥐고 천천히 몸을 일으켰다. 아빠도 신분의 차이로 아무 말도 하지 못하는 상황 속에서 소용돌이치는 감정을 억누르고 있는지 표정에는 감정이 드러나지 않았다.

"귄터, 기다려 주세요. 문까지 안내하겠습니다."

프랑이 고개를 들어 아빠와 함께 일어섰다. 그리고 통증에 잠깐 인상을 찡그린 뒤, 회색 신관을 불러 아빠를 안내하도록 지시했다. 나중에 가족과 함께 다시 돌아올 테니 문에서 대기시켜 두는 준비도 잊지 않았다.

"아, 페르디난드가 준비를 끝낸 모양이군. 가자, 마인."

신관장의 시종이 안내하러 방에서 나오는 모습을 본 질베스타가 성큼성큼 걷기 시작했다. 그 뒤를 기사단에 모든 지시를 끝마친 칼스테드가 이었다. 내가 칼스테드를 따라가려고 하자, 프랑이 조금 비틀거리면서 내 한 발 앞으로 나가려고 했다.

"프랑, 괴로우면 무리하지 말고 방에 돌아가도 괜찮아요……."

"아닙니다, 전 마인 님의 수석 시종입니다. 이런 중요한 회의에 주인님을 혼자 보낼 수 없습니다."

강한 결의가 담긴 프랑의 눈빛에 나는 그 이상 아무 말도 못하고 동행을 허가할 수밖에 없었다. 프랑은 통증을 참는 표정으로 걸어갔다.

신관장의 방은 손님을 맞이하기 위한 준비가 되어 있었다. 나는 테이블로 안내받아 준비된 자리에 앉았지만, 질베스타와 칼스테드는 신관장의 집무용 책상에 가더니 뭔가 얘기하기 시작했다.

"힘드셨지요, 마인 님."

온화한 말투로 나를 위로하며 아르노가 차 세트를 준비한 왜건을 밀며 다가왔다. 프랑이 평소처럼 도우려고 손을 뻗은 순간, "윽!" 하고 고통에 신음했다.

"프랑은 방에 돌아가는 편이 좋지 않습니까? 굉장히 괴로워 보이는군요. 프랑이 아니더라도 다른 시종들이 있지 않습니까."

나직이 속삭이는 듯이 프랑을 나무라는 아르노의 목소리가 들렸다. 시종의 대화에 끼어들어서는 안 되지만, 나 역시 프랑의 부상이 걱정되었으므로 아르노의 의견에 전면적으로 찬성하고 싶었다.

"아니요, 돌아가지 않습니다. 제가 마인 님께 동행을 부탁드렸습니다."

"프랑은 정말 융통성이 없군요."

'잘 하고 있어, 아르노. 더 말해서 프랑 입으로 쉬겠다는 말이 나오게 해 줘.'

나는 속으로 아르노를 응원했다. 프랑이 지나치게 고지식하고 외고집이며 오직 업무밖에 모르기에 동행을 허락했지만, 솔직히 난 프랑이 방에서 쉬어 줬으면 했다.

"아르노에게 듣고 싶지 않습니다. 신관장님이 비밀의 방에 계셨다면 귀띔을 해도 됐지 않습니까. 융통성이 없는 사람은 제가 아니라 아르노입니다."

프랑이 울컥한 듯한 말투로 아르노에게 불만을 터트렸다. 프랑의 말대로 아르노도 융통성이 없는 구석이 있다. 시종은 주인을 닮는 걸까. 나는 가만히 주고받는 대화를 엿들으면서 키득거렸다.

"차를 달였으면 그만 됐다. 물러가거라."

신관장이 주변을 물리치자, 시종들 모두가 방 밖으로 나갔다. 방에 남은 사람은 신관장과 질베스타, 칼스테드, 나, 이렇게 네 사람이었다. 나중에 내 가족이 오기로 했지만, 지금은 내부 모임인 모양이다. 시종이 자리를 비우자마자 질베스타가 영주의 가면을 벗어던지고 몸에 힘을 빼고는 어깨를 푹 떨구었다.

"하아, 피곤하다……. 더는 혈육을 심판하기 싫군."

"이 일을 계기로 조금이라도 주변 상황이 좋아지기만 하면 돼. 아직 고비는 남았어. 어깨를 펴."

푹 떨군 질베스타의 어깨를 칼스테드가 가볍게 두드렸다. 입을 쭉 내민 질베스타가 나를 가볍게 노려보았다.

"칼스테드, 잘 생각해 봐. 마인을 상대로 도도하게 굴어 봤자 의미도 없잖아? 이미 기원식에서 보일 만큼 실컷 보였어."

"양아버지가 되려면 처음 정도는 똑바로 행동해."

질베스타를 꾸짖는 칼스테드가 양아버지가 되어 주는 쪽이 훨씬 든든할 것 같다. 새삼 그런 생각을 하며 나는 둘의 대화를 지켜보았다.

"신전장이 외삼촌이고, 친하게 보이던 신관장님이 이복동생이면 칼스테드 님도 혈연인가요?"

신관장과 함께 영주의 머리를 때릴 정도다. 아마 혈연관계이지 싶었다.

"그래. 칼스테드는 아버님 쪽 사촌이다. 큰아버님의 아들이지."

"큰아버님? 후계자는 어떻게 정하는데요?"

아무래도 반드시 장남이 후계자가 되는 관례는 없는 모양이다. 이곳은 막내가 대를 잇는 걸까? 눈을 깜빡이는 내게 오히려 질베스타가 어리둥절한 표정을 지었다.

"당연히 마력량으로 결정되지. 영지를 책임질 만한 마력량을 소유하는 것이 가장 중요하고, 기본적으로 친가의 배경이 확실한 정처의 자식부터 선택된다."

"영지를 책임지려면 마력이 필요하군요."

"……넌 우리와 평범하게 대화가 되니까 깜빡하고 있었다만, 정말 기본적인 상식이 아예 없구나."

귀족의 상식은 평민촌에서 태어나고 자란 어른들조차 모른다. 그런 것을 당연하게 알아야 하는 상식이라 말해도 곤란하다. 울컥하는 내게 질베스타가 편한 자세를 유지한 채로 표정만 바로잡았다.

"마인, 조금 진지한 얘기를 하마."

"네."

"내가 준 계약의 목걸이에 네가 피를 찍으면서 일단 넌 나의 양녀가 되었다. 하지만 앞으로를 위해 조금 손을 봐야겠다."

우선 나는 칼스테드의 딸이 된 뒤에 질베스타의 양녀로 들어가게 한다고 했다. 마치 호적 세탁 같았다.

"한 번 칼스테드 님의 딸이 되는 데에 뭔가 의미가 있나요?"

"아주 큰 의미가 있지. 평민 출신이 영주의 양녀가 되는 것과 선조 중에 영주가 있는 상급 귀족의 딸이 양녀가 되는 것은 천지차이이지 않느냐."

"그건 그렇지만 전 이미 기사단에 얼굴이 알려져서 의미가 없을 텐데요?"

얼굴을 보면 바로 평민 출신 청색 견습무녀와 영주의 양녀가 같은 사람임을 알아차릴 터였다. 모두가 칼스테드의 딸이 대체 어디에서 튀어나왔냐는 의문을 품을 것이 틀림없었다.

"기사단의 입단속은 칼스테드와 페르디난드가 해결할 거다. 칼스테드가 끔찍이 사랑하는 딸이라고 설정할 예정이거든."

"네? 설정하다니요? 바로 탄로가 날 거예요. 아무리 생각해도 이상하잖아요."

토론베 토벌 때 얼굴을 마주친 기사만 해도 스무 명 정도다. 이제 와서 칼스테드의 딸이라고 내 신분을 속인들 소용이 없을 것 같았다.

"아니, 사람의 기억은 은근 쉽게 바꿀 수 있어. 넌 칼스테드가 끔찍이 사랑했지만 지금은 죽고 없는 셋째 부인의 딸이다."

질베스타가 고개를 저으며 단언했다.

"셋째 부인의 딸, 이라고요?"

"그래. 칼스테드의 셋째 부인은 중급 귀족 출신으로 신분은 높지 않지만 마력은 많았다. 하지만 그걸 달가워하지 않았던 상급 귀족의 부인들이 그녀를 괴롭혔지."

왠지 아침 드라마 같은 이야기가 되었다. 어디까지 진지하게 들어야 할까.

"셋째 부인은 너를 낳고는 얼마 안 있어 죽고, 그렇게 태어난 네가 어미와 똑같은 경험을 하지 않도록 칼스테드가 사람 눈에 닿지 않는 신전에서 키웠다. 외부에 알려지지 않도록 신분을 숨겼더니 외삼촌이 멋대로 착각해서 평민이라고 소문을 퍼트렸다. 그 말에 꽤 많은 사람이 속았고, 그 거짓말에 속아 처형당한 기사까지 생겨 버렸다. 외삼촌은 참으로 죄 많은 인간이로군."

'신전장은 얼떨결에 죄목이 늘어 버렸네.'

생각지도 못한 전개에 입을 쩍 벌린 채 질베스타를 바라보던 나는 어이없다는 표정을 짓는 신관장과 칼스테드에게로 시선을 돌렸다.

"토론베 토벌 때 칼스테드 님에게 처음 뵙는다는 인사를 했는데, 그건요?"

"당연히 기사단장이니 공사를 구별해야지. 직무 중에 존재를 숨기고 있는 딸과 부녀지간처럼 굴 수는 없지 않으냐. 처음 만난 것처럼 구는 게 당연하다고 주장하면 된다."

질베스타는 끝까지 그 설정을 밀었지만, 과연 그런 제멋대로 만든 설정이 통할까. 이해가 가지 않는다. 나는 도무지 믿을 수 없는 질베스타는 무시하고 신관장에게 물었다.

"그런 억지스러운 설정이 귀족 사회에 통할까요?"

"마인, 그대는 기억하지 못 하는 모양이지만, 크리스티네가 바로 그런 처지였다."

신관장의 냉정한 말에 정신이 퍼뜩 들었다. 빌마와 로지나의 전 주인이며 예술 무녀라는 인상이 강했던 크리스티네는 정처의 미움을 받아 신전에서 자란 귀족의 딸이었다. 그녀의 아버지가 귀족으로 그녀를 받아들이려고 호화로운 생활을 보내도록 지원을 하고, 교사를 파견했다고 들었던 기억이 있다.

"실제로 그런 사람도 있었으니 설득력은 있네요. 하지만 칼스테드 님은 정말 그런 설정으로 절 딸로 받아도 괜찮으세요?"

"……상관없다. 로제마리와의 사이에 딸이 있으면 좋겠다고 생각한 적도 있으니까."

놀랍게도 다른 부인들에게 괴롭힘을 당해 죽은 셋째 부인이 실존

인물이었던 모양이다.

'난 귀족이 된 순간 괴롭힘당하는 거 아닐까?'

"윽, 칼스테드 님께서 괜찮으시다면 상관없어요. 하지만 갑자기 다른 자식이 나타나면 이상하지 않나요? 귀족은 자식이 태어났을 때 축하 파티 같은 건 안 해요?"

카밀이 태어난 직후엔 이웃들에게 얼굴을 보여주며 공개하는 연회가 있었다. 우라노 때처럼 출생 기록을 남기지 못하므로 언제 태어났는지 많은 사람들에게 알려서 기억하게 해야 한다고 들었는데, 귀족은 다른 걸까?

내 질문에 대답해 준 사람은 칼스테드였다. 턱을 어루만지며 여러 가지 상황을 떠올리는 듯 눈을 가늘게 떴다.

"첫째 부인의 자식이라면 태어났을 때 파티를 열지만, 둘째나 셋째 부인의 자식들은 일부러 출생을 알리지 않는다. 귀족 사회에서는 세례식 때가 되어야 아이를 대외적으로 공개하지. 그때까지 상당히 친한 친구 사이가 아니면 자식이 몇 명이나 있는지 굳이 알리지 않기도 하고."

"……그렇군요."

고개를 끄덕거리며 납득하고 있자, 신관장이 살짝 웃으며 설명을 덧붙였다.

"그 집안에 어울리는 마력이 없는 자식은 세례식 전에 격이 낮은 집안의 양자로 보내 버리거나, 신전에 맡기기도 한다. 고위 귀족일수록 자식의 마력이 명확해지기 전까지는 아무 준비도 없이 출생을 알리지는 않는다."

'무서워! 귀족 사회, 엄청 무서워!'

평민촌과 달리 마력을 기본 전제로 깔고 있는 귀족 마을은 나의 상식이 전혀 통할 것 같지 않았다. 신전에 들어갔을 때도 적응이 안 됐는데, 귀족은 더할 터였다.

　"그러니 귀족으로 키우려면 반드시 자식을 세례식에 공개해야 한다. 칼스테드는 세례식을 기회로 어미와 닮아 마력이 높은 딸을 영주의 양녀로 보내기로 결심한다…… 라는 줄거리다. 이해가 되나?"

　나는 대략적인 이야기의 흐름을 되짚으면서 고개를 끄덕였다.

　"귀족 사회의 '아침 드라마' 같은 주제로 책으로 만들어도 되나요?"

　"네가 자서전을 쓸 기회가 생긴다면 기록해도 좋다."

　"……윽, 진심으로 사양할게요."

　나는 책을 읽는 것만 좋아하는 지독히도 허약한 여자애다. 자서전 따위 쓸 일은 없다. 즉시 사양하자, 특별히 자신이 생각한 이야기이니 세상에 퍼트려도 좋다며 질베스타가 자신만만하게 입꼬리를 올렸다.

　"그런고로 이번 여름에 너의 세례식을 치르마. 세례식은 칼스테드의 저택에서 열고, 동시에 내 양녀가 된다고 발표하겠다. 칼스테드, 언제가 좋나?"

　"성결식이 열리기 직전 정도가 좋지 않나? 준비할 시간이 필요해."

　의상과 요리, 초대장도 준비가 필요하다고 칼스테드가 말하자, 신관장은 조금 고민하더니 고개를 저었다.

　"성결식 직전보다는 좀 더 빠른 편이 좋아. 허약한 마인이 언제 쓰러질지 모르니 상태를 지켜볼 여유가 필요하거든."

　"하긴. 일정에 여유가 필요하겠구나."

　하지만 준비된 예정도 앞당겨야 하므로 힘들겠다고 칼스테드가 곤란한 표정을 지었다.

"칼스테드. 세례식에 초대 손님을 성대하게 모아라. 내 양녀를 공개하는 자리이기도 하니 많은 사람에게 알리는 편이 좋겠어."

"아, 그렇지. 세례식 전까지 예의작법 선생을 붙이는 편이 좋아, 칼스테드. 시종한테 지도를 받아서 기초적인 예절이야 익혔지만, 교사에게 제대로 배운 적이 없거든."

세 사람이 어리벙벙해하는 나를 무시하고 예정을 술술 정해 갔다.

"저기, 전 이미 1년 전에 세례식이 끝났는데요……. 이 나이에 또 나이를 속이라고요?"

'또 세례식을 해서 일곱 살로 돌아가다니 왠지 유급한 것 같아서 좀 싫은데.'

내가 입술을 삐죽이자, 질베스타가 짙은 녹색 눈동자로 날카롭게 나를 쏘아보았다.

"한 살 정도 가지고 까다롭게 굴지 마. 귀족 사회에 순조롭게 묻어가기 위해서다. 겉모습만 본다면 한 살 정도 더 속이더라도 아무도 모를 거다."

"한 살 더라니, 너무하잖아요. ……이래 봬도 착실히 자라고 있다고요."

귀족 사회에 자연스레 들어가는 방법으로 다시 일곱 살로 돌아가게 되어 버렸다. 하지만 내 불만 따위 아무도 듣지 않고, 이야기는 척척 진행되어 갔다.

"그리고 세례식이 끝난 후에는 영주의 양녀로서 귀족의 행사에 참여하면서 행사가 없을 때에는 신전에서 지내도록 하겠다. 페르디난드와 마찬가지다."

"네!?"

바쁜 생활이 될 것 같은 촉에 내 표정이 싹 굳어졌다.

"너를 완전히 신전에서 떼어 놓으면 마력 문제로 페르디난드에게 큰 부담이 되거든. 그리고 공방 문제도 있지. 앞으로 영지의 주력 사업으로 책을 생산하게 할 생각인데, 실제로 만드는 사람들은 평민들이다. 지금까지처럼 연결 고리가 있는 게 나한테 편해."

질베스타는 길베르타 상회에 이미 말해 뒀다며 이것저것 계략을 꾸미는 표정으로 씩 웃었다.

대체 어느 새에!? 하고 놀랐지만, 질베스타가 공방에 견학 왔을 때 벤노를 끌고 나갔던 일이 생각났다. 녹초가 된 회사원처럼 보였던 벤노의 모습을 떠올리고 난 마음속으로 응원했다.

'벤노 씨, 진짜 힘내.'

"음, 그 말은 즉 세례식이 끝나면 영주의 양녀와 청색 견습무녀와 공방장. 세 가지 역할을 해내라는 말인가요?"

손가락을 접으며 제법 고된 직함을 세자, 질베스타가 고개를 저으며 부정했다.

"조금 달라. 청색 견습무녀가 아니라 신전장이다."

"네?"

나는 고개를 옆으로 툭 떨구며 질베스타를 바라보았다. 잘못 들었나? 잘못 들었겠지. 틀림없이 잘못 들었을 거야. 현실 도피를 하는 나를 바라보며 질베스타가 살짝 한숨을 쉬었다.

"부정부패로 처형당할 신전장의 후임 자리에 앉고 싶은 사람은 없어. 주변이 엄격한 시선으로 언행을 지켜볼 테고, 부정을 저지를 수도 있어서 아무런 이득이 없는 사리거든. 게다가 아랫사람이 영주의 이복동생과 양녀다. 신경을 갉아먹는 직무를 누가 맡고 싶겠냐?"

"네? 네? 하지만 이럴 땐 신관장님이 신전장이 되어야 하는 것 아닌가요?"

나보다 훨씬 적임자인 신관장 쪽으로 시선을 돌려 봤지만, 질베스타는 어이없다는 듯이 어깨를 으쓱할 뿐이었다.

"대외적으로야 영주의 양녀와 영주의 이복동생은 크게 다르지 않지만, 담당하는 실무를 고려하면 전혀 다르다. 페르디난드는 실무를 하며 동시에 신관들도 통솔해야 한다. 너에게 신관장은 무리다."

신관장의 업무는 확실히 다방면으로 뻗어 있다. 신관장이 신전장으로 자리를 옮기고 내가 신관장이 되면 업무를 완수할 수 있겠냐고 묻는다면 절대 무리다. 하지만 신전장은 신전의 최고 책임자다. 그 자리를 내가 어찌 해내겠는가.

"신전장도 무리예요. 전 이제 막 세례식이 끝난 어린애라고요."

"그 외삼촌도 해낸 일이니 문제없어. 가만~히 앉아만 있으면 된다. 오히려 하도 심심해서 쓸데없는 일만 저지르고 다녔던 외삼촌보다 우수한 신전장이 될 거다."

전임자가 무능해서 편하고 좋겠네, 하고 질베스타는 말했지만 그런 문제가 아니었다. 불안해하는 내게 신관장이 관자놀이를 톡톡 두드리며 입을 열었다.

"신전장만 없어지면 제법 편해지겠지. 마인은 신전장으로서 앉아 있기만 하거라. 귀찮은 일은 전부 내가 맡으마. 그리고 일만 시켜 놓고 얼른 도망치는 누군가보다는 고분고분하게 도와주는 마인이 신전장이 되는 게 훨씬 마음이 편하다."

신관장이 '얼른 도망치는 누군가'를 노려보며 그렇게 말했다. 질베스타는 콧방귀를 뀌고 "마인은 지금까지처럼 페르디난드한테 혹사당하면 돼." 하고 독설을 퍼부었다. 나는 심한 말을 하는 질베스타를 무시하고 "신관장님, 감사하게 생각합니다." 하고 신관장의 상냥함에 감동해 두기로 했다.

"마인, 내게 그런 태도를 보여서 좋을 것 같으냐? 신전장 자리를 맡아 주는 상으로 지금 방을 계속 써도 좋고, 평민들과 만나는 것도 눈감아 주려고 생각했더니……."

"질베스타 님, 정말 좋아해요."

내가 눈을 반짝이며 가슴 앞에서 깍지를 끼자, 칼스테드가 질베스타의 머리를 가볍게 쿡 찔렀다.

"듣기 좋은 이유를 댔지만, 그저 자기가 평민촌을 어슬렁거릴 거점으로 신전을 이용할 속셈이다. 속지 마."

"엑!?"

"칼스테드, 듣기가 좀 거북하군. 사촌형의 사랑하는 딸을 양녀로 맡았는데 당연히 상태를 보러 가야지 않겠어?"

사뭇 진지한 표정이지만, 자세히 보면 '사냥하러 가고 싶다'고 얼굴에 쓰여 있는 것 같다. 분명 머릿속은 평민촌에 놀러 갈 생각에 가득할 터이다.

"질베스타, 마인을 평민들과 접촉하게 할 생각이야? 모처럼 칼스테드의 딸이 되는데 그건 너무 위험하지 않겠는가……."

"책 제작을 이곳의 주력 산업으로 성장시키려면 길베르타 상회와의 연결은 필수다. 그 상점을 망하게 해서 처음부터 새로운 상점을 세우는 쪽이 훨씬 힘들지 않겠나?"

위험성을 시사하는 신관장에 질베스타가 아무렇지도 않게 무시무시한 발언을 했다.

"길베르타 상회를 망하게 하다니…… 저기…….”

"넘겨짚지 마라. 망하게 할 생각은 없어. 거기 점주는 참 이해가 빠르더군. 입도 무겁고 말이야. 네 신상을 아는 자는 깜짝 놀랄 만큼 적다. 대부분이 길베르타 상회의 관계자지. 그 외에는 벤노의 딸인 줄 아는 사람이나 어느 부잣집 딸인 줄 아는 자들뿐이라더군. 사실은 귀족이었다고 뻐팅기면 문제는 없어."

영주 주도 하에 책을 대량 생산한다고 해도 실제로 책 제작에 착수하는 사람들은 나를 중심으로 한 구텐베르크들이다. 전체 평민촌 장인들을 귀족 마을에 불러들이기보다 평민들이 자유롭게 출입하는 장소를 남겨 두는 편이 운영하기 편하다고 했다.

"지금까지처럼 네 방에서 평민들을 만나도 좋다. 단, 지금의 가족을 가족으로서 만나는 것은 금지다. 넌 칼스테드의 딸에서 영주의 양녀가 되는 몸이다. 지금의 가족과는 새로운 관계를 쌓도록 하거라. 그러지 못하겠다면 가족의 출입을 허락하지 않겠다."

내 방에서라면 만나도 좋다는 말에 들떴던 마음이 한순간에 식었다. 얼굴이라도 볼 수 있어서 다행인지, 아니면 얼굴을 보는 만큼 더 괴로워지는지 지금의 나로서는 알 수 없었다.

"병사인 아버지를 평민촌을 출입할 때 호위로 둔다든지, 종이 제작에 네 언니를 참여시킨다든지처럼 업무상 접하는 정도라면 문제없다. 하지만 서로 가족이라 부르지 말 것을 계약 마술로 서약하게 하겠다."

나를 응시하는 질베스타의 엄한 눈동자에 나는 불길하게 뛰는 심장 소리를 들었다.

결별

"칼스테드의 딸로 세례식을 치른다면 이름을 새로 지어야겠군."

적막이 감도는 그 자리의 분위기를 흔든 것은 신관장의 제안이었다. 이해하지 못한 내가 고개를 갸웃거렸다.

"이름이요?"

"하긴. 이대로는 체면상 좋지는 않지."

듣고 보니 귀족에게는 긴 이름이 필요하다고 했다. 즉, 앞으로 자연스럽게 친분을 쌓게 될 귀족들은 모두 긴 이름을 갖고 있는 셈이다. 벌써부터 외울 수 있을지가 걱정이다.

'장황한 신의 이름도 기억했으니 어떻게든 되려나? 그랬으면 좋겠는데.'

"애칭이 마인이 되는 이름이 좋겠군. 길베르타 상회 관계자가 잘못 부르더라도 다소 얼버무릴 수 있도록. ……마인, 뭔가 희망이 있나?"

질베스타의 말에 나는 마인을 바탕으로 뭔가 적당한 이름을 생각해 보았다. 하지만 금방 떠오르지 않았다.

"……마인 투나, 뉴 마인이나, 레드마인이나, 애매한 이름밖에 생각이 안 나네요."

"독특한 발음이군. 무슨 의미가 있는가?"

신관장이 어리둥절해하며 인상을 찌푸렸다. 신관장이 예측한 대로 우리노 시절의 영어를 썼으니 여기 있는 세 사람에게 의미가 통하지 않았나 보다.

"마인 2호, 새로운 마인, 빨간 마인이라는 의미예요."

"마지막 빨간 마인은 뭐냐? 너의 색은 태어날 때부터 파랑, 머리색은 남색이나 밤색, 눈동자 색도 금색이지 않냐? 대체 어디에서 빨강이 나온 거야?"

"왜 그렇게 알려졌는지는 잘 모르지만, 빨간색이 강하거나 빠르다는 의미를 가진대요."

질베스타가 의아한 표정을 지었지만, 우라노 시절의 죽마고우가 한 말이라 이유는 잘 모른다. 빨간색이 강하다는 말은 우라노의 엄마가 '빨간 팬티 건강법'을 도입하려 한 것이 이유라고 생각했다. 참고로 빨강은 승부 팬티에 좋다고 한다. 수험용으로 빨간 팬티를 선물 받았지만, 부모의 자식 사랑이 부끄러워 입지 않았다. 다행히 대학에는 합격했고, 그 이후로 엄마는 빨간 팬티를 맹신했지만, 그날 입은 팬티는 하늘색이었다.

'불효자라 미안.'

딴 생각에 젖어 있을 때쯤 질베스타가 내 발언에 눈을 크게 뜨고 놀라워했다.

"잠깐만! 왜 그렇게 되는지 모르겠는 사람은 오히려 이쪽이다. 빨강이 강하다고!? 강한 색이라면 불의 신 라이덴샤프트의 귀색인 파랑이잖아!?"

이마를 누르던 칼스테드도 생각에 잠겼다.

"빨강은 흙의 여신 게두르리히의 귀색으로 따스함과 관용을 뜻하니 오히려 여성스러운 색이라고 할 수 있지. 하지만 이렇게까지 뜻이 다르니 불안해지네."

'응, 맞아. 이곳 상식에 맞춰 보면 그렇긴 하겠지.'

조금 더 건강해지기를 바란다는 소망을 담아 강해져서 새롭게 등장하는 이미지였는데, 아무에게도 그 의미가 통하지 않은 모양이다.

　손끝으로 관자놀이를 두드리던 신관장이 나를 날카롭게 노려보았다.

　"어리석긴. 강하든지 빠르다든지 하는 의미가 여성의 이름에 어울릴 리가 없잖아. 이상한 데에도 정도가 있어야지. 앞으로 평생 쓰게 될 그대의 이름이다. 잘 생각해라."

　"……죄송합니다. 하지만 솔직히 대체 어떤 귀족 이름이 있는지, 어떻게 지어야 하는지 전혀 모르겠어요."

　일본에서도 부모의 이름을 따거나 절에 작명을 부탁하는 등 집안마다 이름을 짓는 관습이 있다. 이곳에도 그런 관습이 있을까. 내가 그렇게 질문하자 세 사람이 동시에 고개를 저었다.

　"옛날 위인의 이름을 따서 이름을 붙이는 자나 선조에게 이름을 물려받는 자도 있지만, 딱히 관습이랄 정도의 규칙은 없다."

　질베스타의 말에 고개를 끄덕이는데 질베스타의 옆에서 생각에 잠긴 칼스테드가 천천히 고개를 들고 나를 보았다.

　"부모 이름에서 따온다면…… 로제마리에서 따서 로제마인은 어때?"

　"와, 왠지 귀족 아가씨 느낌이네요. 좋은 것 같아요. 제가 정한 것보다 훨씬 귀엽고 여자아이 같고요."

　"마인은 미적 감각이란 것을 키워야겠군."

　큭큭 웃으며 신관장이 자리에서 일어났다. 이제부터 가족이 오기 전까지 개명과 계약 마술의 서류를 작성한다고 한다.

신관장이 서류 작성을 끝냈을 때쯤, 딸랑 하고 작은 종소리가 울렸다.

"허가한다."

신관장의 허가에 맞춰 밖에서 대기하던 시종이 방문을 열었다. 아르노가 상투적인 표현으로 신관장에게 손님이 왔음을 알리자 프랑의 안내를 받으며 투리와 손을 잡은 아빠, 카밀을 포대기에 싸서 안은 엄마가 들어왔다.

"마인!"

투리가 아빠와 잡은 손을 풀고 반짝이는 미소로 내게 달려왔다.

"투리."

내게 달려들 듯 안기는 투리를 나는 꼭 껴안았다. 투리는 한 번 강하게 나를 안더니 얼른 몸을 떼어 내 몸에 상처가 없는지 확인하기 시작했다.

"아빠가 무서운 얼굴로 엄청 심한 상처를 입고 와서는 엄마랑 카밀까지 신전에 가야 한다니까 마인한테 무슨 일이 생긴 줄 알고 너무 무서웠어. 무사해서 다행이야."

투리는 천진난만하게 내가 무사하다고 기뻐했지만, 엄마는 신관장의 방에 있는 세 귀족을 보고 상황을 파악한 모양이다. 괴로움에 눈을 크게 뜨고, 카밀을 안은 채 무릎을 꿇었다.

"투리, 이곳에 계신 분들은 모두 귀족님들이시다. 너도 무릎을 꿇어야지."

아빠는 투리의 어깨를 가볍게 두드리면서 그렇게 말했고, 자신도 그 자리에 무릎을 꿇었다. 투리는 눈을 깜빡이며 방 안을 돌아보았다. 그리고 테이블 쪽에 나긋하게 앉은 좋은 옷차림을 한 세 사람을 발견하고 허둥대며 무릎을 꿇었다.

"아르노, 프랑, 물러가거라."

신관장이 사람을 물리자 가족을 안내해 온 회색 신관들이 퇴실하면서 방문을 굳게 닫았다. 이 자리에서 제일 지위가 높은 질베스타가 가볍게 손짓했다.

"저기에 앉아라. 직답을 허가하겠다."

"감사합니다."

병사인 아빠는 병사의 경례를 하고 의자에 앉았다. 엄마도 아빠의 모습을 보면서 천천히 움직였다. 투리는 이 자리에 돌고 잇는 긴장된 분위기를 감지하고 불안스럽게 주변을 둘러보며 내 옆에 앉았다.

질베스타가 다리를 꼬고 천천히 숨을 내쉬었다. 그리고 천천히 입을 열었다.

"이번 소동의 원만한 수습을 위해 마인을 나의 양녀로 삼기로 했다."

"……네."

"외부에는 평민인 마인이 사망한 것으로 하라."

투리가 고개를 번쩍 들고 새파랗게 질린 얼굴로 나를 보았다.

"나 때문이야!? 내가 데리러 가서 습격당한 거지?"

"아니야, 투리. 습격해 온 범인은 신전에 있었어. 투리가 데리러 오지 않았어도 나를 습격했을 거야."

나는 투리가 부담감을 느끼지 않게 최대한 열심히 설명했다. 위험해진 탓에 귀족을 상대로 공격해 버린 점, 내 죄가 가족과 시종들에게도 영향을 끼치게 된다고 말했다.

"오히려 말려들게 해서 미안해. 투리, 무서웠지?"

"무서웠어. 무서웠지만, 양녀라니……."

나는 고개를 푹 숙이고 눈물을 뚝뚝 흘리는 투리의 머리를 쓰다듬었다. 투리를 본 질베스타가 아주 잠깐 괴로운 듯 인상을 찌푸렸지만, 다시 영주의 얼굴로 돌아가 조용히 입을 열었다.

"자네들은 상급 귀족의 딸로서 영주의 양녀가 될 마인에게 방해물이다. 뒤탈이 없도록 전원 처형하는 방법도 고려했지만, 그래서는 마인이 폭주할 것 같기에 자네들은 살려 두기로 했다. 단, 앞으로 절대 가족으로서는 만날 수 없다."

뒤집을 수 없는 결정 사항에 가족들이 몸을 움찔거리며 숨을 삼켰다. 질베스타를 바라보는 눈이 크게 뜨이고, 입술은 떨리고 있었다.

"마인 공방은 그대로 종이와 책을 만드는 공방으로 유지한다. 이 신전의 방도 그대로 남겨둘 것이니 이 계약이 끝나면 면회만은 허락하겠다."

질베스타는 계약 마술용 계약서를 슥 내밀었다. 조금 전 신관장이 작성한 계약서다.

"마인, 읽어 줘라. 우리보다 네가 읽는 편이 신용이 갈 것이다."

까막눈인 평민은 계약서를 읽지 못해 손해를 보는 일도 많았다. 귀족에게만 통하는 글귀가 빽빽하여 손해를 본 상인도 있다고 들었다. 신용하는 자에게 서면을 읽게 하는 행위는 문맹자에겐 아주 중요한 일이다.

나는 자리에서 일어나 펜과 잉크가 놓인 테이블 한구석으로 향했다. 왼편에는 신관장과 질베스타, 칼스테드. 오른편에는 가족들이 나란히 앉아 있다. 양쪽을 바라본 후, 계약서를 손에 들고 입술을 꼭 다물었다. 가족과 연을 끊게 할 목적으로 작성된 계약서를 스스로 낭독

해야 한다니, 가슴이 찢어질 듯했다.

"마인은 사망했음을 주위에 공표할 것. 이후 마인을 만나더라도 서로 가족이라 발설하지 말 것. 그리고 마인에게 귀족을 대하는 태도로 접할 것. 이상이 계약 내용입니다."

내가 테이블 위에 계약서를 올리자, 가장 멀리 앉은 투리의 눈에서 또다시 눈물이 흐르기 시작했다.

"여기에 계약하면 이제 마인은 내 여동생이 아닌 게 되는 거야?"

"아니, 계약하지 않아도 투리의 여동생이 아니게 돼."

이 계약 마술을 맺으면 만날 수는 있지만, 양자 계약 자체는 뒤집을 수 없다.

"그런 거 싫어!"

"나도 싫어. 하지만 투리를 또 위험한 상황에 처하게 하고 싶지 않아. 이번엔 도움을 받았지만, 다음엔 죽을지도 몰라. 어쩌면 다음엔 엄마와 카밀까지 위험해질 수도 있거든. ……나 때문에."

습격당했던 공포가 되살아났는지 투리의 얼굴이 핏기가 가시며 딱딱하게 굳었다. 그 일이 벌어진 뒤 아직 많은 시간이 지나지 않았다. 무서운 것도 당연하다.

"난 가족을 위험에 빠뜨리고 싶지 않아. 이해해 줘, 투리."

"하지만……."

입술을 깨문 투리는 "으으~~" 하고 분한 신음을 흘릴 뿐, 이해해 주지 않았다. 나는 울고 싶어졌다. 글썽이던 눈에서 눈물이 뚝 떨어졌다.

"투리, 여기에 이름을 적어 줘. 적어 주지 않으면 이제 다시는 투리와 만나지 못하게 돼. 가족이 아니더라도, 언니라고 부르지 못하더라도 난 얼굴이라도 좋으니까 투리를 보고 싶어."

"뭐?"

투리가 눈을 동그랗게 뜨고 나를 보았다. 울면서도 벌떡 일어나 빠른 발걸음으로 내 옆으로 걸어왔다. 나는 투리에게 꼭 안겼다.

"나, 투리와 카밀을 위해 그림책과 장난감을 열심히 만들게. 고아원이나 내 방에 놀러 와. 얼굴만이라도 비춰 줘. 건강한지 어떤지라도 알고 싶어."

"마인, 울지 마."

투리는 나를 꼭 안고는 오열로 더듬거리면서도 필사적으로 위로해 주었다.

"고아원에 놀러 갈게. 마인이 만들어준 책을, 완벽하게 읽을 수 있게, 열심히, 글공부할게."

"응. 놀러 와. 그리고 그림책과 장난감을 집에 들고 가 줘. 카밀은 세례식 전까지 신전에 못 오니까 투리가 전해 줬으면 좋겠어."

투리의 온기에 나는 웃음으로 입가가 일그러진 표정 그대로 투리를 올려다보았다.

투리는 코를 훌쩍이며 내 부탁을 받아 주었다.

"응. 응. 꼭 전할게."

"그리고 투리는 코린나 씨의 공방에 들어가지? 열심히 연습해서 일류 재봉사가 되면 언젠가 옷을 주문할 테니까 투리가 만들어 줘."

내 말에 투리의 눈이 강렬한 빛을 띠었다. 글썽이며 충혈된 눈으로 나를 바라보고, 고개를 끄덕였다.

"약속, 할게. 반드시 마인의 옷을 만들어 보일게."

"정말 좋아해, 투리. 나의 자랑스러운 언니."

우리는 마지막으로 서로를 꼭 안았다. 투리는 코를 훌쩍이며 계약 마술의 계약서에 사인했다. 겨우내 고아원에 다니며 배운 글쓰기가 이런 때 도움이 되다니 신의 장난 같았다.

투리는 자신의 나이프를 꺼냈고, 혈도장을 꾹 눌렀다. 서명을 마친 투리는 필사적으로 오열을 삼키며 자리로 돌아갔다.

"마인."

엄마가 포대기째 카밀을 아빠에게 맡기고 자리에서 일어났다. 계약서 앞에 선 내 앞에 무릎을 세워 꿇더니 나를 품에 넣듯 껴안았다. 달콤하고 그리운 젖내에 둘러싸인 나는 엄마의 등에 팔을 둘렀다.

"엄마……."

꼭 껴안은 채 순간 무슨 말을 해야 좋을지 말을 잇지 못했다. 묵묵히 매달리는 내게 엄마가 난처한 말투로 중얼거렸다.

"부모 품을 너무나 빨리 벗어나는구나."

"……미안해, 엄마."

껴안은 자세에서 엄마의 가슴속 울림과 목소리가 동시에 귀에 들어왔다. 엄마는 나를 재울 때처럼 내 머리를 부드럽게 쓰다듬었고, 이런 상황에서도 평소처럼 주의사항을 말하기 시작했다.

"넌 금방 몸 상태가 나빠지니까 항상 조심해. 무슨 일이 있으면 꼭 주변 분들에게 상담하고, 민폐를 끼치지 않게 말 잘 들으렴. 혼자서 멋대로 행동하지 말고, 스스로 할 수 있는 일은 스스로 하고, 너무 주변에만 의지하면 안 된단다. 그리고……."

평소에는 대충 흘려듣던 잔소리도 이제 들을 수 없다고 생각하니 매우 쓸쓸해졌다. 나는 엄마를 꼭 안은 채 하나씩 고개를 끄덕이며 귀를 기울였지만, 너무 주의사항도 많고 중간부터 똑같은 말이 반복되기에 웃음이 터질 것 같았다.

"그리고 이게 마지막이야."

"또 있어?"

내가 고개를 들고 피식 웃자, 지금까지 미소를 짓고 있던 엄마의 표정이 일그러지더니 눈물이 볼을 타고 똑똑 떨어지기 시작했다.

"무리는 절대 하지 말고 건강해야 한다. ……사랑해, 내 딸 마인."

"나도, 엄마. 사랑해."

잠시 나를 힘주어 안아 준 엄마가 천천히 손을 풀고 일어났다.

"엄마, 이름 대신 써 줄까?"

아빠는 직업상, 투리는 나한테 배우거나 고아원에서 연습하면서 글을 쓰지만, 엄마는 글을 쓰지 못할 터였다. 내가 묻자, 엄마는 천천히 고개를 저었다.

"엄마도 투리와 같이 겨울 동안 연습했단다. 마인이 보낸 편지를 읽고 싶었거든. 이래 봬도 우리 가족들 이름은 쓸 수 있어."

엄마는 부끄럽게 웃으며 펜을 들었다. 불안한 손놀림으로 자기 이름과 카밀의 이름을 계약서에 쓰고 자기 이름 위에 혈도장을 찍었다.

아빠가 포대기에 싼 카밀을 안은 채 나와 엄마에게로 다가왔다. 그리고 엄마에게 카밀을 넘기려는 거겠지. 엄마도 그 자리에 선 채 자리에 돌아가지 않고 기다렸다.

"있지, 아빠. 카밀을 안아 봐도 돼?"

"그럼."

아빠는 엄마의 도움으로 불편한 왼팔을 움직이며 포대기를 풀고 카밀을 내게 안겼다.

겨우 그럴싸해진 자세로 안고 들여다보니 카밀이 눈을 뜨고 있었다. 볼을 비비자 갓난아기에게서 나는 달콤한 냄새가 났다. 나는 그 냄새를 가슴 한가득 들이마시고, 귀여운 카밀의 이마에 뽀뽀했다.

"기억하지 못하겠지만, 카밀을 위해 그림책만큼은 열심히 만들 테니까 꼭 읽어 줘."

카밀이 싫어하며 울기 전에 포대기째 엄마에게 넘겼다. 엄마는 조금 망설이더니 아주 살짝 카밀의 손가락에 상처를 내고, 적은 핏방울을 카밀의 이름 위에 꾹 눌렀다.

아픔에 울음을 터트린 카밀을 달래며 엄마가 자리를 비켰고, 나는 아빠와 마주했다. 화상을 입은 왼팔에 힘이 들어가지 않는지 아빠는 오른팔로만 나를 안아 주었다.

"아빠, 팔 괜찮아? 아프지? 미안해, 나 때문에 이렇게 다쳐 버려서……."

"아니. 내가 아빠로서 힘이 부족했구나. 지켜주지 못 해 미안하다, 마인."

신음하는 낮은 목소리로 아빠는 분한 듯 인상을 찡그리며 눈물을 흘렸다. 힘이 들어가지 않는 오른팔을 느끼며 나는 몇 번이고 고개를 저어 아빠의 말을 부정했다.

"아니야, 아빠는 항상 나를 지켜 줬어. 나 언젠가 결혼한다면 아빠처럼 나를 지켜 주는 사람이랑 할래."

내 말을 들은 아빠는 미간을 찌푸리더니 반쯤은 울고 반쯤은 웃는 표정으로 고개를 저었다.

"마인, 그럴 땐 아빠랑 결혼하고 싶다고 하는 거야."

"웅. ……나 아빠랑 결혼하고 싶어."

내가 아빠를 꼭 껴안으며 그렇게 말하자, 아빠는 내 어깨에 얼굴을

묻었다.

"그래. ……줄곧 딸에게 듣고 싶었는데, 꿈이 이뤄지자마자 마인이 사라지다니 괴롭구나."

줄곧 나를 소중히 지키며 키워 준 아빠의 말에 내 눈물이 멈추지 않았다.

"나, 이름도 바뀌고 이제 아빠를 아빠라고 부르지 못하지만…… 난 아빠의 딸이야. 그러니까 나도 마을과 함께 모두를 지킬게."

"마인."

아빠에게 꼭 안기자 넘치는 감정이 멈추지 않았다. 그러자 신관장에게 빌린 반지에 마력이 차면서 빛을 발하기 시작했다.

"무슨!?"

"마인!?"

아빠가 깜짝 놀라 내게서 떨어졌고, 빛나는 반지와 나와 지휘봉을 손에 든 세 사람을 교대로 보았다.

"마인, 참아라!"

"아뇨. ……이 마력은 써야 해요. 가족을 생각하는 마음에서 흘러나온 마력이니까 가족을 위해 써야 해요."

그렇게 중얼거린 순간, 반지에서 빛의 힘이 증폭되었다. 입술이 거의 무의식적으로 기도문을 외웠다.

"높고 정정한 천공을 관장하는 최고신인 어둠과 빛의 부부신, 넓고 호호막막한 대지를 관장하는 다섯 대신인 물의 여신 플류트레네, 불의 신 라이덴샤프트, 바람의 여신 슈첼리아, 흙의 여신 게두르리히, 생명의 신 에이비리베여, 내 기도를 듣고 축복을 내려 주소서."

신에게 기도를 바치며 나는 천천히 양손을 들었다. 신의 이름을 외우는 동시에 반지에서 옅은 노란 아지랑이가 넘치기 시작했다. 그것을 보며 오로지 하나만을 빌었다.

헤어지게 된 가족에게 남김 없는 축복을.

"그대에게 내 마음과 기도와 감사를 바치느니, 거룩한 가호를 주소서. 아픔을 치유하는 힘을, 목표를 향해 전진하는 힘을, 악의를 뿌리치는 힘을, 고난을 이겨내는 힘을 내가 사랑하는 사람들에게."

옅은 노란빛이 마치 가루처럼 반짝이며 방 전체에 쏟아져 내렸다. 이 축복은 가족뿐만 아니라 나의 소중한 사람들에게 향하는지 몇몇 가루들은 바깥을 향해 날아갔다.

"상처가 사라졌어……."

"플류트레네의 치유의 힘이야."

마력으로 입은 화상이 말끔히 사라진 아빠의 왼팔을 나는 천천히 쓰다듬었다.

"마인, 넌 자랑스러운 딸이다. 그 힘을 올바르게 써서 마을을 지켜주렴."

"아빠한테 혼날 만한 짓에는 절대 안 써. 약속할게."

꽉 쥔 서로의 주먹을 가볍게 맞댄 후, 아빠는 계약서로 가서 떨리는 손으로 서명했다. 나이프로 혈도장을 찍고, 어금니를 꽉 깨물며 고개를 푹 숙였다.

나는 펜을 집고, 순서대로 가족을 바라보았다. 충혈된 눈으로 나를 보는 투리. 축복으로 상처가 아물었는지 울음을 그치고 포대기 속에 안긴 카밀. 카밀을 안으며 나를 바라보고 조용히 눈물을 흘리는 엄마. 그리고 내 옆에 선 채 고개를 푹 숙이고 눈시울을 훔치는 아빠.

"아빠, 엄마, 투리, 카밀. 사랑해."

내 앞에 가족을 가족이라 부를 수 없게 되는 계약서와 마인에서 로제마인으로 개명하는 두 장의 계약서가 펼쳐져 있었다. 어금니를 깨물고 단숨에 서명한 나는 아빠 앞에 손바닥을 펼쳐서 내밀었다. 아빠는 눈물을 흘리며 어쩔 수 없다는 표정으로 손가락에 얕은 상처를 내주었다.

볼록하게 올라온 피를 계약서 두 장에 찍었다. 그 순간, 모두가 서명한 계약서가 금색 불꽃에 타들어 가며 사라졌다.

"이로써 계약 마술이 성립되었다. 이곳에 있는 사람은 로제마인, 상급 귀족의 딸이다."

금색 불꽃에 휩싸이는 계약 마술의 성립 장면을 놀란 눈으로 바라보던 가족들은 질베스타의 말에 눈을 내리깔고 무릎을 꿇었다.

"그럼 실례하겠습니다."

"건강에 주의하며 잘 지내십시오."

"……안녕히."

상급 귀족이 되어 버린 나는 가족이었던 사람들과 눈높이를 나란히 두면 안 되었다.

의미는 통하지 않으리라. 하지만 상관없었다. 적어도 내 나름의 경의와 감사만큼은 보내고 싶었다. 나는 허리를 90도로 굽혀 깊이 머리를 숙였다.

"오늘은 정말 감사했습니다. 다시 만날 날이 있기를 진심으로 바라고 있겠습니다."

가족이었던 사람들이 떠난 그 자리에는 로제마인이 된 나만 덩그러니 남게 되었다.

에필로그

루츠는 길베르타 상회에 있었다. 신전에서 돌아오는 길에 수상한 남성들이 마인과 투리를 습격했지만, 귄터, 다무엘, 오토가 고군분투하며 무찌른 덕분에 방금 전 길베르타 상회로 도망쳐 왔다.

"오토, 루츠, 무슨 일이야!? 비밀 엄수에 포함된 얘기는 빼고 얘기할 수 있는 범위 내에서 전부 말해!"

마인 일행이 몸을 피했다는 연락을 들었는지 벤노가 계단을 뛰어올라오며 말했다. 어떻게 대답해야 좋을지 고민하자, 오토가 눈꼬리를 쭉 찢으며 벤노를 노려보았다.

"벤노, 소리치지 마. 레나테가 깨잖아."

"아아, 미안하군. 루츠, 오토는 무시해도 좋으니 말해."

항상 있는 오토와 벤노의 대화에 조금 긴장이 풀렸다. 루츠는 신전으로 마인을 데리러 온 투리와 함께 모두 집에 돌아가게 된 부분부터 순서대로 얘기하기 시작했다. 귀가 중에 다른 영지의 귀족을 탐색하던 오토와 만났고, 대화하는 중에 갑자기 습격을 당했다고 전했다. 마인을 노린 모양이지만, "이느 쪽이야!?" 하던 그들의 대화에서 마인을 잘 모르고 있었다는 이야기. 다무엘이 습격자를 막았고, 우리는 길베르타 상회로 도망치게 된 경위, 마인과 귄터가 신관장에게 보고하러 신전으로 갔고, 이미 다무엘이 기사를 불렀다고 설명했다.

"그러고 보니 마인도 도움을 요청하는 것 같던데."

중얼거리며 툭 던진 오토의 말에 모두의 시선이 오토에게 집중되었다. 귄터의 뒤를 쫓으며 달렸던 루츠는 마인이 도움을 요청한 사실을 몰랐다. 귄터가 자신을 신전에 가지 못하게 막은 것부터 몰랐던 점들이 늘어나자 분했다.

"무릎에서 흐르던 피를 목에 건 부적에 찍더라고. 위험한 상황이 오면 누군가가 도와주겠다고 했대."

그게 뭐지? 하고 생각한 루츠와 달리 벤노에게는 짐작 가는 데가 있었던 모양이다. "너무 빨라! 젠장!" 하고 혀를 차고는 몸을 날려 상점으로 돌아가려고 했다.

"주인님, 대체 뭐가……."

"최대의 비밀 엄수 사항이다!"

누구에게 향하는지 모를 욕설을 퍼부으며 벤노는 계단을 뛰어 내려갔다. 자신이 모르는 곳에서 무슨 일이 일어나고 있는지 알 수가 없는 루츠는 입술을 꽉 깨물었다. 이렇게 위험한 일이 일어나고 있는데 마인에게 해 줄 수 있는 일이 아무것도 없었다. 루츠가 아무리 노력해도 자신과 마인 사이에는 넘을 수 없는 벽이 분명히 존재했다.

"이거 봐, 벤노가 소리치니까 레나테가 울잖아. 무서운 외삼촌이다, 그치. 옳지, 옳지."

오토가 레나테를 안아들고 가볍게 흔들며 달래자, 벤노의 무서운 기세에 놀라 눈이 휘둥그레져 있던 코린나가 레나테의 울음소리에 퍼뜩 정신을 차리고 움직이기 시작했다. 주변이 레나테를 중심으로 움직이자 공포가 조금 수그러졌는지 딱딱하게 굳어 있던 투리의 표정이 움직이기 시작했다.

"마인이랑 같이 딸랑이를 들고 오려고 했는데."

길베르타 상회에 맡겨져서 떨림에 목소리도 나오지 않던 투리가 작게 중얼거렸다. 그 후부터는 오토의 레나테 자랑이 시작되고, 투리는 카밀을 자랑하며 대항하기 시작했다.

'어느 쪽 얘기든 난 좀 질리는데.'

루츠는 자기 집 자식 자랑 얘기에 참여하지 않고, 창가로 다가가 큰길을 내려다보았다. 병사와 기사들의 움직임을 볼 수 있을까 해서다. 하지만 보이는 광경은 마치 습격 따위 언제 있었냐는 듯 거짓말처럼 평소와 똑같은 사람들의 물결이었다.

'마인은 괜찮을까?'

"투리, 지금부터 신전에 가야 하니 이리 오렴."

잠시 뒤, 투리를 데리러 온 귄터의 왼쪽 팔에 심한 화상 같은 상처가 있었다. 검붉게 타 버린 그 상처를 본 투리의 표정이 단숨에 새파래졌다.

"아빠, 그 상처 어떻게 된 거야? 마인은!?"

"신전에 있어. 가자."

딸을 보면 항상 미소를 짓는 귄터가 어째서인지 투리에게 전혀 웃음을 보이지 않고 가라앉은 목소리로 말했다. 귄터의 뒤에는 카밀을 안은 에파의 모습도 있었다. 아직 몸 상태가 예전 같지 않은 에파까지 온 가족이 신전으로 불려가는 것으로 보아 마인에게 무슨 일이 있었음이 틀림없다. 그렇게 판단한 루츠는 귄터를 올려다보았다.

"귄터 아저씨! 나……."

"나중에 설명하러 오마. 기다리고 있으렴."

아무리 마인과 가족처럼 사이가 좋아도 가족은 아니다. 루츠는 자신을 부르지 않은 신전에도 가지 못하고 길베르타 상회에서 대기해야 했다.

"……나는 상점이나 2층 주인님 댁에 있을게."

"상점이나 2층 방에 있겠다고? 알겠다."

지금까지는 불안해하는 투리에게 붙어 있었지만, 루츠 혼자라면 딱히 코린나 집에 있을 필요는 없다. 다프라 수습생이니 아래층의 벤노 집에 있어야 했다.

'가만히 있어도 불안해서 짜증만 날 뿐이야. 일을 하나라도 마무리 하는 편이 합리적이겠어.'

루츠는 귄터 일행과 함께 코린나 집을 나와 상점에 가기로 했다. 현관문에서 귄터가 갑자기 몸을 빙글 돌리더니 레나테를 안고 있는 오토를 무서운 얼굴로 노려보았다.

"오토, 넌 어서 문으로 돌아가. 난 기사에게 명령을 받아 신전에 갔다고 병사장한테 전해라."

"네!"

루츠는 신전으로 향하는 마인 일가를 배웅하고 상점으로 돌아갔다. 벤노와 마르크가 인쇄 공방에 관해서 진지한 얼굴로 의논하는 모습을 힐끗 보았다. 아무래도 마인의 부적에 무언가 비밀이 있고, 인쇄 공방 과도 크게 관여된 일인 듯하다.

'지금은 기합을 넣고 일을 해야지, 안 그럼 뒤처질지도 몰라.'

조금 전 마인의 부적 얘기를 듣고 서둘러 아래층으로 내려갔던 벤 노의 시야에 루츠는 없었다. 지금도 마르크와 상담할 뿐 루츠는 불러 주지 않는다. 신전에 가지 못한 건 어쩔 수 없다며 포기했지만, 인쇄 공방이 굴러가기 시작할 때 '짐' 취급을 당하더라도 포기할 수 없다.

'뒤처질까 보냐!'

루츠는 다시 기합을 넣고 마인 공방의 수지 계산을 시작했다. 계산은 길도 열심히 해 주고 있지만, 아직 완전히 맡길 수 없어서 재확인이 필요했다.

　"그런 거 공방 녀석한테 시키면 되잖아? 실수로 손해를 봐도 그 녀석 잘못이지."

　신전에서 시중 교육을 받던 다프라 수습생 레온이 루츠가 하는 일을 들여다보더니 인상을 찌푸리며 그렇게 말했다. 레온은 루츠가 마인 공방에 너무 관여한다고 말했다. 다른 공방과 상점을 상대하는 레온의 눈에는 마인 공방을 지나치게 편애하는 것처럼 보인다고 했다. 루츠가 꼼꼼하게 수지 계산을 하거나 고아 한 명, 한 명을 챙겨 주니 다른 사람의 눈엔 처우가 다르다고 생각할 수 있다는 것이다. 하지만 루츠는 편애할 생각은 전혀 없었다.

　"마인 공방 고아원 지점의 설립과 운영은 다음에 새로 세울 인쇄 공방을 위한 연습이니까 대충 할 수 없어."

　"다음에 새로 세울 공방? 너 그런 일도 해?"

　깜짝 놀라 소리치는 레온을 보면서 루츠는 끄덕였다.

　"공방을 설립할 주인님의 일을 도울 만큼 성장해야 해. 도움이 되지 않으면 다른 마을에 데려가 주지 않을 거야. 마인의 공방이라면 조금 실수해도 용서할 수 있으니까 연습하라고 하셨어. 이긴 편애가 아니야."

　"흐음. 연습 무대구나……."

　레온의 말은 틀리지 않았다. 루츠는 다른 상인 출신 아이들과는 달리 연습할 친가가 없다. 실수하면서 성장할 장소가 마인 공방밖에 없는 셈이다.

서류 업무를 거의 끝내고 벤노의 승인을 받을 때쯤이었다. 갑자기 창문 너머에서 빛 덩어리가 들어왔다. 벽과 창문마저 통과한 그 빛은 방 안을 돌기 시작했다.

　"뭐, 뭐지!?"

　눈을 부릅뜬 벤노와 마르크와 루츠의 머리 위에서 빛의 덩어리가 빙글빙글 돌더니 가루가 되어 쏟아져 내리기 시작했다. 이상하게도 그 빛은 레온만 피해 갔다.

　루츠가 위를 올려다보며 멍하니 있는 사이 작아진 빛은 천천히 사라지며 아무 일도 없었다는 듯 적막이 찾아왔다.

　"……뭐였지?"

　"모르겠습니다."

　"저거 나만 피해 가던데."

　아주 잠깐은 빛의 가루가 묻어 있던 손바닥을 보아도 지금은 피부 속에 녹아든 것처럼 아무것도 남아 있지 않았다. 왜 레온에게만 가루가 떨어지지 않았는지, 대체 정체가 무엇인지 모두가 의아해하는 사이, 귄터 가족이 상점으로 돌아왔다.

　"기다렸지, 루츠."

　모두가 눈은 퉁퉁 붓고, 어두운 표정이었다. 신전에 마인을 데리러 간 줄 알았는데, 마인의 모습은 없었다. 불길한 예감에 가슴이 싸했다. 물으면 되돌리지 못할 것 같아서 "마인은?" 하고 물으려던 입을 꾹 닫았다.

　루츠가 다른 얘기를 꺼내려고 시선을 바삐 움직이자, 심한 화상을 입었던 귄터의 팔이 원래대로 돌아와 있는 것이 눈에 들어왔다.

"귄터 아저씨, 팔의 상처가⋯⋯."

"마인의 마지막 축복이다. 빛의 가루가 쏟아져 내리더니 낫더 구나."

으드득, 하고 어금니를 깨무는 듯한 귄터의 분한 목소리와 '마인의 마지막'이라는 말에 루츠는 투리와 에파를 보았다. 몸이 떨리고 목젖 이 움찔거렸다. "마지막이라니 무슨 말이야?" 하고 루츠가 말을 꺼내 기보다 먼저 마르크가 손뼉을 쳤다.

"그럼 조금 전 그 빛 가루도 마인의 축복이 아니었을까요?"

"⋯⋯여기에도 오던가?"

귄터가 놀란 듯 눈을 크게 떴다. 루츠는 고개를 몇 번 끄덕이며 빛 의 가루가 날아왔고, 레온만 피해서 세 사람에게 쏟아져 내렸다고 보 고했다.

"마인에게 소중한 사람에게 날아간 모양이군. 내 상처가 나을 만큼 상당히 강력한 축복이었다."

귄터는 슬픈 듯 웃었다. 포기한 듯한 그 웃음을 보고 루츠는 깨달 았다. 모든 것이 자신의 손이 닿지 않는 곳에서 이미 끝나 버렸다는 사실을.

"⋯⋯마인은 어쨌어? 왜 여기 없어?"

"마인은 사라졌어. 귀족에게 잡혀서 이제 없어."

투리가 눈물을 뚝뚝 흘리는 가운데, 벤노는 미간에 깊은 주름을 새 기고 눈을 가늘게 떴다.

"귄터 씨, 하나만 묻지. 마인 공방은 이대로 존속하나?"

"주인님, 마인이 사라진 이 때 대체 무슨 말입니까!?"

"조용히 해! 중요한 일이다. 죽어 버렸다면 우리 상점이 매입해서라도 경영을 이어 가야만 해. 만약 귀족이 거둬 갔다면 다른 대처가 필요해."

벤노의 말을 잘 이해할 수 없었던 루츠와 달리 귄터는 그 뜻을 알아들은 모양이다.

"……벤노 씨, 당신은 알고 있나?"

"자세히는 모르지만, 부적에 피를 누르더라고 오토가 그러더군. 그럼 마인이 정말 죽지 않았다면 아우브 에렌페스트가 거두어 갔겠지. ……새로운 공방장의 이름은 어떻게 되지?"

귄터는 옆에서 보는 루츠의 등골이 오싹해질 정도로 무서운 눈으로 벤노를 노려보며 입을 열었다.

"상급 귀족의 딸, 로제마인. 그것이 새로운 이름이다. 마인은 죽었다. 그러기로 했다."

"그러기로 했다니……."

귄터는 절규하는 루츠의 머리를 마치 마인에게 하듯 가볍게 쓰다듬었다.

"우리 가족을 지키기 위해 마인은 상급 귀족의 딸이 되었다. 영주님의 양녀가 될 예정인 상급 귀족의 딸을 지키기 위해서라는 명분을 만듦으로써 우리도, 마인의 목숨도 구해 주셨어. 그 대신 우리는 계약마술을 맺어 가족으로서 접할 수 없게 되었지. 너희들도 마인과 깊게 관여되어 있다. 처분당하지 않게 조심해."

"충고, 고맙군."

벤노는 고마움을 전하고 한숨과 함께 어깨를 푹 떨구었다.

"그나저나 앞으로 2년 정도는 여유가 있을 줄 알았더니 상당히 급했군."

"주인님, 마인이 사라졌다니까요!?"

상급 귀족에게 잡혀 가족으로는 만날 수 없다는데 무슨 말을 하느냐고 루츠는 벤노의 말에 울컥하여 저도 모르게 소리쳤다. 하지만 벤노에게서 되돌아온 것은 차가운 시선이었다.

"어이, 루츠. 녀석은 죽지 않았어. 앞으로 로제마인으로 살아가게 된 거야. 평민에서 상급 귀족의 딸이 되었다고 녀석의 본성이 그리 간단히 바뀔 것 같아? 오히려 권력을 갖고 폭주하기 시작하면 더 무섭잖아!"

지금까지도 폭주하는 경향이 있던 마인이 상급 귀족의 권력을 가지고 폭주하면 막을 사람이 없다. 벤노는 머리를 긁으며 소리쳤다.

"게다가 이름만 바뀌었을 뿐이라면 로제마인은 그대로 이탈리안 레스토랑의 공동 투자자다. 하급 귀족과만 거래하다 겨우 중급 귀족의 거래가 늘기 시작한 길베르타 상회가 갑자기 영주 가문의 어용 상인이 되는 동시에 공동 사업주가 되는 셈이라고. 겁먹고 질질 짤 여유가 있으면 일을 해! 마인이든 로제마인이든 녀석이 원하는 게 뭐냐!?"

죽어서도 낫지 못한 책벌레가 상급 귀족의 로제마인이 된다고 나을 리가 없다. 마인이 원하는 건 딱 하나다.

"책이요!"

"그렇지. 상대의 지위와 대우가 달라져도 우리가 할 일은 단 하나, 장사다. 영주의 보증까지 받은 이상, 우리 길베르타 상회는 로제마인과 끝까지 함께 한다."

벤노의 말에 마인의 가족들이 얼굴을 움찔거렸다.

"당신들은 상급 귀족을 만날 수도, 이야기를 나눌 수도 없지만 우리는 업무상 로제마인과 대화할 수 있어. 그 업무 중 서류 교환이 있지. 그 속에 몰래 편지를 숨기는 정도야 간단해. 그 점을 예상하고 이미 루츠와 마인은 계약 마술도 맺었다. 최소한의 연락은 취할 수 있어."

대놓고 가족이라 부르지 못하더라도 편지까지 금지된 것은 아닐 터이다. 계약 마술에도 틈은 있다며 벤노는 입술을 신랄하게 비틀며 웃었다.

"루츠. 내가 편지를 쓰면 마인에게 가져다줄 거야?"

투리의 말에 루츠는 정신이 번쩍 들었다. 아직 마인을 위해 할 수 있는 일이 있다. 적어도 죽지 않았으니 아직은 괜찮다. 책을 만드는 일, 가족과의 다리 역할을 하리라 마음먹으며 루츠는 크게 끄덕였다.

"맡겨 줘."

상점을 나와 집으로 돌아가는 길이다. 이제부터 마인은 죽은 사람이다. 돌아가자마자 마인의 장례를 치러야 한다.

"루츠, 마인은 마을에 무단으로 들어온 다른 영지의 귀족에게 죽은 거다. 그렇게 가족들에게 설명하렴. 이쪽도 바로 준비를 시작하마."

귄터는 미간에 깊은 주름을 새기고 허공을 노려보았다. 타 영지 귀족이 침입한 탓에 마인은 귀족이 되어야 했다. 그렇게 보면 귄터의 설명은 거짓이 아니다.

"알았어."

집에 돌아온 나는 부모님께 마인의 장례식이 열린다고 알리고는 쑤셔 넣듯 저녁 식사를 마쳤다. 먼저 식사를 끝낸 부모님은 검은 천을 팔에 감은 뒤 서둘러 집을 뛰쳐나갔다. 나는 형 랄프와 서로의 팔에 검은 천을 둘러 주었다. 이것은 장례식 관계자라는 표시였다.

"……저기, 루츠. 마인은 왜 갑자기 죽었어? 최근엔 건강했잖아?"

"귀족이 죽였대. 귄터 아저씨한테 들었는데 나도 현장을 보지 않았으니까 자세히는 몰라."

우물 광장에는 똑같이 검은 천을 팔에 둘러 묶은 사람들이 모여들었다. 원래는 무덤에 옮길 수 있게 판자 위에 시체가 올려져 있어야 하지만, 시체가 없는 마인은 그럴 수가 없다. 모두의 앞에는 시체가 없는 작은 나무상자만 놓여 있을 뿐이다. 그 속엔 마인의 옷 한 벌과 평상시 꽂고 다니던 비녀가 들어 있었다.

"시체가 없다니 무슨 말이야?"

모인 이웃 주민들은 평범하지 않은 장례식에 눈이 휘둥그레졌다. 상주가 되는 귄터는 괴로운 듯 표정을 일그러뜨리며 고개를 푹 숙였다.

"마인은…… 다른 영지에서 침입한 귀족에게 습격당해 죽고 시체까지 빼앗겼어."

"……그런 재난이 있었다니."

귀족에게 빼앗기면 돌려받지 못한다. 이 근방의 사람들은 귄터가 자식을 얼마나 끔찍이 아끼는 사람이며 허약한 마인을 사랑했는지 잘 안다. 시체조차 품에 돌아오지 못하다니 얼마나 괴로운지 듣지 않아도 안다. 귀족에 관련된 일이라 아무도 이 이상은 질문하지 못했다.

"이제야 건강해졌다 싶었는데……."

나무상자를 바라보면서 이웃 사람들 모두가 세례식 때 마인의 모습이나 카밀의 작명회 때의 모습을 떠올리며 제각기 입을 열기 시작했다.

사자(死者)의 나라로 향하는 문이 열리는 시각은 어둠의 신과 빛의 여신이 만나는 새벽이라고 한다. 무사히 아침 해가 떠올랐을 때 부부신의 인도로 사자의 나라에 받아들여진다. 모두가 고인이 무사히 사자의 나라에 갈 수 있을 때까지 고인의 추억을 이야기하며 밤을 지새운다.

하지만 이웃과 교류가 거의 없었던 마인은 이야기를 나눌 수 있는 추억이 적었다.

"……루츠는 마인과 사이가 좋았지? 뭐라도 말해 봐."

루츠는 마인과 지낸 2년 반을 떠올렸다. 처음엔 문까지 걸어가지도 못했다. 책이 갖고 싶어도 종이도, 잉크도 없어서 풀의 섬유를 엮기도 하고, 점토판을 만들기도 했다. 겨우 종이를 만들었지만, 바로 책을 만들지는 못했다.

"마인은 뭐만 하면 금방 픽픽 쓰러졌어. 하지만 자기가 원하는 물건을 가지려고 굉장히 노력했어. 처음엔 우물까지 가는 데도 헐떡이더니 숲에도 갈 수 있게 되었으니까."

"그리고 보니 흙을 주무르질 않나, 나무를 깎거나 하며 이상한 행동을 했었지."

"루츠와 함께 냄비에 나무를 삶기도 하지 않았어?"

함께 숲에 간 적이 있는 페이 일행이 숲에서 마인의 행동이 떠올랐는지 이야기했다. 이에 덩달아 루츠의 가족이 한 가지씩 말을 던졌다.

"마인이 고안한 요리는 정말 맛있었어."

"마인은 귄터가 일하는 문에서 일을 도우면서 익힌 글자와 계산을 우리 루츠에게 가르쳐 주었어. 머리가 좋은 아이였지."

"호, 그건 몰랐네."

세례식을 마치고 루츠는 상인 수습생이 되었고, 마인은 신전의 견습무녀가 되었다. 신전의 견습무녀는 인식이 나쁘기 때문에 일부러 알리지 않았다. 문의 일을 돕거나 루츠의 소개로 길베르타 상회에서 얻은 서류를 집에서 처리하는 것으로 되어 있었다. 그래서 세례식 후의 마인을 아는 사람은 극소수였다.

마인은 고아원에 공방을 세우고, 잉크를 만들고, 책을 만들었어. 요한의 후원자가 되어 금속 활자를 손에 넣었고, 하이디의 색깔 잉크 연구를 응원했고, 인고와 시행착오를 겪으며 인쇄기를 제작하려고 했었다고. 마인은 굉장해.

루츠는 그렇게 말하고 싶었지만, 그러지 못했다. 책 제작에 관해서 어디까지 얘기해도 좋을지 몰랐기 때문이다.

"마인은 허약해서 발육도 늦고, 갑자기 죽어 버리는 건 아닐까 항상 걱정되던 아이었어. 스스로 하겠다며 짜증을 부리기 시작한 것도 투리는 2, 3살 때였는데 마인은 5살이 됐을 무렵이었지……."

그때까지 투리만 건강하고 치사하다. 혼자 밖에 나갈 수 있어서 치사하다며 울기만 했었다고 카밀을 안은 에파가 나직이 말했다. 왜 자신을 건강하게 낳아 주지 못했냐며 질책했고, 엄마로서 괴로웠다고 말했다.

그건 아마도 앞의 마인 얘기일 거라고 루츠는 생각했다. 루츠가 아는 마인은 '치사하다'며 울지 않는다. 어떻게든 체력을 키우려고 고군분투했다. 헛짓도 많이 했지만, 책을 읽기 위해서 온 힘을 쏟아부었다.

"치사하다며 울지 않게 된 후로도 짜증을 자주 부렸지. 그런데 이번엔 떼쟁이가 됐어. 이런 몸 정말 싫어! 하고 소리치면서 집 안을 청소하다 열이 나고, 이상한 춤을 추고는 열이 나고, 몸에 좋은 거라면서 먹더니 배탈 나고……."

에파는 그렇게 말하며 피식 웃었다.

루츠는 뇌리에 마인의 기행을 정확히 떠올릴 수 있었다.

"영문을 모르는 이유로 갑자기 울고 화내고 짜증을 내던 날들이 줄어들었을 무렵엔 루츠와 숲에 가게 되었어. 평범한 아이와 똑같기를 바라지는 못해도 외출하거나, 축제에 참여하게 되었지. 그런데 이렇게 사라져 버리다니……."

그 뒤 마인의 가족은 눈물을 흘렸고, 아무런 말도 잇지 못했다. 주위 사람들은 겨우 건강해진 딸이 다른 영지의 귀족에게 죽임을 당하고, 시체도 없으니 어쩔 수 없다며 속삭였다. 공유할 얘깃거리가 없는 조용한 장례식이었다. 모닥불이 내는 빛 속에서 귄터는 눈물을 흘리며 아무 말 없이 판자를 깎아 마인을 위한 묘비를 만들었다.

교대로 선잠을 자며 밤을 새웠다. 두 점 종이 울려 퍼질 때 즈음에는 아주머니들이 빵과 따뜻한 차를 돌렸다. 장례식이 끝날 때까지 육류를 먹으면 안 되기 때문이다. 간소한 아침을 먹고는 이웃들과 가벼운 판자를 어깨에 지고 신전으로 향했다. 사망신고를 하고, 매장에 필요한 메달을 받기 위해서다.

신전의 문지기에게 사망 신고라고 얘기한 뒤 예배실에 입장했다. 마을 사람이 죽으면 보통 회색 신관이 대응하는데 이번엔 어째서인지 신관장이 나왔다.

"여름에 태어난 일곱 살, 마인이란 이름이군. 알겠다."

잠시 예배실에서 대기하니 신관장이 하얗고 평평한 메달을 들고 돌아와 귄터에게 건넨다. 마인이 세례식 때 혈도장을 눌러 등록한 메달이다. 이것은 매장의 허가증이기도 하며, 돈을 들여 묘석이나 묘비를 준비하지 못하는 빈민은 묘석 대용으로 쓴다.

신전에서 메달을 받으면 마을 밖 묘지로 향한다. 나무상자만 올려서 가벼운 판자를 짊어진 이웃 아저씨들의 발걸음이 자연스럽게 빨라졌다. 그리고 마인의 추억이 적은 만큼 모두의 말수도 적었다.

묘지 안에서도 입구에서 가장 먼 한구석에 나무상자를 묻었다. 크기도 그리 크지 않은 나무상자라 묻는 속도도 빨랐다. 귄터는 묘비로 만들려고 깎은 판자에 메달을 꾹 눌렀다. 그러자 판자에 메달이 딱 달라붙어서 떨어지지 않게 되었다. 주변의 무덤과 마찬가지로 이 판자를 묘표로 삼아 흙에 깊이 꽂아 세웠다.

부자의 묘비에는 긴 글들이 새겨져 있지만, 우리 같은 빈민은 글을 읽을 줄 아는 사람이 적은 탓에 거의 묘비에 글을 새기지 않는다. 깎아낸 묘비의 형태와 묘비에 붙인 메달의 위치로 확인하는 정도다. 마인의 묘비에는 '사랑하는 딸'이라고 새겨져 있었다.

마을 밖 묘지에 매장을 마치면 장례식은 끝이다. 죽은 사람이 일가의 가장이면 유산 상속에 관한 회의나 앞으로 일가를 이끌 후계자가 결의를 표명하는 순서가 있지만, 세례식을 마친 지 얼마 안 된 마인의 장례식에는 그런 것도 없었다.

장례식 다음 날에는 이웃 사람들 모두 원래의 생활로 돌아간다. 루츠도 평소의 생활로 돌아갔다.

집을 나와 계단을 뛰어 내려가고, 우물 광장을 지나 다시 계단을 뛰어 올라간다. 문을 노크하자 투리가 의아한 얼굴로 루츠를 보았다.

"안녕, 루츠. 무슨 일이야?"

"무슨 일이냐니…… 아!"

로제마인이 되어 버린 마인과는 이제 함께 신전에 갈 일이 없다. 여기저기 어슬렁거리며 돌아다니는 마인을 지켜볼 필요도 없다. 마인의 몸을 걱정하며 걷는 일도, 함께 뭔가를 만드는 일도, 외롭다며 어리광부리는 일도, 내게 매달려 우는 일도, 아무것도 없다.

"……마인이 정말 없구나."

로제마인이 되어 버려도 마인은 아직 있다고 생각했다. 하지만 상급 귀족의 딸로 살게 된 로제마인은 더 이상 마인이 아니다. 루츠는 알고 있다. 줄곧 함께했던 마인이 없다는 것을.

루츠는 마인이 없어졌다는 진짜 의미를 이제서야 깨달았다. 갑자기 몸이 떨리며 장례식 때 나오지 않던 눈물이 단숨에 차올랐다.

루츠가 진정할 때까지 투리는 마인을 달랠 때처럼 천천히 머리를 쓰다듬어 주었다.

"루츠는 또 일로 마인과 얘기할 수 있잖아."

"……얘기는 할 수 있어도 이제 마인이 아니야."

"그러네. 하지만 마인은 이야기할 수 없어도 좋으니 얼굴만이라도 보고 싶다고 마지막까지 그렇게 말했어."

투리는 마인과의 마지막 대화를 가르쳐 주었다. 가족이라 부를 수 없어도 건강한 모습만이라도 보고 싶다. 그렇게 바라던 마인이라면 장사에 관한 이야기라도 루츠와 대화하고 싶다고 말하리라.

"있지, 루츠. 오늘은 나를 길베르타 상회에 데려가 줘."

"투리?"

"나 마인과의 마지막 약속을 지키고 싶어."

그렇게 말하며 일단 침실로 들어갔다 나온 투리의 손에는 평소에

마인이 쓰던 토트백이 들려 있었다. 그 안에는 레나테를 위해 마인과 함께 만들던 딸랑이와 마인이 쓰던 서자판이 들어 있었다.

"코린나 님의 공방에 들어가서 일류 재봉사가 되면 내가 마인의 옷을 만들어 주겠다고 약속했어. 난 나만의 방법으로 만나러 갈 거야. 루츠도 마인과 한 약속, 많지?"

투리의 말에 루츠는 마인과 나눴던 수많은 말들을 떠올렸다. 마인과 함께 책을 만들어 팔자고 약속했다. 마인이 생각한 물건은 자신이 만들겠다고 약속했다.

"……나, 울고 있을 때가 아니었구나."

마인이 하루 종일 책을 읽으며 지낼 수 있게 어마어마하게 많은 책을 만들어야 한다.

눈물을 훔친 루츠는 짐을 들고 투리와 함께 무거운 현관문을 열었다.

그로부터 귀족 마을로 향하기까지

프리다 - 귀족 마을 방문

"어머, 벌써 이런 시기가 됐네요."

자기 전, 옷을 갈아입다가 팔찌의 마석 색깔이 살짝 변한 것을 눈치챘습니다. 조그마한 검은색 마석을 이은 팔찌인데, 그중 하나가 투명해진 겁니다.

귀족과 계약한 신식인 저는 계약한 주인에게 넘쳐흐르는 마력을 담는 마술구를 받았습니다. 그 마석의 색깔이 변하는 건 마력이 제법 찼다는 징조입니다. 계약자이신 헨릭 님을 찾아뵈어야 합니다.

"할아버님, 헨릭 님께 면담 의뢰를 넣어 주세요. 마석의 색깔이 변했어요."

다음 날 나는 할아버님께 부탁했습니다. 귀족 마을에 출입하려면 허가가 필요한데, 미성년자인 전 할아버님과 함께 가야만 합니다.

"벌써 그런 시기인가."

"네. 이번에도 선물은 카트르 카르가 좋을까요?"

"그쪽도 마음에 들어한 것 같으니 그게 좋겠구나."

"그럼 이번엔 룸토프를 섞은 것을 드리도록 하죠."

겨울에 만든 신작 카트르 카르는 마인에게 배워서 만든 룸토프를 자잘하게 잘라 반죽에 섞어 넣은 것입니다. 반죽에 섞어 넣는 룸토프의 적당한 양을 찾느라 실패작이 수두룩하게 나왔지만, 일제의 노력으로 아주 맛있게 완성되었답니다. 이 카트르 카르는 알코올 향이 강해서 귀족 남성들에게 매우 인기가 높은 상품 중 하나가 되었습니다.

하지만 룸토프 자체가 시험작이라 그리 많은 카트르 카르를 만들 수 없었습니다. 이번 여름엔 더 많은 룸토프를 만들겠다고 일제가 벼르는 중입니다.

"슬슬 새로운 상품이 필요한데……."

그렇게 말한 할아버님의 의미심장한 시선이 주방을 향했습니다. 주방에 있을 일제도 저도 새로운 상품을 원하고 있습니다.

"마인이 잘 잡히지 않네요."

주변에 철저하게 마인의 존재를 숨기려는 벤노 씨 때문에 마인을 잡기가 여간 쉽지 않습니다. 길드에 제출하는 서류 관련은 전부 길베르타 상회를 경유해서 오고, 원래라면 길드를 통해야 하는 금전 거래나 1년 중 봄에 하는 수입 보고마저 벤노 씨 경유로 해치워 버리거든요.

상업 길드 회원인 마인은 놀랄 정도로 상업 길드에 모습을 드러내지 않는 공방장입니다. 그러면서 마을에서 매출이 제법 큰 공방이 되어 가고 있습니다. 식물지와 그림책, 겨울 수작업으로 만들어 팔기 시작한 장난감들……. 마인 공방에서 나오는 제품은 종류는 적을지라도 전부 비싸고 이익이 높은 물건들뿐입니다. 그리고 길베르타 상회가 취급하는 신상품들도 마인에게 권리를 사 온 것들이겠죠.

"길베르타 상회에서 계속해서 신상품이 나오고 있네요. ……애초에 의류와 전혀 관계없는 상품까지."

린샴, 머리 장식, 형태가 새로운 옷걸이는 기본 판매 범위에서 그리 벗어나지 않았지만, 식물지나 그림책, 장난감, 서자판은 의류 관련 상점과는 전혀 관계가 없는 상품입니다.

"헌데 마인과 관계된 상품들만 있는 건 아니지?"

"네."

상업 길드에 제출하는 계약서 중에도 마인의 이름이 붙은 물건은 잉크 협회와의 계약, 대장장이 후원자로서의 대형 주문, 목공방의 대형 주문, 벤노 씨가 열 예정인 식당의 공동 투자자…… 어느 것 하나 큰돈이 움직이는 사업들뿐입니다.

"견습무녀로 신전에 들어갔다고 들었는데, 마인은 대체 뭘 하는 걸까요? 일반적인 상인보다 고액 거래가 훨씬 많은 것 같은데요."

카트르 카르의 계약이 끝났지만, 마인은 이쪽엔 한 번도 얼굴을 비추지 않고, 연락조차 없습니다.

'카트르 카르는 이대로 독점해도 되나? 아무런 연락도 없으니 이대로 독점할 생각이긴 하지만.'

마석의 색이 바뀌기 시작하고 열흘 정도 지나자 헨릭 님으로부터 면담 허가가 떨어졌습니다. 약속한 날의 다섯 점 종소리를 들은 후, 할아버님과 함께 귀족 마을로 향하기로 했습니다.

"자, 가자."

"네, 할아버님. 어머님, 다녀오겠습니다."

마차에 타고 할아버님 옆에 앉자 마차 문이 굳게 닫혔습니다. 덜컹덜컹 흔들리는 마차 속에서 손목에 찬 팔찌가 흔들리며 존재감을 드러냅니다.

"제법 색깔이 바뀌었구나."

"어서 헨릭 님께 넘겨서 비워야겠어요."

이 팔찌를 헨릭 님께 넘기면 마력을 비운 상태로 다시 돌려받습니다. 제 용건은 그것뿐이지만, 마력을 비우려면 시간이 조금 필요한지 그 사이 항상 저녁 식사에 초대받습니다.

"점심에 초대해 주시면 좀 더 기분이 편했을 텐데요…….'"

"저녁 식사에 초대해 주시는 것은 우리를 정식 손님으로 대우해 주고 계신다는 증거다."

"거절하지 못하는 건 알고 있어요."

저녁 식사에 초대받으면 폐문 시간을 넘겨 버리므로 결국 헨릭 님의 저택에 머물러야 합니다. 그러면 그곳에서 목욕도 해야 하지요.

"마인의 말대로 짧게 몸을 담그도록 한 이후부터는 기분도 그렇게 나빠지지 않게 되었는데, 물이 너무 뜨거워서 머리가 어지러워지는 귀족의 목욕은 아직 썩 내키지 않네요."

"……그건 익숙해져야지."

큭큭 하고 작게 웃는 할아버님은 제가 긴 시간에 걸쳐 목욕하는 동안 집사와 사업 얘기를 하십니다. 전 조금 뾰로통한 표정을 보였습니다.

"전 목욕보다 사업 얘기를 하고 싶은데, 이렇게 참고 있잖아요."

마차는 큰길의 막다른 곳에 있는 신전 앞에서 오른쪽으로 꺾습니다. 신전과 똑같은 재료로 세워진 하얗고 높은 벽이 계속해서 이어집니다. 귀족 마을과 평민촌을 나누는 흰 벽을 따라 잠시 달리면 귀족 마을로 들어가는 입구가 나옵니다.

"수백 년 정도 옛날에는 마을이 귀족 마을뿐이었죠? 며칠 전에 배웠어요."

"아, 그래. 지금 영주님의 선조님이 영주가 되셨을 때 마을이 확대되었다고 하더구나."

타 영지 귀족이 쳐들어와서 이전의 영주가 마을을 지켜내지 못하는 경우에는 다음 영주의 힘이 이전 영주보다 훨씬 강한 경우가 보통입니다. 그러면 새로운 영주의 힘에 맞춰 마을이 확대된다고 합니다.

"그때까지 쓰이던 마을이 귀족 마을이 되고, 남쪽에 평민들이 사는 평민촌이 만들어진 거죠?"

"그래. 그리고 검문 때문에 여행객들의 발을 묶어 두던 정문 앞 숙박 시설을 신전으로 이용하게 되었다더구나. 지금도 귀족들은 신전의 끝에 있다는 귀족 출입문으로 출입하고 있다지만, 우리와는 상관없는 이야기지."

할아버님의 말씀대로 옛날엔 문지기들이 드나드는 문이었던 그리 크지 않은 문을 북문으로 쓰고, 그 문을 통해 우리 같은 평민이 귀족 마을에 출입합니다.

북문에는 평민 병사와 하급 귀족 기사 몇 명이 서 있습니다. 통행료를 지불한 후, 팁으로 상품 몇 가지를 기사들에게 건넵니다. 그 뒤 기사들은 허가증을 조사하고 귀족 마을에 들어가는 목적과 목적지를 묻습니다. 평민을 깔보는 기사의 눈빛에 심장이 뛰며 불안했지만, 일일이 신경을 쓰다간 언젠가 이곳에서 살아갈 수 없겠지요. 제가 불쾌한 눈빛에도 미소로 평정을 유지하는 데에는 그리 많은 시간이 걸리지 않았습니다.

"좋아, 이제 갈아타자."

"알겠습니다."

북문부터는 평민촌에서 쓰는 지저분한 마차에서 귀족 마을을 달리는 마차로 갈아탑니다. 그리고 깨끗하고 아름다운 하얀 시내를 흔들림 하나 없는 쾌적한 마차로 달립니다.

"이 마차를 평민촌에서도 쓰고 싶다고 항상 생각하는데요……."

"이 마차엔 흔들림을 줄이는 마술구를 쓰는 모양이니 어렵겠지."

하급 귀족인 헨릭 님의 저택은 북문에서 비교적 가까운 장소에 있습니다. 문에 가까울수록 집값이 싼 건 평민촌이나 귀족 마을이나 똑같은 것일까요.

"기다리고 있었습니다, 프리다 님."

집사가 우리를 맞이하고 객실로 안내해 줍니다. 우리 집 객실과 비슷한 분위기인 이유는 할아버님이 헨릭 님의 저택을 본떴기 때문입니다. 물론, 마술구를 당연하게 쓰는 이 저택과는 겉만 비슷할 뿐 전혀 다르지만.

"기다리게 했군."

헨릭 님께서 오셨습니다. 저와 계약했을 땐 열일곱 살이셨는데, 지금은 스무 살이시겠군요. 보이는 대로 성실하고 느긋한 분위기를 풍기는 귀족님이십니다. 2년 전에 아버님이 돌아가시고 젊은 몸으로 당주가 되어 고생하고 계신다고 들었습니다.

헨릭 님께는 정처와 자식이 있고 둘째 부인은 없지만, 평민인 제가 성인이 되면 처가 아닌 첩으로 들어가게 됩니다. 하지만 경제적으로는 저희 집안에 의지하는 상태라고 말할 수 있겠지요.

헨릭 님은 경제적으로는 조금 힘든 귀족이지만, 그것은 기본적으로 성실하고 온후한 가문이기 때문이라고 할아버님이 말씀하셨습니다. 떳떳지 못한 일이나 평민에게 억지로 돈을 착취하는 짓을 하지 않기 때문이랍니다. 그런 인물이기에 저의 계약 상대로 선택했다고 합니다.

"물의 여신 플류트레네의 치유로 녹음이 싹트는 좋은 날, 신들의 인도에 의한 만남에 축복을 내려 주시길. ……오랜만에 뵙습니다, 헨릭 님."

귀족다운 장황한 인사를 주고받습니다. 계절마다 찬양하는 신이 바뀌는 번잡한 인사를 할 때 문득 마인에게 산 그림책이 뇌리를 스쳤습니다.

'그러고 보니 권속에 관한 그림책을 만들겠다고 했는데, 완성했을까?'

마인이 만들던 책은 표지를 취향대로 다시 만들 수 있는 그림책입니다. 흑백 그림책이지만, 신에 관해 매우 알기 쉽게 쓰인 내용과 그림도 있어 아주 아름답습니다. 전 예전에 산 「신의 그림책」과 「권속의 그림책」이 모두 모이면 가죽 표지로 장정할 생각입니다.

"프리다 아가씨, 손을……."

헨릭 님의 목소리에 퍼뜩 정신을 차린 저는 팔찌를 찬 왼손을 내밀었습니다. 어디에선가 꺼낸 지휘봉으로 가볍게 팔찌를 두드리고 헨릭 님이 나직이 한 마디 중얼거립니다. 그러자 팔찌의 크기가 변하면서 벗겨집니다.

"음, 상당히 색깔이 변했네. 몸 상태가 나쁘진 않지?"

벗긴 팔찌를 보며 헨릭 님께서 걱정스럽게 그렇게 말씀하십니다. 헨릭 님은 계약한 평민을 상대로도 절대 거만한 모습을 보이지 않습니다. 정말 호감이 가는 분입니다.

"괜찮습니다. 배려해 주셔서 감사합니다."

"그럼 나중에 식사 자리에서 보지."

"알겠습니다."

헨릭 님은 팔찌를 들고 퇴실하셨고, 그 뒤로는 집사가 들어와 할아버님과 사업 얘기를 시작합니다. 저녁 식사 전까지 전 시종들을 따라가서 식사 전 목욕을 하고, 몸단장을 해야 합니다. 이 저택에서의 가장 큰 고행의 시작입니다.

오랜 시간에 걸쳐 녹초가 되어 목욕을 끝낸 뒤, 저녁 식사 자리에서는 기본적으로 평민촌의 최근 정세에 관한 화제가 이어집니다. 상품의 유통이나 제 교육에 관한 화제를 무난하게 넘기고, 일제가 순조로이 늘리고 있는 새로운 맛의 카트르 카르에 관한 이야기를 했습니다.

"카트르 카르는 성인이 되어 집을 나간 남동생이 좋아하더군. 나도 너무 단 과자는 좋아하지 않는데 이건 술 향이 강해서인지 덜 달아서 먹기 쉬웠어."

듣고 보니 헨릭 님보다 기사인 남동생분이 단 과자를 좋아하셨던 모양입니다. 그 남동생분은 가을에 호위 임무를 맡았지만, 큰 실수를 저질러 벌금을 내게 되셨습니다. 우리 집에서 돈을 빌려드렸는데, 대체 어떤 인물일까요. 전 아직 만나 뵌 적이 없습니다.

"주인님, 잠시 괜찮으십니까?"

집사가 새파래진 얼굴로 헨릭 님께 무어라 귓속말을 했습니다. 그러자 헨릭 님께서 바로 자리에서 일어나셨습니다.

"미안하군, 프리다 아가씨. 급한 용무가 생겼어. 오늘은 이것으로 실례하지."

헨릭 님께서 식사 도중에 집사와 식당을 나가 버리셨습니다. 깊이 파고들면 안 되기에 할아버님과 요리 맛에 관해 무난한 대화를 나누고 식사를 마쳤습니다.

"그럼 할아버님, 안녕히 주무세요."

"그래. 잘 자거라."

할아버님에게는 남자 시종이 붙고, 제게는 여자 시종이 붙어서 객실로 안내받았습니다. 제가 안내받은 곳은 매번 사용하는 객실로 목욕할 때도 썼던 방입니다.

"들어가십시오, 프리다 님."

"……어머?"

분명 목욕을 할 땐 준비되어 있던 제 짐들이 전혀 보이지 않습니다. 저는 고개를 갸웃거리며 안내받은 대로 침대로 향했습니다. 시종 여성이 침대의 천막을 살짝 걷었습니다.

"그럼 이쪽 침대를…… 꺅!?"

시종 여성이 비명을 질렀습니다. 제가 쓸 예정이었던 침대에 어떤 남성이 누워 있지 않겠습니까? 헨릭 님과 닮은 얼굴이 인상을 쓰고 괴로운 듯 신음하고 있었습니다.

"다무엘 님!? ……아, 저기, 프리다 님. 집사에게 확인하고 오겠습니다."

시종이 동요한 듯 발길을 돌려 방을 나가버렸습니다. 짐을 옮겼다는 것은 제게 다른 방을 준비했는데 연락이 잘 전달되지 않았던 탓이겠지요.

'곤란하네. 어쩌지?'

시종을 쫓아 혼자서 방을 나가지도 못하고, 의식이 없다지만, 남성분과 단둘이 방에 남겨진 상황이 어색한지라 전 볼을 괴며 살짝 한숨을 쉬었습니다.

"정말 죄송합니다. 프리다 님."

몹시 당황한 표정으로 집사가 방으로 뛰어 들어왔습니다.

원래라면 헨릭 님의 남동생분은 기사 기숙사에서 생활하시는데, 기사단의 임무 중에 큰 상처를 입으셨고, 치료할 자가 올 때까지 귀족 출입문에서 가장 가까운 친가로 옮겨지셨다고 합니다. 남동생분의 의식이 없는 상태라 따로 방을 마련할 시간이 없어 이미 정리된 이 방으로 옮겼다고 합니다.

"프리다 님께는 다른 방을 준비해 드렸는데, 혼란스러워서 연락이 잘 전달되지 않았던 모양입니다. 정말 대단히 죄송합니다."

"주인님의 남동생분이 의식불명으로 오셨는데, 혼란스러울 만하지요. 방이 준비되어 있다면 그쪽으로 이동하겠습니다."

사정을 알고 안심의 한숨을 내쉴 때, 창문에서 빛 덩어리가 날아 들어왔습니다. 그 빛 덩어리는 침대에서 잠든 다무엘 님 위를 빙글빙글 돌더니 빛 가루를 흩날렸습니다. 어두운 방 안에 빛의 가루가 흩날리는 모습은 매우 아름답고 환상적인 풍경이었습니다.

"……이것도 마술인가요? 너무 아름다워."

손을 뻗었지만, 빛의 가루는 의식이 있는 듯 살랑이며 제 손을 피했습니다. 빙글빙글 날리며 떨어지는 빛의 가루를 넋을 잃고 보는데, 갑자기 다무엘 님이 벌떡 일어나는 것 아니겠어요?

"견습무녀, 무사한가!?"

"네!?"

다무엘 님은 상반신을 일으키자마자 손에 지휘봉을 잡으셨습니다.

그리고 뭔가와 싸우는 듯한 험악한 표정으로 주변을 돌아보시더니 당황한 표정을 지으셨습니다.

"……여긴 어디지?"

아마 의식이 끊겼을 때와 혼동하고 계시나 봅니다. 혼란스러운 표정으로 주위를 돌아보는 다무엘 님 앞에 집사가 나섰습니다.

"다무엘 님, 몸 상태는 어떠십니까? 의식불명인 상태로 저택에 이송되어 오셔서 이쪽에 눕혀 드렸는데……."

"몸은 아무렇지 않아. 빛의 잔재를 보니 치유가 들었던 모양이군."

다무엘 님은 자신의 팔을 내려다보며 그렇게 말씀하시더니, 금방 혈색이 바뀌셨습니다.

"시급히 기사단에 돌아가야 해."

"다무엘 님, 조금 몸 상태를 보시는 편이……."

다무엘 님은 조금 전까지 의식도 없이 신음하던 사람으로는 전혀 보이지 않는 날렵한 움직임으로 침대에서 미끄러져 내려오더니 발코니로 달려가 커다란 창문을 열었습니다.

"호위 임무 중이었다! 또다시 임무를 실패하게 되면, 난……."

다무엘 님이 팔을 휘두르자 발코니에 커다랗고 날개가 달린 흰 말이 나타났습니다. 그리고 그 말에 날쌔게 올라타 험악한 표정으로 하늘을 향해 날아갔습니다. 어두워진 밤하늘에 하얀 날개가 크게 펄럭이며 움직이는 모습이 보였습니다.

빛의 덩어리가 날아오고부터 다무엘 님이 날아가기까지 순식간에 일어난 일이었습니다. 덩그러니 남겨진 저와 집사는 어리벙벙한 채 그 모습을 지켜볼 수밖에 없었습니다.

"……프리다 님, 방으로 안내해 드리겠습니다."

"네, 부탁해요."

다무엘 님을 붙잡지 못하고 보내 버린 집사가 정신을 차리고 나를 새로 준비된 방으로 안내해 주었습니다.

침대에 올라온 나는 조금 전 다무엘 님의 말씀을 되새겼습니다. 분명 "견습무녀, 무사한가!?" 하고 말씀하셨습니다. 지금 신전에 있는 견습무녀는 마인밖에 없습니다. 다무엘 님이 호위 임무 중 큰 상처를 입었다는 것으로 보아 마인도 어떤 사건에 말려들었을 가능성이 높습니다.

"대체 무슨 일이 있는 걸까?"

만약 헨릭 님께 묻는다 해도 귀족이 그리 간단히 사정을 설명해 줄리가 없습니다. 만약 제가 마인의 친구라고 한다면 가르쳐 주실지도 모르지만, 마인이 어떤 사건에 말려들었는지에 따라 이쪽도 곤란해질 가능성이 있습니다. 저와 마인의 관계는 밝히지 않는 편이 무난할 겁니다.

"적어도 생사만이라도 확인해야 해……."

다음 날 아침 식사 자리에 헨릭 님께서 어젯밤 다무엘 님이 일으키신 말썽을 제게 사과하셨습니다.

"내 남동생 일로 연락이 잘 전해지지 않았던 모양이다. 미안하군."

"아닙니다. 신경 쓰지 마세요. 전 귀족님이 쓰시는 마술을 처음으로 가까이에서 보았습니다. 정말 아름답고도 불가사의한 경험에 득을 본 기분인걸요."

아침 식사 후, 모든 마석이 검은색으로 돌아온 팔찌를 차고 헨릭 님의 저택을 떠나 집으로 돌아왔습니다.

"할아버님, 조사하고 싶은 게 있어요. 안쪽 자료실 열쇠를 빌려주세요."

나는 서둘러 옷을 갈아입고 상업 길드로 향했습니다. 길드장이 허가한 사람밖에 출입할 수 없는, 계약 마술과 관련된 서류를 모아 놓는 방에서 마인이 벤노 씨와 맺은 계약 서류를 찾기 위해서입니다. 누구나 열람하는 자료실과 달리 이곳에 보관된 계약 서류에는 계약자가 죽으면 분명 어떤 변화가 있을 겁니다.

거의 쓰이지 않은 계약 마술 자료이므로 마인이 맺은 계약 자료는 그리 어렵지 않게 찾을 수 있었습니다.

"……로제마인?"

제가 집은 서류에는 벤노 씨와 루츠, 로제마인이 계약한 것으로 되어 있었습니다. 신식으로 귀족과 종속 계약을 맺었다면 필요도 없었을 개명을 했다는 뜻은 귀족의 집안에 들어갔음이 틀림없습니다. 제안받은 적이 있었던 저처럼 아마도 마인은 귀족의 양녀가 되었을 겁니다.

마인이 갖고 있는 상품 지식의 가치를 발견한 귀족이 있었던 겁니다. 절대 이 마을만으로 영향이 그치지 않을 겁니다. 전 서류를 쥐고 길드장실로 서둘러 뛰어들어갔습니다.

"중요한 얘기가 있어요. 이걸 봐 주세요."

로제마인으로 개명된 계약 마술 서류를 본 할아버님의 눈이 휘둥그레졌습니다.

"……마인이 귀족과 계약했다고? 확실히 신식 여자아이라면 귀족의 양녀가 되는 길도 있겠지만, 그 마인이?"

끝까지 가족과 있고 싶으니 귀족과 계약하지 않겠다던 마인. 가족과 떨어진다면 차라리 죽음을 선택하겠다던 마인이 귀족의 양녀가 된 겁니다.

전 귀족이 아니라 상인이 되고 싶었습니다. 돈을 세며 살고 싶었죠. 그 뜻을 할아버님께 전했고, 최적의 상대와 계약했습니다. 덕분에 귀족 마을에서 상점을 차릴 수도 있고, 성인이 되기 전까지 가족과 지낼 수 있게 되었습니다. 전 제 선택에 납득하고 있습니다.

'그런데 마인은 어떨까?'

"할아버님, 벤노 씨를 불러 주세요. 벤노 씨라면 뭔가 사정을 알고 있을 거예요."

질베스타 – 소동의 뒤처리

"그럼 실례하겠습니다."

"건강에 주의하며 잘 지내십시오."

"……안녕히."

나는 방금 육친의 단죄와 한 가족을 떼어 놓는 끔찍한 일을 마쳤다. 자, 나를 칭송하라. 정말 누군가가 '틀리지 않았다'고 말해 주지 않는다면 영주 따위 정말 집어치우고 싶다. 그렇게 생각하면서 나는 자신의 딸 앞에 무릎을 꿇은 부모의 모습을 지켜보았다.

"오늘은 정말 감사했습니다. 다시 만날 날이 있기를 진심으로 바라고 있겠습니다."

로제마인이 선 채 허리를 굽혀 깊이 머리를 숙이고 가족이었던 자들을 배웅했다. 낯선 동작이었다. 신에게 감사를 올릴 때에는 양쪽 무릎을 꿇고 엎드리는 법이다. 지금까지 선 채 머리를 숙이는 동작은 본 적이 없다. 정말 다른 세계에서 살았던 기억을 가진 아이임을 실감했다.

하지만 낯선 동작이라도 그 속에 담긴 심정만큼은 깊숙이 전해져 왔다. 가족을 향한 감사와 사랑이 눈에 보이는 듯했다. 서로 사랑하는 가족을 떼어 놓은 짓을 저지른 자가 자신임을 자각하는 만큼 이별의 광경이 날카롭게 내 가슴을 찔러 왔다.

굳게 닫히는 문을 바라보면서 홀로 우두커니 선 작은 뒷모습이 힘없이 흔들렸다. 내가 살짝 시선을 떨구며 외면하는 동시에 옆에 서 있던 페르디난드가 벌떡 일어났다. 마치 예측했다는 듯이 성큼성큼 걸어간 페르디난드가 팔을 뻗어 한쪽으로 기운 로제마인의 몸을 껴안았다. 그리고 문을 향해 날카롭게 소리쳤다.

"프랑, 들어와라!"

페르디난드의 날카로운 목소리에 문밖에서 대기하던 회색 신관이 민첩하게 들어왔다. 분명 조금 전까지 몸을 움직일 때마다 인상을 찌푸릴 정도로 상처가 컸던 로제마인의 시종이다.

"마인 님!"

로제마인에게 달려오는 그의 모습에 축복의 빛 잔재가 보였다. 그녀의 아버지와 똑같이 프랑도 축복의 빛을 받은 것일까. 상처다운 상처가 눈에 띄지 않았다. 허둥대는 그의 모습에서 주인을 향한 깊은 애착이 느껴졌다. 시종인 회색 신관에게도 갈 만큼 대체 얼마나 넓은 범위로 축복의 빛을 내린 걸까. 오늘 직접 목격한 것처럼 소중한 사람에게 무슨 일이 생긴다면 로제마인은 그 강대한 마력을 폭주해 버릴 터이다. 축복을 받은 자가 대체 얼마나 있는지 조사해 볼 필요가 있다.

"그렇게 걱정하지 말거라. 마력을 너무 많이 써서다."

그렇게 말하며 페르디난드가 상비하는 약병을 들고 로제마인의 입가에 약을 털어 넣었다. 혹시 그 더럽게 맛없는 약일까. 맛을 버린 만큼 효과는 크지만, 그것을 의식이 없는 어린애 목에 넣다니 가혹한 짓이다. 페르디난드의 머릿속엔 끝까지 효율성밖에 없다. 불쌍하게도.

"프랑, 이대로 방에 데리고 가서 재우거라. 앞으로의 일은 내일 오후 설명하러 가겠다. 시종들 전원을 모아 두도록."

"알겠습니다."

프랑이 축 늘어진 채 의식이 없는 로제마인을 안고 퇴실했다. 그 모습이 왠지 기억 속 과거의 정경과 겹쳐 보였다.

"아르노, 차를 내면 다시 물러나거라."

"네."

페르디난드가 수수한 수석 시종에게 명령하는 모습을 보면서 나는 칼스테드에게 속삭이며 말을 걸었다.

"어이, 칼스테드. 보면 볼수록 로제마인이 브라우와 닮지 않았어?"

"브라우? 아, 네가 옛날에 키우던 스밀?"

스밀은 사람을 잘 따르며 꿀꿀 우는 귀여운 애완동물로, 귀족들 사이에서 인기 있는 마수(魔獸)다. 나도 어렸을 땐 키웠지만, 유감스럽게도 브라우는 허약했다. 로제마인과 브라우는 검정과 파랑 사이의 윤기 나는 털도, 말똥말똥한 금색 눈동자도, 허약한 구석도, 나보다 칼스테드를 따르는 점도 많이 닮았다. 내가 칼스테드에게 동의를 구하자, 칼스테드는 "흠." 하고 애매모호한 소리를 냈다.

"나를 따랐다고 하는데, 솔직히 네 잘못이다. 너무 장난치며 가지고 논 탓에 애를 빈사지경까지 가게 했어. 녀석은 살아남으려고 나를 따른 거야."

"무슨 그럴 소릴. 나는 끔찍이 귀여워해 준 거다."

"어릴 적의 넌 정말 '적당히'라는 걸 몰랐지. 그렇게 악착같이 쫓아다니고, 숨 막힐 정도로 껴안고, 마구 비비고 주무르면 작은 동물은 죽어 버린다고."

칼스테드가 한숨을 내쉬며 관자놀이를 눌렀다. 이럴 수가. 브라우가 한창 놀다가도 축 늘어져 비실거리던 게 허약해서가 아니라 나 때문이었다니.

"이번엔 잘못되지 않게 적당히 해. 페르디난드의 보고를 들어 보니 로제마인은 그 스밀보다 훨씬 허약하다."

"브라우보다 허약하다고? 그것참 어렵군."

마수라서 나의 위대함을 알고 무서워하는 줄 알았더니, 생명의 위험을 느끼고 도망쳤단 말인가. 이제야 알았다.

"……로제마인에게는 아직 미움을 사기 전이 아닐까? 하긴, 방금 생명도 구해 줬으니."

"처음 만났을 때 얼마나 인내심이 있는지 알아보려고 귀찮게 쫓아 다녔더니 엄청 싫어했잖아? 지긋지긋하다는 표정이었어. 또 지금은 가족과 사이를 갈라 놓았고."

"으으……."

수수한 시종이 마실 것을 올린 왜건을 밀고 오는 것을 보고 나는 입을 닫았다. 달그락 작은 소리를 내며 찻잔을 올리는 모습에 진절머리가 났다.

'전혀 화사하지가 못해.'

온통 남자뿐인 시종들은 모두가 페르디난드의 교육 때문인지 군더더기 하나 없는 움직임으로 담담하게 시중을 들었다. 우수하지만 재미도 화사함도 없다.

"페르디난드. 무녀는 시종으로 안 들이나?"

"첩이 되려고 색욕을 드러내는 여자는 필요 없어. 여자가 한 명만 있어도 주변 분위기가 흐트러지니 일에 방해만 될 뿐이야."

페르디난드는 '내 주변에 화사함은 필요 없다'며 딱 잘라 말했다.

"아르노. 주변을 물리고 아무도 못 오게 하라."

"알겠습니다."

다른 영지의 귀족이 출입한 것도, 신전장을 교체한 것도, 로제마인의 개명과 양자 계약도 오늘 갑자기 일어난 일이다. 시종과 다른 신관에게 설명하기 전에 의논할 시간이 필요했다.

다른 이의 기척이 완전히 사라진 방에서 페르디난드가 차를 마시고 천천히 숨을 내쉬었다.

"어떻게든 목적은 달성했군."

"……그래."

귀족과 계약하기 싫어하고, 끝까지 피하려던 마인의 확보. 눈에 거슬리는 행위가 늘었던 신전장의 처형. 신전장을 감싸던 어머니의 격리. 거기에 신전장과 이어져 있던 귀족을 확보해 냈다. 이로 인해 아렌스바흐의 영주에 대항할 비장의 카드도 얻었다. 이로써 어머니를 떠받들던 영지 내의 귀족도 얌전해지리라.

"결과만큼은 대성공이다. ……뒷맛은 최악이지만."

육친을 함정에 빠뜨리는 짓을 하고 사이좋은 가족을 떼어 놓은 답답한 기분만 무시한다면 만족스러운 결과로 마쳤다고 할 수 있었다.

"너무 풀 죽지 마, 질베스타. 분명 이것이 최선의 결과였을 거야."

"넌 너무 효율만 중시해."

내가 심성이 비뚤어졌다느니 계산적인 인간이라는 평가를 받는 원인의 80퍼센트는 페르디난드의 제안 때문이다.

"난 신전장이든 영주의 어머니든 애정이 전혀 없거든."

페르디난드는 콧방귀를 뀌었다. 내게 혈족인 사람이라도 페르디난드에게는 그저 방해물이다. 알고는 있지만, 대놓고 들으니 조금 가슴이 아팠다.

"로제마인에 관해서는 어때? 마인이라는 존재를 없애고, 로제마인으로 만들었는데, 아무런 느낌도 없나?"

"……시간과 장래를 고려하면 최선이었다고는 생각해."

그래도 표정이 조금 전과 달리 조금 어두웠다. 마인의 가족은 일족의 존속과 번영을 제일로 생각하는 귀족에게는 전혀 찾아보기 힘든 사이좋은 가족이었다. 서로 사랑하는 가족을 갈라놓게 되어 페르디난드 역시 다소 죄책감이 있는 모양이다.

"저 녀석은 아마…… 당분간은 정신적으로 불안정해질 거다."

페르디난드는 그렇게 말하며 곤란한 듯 표정을 찌푸렸다. 겨울에 신전에서 지내는 동안에도 마음과 마력이 불안정하여 눈을 뗄 수 없었다고 한다. 정이 없는 페르디난드는 남을 걱정하는 일이 거의 없다. 어쩌면 로제마인의 존재가 효율성밖에 따지지 않는 페르디난드의 정서 교육에 좋을지도 모른다.

"가족을 잃고 불안정해진 로제마인은 자네 두 사람이 달래고 응석도 받아 줘. 난 간섭하지 않겠어."

"어이, 질베스타."

"난 아우브 에렌페스트다. 친아들조차 엄격하게 키우는데 양녀를 오냐오냐 받아 줘서야 안 되지."

양녀인 로제마인의 응석을 받아 줄 바에야 앞으로 나와 똑같은 중책을 지게 될 내 자식에게 애정을 주고 싶다. 하지만 차기 영주는 엄격하게 키워야 한다고 주위로부터 질릴 정도로 들었다. 나는 페르디난드와 달리 효율만 따지지 못한다. 영주라는 입장에 묶여 할 수 없는 일이 너무 많았다.

"넌 옛날부터 그런 데에 서툴렀지."

칼스테드가 씁쓸한 미소를 지었다. 페르디난드처럼 합리적이고 효율적인 녀석이 영주가 되어야 했다. 페르디난드의 어머니가 정처가 아니었던 것이 참으로 애석하다.

"그것보다 로제마인은 괜찮나? 최고신과 오대신까지 불렀어. 건강한 자라도 쓰러지는데 혹시나 죽은 거 아닌가?"

칼스테드가 문 쪽으로 시선을 힐끔 던졌다. 덩달아 나도 문 쪽을 바라보며 팔짱을 꼈다. 보통 한 번에 여러 신에게 빌지 않는다. 마력은 몽땅 깎여 버리고, 성공률은 현저히 떨어지기 때문이다. 특히 생명의 신은 흙의 신을 수중에 가두므로 여신의 형제신이 꺼리는 신이다. 한꺼번에 빌어서 성공한 예를 본 적이 없다.

'게다가 그 축복을 여러 사람에게 내리다니.'

"오히려 성공한 게 이상하지. 분명 실패할 줄 알았는데."

내가 그렇게 말하자 앞으로 로제마인의 친아버지가 되는 칼스테드가 신음하며 허공을 노려보았다.

"엄청난 일을 저질러 줬군. 로제마인은 자기가 저지른 짓이 얼마나 중요하고 귀중한지 모르지?"

"그래. 전혀."

"페르디난드는 축복을 받던데, 네가 마력을 쓰는 방법을 가르쳤나?"

나와 칼스테드를 피하던 축복의 빛이 페르디난드에게는 내려왔다. 그만큼 깊은 관계를 쌓았다는 뜻이겠지만, 그런 귀중한 축복을 양부가 될 내게 주지 않다니 조금 달갑지 않았다. 내가 페르디난드를 노려보자, 오히려 페르디난드가 나를 노려보았다.

"시끄러. 대체 몇 번을 말하게 하는 거야? 마인은 처음부터 쓸 수 있었어."

토론베 토벌의 기사단 요청이 마인에게는 첫 의식이었다. 그래서 페르디난드는 마력의 증폭과 보강용인 반지 마술구를 빌려줬다고 했다. 여기까지는 이해가 되었다. 그랬더니 갑자기 마인이 무용의 신 앙리프의 축복을 기사단에게 내렸다고 한다. 본인은 토론베를 본 두려움에 모두의 무운을 빌어 주고 싶었을 뿐이었다고 한다. 이 일은 보고를 들어도 전혀 이해가 되지 않았다.

"귀족이 말할 법한 말을 골라 뱉었더니 멋대로 축복이 되어서 깜짝 놀랐다지만, 갑자기 축복을 받은 이쪽이 더 놀랐지. 난 마력을 쓰는 방법에 관해선 하나도 가르친 적이 없어."

"익숙해 보이던데 설마 처음, 그것도 우연히 일어난 축복이었다니……."

앙리프의 축복을 받았던 칼스테드가 감탄과 어이없음이 섞인 한숨을 내쉬며 턱을 쓰다듬었다. 넘쳐흐르는 마력을 누구의 도움도 없이 자력으로 압축했던 점도, 의도치 않게 빈 무운이 축복이 된 점도, 솔직히 이해하기 어려웠다.

"제멋대로 축복이 됐다는 말은 믿기 힘들군. 어떻게 그 나이에 저렇게나 마력을 자유자재로 사용하는 거지?"

"다른 세계에서 성인 무렵까지 살았던 기억이 있고, 학습 능력이 높았기 때문이 아닐까 생각하는데."

어린아이의 정신력으로는 마력을 억제할 수 없다. 하지만 마인은 어린아이의 몸이지만, 다른 세계에서 성인까지 살았던 기억을 가졌다. 그래서 억제할 수 있었으리라고 페르디난드는 추측했다.

"청색 견습무녀가 되어 신구에 봉납하면서 마력 취급이 익숙해진 상태에서 우연히 신의 이름을 꺼냈더니 축복이 되었어. 마석만 있으면 마력을 자유자재로 쓸 수 있다는 사실을 알게 되었겠지. 그리고 기사가 무기에 어둠의 신의 축복을 부여하는 장면도 보았고. 마인도 실제로 신구를 써서 기도를 올리자 축복이 되었어. 그래서 신에게 기도를 올리면 축복을 얻을 수 있다고 깨달은 모양이야."

"깨달았다고 갑자기 그런 기도문이 술술 나올 수 있나?"

신의 축복을 얻는 기도문은 길다. 신의 이름은 물론 어떤 축복을 내려 주는 신인지, 전부 외워야 한다. 기사들은 초기에 토론베 토벌 임무에 어둠의 신의 축복을 얻기 위해 수습생 때부터 기도문을 외운다. 다만, 다들 외우는 데 제법 고생한다.

"마인이 말하길, 기도문을 하나만 외워 두면 나머지는 성경에 실린 신의 이름과 성구를 짜 맞추기만 하면 된다더군."

기억을 되돌려 보면 봄의 기원식에서 습격을 받았을 때 마인이 "신에게 빌면 마법이 되는 거죠?"라는 말을 내뱉었었다. 틀린 말은 아니지만, 귀족원에서 교육을 받은 자는 마력을 그렇게 난폭하게 쓰지 않는다.

"……앞으로 로제마인은 귀족의 딸로서 마술구를 지니고 다니게 된다. 귀족원에 들어가기 전에 마술에 대해서 조금 가르쳐 둬야 하지 않나?"

마술구는 귀족에게 필수다. 일반적인 아이라면 넘치는 마력을 막아 줄 마술구만 있으면 문제없다. 하지만 로제마인은 어떤 일에 말려들지 예측할 수 없으므로 마력을 방출하는 마석도 줄 생각이었다.

"질베스타의 말대로 자기 맘대로 마력을 썼다간 위험해. 어디에서 뭘 보고 익힐지 알 수 없으니까."

나의 제안에 칼스테드가 고개를 끄덕였다. 페르디난드가 미간에 깊은 주름을 새기고 손끝으로 관자놀이를 두드리기 시작했다. 고민할 때면 늘 보이는 모습이다. 마인의 교육 속에 페르디난드의 열혈적인 지도가 이뤄질 징조다.

'불쌍하게도. 고소하네.'

"아, 그렇지. 페르디난드, 로제마인의 건강 진단도 해 둬. 예전에 조금 신경 쓰이는 점이 있댔지? 마력의 흐름에 문제가 있다면 자네가 약을 만들면 되지 않나?"

영주의 양녀가 되면 의사의 과장된 진찰로 이상이 있다 싶으면 소란이 일어난다. 희귀한 증상이라면 연구에 미친 괴짜가 보여 달라며 찾아올지도 모른다. 은밀하게 끝낼 수 있다면 귀족 마을에 옮기기 전에 이 안에서 해결해 버리는 편이 좋다.

"로제마인은 뭘 해도 평범하게 끝날 것 같지 않을 것 같으니 질베스타의 말대로 신전에서 해 버리는 편이 좋을 것 같군."

로제마인은 저 페르디난드조차 예측 불가능하다. 이세계의 기억을 가진 아이라니 그 마술구를 쓰지 않았다면 신용하지 않았으리라. 이용 가치는 높지만, 되도록 은밀히 일을 처리해야 한다.

"그리고 이걸 길베르타 상회의 벤노에게 건네 줘."

"이게 뭔가?"

"입을 맞추기 위한 설정과 앞으로의 예정이다."

로제마인은 칼스테드의 딸로 세상 사람들에게 숨기기 위해 신전에서 키워졌다고 우리 세 사람이 단언하면 귀족 마을이나 신전 내에서는 어떻게든 해결된다. 하지만 평민촌에는 지금까지 거의 관여한 적이 없으므로 어느 범위, 어떤 식으로 마인의 존재가 알려졌는지 전혀 알지 못했다.

"평민과 관련된 일은 평민한테 시키면 돼. 벤노는 실로 부리기 좋은 인물이더군. 지시를 내리면 해결해 주겠지."

평소 내 지시란 지시는 몽땅 맡는 페르디난드가 무언가 할 말이 있는 듯한 미묘한 표정으로 서류를 받아들었다. 그 서류를 대강 훑어 읽은 페르디난드의 눈이 날카로워졌다.

"질베스타, 입을 맞춘다는 말은 이해하겠어. 그런데 이 '이탈리안 레스토랑에서 회식'이란 부분은 뭐야!?"

'쳇. 시끄러운 설교가 시작되어 버렸군. 성실하고 외고집에 융통성 없는 합리주의자. 어쩌다 이런 사내로 자라 버린 걸까? 재미라는 것을 전혀 모르니 그렇게 늙는 거지.'

"듣고 있어, 질베스타?"

"그건, 그거다. ……그 왜, 인쇄업을 넓히려면 벤노와 결정해야 할 일들이 많지 않겠어?"

나의 대답에 칼스테드까지 눈꼬리가 치켜 올라갔다.

"그럼 불러들이면 되지. 굳이 영주가 직접 평민촌까지 갈 필요가 있나!?"

"재미없으니까 싫다. 그리고 난 그 밥을 먹고 싶어."

"본심을 말하기 전에 명목을 말해!"

명목이 없으면 자기가 다스리는 마을도 자유롭게 걷지 못하다니 영주 따위 되는 게 아니었다. 귀찮지만, 명목만 있으면 되겠지. 새끼손가락으로 귀를 후비며 나는 명목을 말했다.

"……뭐, 명목상 문관들에게 둘러싸인 딱딱한 분위기 속에서는 평민 상인과 제대로 된 의논을 나누기 어렵잖아? 내가 명령을 내리는 것으로 끝이겠지. 그래서는 이미 성공을 거둔 상인의 의견을 들어 주지 못하게 되잖아."

수많은 문관에게 둘러싸인 곳에서는 평민에게 직답을 허가하기도 어렵다. 그런데 어찌 상대의 의견을 끌어낼 수 있겠는가.

"인쇄업에 관해서는 이미 벤노와 얘기해 뒀다. 길베르타 상회 입장에서도 갑작스러운 얘기는 아닐 거다."

고아원에 시찰을 간 날 벤노와 만난 일은 지극히 우연이었다. 설마 고아원 공방에 영주인 나를 알아보는 인간이 있을 줄 생각지도 못했다. 벤노의 입을 막으며 상인의 견해를 물었다. 나와 페르디난드뿐만 아니라 벤노 역시 인쇄업이 역사를 바꿀 사업이라고 예상하고 있다는 것을 알았다.

급격한 변화는 반발이 큰 법이다. 하지만 급격한 변화를 초래하는 이유는 다른 세계의 지식을 가진 마인 때문이다. "최악의 경우, 마인을 죽이면 이 흐름을 막을 수 있는가?" 라는 내 질문에 벤노는 천천히 고개를 저었다.

"아닙니다. 이미 양피지와 달리 대량 생산이 가능한 식물지가 유통되고 있습니다. 인쇄에 적합한 잉크 제작법도 잉크 협회를 통해 공방으로 전달되었고, 생산되기 시작했습니다. 인쇄에 필요한 금속 활자 역시 대장간으로 제작법이 흘러 들어갔고, 시제품이지만 인쇄기도 만들었지요. 이 모든 사업에 관여되어 있으면서 이 마을뿐만 아니라 여기저기에 책을 파는 것이 꿈이라는 상인 수습생도 생겨났습니다. 이미 마인 하나가 사라진다 한들 이 흐름을 멈추지 못할 겁니다."

그렇기에 길베르타 상회는 마인의 존재를 숨기고, 고안하는 상품을 선별하여 팔고 있는 것이라고 벤노가 말했다.

"마인이 있으면 흐름이 가속화할 것입니다. 정말 마인은 놀랄 정도로 책밖에 모르거든요."

인쇄업이 전 세계에 퍼지는 것은 시간문제. 식물지 공방부터 마인 공방, 잉크 공방, 대장간, 그리고 잉크 협회에 나도는 정보를 전부 막는 것은 아무리 영주라 할지라도 어려운 일이다.

흐름을 바꿀 수 없다면 그 흐름이 영지에 도움이 되도록 조종해야 한다.

"길베르타 상회는 마인을 중심으로 한 인쇄업을 에렌페스트의 중점 산업으로 할 것. 마인이 귀족이 됐을 때 가속화할 수 있게 모든 준비를 해 두라고 이미 전해 뒀다. 우선 근처 마을 고아원에 똑같은 공방을 세울 예정이다."

문관과 길베르타 상회를 옆 마을에 보내어 어느 정도 규모의 공방을 세울 수 있는지, 넓이, 인원, 필요한 도구를 확인해야 한다.

"어차피 로제마인은 세례식과 신전장 취임식이 끝난 뒤에야 밖으로 나갈 수 있어. 그러니 다소 여유는 있지. 그때까지 시찰을 마치고 이탈리안 레스토랑을 개업하라고 말해 둬."

'이런 명목이라면 문제없지?' 하고 페르디난드를 보자, 조금 전보다 미간의 주름이 더욱 깊어지고, 굉장히 불쾌한 표정이 되어 있었다.

"자기 재미 말고도 다른 곳에도 그 능력을 써 주지 않겠나."

"재미 외에도 나는 항상 전력을 다한다만?"

페르디난드의 눈을 피해 업무에서 도망치는 일도, 주변을 시켜 얼마나 일을 편하게 할 수 있을지 계획하는 일도 나는 전력을 다하고 있다. 내가 재미에만 전력을 다한다고 생각하다니 참으로 유감스러웠다.

'댕댕댕' 하고 일곱 점 종이 울려 퍼졌다. 상당히 의논에 열중했던 모양이다. 내가 자리에서 일어나자 둘도 일어났다.

"오늘은 여기까지다. 세례식에 관한 자세한 얘기는 영주 회의가 끝난 다음에 하지. 지금부터 중앙에 돌아가야 하거든."

사실 영주 회의의 만찬장을 칼스테드와 함께 빠져나온 참이었다. 본 회의가 시작되는 내일 아침까지는 돌아가야 했다.

"호위로 부단장을 데려가시길 부탁드립니다. 전 로제마인의 세례식 준비로 이곳에 남아 있게 해 주셨으면 합니다."

"알았다. 그럼 페르디난드, 칼스테드. 건강진단을 마치고 칼스테드 쪽에서 딸을 받아들일 태세가 갖추어지면 곧바로 로제마인을 귀족 마을로 이동시키도록."

그동안 신전에서는 로제마인을 신전장으로 받아들일 준비를 해 줘야 한다.

"벤노에게 할 설명 및 신전에서 할 갖가지 처리나 준비는 페르디난드가, 세례식 준비와 오늘 붙잡은 범죄자의 갖가지 처리는 칼스테드에게 맡기겠다."

내 말에 두 사람은 무릎을 꿇었다.

아르노 – 나와 프랑

　어제 신전에 다른 영지의 귀족이 들어와 큰 소동이 일어났고, 영주가 찾아와 신전장이 교체되는 일이 일어났습니다. 신관장님의 수석 시종인 저를 비롯한 전원이 물러난 방에서 모든 회의가 이루어졌기에 사정을 전혀 알지 못한 채 날이 새 버렸습니다.

　"아르노, 이것을 길베르타 상회에 보내라고 마인의 시종에게 전달해라. 시급한 안건이다."

　"알겠습니다."

　제가 신관장님의 호출용 초대장을 건네받은 것은 아침 식사를 끝낸 두 점 종이 울렸을 때였습니다. 이런 시간부터 초대장을 보내는 등 바쁘게 움직이시는 신관장님은 거의 잠들지 못한 얼굴이셨습니다.

　"혹시나 누가 어젯밤 소동에 대해 묻거든 며칠 뒤 정리해서 설명하겠다고 말해 두거라."

　방을 나서려는 제게 신관장님이 그렇게 말씀하셨습니다. 어제는 신관장님께서 공방에 틀어박히셨을 때 프랑이 신관장님께 드릴 말씀이 있다며 찾아왔었습니다. '부재중'으로 해 두라는 말씀이 있었지만, 공방에 계시는 신관장님과 연락을 취하려고 하면 얼마든지 할 수는 있었습니다. 일부러 무시해 봤더니, 방 바깥에서 심각한 일이 벌어졌더군요. 융통성이 없다는 말로 마무리가 되었지만, 일부러 무시했다는 사실을 알면 과연 프랑이 어떤 얼굴을 할까요.

"안녕하세요, 프랑."

우물에서 물을 긷고 있는 프랑과 길을 발견하고 다가갔습니다. 마인 님 곁에는 일손이 심각하게 부족한 걸까요. 수석 시종이 이런 잡무에 쫓기다니 말입니다. 델리아가 빠져서 바빠 보이는 그들을 보니 제 입가에 희미한 미소가 번졌습니다.

길이 들고 있는 통에 물을 부어 넣은 프랑이 놀란 표정으로 나를 봅니다. 지금은 마르그리트 님도 실망하실 정도로 큰 키와 탄탄한 체격으로 변했지만, 이렇게 자세히 보니 마르그리트 님을 섬기던 무렵의 화사한 소년이었던 프랑의 얼굴이 더욱 두드러져 보입니다.

"안녕하세요, 아르노. 이런 시간에 무슨······."

"신관장님의 심부름입니다. 이 초대장을 시급히 길베르타 상회에 전달하라는 전언입니다."

프랑은 내가 건넨 초대장을 받더니 바로 길에게 넘겼습니다.

"알겠습니다. 길, 채비를 하고 이것을······."

"알았어. 바로 갈게."

길이 한 손에 초대장, 다른 한 손에 물을 퍼 담은 통을 들고 원장실 쪽으로 서둘러 갔습니다. 어찌할 도리가 없던 저 말썽쟁이가 평범한 시종처럼 일하는 모습을 보다니 참으로 신기하지 않을 수 없습니다.

"일손이 적어서 힘들겠군요."

"오늘부터 늘어나게 되었으니 조금은 편해지리라 믿고 싶습니다."

델리아가 빠진 자리에 새 시종을 들이기로 한 모양입니다. 당분간 고생하길 바랐다고 생각하며 전 프랑에게 등을 돌렸습니다.

"그럼 잘 부탁합니다."

신관장실로 돌아가는 도중, 소동이 일어났다는 얘기를 들은 청색 신관 에그몬트 님이 저를 발견하고 다가오셨습니다.

"아르노, 어제 대체 무슨 일이 있었나!? 신전장님 방문은 꼭 잠겨 있질 않나, 문 앞에 회색 신관도 서 있질 않고, 누구한테 물어도 전부 사정을 모른다는군. 신관장님은 뭔가 알고 계시지!?"

신전장의 측근이며, 신전장과 있을 때면 거만한 태도로 신관장님을 대하던 에그몬트 님이 제 얼굴 앞에서 침을 튀기며 소리치셨습니다. 저는 얼굴을 닦고 싶은 충동을 참으며 신관장님께 들은 대로 대답했습니다.

"차후에 정리해서 설명하시겠답니다. 죄송스럽습니다만, 저도 자리에서 물러나 있었는지라 자세히는 모릅니다."

"자세히는 모른다면 조금은 알고 있단 말 아니냐! 어서, 무슨 일이 있었나!?"

"죄목까지는 잘 모르지만, 영주님과 기사단이 찾아오고, 신전장님을 체포했다고 합니다. 정말 무슨 일이 있었던 걸까요?"

고개를 갸웃거리며 반응을 관찰하자, 에그몬트 님의 안색이 새파래지셨습니다. 지금까지 거만할 수 있었던 것은 신전장님이 계셨기 때문입니다. 그가 제거되면 신관장님이 신전장 자리에 오르시겠지요. 에그몬트 님의 입장이 어떻게 바뀔까요. 제 속이 다 후련해집니다.

방 근처까지 돌아가니 신관장님께서 시종인 잠을 데리고 어딘가로 향하시는 모습이 보였습니다. 저는 신관장님께로 다가갔습니다.

"신관장님, 어디로 가십니까?"

"오늘 장례 의식이 있을 예정이라 예배실에 다녀오마. 넌 길베르타 상회를 맞이할 준비를 부탁한다."

이 신전 예배실로 오는 장례식은 대부분 평민의 장례입니다. 평민의 사망 신고에 청색 신관이 나서는 일은 거의 없는데 왜 굳이 신관장님께서 가셔야 할까요. 궁금하게 생각하면서 전 방으로 돌아가 손님을 맞을 준비를 했습니다.

잠시 뒤 뒷문 쪽에서 길베르타 상회의 마차가 들어왔다는 연락이 들어왔습니다. 전 길베르타 상회 사람들을 맞이하기 위해 정면 현관으로 향했습니다.

"기다리고 있었습니다."

신관장님은 어지간히 비밀리에 일을 진행하고 싶으신지 이 회동에도 시종들을 물리셨습니다. 대체 정말 무슨 일이 일어나고 있는 걸까요. 오후에는 마인 님의 방을 방문하겠다는 예약을 들은 것 말고는 저도 아무것도 모르겠습니다.

"아르노, 가자."

"네."

점심 식사 후, 저는 신관장님의 명령에 따라 건네받은 식물지 몇 장을 들고 앞장서 걷기 시작했습니다. 신관장님은 미간에 평소보다도 깊은 주름을 새기고, 심각한 표정을 하고 계십니다. 스스로 납득할 수 없는 일이 있는 표정이지만, 아무런 말도 듣지 못한 제가 복잡하게 생각할 필요는 없겠지요.

복도를 걸어 고아원장실 앞에 서니, 전 고아원 원장 마르그리트 님의 시종이었던 때의 감각으로 돌아온 것 같습니다. 왜 원장실 방문 앞에서 제가 방문용 종을 울리는지 아직도 실감이 나지 않습니다. 손에 들고 있던 종을 울리자, 그 시절과 마찬가지로 프랑이 문을 열었습니다.

"잘 오셨습니다, 신관장님."

거실은 마르그리트 님이 계셨던 때와 거의 바뀌지 않았습니다. 같은 가구를 쓰고 있기 때문이겠지요. 문을 여는 사람과 전혀 변하지 않은 거실 때문에 과거의 정경이 더욱 생생하게 되살아납니다. 그리움에 눈을 가늘게 뜨는 제 옆에서 프랑과 신관장님이 대화를 나눕니다.

"녀석의 상태는 어떤가?"

"조금 열이 있지만, 몸단장은 끝마치셨습니다. 그리고 말씀하신 대로 시종들을 모았습니다."

프랑과 함께 계단을 올라간 저는 무심코 주변을 돌아보며 마르그리트 님의 모습을 찾습니다. 뇌리에 스치는 황금과도 같은 화려한 머릿결과 항상 가늘게 뜨며 미소 짓는 푸른 눈동자. 옅게 웃는 입가의 점이 실로 요염하여 우아한 손짓으로 맞아 주기만 해도 설레던 그 모습.

하지만 제 기억과 달리 원장실에 있는 사람은 열 때문인지 평소보다 혈색이 좋은 마인 님과 시종들이었습니다. 시종 중에 처음 보는 두 소녀가 긴장한 표정으로 저와 신관장님을 바라봅니다. 델리아의 후임일까요. 아직 성인이 되지 않은 것 같으니 저와는 거의 접점이 없는 아이들일 겁니다.

"이 둘은?"

"모니카와 니콜라입니다. 델리아의 후임으로 어제 제 시종으로 들였습니다. 제 신변의 일과 요리 보조를 맡기기로 했습니다."

"그렇군. 그럼 앞으로의 일을 얘기하지."

그로부터 시작된 신관장님의 말씀은 과히 충격적이었습니다. 마인 님이 사실은 평민으로 위장하여 신전에 들어온 상급 귀족의 딸, 로제마인 님이었다는 겁니다.

'평민인 그녀의 가족을 몇 번이나 본 적이 있는데 이게 무슨……'
이라는 의문보다도 먼저 '아아, 그렇게 하기로 되었구나'며 금세 사실
로 받아들여 버리는 자신이 있습니다. 신전은 청색 신관의 횡포가 항
시 활개를 치는 곳입니다. 불합리하고 말이 안 되는 귀족의 억지에 무
슨 말을 한들 소용없습니다. 그들이 정한 일은 전부 옳으니까요. 마인
님, 아니, 로제마인 님의 시종도 속마음은 어떨지 모르나 바로 "알겠
습니다." 하고 고개를 끄덕였습니다. 그들에게도 평민 주인보다 상급
귀족의 주인이 더 이해하기 쉽겠지요.

"로제마인은 이번 여름에 친가의 저택에서 세례식을 거행하고, 동
시에 영주의 양녀로 들어간다. 그리고 영주의 양녀로서 신전장으로
취임한다."

신관장님의 말씀에 마인 님, 아, 아니죠, 로제마인 님의 시종들은
몇 번이고 눈을 깜빡입니다. 들은 말의 의미를 이해하지 못한 얼굴입
니다. 저도 마찬가지입니다.

세례 전의 어린 자식을 청색 신관이 후견인으로서 신전에 숨겨 두
거나 강제로 쫓아내는 경우는 드문 일이 아닙니다. 귀족은 자신의 자
식을 세례식을 통해 공개하고, 공개할 수 없는 자식은 세례 전에 신전
으로 데려옵니다. 그러므로 상급 귀족의 딸에게 신관장을 후견인으로
두어서 신전에서 숨겨 키웠다는 말은 납득이 갑니다. 하지만 아무리
그래도 마인 님, 아니, 로제마인 님이 신전장이 된다는 말을 금방 이
해할 수 없었습니다.

"신전장은 수많은 부정부패로 영주의 노여움을 사 이미 신병을 확
보했다. 로제마인이 영주의 양녀로서 신전장의 자리에 취임하기 전까

지 내가 임시로 신전장 임무도 맡겠다."

신전장의 임무도 맡겠다고 하시지만, 이미 절반 이상을 맡고 계시므로 업무량에 큰 차이는 없을 겁니다. 오히려 까다로운 주문을 해 오거나 불평을 들을 일이 없어지니 실질적으로는 일이 줄지 않을까요.

"로제마인은 세례식 날까지 친가의 저택에서 세례식 준비와 교육을 받기로 했다. 세례식 후에는 신전장의 취임식을 거행할 테니 로제마인의 시종들은 그 준비에 힘쓰도록. 주거지도 신전장실로 옮길 테니 준비하라. 이 방은 길베르타 상회 사람들과 평민들을 만나는 장소로 쓰도록 한다."

영문을 알 수 없다는 표정을 짓는 시종들 가운데 가장 먼저 상황을 파악한 사람은 프랑이었습니다.

"신전장의 취임식에는 무엇이 필요합니까?"

"의상은 이쪽에서 준비하겠다. 신전장의 방을 로제마인이 쓰게끔 정리하는 일이 그대들의 임무다."

프랑은 그 말에 고개를 끄덕이고, 서자판을 꺼내어 무언가를 기록하기 시작했습니다. 신관장은 로제마인 님께 시선을 돌렸습니다.

"로제마인, 오전 중에 벤노와 회담했다만, 인쇄업을 다른 마을까지 넓히기 전에 다른 고아원으로 시찰을 보내기로 했다. 공방을 잘 아는 자를 내보내야 하는데, 누가 적임자인지 선택해 달라."

로제마인 님은 자신의 시종을 둘러보다 기대에 눈을 반짝이는 길과 눈이 마주치자 싱긋 웃었습니다.

"고아원 시찰과 공방 설립이라면 길에게 부탁해도 될까요? 가장 깊이 관여해 왔고, 길베르타 상회의 관계자들과도 가장 익숙합니다."

"네, 열심히 하겠습니다."

틀림없이 프랑을 보낼 줄 알았습니다. 솔직히 마을 밖으로 내보낼 정도로 길을 신용하고 중용하다니 참으로 이상합니다. 제 생각보다 프랑을 의지하지 않는 걸까요.

"프랑은 방 정리 작업을 지휘해야 하고, 니콜라와 모니카의 교육도 맡아야 하잖아요? 프랑의 업무가 늘어나겠지만, 길이 없는 동안 공방 관리도 부탁해요."

"알겠습니다."

아무래도 프랑은 남은 과중한 업무에 파묻히게 될 것 같습니다. 고소하지만, 희미하게 미소를 띤 프랑의 표정이 거슬립니다. 마르그리트 님의 견습시종이었을 때처럼 프랑은 지금도 청색 무녀를 섬기는 입장입니다. 그런데도 그 무렵보다 즐겁게 로제마인 님의 명령을 받고 있습니다. 마르그리트 님의 명령에는 그렇게나 불쾌한 표정으로 고개를 숙여 입술을 깨물었던 그가 말이죠.

"……앞으로 길은 공방 설립 건으로 자주 출장을 가게 될 테니, 회색 신관 중 누군가를 고아원 관리자로 세워야 할까요?"

"그건 지금 당장 정할 필요 없다. 오히려 세례식에 고용할 악사가 필요하겠군. 앞으로 다도회와 잔치 자리에도 필요하게 될 터이니. 로지나를 로제마인의 전속 악사로 채용하는 것이 어떤가?"

"마인 님, 아니, 로제마인 님. 꼭 부탁드립니다."

로지나의 표정이 노골적으로 밝아졌습니다. 회색 무녀가 귀족의 시종이 아닌 악사로 채용되는 일은 아주 드뭅니다. 신관장님이 인정할 만한 음악적 재능이 있는 자인 모양이지요.

"그러네요. 마음이 잘 맞는 사람이 곁에 있으면 마음이 든든하니 로지나를 악사로 지정해도 상관없어요. 단, 제가 귀족 마을으로 거처를 옮기기 전까지는 프랑의 일을 도와주세요."

"감사하게 생각합니다."

성인이며 어느 정도 업무를 익힌 로지나가 시종에서 빠지면 프랑에게 큰 부담이 되겠지요. 아주 축복할 수만은 없어 씁쓸한 표정을 짓는 프랑을 보고, 저도 모르게 웃을 뻔했습니다.

"그리고 이것을. 벤노가 보낸 서류다."

건네받은 서류를 훑은 로제마인 님이 살짝 뺨을 괴며 고개를 갸웃거렸습니다.

"제가 귀족 마을에 갈 때 제과 담당으로 엘라를 함께 데려갈 생각이었는데, 푸고과 토드도 이탈리안 레스토랑의 귀족용 레시피를 추가하기 위해 일제에게 수행을 보낸다네요. 니콜라와 모니카 둘이서 이곳 식사를 준비할 수 있을까요?"

"로제마인 님께 낼 정도의 실력은 없지만, 이곳에서 시종들이 먹을 음식이라면 괜찮습니다."

이곳 시종들은 요리까지 해야 하나 봅니다. 대체 얼마나 일손이 부족한 걸까요. 의아해하는 저와 달리 신관장님은 어이없다는 표정을 지으셨습니다.

"로제마인, 필요하다면 시종을 늘리면 되는데 뭘 걱정하는가?"

"신관장님. 제 수입으로는 이 정도가 고작입니다."

"어리석긴. 그대는 상급 귀족의 아버지를 두고, 영주의 양녀로 신전장이 되는 몸이다. 전부 스스로 벌어서 써야 했던 지금까지와 달리 예산이 늘어날 텐데 무엇이 걱정인가."

이번엔 대놓고 질렸다는 표정을 지으시는 신관장님이 그렇게 말씀하셨습니다. 상급 귀족의 딸이 되고 신전장이 되어서도 자신의 수입으로 전부를 조달하려고 하는 로제마인 님. 아무래도 금방 의식이 바뀌지는 않을 모양입니다.

하지만 로제마인 님이 신전장이 된다는 말은 프랑이 신전장의 수석 시종이 되어 명목상 신관장의 수석 시종인 저보다 지위가 올라간다는 뜻이 아니겠습니까. 그건 반갑지 않군요. 프랑이 마르그리트 님의 총애를 받으면서 저보다도 중요한 자리였던 과거가 뇌리를 스쳤습니다.

……앞의 말은 취소하겠습니다. 정말 분합니다. 신관장님이 눈치채지 못하는 소소한 괴롭힘만으로는 참지 못할 정도로 열이 받는군요.

마르그리트 님이 돌아가신 후에 신전으로 들어오신 신관장님은 프랑이 한때 청색 무녀만 봐도 메슥거려 하고, 이 고아원장실에 불쾌한 추억을 가지고 있다는 사실을 모르십니다. 그래서 전 로제마인 님의 방으로 이 방을 추천했고, 동료가 될 시종으로 길을 추천했습니다. 토론베 토벌 때도, 봉납식 때도, 불쾌해하며 고통스러운 표정을 짓는 프랑을 보고 즐겼습니다. 로제마인 님은 엉겁결에 제 악의에 말려드셨지만, 프랑의 주인이니 어쩔 수 없지요.

그런데도 금방 과거를 극복한 듯 로제마인 님을 대하고, 태연하게 이 방에서 지내는 프랑의 변화를 보니 짜증이 일었습니다. 제가 무표정의 가면 아래에서 짜증을 키우고 있는데, 신관장님이 커다란 푸른 마석이 박힌 마술구 반지를 꺼내셨습니다.

"로제마인, 그대의 아버지가 보낸 선물이다."

신관장이 건넨 반지를 로제마인 님께서 손가락에 끼셨습니다. 작은 손에 어울리지 않을 정도로 커다란 마석입니다.

"로제마인, 이쪽 문에 그대의 마력을 등록하자. 이리 오너라."

신관장님의 방과 마찬가지로 침대의 천막을 걷은 자리에 문 하나가 나타났습니다. 그립고 가슴이 요동치면서도 분노를 일으키는 그 문. 전 요동치는 감정을 억누르며 시선을 프랑에게로 옮겼습니다.

예상대로 프랑의 얼굴색이 새파래졌고, 그 눈에는 두려움마저 엿보입니다. 조금 전까진 태연하게 보였지만, 역시나 과거를 완전히 극복한 건 아니었던 모양입니다. 시커먼 쾌감이 가슴 속에 물씬 퍼져 가는 것이 느껴집니다.

"왜 그래요, 프랑? 안색이 안 좋은데요."

로제마인 님이 걱정스럽게 프랑의 얼굴을 들여다봅니다.

"아무것도 아닙니다. 신경 쓰지 마십시오."

"아무것도 아닐 리가 없잖아요. 안색이 이렇게 나쁜데."

모두의 걱정스러운 얼굴에 프랑이 난감한 표정을 짓습니다.

'그렇겠죠. 매일 밤 마르그리트 님께 불려 들어간 저 방에서 무슨 일이 있었는지 아무한테도 알리고 싶지 않겠지요.'

"신관장님, 여기서 자세한 설명은 생략하겠습니다만, 프랑은 이 안쪽 방에 그다지 좋은 기억이 없습니다."

"걱정 마라. 마력으로 만든 공간이니 예전과 똑같이 생기지는 않을 것이다."

사정을 모르는 신관장님은 가볍게 말하고, 로제마인 님과 문 앞에서 마력 등록을 시작했습니다. 그 문을 보기만 해도 안색이 나빠지는 프랑에게는 그 안쪽 방이 어떻게 생겼든 정신적인 부담은 여전히 크겠지만, 거기까지는 신경 쓰지 못하신 듯합니다. 인내력으로 표정을 유지하는 프랑의 잘못도 있겠지요.

"이것으로 등록 완료다. 이곳은 시종에게도 비밀로 하고 싶은 얘기를 할 때 쓰면 된다. 그대의 방은 사람을 물려도 다 들리는 곳이니."

"아무나 들어올 수 있나요?"

"딱히 내 공방처럼 제한을 두지는 않았다."

앞으로 일상적으로 이 방을 쓰게 될 겁니다. 불만을 입에 담지도 못하고 혼자서 꾹 참으며 견딜 프랑의 모습을 보니 정말 유쾌하군요.

"괜찮습니까, 프랑?"

"……고맙습니다, 아르노."

"혹 신관장님께서 물으시면 보고하겠습니다. 그 점은 염두에 두십시오."

'어차피 묻지 않으셔도 전부 보고할 생각입니다. 존경하는 신관장님께 가장 알리고 싶지 않은 과거를 폭로당하는 기분이 어떻습니까?'

속으로 그런 독을 숨기며 몰래 웃음을 짓는 내게 프랑은 어쩔 수 없는 듯 고개를 끄덕였습니다.

"신관장님께서는 아마 추궁하시겠지만, 어쩌겠습니까. 마인 님, 아니, 로제마인 님의 귀에 들어가지 않고 해결되어 다행이라고 생각할 수밖에요."

'어이쿠. 신관장님보다 로제마인 님께 알려지는 것이 싫은 겁니까? 아, 그럼 언제 어디에서 어떤 식으로 그녀의 귀에 불어넣어 줄까요.'

제가 무엇보다 원했던 마르그리트 님의 총애를 받아 놓고도 거절한 프랑.

회색 신관과 관계한 죄로 귀족 사회에 돌아가지 못해 절망에 빠져 자해하는 마르그리트 님을 구하기는커녕 그저 가만히 지켜봤던 프랑.

마르그리트 님이 돌아가신 뒤 "살았다."며 진심으로 안도한 프랑.

전 아직 당신을 용서하지 않았습니다.

벤노 – 일을 줄이자

'요놈도 저놈도 하나같이 일거리를 늘려서는! 날 죽일 셈이냐!?'

마인이 로제마인이 되었다고 들은 다음 날 이른 아침, 난 신관장의 호출을 받았다. 마인의 사정을 잘 아는 나를 호출하리라는 각오는 있었지만, 아무리 그래도 소동 다음 날 아침에 올 줄은 몰랐다. 면담 예약을 잡으려면 며칠이나 걸리는 귀족 주제에 일처리가 너무 빠른 것 아닌가.

두 점 종이 울리고 문이 열리면 상품을 들고 오는 행상인들로 상점은 매우 바빠진다. 한창 바쁜 그 와중에 길이 초대장을 들고 찾아왔다. 일정 따위 없이 '시급'이라고만 적힌 귀족의 초대장은 난생처음 받아 보았다.

"나머지는 너희한테 맡기마!"

서둘러 의상을 갈아입고 마르크와 신전으로 향했다. 앞으로 길베르타 상회를 어떻게 취급할지를 정하는 더없이 중요한 회동이다. 상급 귀족의 딸이 되는 로제마인에게 불필요하다고 판단되면 한순간에 뭉개 버릴 수가 있다는 충고가 있었다. 길베르타 상회 역사상 가장 중요한 국면이다.

"잘 왔다, 길베르타 상회의 벤노. 아르노, 사람들을 물려라."

신관장의 면담은 시종마저도 들어서는 안 되는 극비였다.

"무슨 얘기를 할지 알겠나?"

"……로제마인 님의 이야기 아닙니까?"

"귀가 밝군. 누가 알고 있지?"

이곳에서 거짓말은 의미가 없다. 신전에서 로제마인에게 가장 가까운 인물인 신관장에게 나쁜 인상을 심는 것만큼은 피하고 싶었다.

"마인의 가족이 상점에 왔을 때, 그 자리에 있던 저와 여기 마르크, 루츠, 그리고 또 다프라인 레온. 이상입니다."

나는 루츠와 오토에게 들은 평민촌의 소동에 상점으로 피난했다는 사실과 마인의 가족이 루츠를 데리러 왔다는 사실을 고했다.

"그러고 보니 루츠도 함께 휘말렸다고 다무엘의 보고에도 있었지."

신관장은 그렇게 중얼거린 뒤, 로제마인의 장래에 관한 이야기를 시작했다. 신전에 맡겨진 상급 귀족의 딸이 고아원을 구하기 위해 로제마인 공방을 세웠다. 그리고 그 공적을 높이 사 영주의 양녀가 되고, 세례식 후에 신전장으로 취임하게 될 것이라고 한다.

"고아에게 일과 식사를 제공한 미담을 만들어 내면 세례 전부터 공방을 가졌다고 해서 부자연스럽진 않겠지. 벤노, 길베르타 상회나 마인 공방과 관련된 자들이 잘 알아듣도록 말해 둬라. 쥐도 새도 모르게 처분될 수도 있다는 점을 명심하고."

"알겠습니다."

귀족인 신관장에게 직접 들으니 마인의 아버지인 귄터에게 들을 때와 말의 무게감이 전혀 달랐다.

"골치 아프고 어려운 명령인 건 안다. 그러나 평민촌을 전혀 모르는 영주가 뜬금없이 귀찮다고 로제마인과 관련된 자를 빠짐없이 없애게 되는 사태만은 일어나지 않게 하기 위해서니 이해하라."

꿀꺽 침을 삼켰다. 귀족은 성가신 평민의 제거쯤이야 간단히 해 버린다. 영지를 지키는 영주가 앞으로 계속해서 돈을 만들어 낼 로제마인과 우리 중 어느 쪽을 선택할지는 불 보듯 뻔했다. 나는 속으로 마인과 로제마인에 관련된 정보 통제를 최우선 과제로 정해 두었다.

"그리고 이것은 영주가 보내는 것이다."

신관장이 내민 것은 영주의 명령서. 귀족다운 표현이 가득한 문장이었지만, 내용을 요약하자면 크게 나눠서 두 가지다.

하나는 '인쇄업에 관련된 예의 계획을 앞당기라'는 내용이고, 또 하나는 '성결식이 끝나면 식당에 가겠으니 가게를 완성해 놓고 기다려라'였다.

'공방 견학을 위해 온 청색 신관이 영주였을 때 내가 얼마나 동요했는지 이해하겠는가?'

그때도 엄청 놀랐지만, 이번에도 머리가 지끈거렸다. 2년 정도 여유가 있겠거니 했던 인쇄업 확장을 갑자기 코앞으로 앞당기라니 눈앞이 아찔했다. 하지만 새하얘진 머리로 놀라고만 있을 때가 아니다. 이 터무니없는 명령을 완수하지 않으면 목숨이 위험해진다.

"가까운 시일에 상회 사람과 문관을 근처 마을 고아원에 파견하겠다니 문관과 미리 상의하라 하신다."

"그건 언제입니까?"

귀족인 문관과의 상의는 다른 곳에 맡길 일이 아니었다. 전부 예정을 비워 둬야 하고, 마르크를 동반하려면 상점 업무도 조정해야 했다.

"문관에게 전한 뒤에 정할 수 있으니 지금 당장은 아니다."

"고아원에서도 시찰 담당을 파견해 주실 수 있으시겠습니까? 가능하면 공방이 되기 전의 고아원과 현재의 고아원을 비교할 수 있는 인물이 좋습니다."

상인을 아니꼽게 보는 문관과는 될 얘기도 안 된다. 현장의 변화를 알며 영주의 양녀와 신전장이 될 로제마인과 가까운 자가 있고 없고 는 현저히 다르다. 우리의 신변을 지키기 위해서라도 빌릴 수 있는 권력은 몇 개라도 준비해 두는 편이 좋다.

"그렇군. 로제마인의 시종 중 한 명을 시찰에 따라가도록 전해 두 겠다."

"감사합니다. 그리고 이 영주님이 주신 요망은 진심, 이십니까?"

영주가 평민들의 식당에 오다니 아무도 안 믿을 이야기다. 명령서 를 받아도 믿어지지 않을 정도다. 신관장은 그 명령서를 불쾌하게 노 려보면서 천천히 고개를 끄덕였다.

"식사를 하며 시찰에 관해 얘기를 나누고 싶다고 하셨다. 알현실에 서는 그대의 의견을 제대로 들을 수 없기 때문이라더군."

'잠깐만. 즉, 평범한 식사나 시식회가 아니라 고아원의 시찰과 인쇄 업에 관한 의견을 듣기 위한 보고회를 열라는 말인가? 설마.'

"그건 문관과 상의하여 시찰에 나간 결과를 정리하여 이탈리안 레 스토랑에서 보고하라는 말씀이 틀림없습니까?"

"그렇다."

"기한은 성결식 직후……?"

"……그렇지."

'무리다!'라고 소리치고 싶은 마음을 억지로 삼키고, 관자놀이를 누르자 신관장이 매우 동정 어린 눈으로 나를 보았다.

"그대의 능력을 평가하는 시련이라고 생각하고 견뎌낼 수밖에."

항상 귀족스럽던 신관장이 툭 던진 말에 깜짝 놀랐다. 웬일로 짜증 비슷한 감정이 드러나고 있었다. 자세히 보니 잘 자지 못했는지 안색이 좋지 않아 보였다. 소동의 다음 날 아침에 나를 불렀으니, 아마 밤새 소동의 뒤처리로 동분서주했으리라. 순간 폭주하는 영주에게 휘둘리는 심정이 이해가 되었다. 신관장이 나보다 영주와 로제마인과 가까운 만큼 고생이 많을지도 모른다. 나보다 고생하는 사람이 있다고 생각하니 아주 조금 구원받는 느낌이었다.

"저희 상점에 귀족분들이 총 몇 분 정도 오실지 여쭤어도 괜찮겠습니까? 평민의 식당에 영주님께서 직접 오신다는 전례가 없는지라……."

"전례 따위 있겠느냐……."

신관장이 몹시 불쾌한 표정을 지었다. 시선이 마주치자 가볍게 어깨를 으쓱해 보였다. '서로 고생이 많군요.' 라는 마음의 소리가 충분히 통한 모양이다. 신관장의 분위기가 조금 부드러워지더니 쓴웃음을 지어 보였다.

"그대의 상점이 로제마인과 접촉하는 한 영주와의 관계도 절대 끊을 수 없겠지. 난 신전과 귀족 마을로도 벅차다. 평민촌의 고생은 그대에게 맡기마."

"전력을 다해 거절하고 싶지만, 그렇게는 안 되겠지요."

"가능했다면 내가 먼저 했을 거다."

서로 큭큭거리며 웃은 뒤, 신관장의 표정이 다시 굳어졌다.

"식당에 갈 귀족은 영주, 영주의 호위로 기사단장, 인쇄업의 중심 인물이 될 로제마인. 그리고 나다. 호위 기사가 몇 명 붙겠지만, 식사 인원에는 포함하지 않아도 좋다. 단, 교대로 식사하게 될 터이니 별도로 대기실이 필요하겠군."

하급 귀족이 와도 소란해질 텐데, 영주가 온다니. 높은 평가를 바랄 여유는 없다. 성가신 일이 일어나지 않도록 철저하게 숨겨야 한다. 영주와 기사단장, 신전장, 신관장이 떼를 지어 오면 어떤 사태가 벌어질지 예측하기 어려웠다.

나는 신관장의 말을 서자판에 적으며 인상을 찡그렸다. 해도 해도 일이 너무 많다. 인쇄업과 이탈리안 레스토랑도 기존 길베르타 상회의 사업이 아니므로 대신 업무를 처리하게 할 사람이 없었다. 하지만 영주가 직접 명령한 인쇄업은 절대 대충 해서는 안 되는 일이었다. 어떻게 업무를 처리할지, 급성장하는 길베르타 상회를 향한 비난을 어떻게 약화시킬지, 생각해야 할 일이 산더미다.

우선 신청할 때마다 귀찮게 불평해 오는 길드장부터 장악해야 한다. 영주의 제안이라고 하면 표면상은 얌전해지겠지만, 뒤에서 음험한 짓을 벌일 게 틀림없다. 뭔가 미끼가 필요하다.

"……영주님부터 귀족분들이 방문하신다면 요리사를 다른 장소에서 수행시킬까 합니다. 지금은 로제마인 님 쪽에서 수행 중인데 데리고 나와도 문제없습니까?"

"로제마인은 세례식 전까지 귀족 마을에서 교육받게 할 계획이다. 귀족 마을로 간 뒤라면 문제없겠지만, 일단 확인해 보겠다."

"그럼 이것을 전해 주실 수 있으십니까?"

나는 식물지에 길드장을 이탈리안 레스토랑의 공동 투자자로 두고 싶다는 내용을 썼다. 이탈리안 레스토랑을 미끼로 앞으로의 협력을 얻고, 늘어난 업무와 주위의 비난을 줄이고 싶었다. 덩달아 푸고와 토드를 길드장에게 수행으로 맡겨서 귀족용 레시피를 알차게 만들어 보고 싶었다.

신관장은 그 사이 선반 위에 놓인 보따리를 가져왔다.

"로제마인의 세례식이 끝나면 바로 신전장의 취임식이 있다. 성결식 의식 직전에 취임식을 거행할 예정이니 그 전까지 이것을 로제마인의 체형에 맞춰 완성해라."

보따리를 푸니, 그곳엔 신전장의 의식용 의상이 나왔다. 로제마인의 세례식 의상은 원래 아버지인 상급 귀족이 준비하지만, 신전장의 의상은 신전 측에서 준비하지 않으면 재봉사가 턱없이 부족하다고 했다.

"그대의 상점이라면 로제마인의 치수도 기록되어 있지 않은가? 허리끈은 지금까지 의식용 의상에 쓰던 것으로 문제없다. 개인적으로 집착하는 제작 방법이 있는 듯하니 그 방식으로 부탁한다. 그리고 세례식용 비녀도 주문해 두지. 최고급 실을 써서 화려한 비녀로 만들어 주게."

"……알겠습니다."

정보 통제, 인쇄업, 이탈리안 레스토랑에다 본업인 의상 주문까지 내게 떠맡겼다.

'죽겠다. 이대로는 분명 일에 파묻혀 죽을 거야.'

어마어마하게 많은 일거리를 안고 상점에 돌아오니 길드장의 호출이 있었다는 레온의 보고가 들어왔다. 귀족용 옷을 갈아입으며 그 보고에 귀를 기울였다.

"로제마인 님에 관해 할 얘기가 있답니다. 대체 어디에서 정보가 샌 걸까요?"

난 마인의 가족에게 직접 들었다. 하지만 길드장의 정보 출처를 확인하지 않으면 앞으로 지장이 생기리라. 나는 혀를 차면서 만남의 일정을 오후로 지정했다. 심부름꾼이 길드 회관에서 돌아오기 전까지 급한 일을 처리해야 했다.

"마르크, 대장간에 심부름을 보내서 활자를 계속 만들라고 의뢰해 둬. 비어스의 잉크 공방에도 인쇄용 잉크를 만들라고 의뢰해. 영주의 명령으로 인쇄업을 영지 전체로 넓히게 됐다고 전해 주고 와."

고아원의 시찰 결과는 몰라도 인쇄업의 확장은 확실하다. 되도록 신속하게 준비해 두는 편이 좋다. 옷을 갈아입은 마르크도 끄덕이고, 천천히 한숨을 쉬었다.

"이런 상황까지 왔으니 되도록 빨리 길드장을 끌어들여야겠군요. 지금처럼 신청서 하나 통과시키는 데 시간이 걸렸다가는 절대 제 시간에 못 맞출 겁니다."

"오늘 그 건을 얘기하고 와야지. 그 영감은 이익에 약삭빠르니까, 성가시긴 해도 이런 기회에 가만히 있을 상대는 아니야."

옷을 갈아입은 나는 그 말을 남기고 신관장에게 받은 의상을 안고 코린나의 집으로 가는 계단을 뛰어 올라갔다.

"코린나! 급한 일이다. 이 의상을 마인의 치수로 고쳐 줘."

새하얀 의식용 의상을 본 코린나의 눈이 휘둥그레졌다.

"벤노 오빠, 이건 신전장님이 입는 의상이잖아."

"마인의 치수와 똑같지만, 이 옷을 입을 사람은 상급 귀족의 딸, 로제마인 님이다. 실수하지 않게 조심해."

오토에게 어느 정도 정보를 들었는지 코린나는 눈을 내리깔더니, 천천히 끄덕였다. 코린나도 귀족과 거래하는 상인이다. 불합리와 말도 안 되는 상황에도 납득하고 일에 집중하는 법을 알고 있다.

"알았어."

"그리고 상급 귀족의 딸이 세례식에 쓸 화려한 비녀도 부탁받았어. 세례식이니까 흰색 바탕이다. 계절색인 파랑과 금색을 포인트로 써. ……장인은 익숙한 사람이 좋을 텐데, 어때?"

"그러네."

마인의 가족에게 작업을 맡기라는 속뜻을 담아 말하자, 코린나가 키득거리며 웃었다. 의도가 제대로 통한 모양이다. 코린나에게 주문을 마치고 아래층으로 돌아오니, 상업 길드에 보냈던 심부름꾼이 돌아온 참이었다.

"길드에 가겠다. 마르크, 준비해."

"이미 준비는 끝났습니다."

내가 상업 길드에 가자, 바로 길드장의 방으로 안내받았다. 평소처럼 질질 시간을 끌지 않는 것으로 봐서 상대방이 얼마나 초조한지 느껴졌다. 방에는 길드장과 손녀딸 프리다가 기다리고 있었다.

"벤노, 로제마인에 관해 뭔가 알고 있지?"

"단도직입적으로 묻겠다. 그건 비밀 정보다. 어디서 들었지? 대답 여하에 따라서는 귀족의 손에 처분당할 거다."

프리다가 눈을 가늘게 떴다.

"……역시 사정을 알고 있었군요. 사실 저와 계약한 귀족의 남동생이 청색 견습무녀의 호위였어요."

프리다는 자신의 처지와 마술구 교환으로 귀족의 저택에 방문했을 때 일어난 일을 말하기 시작했다. 의식불명으로 실려 온 기사가 갑자기 방으로 날아온 빛의 가루로 벌떡 일어나 '견습무녀, 무사한가?' 라고 소리치며 뛰쳐나갔다고 한다. 견습무녀는 마인밖에 없으므로 생사를 확인하려고 계약 마술의 계약서를 조사하다가 개명한 사실을 알았다고 했다.

프리다가 말한 기사는 겨울부터 줄곧 마인에게 붙어 있던 그 호위를 말하는 거겠지. 설마 그런 곳에 연결 고리가 있었을 줄이야.

"자, 벤노. 네가 알고 있는 정보를 털어놔."

순간 정보를 어떻게 숨길지 고민했지만, 이 영감과 손녀는 이미 마인에 대해 자세히 아는 인물들이다. 어느 정도 사정을 얘기해서 로제마인과 영주에게서 벗어나지 못하게 옭아매는 편이 앞으로 내가 편해지는 길일지도 모른다.

"가르쳐 줘도 상관은 없어. 다만 앞으로 나에게 전면적으로 협조해야 할 텐데?"

"호? 내가, 자네에게?"

재미있다는 듯 여유 넘치는 표정으로 눈썹을 치켜세운 길드장의 눈에 초조함이 엿보였다. 아무리 길드장이 평민촌에서 영향력이 있고 대부호라 하더라도 귀족의 눈에 찍히면 끝이다. 길드장 측이 가진 로제마인에 대한 정보는 추측이 대부분이다. 정확한 정보를 얻지 못하면 어디에서 어떻게 분쟁에 휘말릴지 추측할 수 없다. 그들은 반드시 정보가 필요할 터이다.

"그래. 싫어도 내 말에 따라야 할 텐데."

"……길드장 자리를 넘기라는 말인가?"

"무슨 바보 같은 소리! 이 상황에서 길드장 일까지 맡고 싶겠냐! 최대한 편의를 도모하란 말이다!"

눈앞에 업무 범위가 영지 전역으로 퍼지는 상황이 닥쳤는데, 이 마을의 길드장직까지 겸임할 여유는 없다. 이미 죽을 만치 바쁘다.

"편의를 도모하라. 꽤 높은 귀족과 관련된 모양이군. ……좋다."

나와 잠시 서로를 노려보더니 길드장이 끄덕였다. 길드장과 프리다에게 죽음을 위장하고 마인이 상급 귀족의 딸로 영주의 양녀가 되기로 했으며 영주가 주체가 되어 책 제작이 영지의 산업으로 진행하게 되었다고 말했다.

"……두렵군."

"아무리 그래도 영주님의 양녀라니 너무 뜻밖이네요."

영주의 양녀가 될 로제마인은 상급 귀족의 딸이라는 설정이다. 쉽게 다가갈 대상이 아니다. 그 점은 수많은 귀족을 상대하는 길드장이 더 잘 알겠지.

"인쇄업이 영지 산업이 된다면 전면적으로 상업 길드의 협력이 필요해. 영주 주도의 산업에 토를 달면 어떻게 되는지는 알지?"

"음……."

신음하면서도 이익을 얻을 방법을 고심하는 길드장에게 나는 미끼를 던졌다.

"우리 소속 요리사를 그쪽에서 잠시 맡아 주지 않겠어? 영주를 비롯한 상급 귀족들이 방문하기 전까지 귀족이 먹는 요리를 철저하게 가르쳐 두고 싶거든."

정말로 귀족이 방문하게 된 이상, 마인의 레시피뿐만 아니라 귀족의 레시피도 알아 두는 편이 좋다. 그리고 길드장도 끌어들여 내게 올 비난과 업무량을 줄이고 싶었다.

"……우리 쪽 이득은?"

"이탈리안 레스토랑의 공동 투자자가 되는 건 어때?"

길드장 집안의 요리사가 도발해 시작한 식당이지만, 영지 전체에 보급할 인쇄업을 전부 관리하려면 다른 산업까지 손을 뻗을 여유가 없다. 그리고 이탈리안 레스토랑의 영업은 귀족의 생활에 정통하고 귀족풍 음식을 제공하는 요리사를 둔 길드장 정도가 되어야 가능하다. 교육받은 종업원도 길드장의 저택이라면 넘쳐날 터이다.

"……좋아요. 얼마나 투자하면 되나요?"

눈을 반짝인 프리다가 길드장보다 먼저 미끼를 물었다.

프랑 – 신전장의 시종이 되기 위해

"마이…… 실례했습니다, 로제마인 님. 세 점 종이 울리면 길과 신전장실을 정리하러 다녀오겠습니다."

"프랑, 몸 상태는 정말 괜찮아요? 아프지 않아요?"

고아원장실의 침대 위에서 열 때문에 조금 빨개진 얼굴로 로제마인 님께서 신전장과 빈데발트 백작의 부하들과 싸웠을 때 생긴 제 상처를 묻습니다. 그 걱정스러운 표정에 저는 쓴웃음을 감출 수 없었습니다.

"몇 번이나 말씀드렸듯이 제 상처들은 갑자기 내려온 신비한 빛 가루 덕분에 완전히 나았습니다. 저보다 로제마인 님의 몸을 걱정하십시오. 이제 상급 귀족의 딸로 살아가셔야 하지 않으십니까?"

푸른 돌이 박힌 무거워 보이는 반지 마술구가 로제마인 님의 현재 지위를 증명하고 있습니다. 제 시선을 따라 왼손의 중지에 낀 푸른 반지를 본 로제마인 님이 살짝 쓴웃음을 지으셨습니다.

"로제마인이라 불릴 때마다 이제 제가 마인이 아니라는 실감이 들어서 조금 쓸쓸하지만, 어서 익숙해져야겠죠. ……귀족 마을에 가기 전에."

바뀐 이름에 금방 익숙해지지 않는 건 주변뿐만이 아닌 모양입니다. 로제마인 님은 상급 귀족의 딸이 되고, 영주의 양녀가 되게 된 사정을 아주 조금 가르쳐 주셨습니다.

"프랑은 빈데발트 백작과 직접 마주쳤고, 질베스타 님께서 오신 자리에도 있었으니까 설명이 적어도 대강 상상이 가죠?"

그리고 신관장님한테는 비밀이라며 평민인 가족을 걱정하셨고, 진짜 귀족이 될 수 있을지 불안하다고 약한 소리를 내뱉으셨습니다.

'로제마인 님은 정신적 불안이 마력의 불안으로 이어지니 반드시 보고하라는 신관장님의 명령이 있었는데, 어찌해야 할까요?'

비밀로 해도 좋을지 고민하면서 전 도서실에서 빌려온 책을 로제마인 님께 내밀었습니다.

"열은 거의 내린 듯하니 침대에서 얌전히 계신다면 책을 읽으셔도 됩니다. 조금은 기분 전환이 될 겁니다."

"고마워요, 프랑."

두꺼운 책을 안고 기뻐하는 로제마인 님의 앞을 물러나면서 전 방안을 둘러보았습니다. 기쁜 미소를 지으며 페슈필을 연주하는 로지나가 보입니다.

"로지나, 나와 길은 신전장실을 정리하러 가니 로제마인 님을 잘 부탁합니다. 책을 읽고 계시니 타이밍을 봐서 물을 마시도록 말을 걸어 주세요."

"알겠습니다."

로지나는 입은 그렇게 대답하면서도 눈은 페슈필에서 꼼짝을 않습니다. 회색 무녀가 귀족의 전속 악사로 채용되었으니 들뜬 기분도 이해는 갑니다만, 새로운 견습시종이 된 모니카와 니콜라의 교육과 업무 인계 등, 로지나가 해야 할 일이 수북합니다. 이제 막 견습시종이 된 둘에게 아직 로제마인 님을 돌보게 할 순 없습니다.

"로지나, 일은 제대로 해 주십시오. 모니카와 니콜라에게 인수인계를 끝내지 않으면 신관장님께 악사로 귀족 마을에 가는 시기를 늦춰 달라고 부탁할 겁니다."

로제마인 님은 여성이시므로 회색 무녀만이 할 수 있는 일들이 있습니다. 목욕 시중과 몸단장 등 같은 성별의 시종만이 할 수 있는 업무입니다. 예전에 신관장님의 시종이었던 제가 가르쳐도 되겠다고 생각했지만, 델리아를 지도하는 로지나를 보고 생각을 고쳤습니다. 같은 일이라도 성별이 다르면 필요한 능력도 달랐던 겁니다.

"옷 입는 방법이나 보관 방법, 목욕 시중, 의식 준비의 흐름 등 일상생활에 필요한 일이라면 저도 다소 지도가 가능합니다. 하지만 머리 묶는 법, 장식하는 법, 손질 방법은 제가 가르칠 수 있는 범위가 아닙니다. 신전장님으로 돌아오실 로제마인 님이 신전 생활에 곤란함이 없도록 두 사람에게 기본적인 일을 가르쳐 둬야만 합니다. ……당신에게 배운 델리아는 이제 없습니다."

로지나는 정신이 들었는지 페슈필을 손에서 놓고, 모니카와 니콜라를 부르러 갔습니다. 이 정도로 말해 두면 로지나는 둘을 확실히 교육해 줄 겁니다. 전 1층을 청소하고 있는 길을 불러 고아원장실을 나섰습니다.

"아, 왔군. 그럼 신전장실로 가자. 잠, 프랑에게 현상을 보고하라."

신관장님의 시종인 잠에게 귀족 구역의 현재 상황에 대한 설명을 들으면서 이동했습니다. 현재 청색 신관들에게는 사건의 상세한 자초지종은 알리지 않고, '신전장이 사망했다'는 사실만 알렸다고 합니다. 신전장과 연줄이 있는 청색 신관들은 무슨 일이 일어났는지 모른 채 전전긍긍하고 있다고 합니다.

"프랑, 너희들은 제단을 정리해라. 우리는 서류를 정리하겠다."

"알겠습니다."

신전장실을 로제마인 님의 방으로 갖추려면 신전장의 개인 물건을 정리해야 합니다. 신관장님의 시종 대부분이 바삐 움직이는 이곳에 수석 시종인 아르노의 모습이 보이지 않아 의아해하면서 저는 길과 함께 성경과 제단 위의 촛대 등을 천으로 고이 싸고, 보관용 나무상자에 차곡차곡 넣었습니다. 그리고 새로 주문할 가구에 참고할 때 쓰려고 갖가지 가구의 치수를 재어 서자판에 기록했습니다.

"신전장님이 되면 성경을 읽게 되니까 마이……아, 아니지. 로제마인 님이 좋아하겠…… 좋아하시겠네요."

"분명 좋아하실 겁니다."

주변을 신경 써서 말투를 고치는 길의 말에 긍정했습니다. 위치가 크게 바뀌어 불안하다는 로제마인 님이지만, 새로운 책이라는 즐거움이라도 있어서 조금 안심했습니다.

"서류는 이 정도인가. 예상 외로 적구나."

"이쪽 선반에도 목패가 몇 개 들어 있었습니다."

거의 모든 직무를 신관장님이 맡게 되므로 신관장님과 시종이 솔선해서 서류를 정리했습니다. 신전장의 조잡한 일 처리에 머리를 싸쥐던 신관장님이 계속해서 일을 뺏었기에 신전장이 다루는 서류가 제법 적었던 모양입니다.

"그럼 이것을 고아원장실에 옮겨서 확실하게 관리해야겠군요."

길과 함께 나무상자를 옮기려던 그때 서류와 도구가 든 나무상자를 옮기라던 신관장님이 저를 불러 세우셨습니다.

"프랑, 오후에는 내 방으로 오너라. 신전장이 남긴 가구를 물려주는 건과 로제마인이 하게 될 신전장의 직무에 관해 해 둘 얘기가 있다.”

“알겠습니다.”

　고아원장실로 돌아가서 조금 전에 잰 치수와 로지나가 써 준 가구의 치수를 비교하며 정정했습니다. 영주의 양녀가 되실 로제마인 님의 가구는 외관이나 가격은 물론, 치수도 정확하게 파악해서 준비해야 합니다.

　네 점 종이 울렸습니다. 로제마인 님의 책을 빼앗고 점심을 준비해 드렸습니다. 그 후 시종들은 원장실의 식당에서 내려받은 음식을 먹습니다. 식당에 델리아가 사라지고 대신 니콜라와 모니카가 있으니 왠지 느낌이 이상합니다.

　“둘은 일의 순서를 외울 수 있겠습니까?”

　“특별히 견습시종으로 받아 주셨으니 인수인계 기간이 짧아도 열심히 하겠습니다.”

　모니카가 진지한 얼굴로 그렇게 말하자, 니콜라도 웃으면서 끄덕였습니다. 이곳 음식이 맛있어서 힘이 난다고 합니다. 식욕이 최고인 니콜라로 인해 웃음이 터질 뻔했습니다. 의욕에 불타는 두 사람이라면 금방 일을 익힐 겁니다. 로지나가 말하기를 고아원에 있을 때부터 빌마에게 배운 적도 있어서 예상보다 배우는 속도가 빠르답니다.

　점심을 마치고 신의 은총을 고아원에 배달합니다. 빌마와 프리츠가 달려와 바로 신의 은총을 받아 주었습니다. 고아원을 쭉 돌아보아도 딱히 혼란도 없이 평소대로 돌아가는 듯합니다.

　“빌마, 문제는 없습니까?”

　“델리아가 조금 걱정돼요. 디르크를 혼자서만 돌보려고 하거든요.

조만간 쓰러질 것 같아서……."

델리아의 이름이 들리자, 전 살짝 눈을 내리깔았습니다. 솔직히 저는 델리아가 불편합니다. 자신이 여자임을 무기로 신전장에게 아첨하는 자세도, 자신이 섬기는 주인이 아닌 고아인 디르크를 최우선으로 하는 언행도 저와 맞지 않습니다. 주인을 배신하고 신전장에게 붙은 델리아가 어떻게 되든 전 상관없지만, 영주님께 살려달라고 빌었던 로제마인 님이라면 델리아와 디르크에게 무슨 일이 생기면 걱정을 하실 겁니다.

"델리아가 쓰러질 때까지는 하고 싶은 대로 놔두십시오. 지금은 생각이 많을 테니 무슨 말을 한들 듣지 않을 겁니다. 델리아가 쓰러졌을 때 델리아와 디르크를 돌볼 사람을 정해서 미리 준비해 두도록 하십시오."

"……그럴까요. 알겠습니다."

빌마는 걱정스럽게 식당 안쪽에 시선을 보내면서 제 조언에 고개를 끄덕였습니다.

"프랑은 신관장실이지? 난 지금부터 공방 좀 보고 올게. 내일 숲에 가기로 했거든."

고아원에서 돌아오자 길이 안절부질못하며 그렇게 말했습니다. 공방이 신경 쓰인 나머지 말투가 거칠어진 점을 지적하자 길이 숨을 한 번 들이마시고 수정했습니다.

"지금부터 공방 상태를 보고 오겠습니다."

"길, 당신은 지금 자신만 가능한 일을 확보하여 위치를 지키려고 혼자 지나치게 업무를 껴안는 구석이 있습니다. 당신은 신전장님의 견습시종이 될 예정이니 앞으로는 다른 회색 신관에게 일을 분담하도록 하십시오. 로제마인 님은 노력하는 당신을 버리지 않으십니다."

표정을 가다듬은 길이 빠른 발걸음으로 공방에 향했고, 로지나는 다시 모니카와 니콜라를 지도하기 시작했습니다. 전 로제마인 님이 얌전히 침대에 계시도록 책을 건네드리고 신관장실에 갔습니다.

방에 들어가자 신관장님께서 목패 몇 가지와 서류를 바쁘게 분류하시는 모습이 보였습니다. 신전장님의 방에서 가져온 물건이겠지요.

"프랑, 번겁게 해 미안하구나. 녀석의 상태는 어떤가? 열이 오래 가는 것 같은데……."

"열은 거의 내렸습니다. 다만 정신적으로 불안정해 보이십니다. 가족을 걱정하며 지금의 입장이 불안하신지 약한 말씀을 하고 계십니다."

나의 보고에 조금 안심하셨는지 신관장님의 표정이 부드러워졌습니다.

"약한 소리를 할 정도면 큰 걱정은 필요 없겠군. 지난번에 먹인 약은 마력 회복 효과가 거의 없는 약이라 당분간은 마력이 불안정해질 일도 없을 것이다. 뭔가 이변이 있으면 보고하거라."

그리고 신관장님의 시종들과 함께 신전장실에서 옮긴 가구를 어떻게 처분할지 의논했습니다. 신전장의 친가에서는 짐을 떠맡을 생각이 없다고 하므로 대체로 청색 신관에게 가구가 넘어가게 됩니다. 어떤 순서로 가구를 선보일지, 누가 그 자리를 감시할지 의논한 후, 신관장님께서 가볍게 손을 흔드셨습니다.

"로제마인이 신전장으로서 치러야 할 의식에 대해 설명하마. 너희는 각자의 일로 돌아가거라."

신관장님 앞에 저만 남기고 나머지 시종들은 집무용 책상에서 멀어져 갔습니다. 모두 자리에서 떨어지는 모습을 본 후, 신관장님은 지시를 기록하려고 서자판을 꺼내는 저를 힐끗 쳐다보셨습니다. 그리고 조금 말을 꺼내기 애매한 듯 목소리를 낮추셨습니다.

"프랑, 아르노에게 사정을 들었다."

온몸에 소름이 싹 돋았고, 침을 꿀꺽 삼켰습니다. 아르노가 신관장님이 물으시면 얘기하겠다고 했지만, 실제로 그렇게 되니 신관장님의 앞에 서 있는 것조차 용서받지 못할 것만 같은 느낌에 저도 모르게 한 발짝 뒷걸음쳤습니다.

"몰랐다고는 하나 청색 무녀를 섬기면서 고통스럽기도 했겠지. 프랑, 너는 앞으로도 로제마인을 섬길 수 있는가? 나를 섬기던 때처럼 로제마인을 너의 주인으로 섬기겠는가?"

신관장님은 과거의 일에 대해서는 일언반구도 없이 금색 눈동자로 지긋이 저를 응시하며 앞으로의 일을 물으셨습니다. '지금까지 있었던 일은 관계없다'는 신관장님의 속뜻에 마음이 가벼워졌습니다.

"신관장님의 말씀대로 처음엔 청색 견습무녀의 시종으로 고아원장실에서 지내게 되어 침울하긴 했습니다."

로제마인 님의 개인 방으로 주어진 고아원장실은 가구와 식기마저도 그대로라 저를 억지로 과거에 얽매이게 했습니다. 하지만 주인이 바뀐 것만으로도 엄청나게 달라졌다는 것을 금세 깨달았습니다.

로제마인 님은 신전 밖으로 나와서는 안 되는 회색 신관을 평민촌에 데리고 나가 주시고, 고아원과 공방에 평민의 방식을 도입하셨습니다. 제 주변이 점차 도드라지게 변해 갔습니다. 계속해서 새로운 일이 시작되고, 신전에 없었던 것들을 도입하는 로제마인 님께 적응하는 것만으로도 벅차서 과거를 떠올릴 여유 따위 없었습니다.

"로제마인 님은 마르그리트 님과 전혀 다르십니다. 자신의 이익을 위해 고아원을 이용하기보다 고아원의 환경을 조금이라도 개선하려고 고군분투하십니다."

고아들을 제 마음대로 움직일 수 있으니까.

고아원에 들어오는 돈을 횡령하고, 이익을 얻을 수 있으니까.

자리에 앉아 있으면 많은 보조금이 들어오니까.

그런 이유로 고아원장 자리에 앉았던 자와 로제마인 님은 전혀 다릅니다. 자신의 부담으로 고아들을 구하고, 스스로 살아가도록 일과 기술을 주었습니다. 로제마인 님이 신전장님과 청색 신관의 눈을 피해 해낸 일들이 얼마나 귀중하고 훌륭한지는 고아원에서 자란 이들밖에 모를 겁니다.

"회색 신관을 비롯한 견습생과 어린아이들까지 고아원의 모두가 로제마인 님을 좋아하고 감사를 드리고 있습니다. 깜짝깜짝 놀라게 하는 분이지만, 전 앞으로도 로제마인 님께 도움이 되고 싶습니다."

"그런가. 그렇다면 좋다. 청색 무녀에게 딴생각을 품고 여기저기 수를 쓴 아르노는 먼 곳으로 보냈다. 넌 앞으로도 계속 로제마인을 섬기거라."

짧은 신관장님의 말씀에 담긴 진짜 의미를 알아챈 저는 한숨을 내쉬었습니다. 신관장님 주변에 수석 시종인 아르노의 모습이 보이지 않아 의아했습니다만, 아무래도 아득히 높은 곳으로 이어지는 계단을 오른 모양입니다.

'청색 무녀에게 딴생각을 품었다는 말로 보아 아마 아르노도 마르그리트 님의 희생자였던 모양이군요.'

"귀족 사회에서는 사소한 실수가 돌이킬 수 없는 오점으로 남는다. 그 점을 염두에 두고 로제마인을 섬기도록. 명령에 네네 하고 따르기만 한다고 좋은 건 아니다. 평범한 귀족이 아닌 영주의 양녀에 어울리는 성과를 남기도록 엄격하게 이끌어 주길 바란다."

신관장님은 저희 로제마인 님의 시종이 꼭 해 둬야 할 일과 영주의 양녀를 섬기는 마음가짐을 말씀해 주셨습니다.

"알겠습니다. 성심성의껏 모시겠습니다."

신관장님은 깊게 끄덕이고 가볍게 손을 흔들어 저를 물러나게 하셨습니다. 저는 팔을 교차하여 무릎을 꿇고, 신관장님의 방을 나와 원장실로 돌아갔습니다.

'영주의 양녀에 어울리는 성과.'

로제마인 님은 귀족의 상식이 부족하고, 견습무녀의 경험과 지식도 부족하십니다. 신전장과 영주의 양녀에 어울리는 성과를 남기도록 보좌하는 일이 제 역할이라는 말을 듣자 그 무거운 책임감에 오싹해졌습니다.

'로제마인 님이 신전장으로 처음 민중의 앞에 서는 성결식 의식 날에 실수를 하는 일만큼은 피해야 한다.'

"로지나, 모니카, 니콜라. 도와주십시오."

선 모두를 불러 의식에 관련된 일을 조금이라도 이해하기 쉽게 목패에 정리하기 시작했습니다. 1년간 거행되는 수많은 의식에는 각각의 규칙이 있습니다. 로제마인 님이 실수 없이 신전장의 역할을 완수하시게끔 전력을 다해 보좌해야 합니다.

길은 로제마인 님의 가장 큰 관심인 책 제작에 투입되어 도움이 되고 있습니다. 그럼 전 로제마인 님의 수석 시종으로서 신전장의 보좌

업무에 전력을 다해 노력해야 할 것입니다.

점점 쌓여 가는 목패를 보며 로제마인 님이 쉬고 계시는 침실 쪽으로 시선을 돌렸습니다. 몇 분이라도 짬이 나면 도서실에 가고 싶어 하는 로제마인 님께서 과연 이것을 다 외워 주실까요.

"이것들을 전부 외우게 하려면 우선 책에 달려드는 로제마인 님을 말릴 방법을 고민해야겠군요."

제 중얼거림을 들은 로지나가 똑같이 침실로 시선을 돌리고 "힘들겠지만요……." 하고 쿡쿡거리며 고개를 끄덕였습니다.

에파 – 앞을 향해

한밤중에 카밀의 울음소리에 잠을 깬 나는 카밀을 안아 올렸다. 젖을 먹일 시간이다. 젖을 먹이면서 마인과 똑 닮은 카밀의 머리색과 눈동자를 바라보고 있으면 마인과의 추억이 새록새록 떠올랐다. 마인은 항상 열이 나서 앓아눕는 아이라 언제 죽을지, 이번엔 괜찮을지 쭉 걱정하며 살아 왔다. 겨우 건강해졌다고 생각했더니 이번엔 손이 닿지 않는 먼 곳으로 가 버렸다.

'그래도 아직 죽은 건 아니니까.'

기분이 울적해지면 그렇게 스스로를 타이르며 마음을 가다듬는다. 정말 죽어 버린 것도 아니고, 가족으로 만날 수는 없어졌지만, 마인과의 가느다란 연결 고리는 아직 남아 있다. 그렇게 생각하면 조금은 마음이 편해졌다.

'귄터는 괜찮을까?'

제대로 잠들지 못하고 몇 번이나 뒤척이는 큰 몸집을 보고 있자니 무심코 한숨이 새어 나왔다.

장례식이 끝나면 모두가 일상으로 돌아간다. 아무리 슬퍼도 귄터는 일터로 돌아가야만 한다. 그래서 어제는 귄터도 문에 갔다. 오후 근무라 세 점 종이 울린 직후에 싫은 듯 꿈지럭거리며 직장에 갔다가 네 점 종이 울기 전에 돌아왔다.

상관인 병사장을 때리는 바람에 다른 동료들로부터 '마음은 이해하지만 머리를 좀 식혀라' 라며 당분간 쉬라는 말을 들었다고 했다. 아무래도 마인의 일로 병사장이 뭐라고 말을 한 듯했다. 병사장이 무슨 말을 했는지 들은 사람은 없는 모양이지만, 귄터가 "문지기에게 제대로 연락하지 않아 다른 영지의 귀족을 놓친 탓에 마인을 잃었으니 다 너 때문이다!"라며 병사장을 팬 장면을 많은 동료가 목격한 듯했다. 귄터를 데리고 와 준 오토라는 부하가 가르쳐 주었다.

자식을 끔찍이 여기는 귄터에게 마인은 소중하게 아끼던 금쪽같은 자식이었다. 다른 영지 귀족님의 침입을 막지 못한 점, 마인을 지켜내지 못한 점, 마지막에 마인의 보호를 받는 형태가 되어 버린 점을 후회하고 침울해하며 자포자기에 빠져 버렸다.

'조금만 더 내버려 두는 편이 좋겠어.'

젖을 다 먹은 카밀의 등을 가볍게 두드려 트림이 나오도록 하고 기저귀 상태를 확인한 후 나도 잠자리에 들었다. 조금이라도 빨리 귄터가 다시 일어나 주기를 바라면서.

"다 마인의 축복 덕분이야."

아침이 되어 출근 준비를 하던 투리가 갑자기 그렇게 말했다. 굉장한 생각이라는 듯 얼굴을 반짝이지만, 대체 무슨 말인지 전혀 알 수 없었다.

"무슨 얘기니?"

"어제 코린나 님한테 약속을 받아낸 일 말이야. 마인과 한 약속을 지키자고 생각했더니 북쪽 동네에 가는 것도 무섭지 않았고, 코린나 님께 부탁할 때도 전혀 안 무서웠어. 그건 분명 마인의 축복 덕분이었던 거야."

투리는 어제 루츠와 함께 길베르타 상회에 갔다. 다루아 계약 갱신 때 길베르타 상회에 들어가 코린나 님의 공방에서 일하기로 약속을 받아 왔다. 마을 북쪽에 가는 것도 긴장된다던 지금까지의 투리로서는 생각할 수 없는 돌발적인 행동이었다.

'꼭 마인 같다고 말하면 화내려나?'

"지금도 믿기지 않아. 코린나 님께서 마인의 머리 장식 주문을 내게 맡기시다니. 다른 사람에게 일감을 뺏기지 않게 더 실력을 쌓아야지."

투리는 자랑스러운 웃음으로 그렇게 말한 뒤 "이렇게 일이 잘 풀린 건 마인의 축복 덕분이다."라고 중얼거렸다.

난 마인의 축복이라기보다 길베르타 상회의 계산이라고 생각했다. 귀족의 딸이 된 마인과의 연결 고리를 목적으로 투리를 고용했을 터였다. 그래도 마인과 이어지는 기회를 투리가 잡아서 기뻤다. 투리의 마음속에서 마인은 아직 죽지 않았다. 노력하면 만날 수 있는 상대라고 생각하는 것이 느껴졌다. 앞을 향해 전진하려고 하는 투리의 모습이 눈부셨다.

"엄마도 마인의 축복을 받았지? 움직임이 가벼워졌어. 그래도 너무 무리하면 안 돼. 출산의 진통이나 피곤은 없어져도 카밀에게 젖을 주느라 여전히 잠을 설치게 될 테니까."

마인의 축복으로 진통과 피로는 사라졌으니 이젠 앞을 보고 전진해야 한다고 투리에게 지적을 받은 느낌이었다. 나도 질 수는 없다는 긍정적인 기분이 든 나는 마인이 없어진 지 며칠 만에 집안일을 해 보려고 미소를 지으며 앞치마를 걸쳤다.

"마인의 축복이 있었잖니. 엄마 걱정은 말렴, 투리. 자, 두 점 종이야. 이제 일하러 가야지."

조금 밝아진 기분으로 일하러 가는 투리를 배웅한 뒤, 나는 카밀의 상태를 보면서 물병 속에 든 물로 접시를 씻었다. 집안을 자세히 둘러보았다. 세탁은 투리가 해 주었지만, 물도 길어 와야 하고, 장이 서는 오늘 장을 보지 않으면 식재료가 없다. 이웃에게 받은 음식들은 다 먹어 버렸다. 혼자라면 남은 음식으로 해결해 버리겠지만, 점심도 귄터가 있으니 어느 정도 요리를 해야 했다.

'자, 뭐부터 정리해야 할까?'

그렇게 생각하는데 야간 근무도 아닌데 이 시간에 꾸무적거리며 일어난 귄터가 앞치마를 입고 일하는 나를 젖은 눈으로 바라보았다.

"투리도 그렇고 당신도 그렇고 어떻게 그렇게 금세 일상생활이 가능해? 마인이 없어졌는데 괴롭지 않아?"

"장례식도 끝났고, 이웃들에게 도움을 받는 기간도 끝났어. 나랑 투리가 언제까지고 울면서 슬퍼한다고 움직이지 않으면 누가 카밀에게 젖을 줘? 누가 밥을 지어? 누가 세탁해 주는데?"

아무리 슬퍼도, 상실감에 젖어도, 몸을 움직여 생활해야만 하는 날은 온다. 그것은 귄터도 알 터이다.

"그리고 우리는 다른 사람들과 달라. 마인이 많은 사람에게 축복을 줬어. 아픔을 치유하는 힘, 계속해서 목표로 나아갈 힘, 악의를 물리칠 힘, 고통을 견디는 힘을 사랑하는 사람들에게. 그러니 난 괜찮아."

번뜩 고개를 든 귄터에게 나는 웃어 보였다.

"마인의 축복을 받은 투리는 마인과 한 약속을 위해 나아가기 시작했는데, 당신은 고난도 견디지 못하고 풀이 죽어 있다니, 사실은 마인이 당신을 사랑하지 않는 거 아냐?"

정말 축복을 받았어? 라고 물으니 귄터가 눈을 부릅떴다.

"당연하지! 아빠한테 시집오고 싶다고도 했고, 팔의 상처도 나았어! 마인은 이 아빠를 사랑해!"

마인의 일만 되면 과잉 반응을 보이며 정색하는 단순한 귄터가 조금 귀여웠다.

"그럼 당신도 앞을 향해 움직일 수 있지? 어쨌든 해야 할 일이 산더미야. 출근도 못 하고 한가한 당신이 도와줘야지. 우선은 물을 길어와."

"우선은……?"

"물을 다 길었으면 장을 봐 줘. 오늘 장이 서거든. 난 아직 카밀을 데리고 멀리는 못 가. 나갔다가는 마인한테 혼나지 않겠어?"

바깥은 모든 병의 근원이 수두룩하니까 목을 가누는 무렵까지는 되도록 카밀을 밖에 데리고 나가지 말라고 마인이 신신당부했었다. 그 말을 떠올렸으리라. 귄터의 입이 꾹 닫혔다.

"아, 이거 봐. 카밀이 울어 버리잖아. 벌써 젖 먹을 시간이네."

한심한 표정을 짓는 귄터에게 통을 떠안기고는 밖으로 쫓아낸 후, 우는 카밀을 안기 전에 침실 창문을 활짝 열었다. 초여름이 다가오는 눈부신 봄 햇살이 들어오자 방이 단숨에 밝아졌다. 선선한 바람이 불자 슬픔으로 무거워진 공기가 날아가는 듯했고, 기분도 상쾌해지는 듯했다.

"기다렸지, 카밀."

조금 기다리게 했는지 카밀은 작은 입을 오물거리며 필사적으로 젖을 먹기 시작했다. 그때 귄터가 물을 가득 담은 통을 들고 돌아왔다. 뾰로통한 얼굴로 물병 속에 물을 채워 넣고, 다시 우물로 향했다.

우물과 물병 사이를 여러 번 왕복하며 물을 길은 귄터는 "마인이 날 사랑하지 않을 리 없어." 하고 투덜거리며 장바구니를 손에 들고 둔한 걸음으로 방을 나갔다.

수유를 끝내고, 기저귀를 갈고, 카밀을 재우면서 나는 밝아진 침실을 돌아보았다. 방구석에 쌓인 먼지가 눈에 들어왔다. 방이 깨끗하지 않으면 마인이 필사적으로 청소하다가 또 앓아눕곤 하는 바람에 바보처럼 꼼꼼히 청소해 왔지만, 마인이 없어진 후 단 며칠 청소하지 않았다고 제법 더러워졌다.

"카밀이 자는 동안 청소해야겠네. 조금이라도 마인이 있었을 때와 똑같이 해 둬야지."

청소를 마치고, 더러워진 카밀의 기저귀가 쌓여 있기에 세탁까지 해 버렸다. 기저귀를 펼쳐 너는 사이, 귄터가 커다란 짐을 안고 돌아왔다. 당분간 장을 보지 않아도 괜찮도록 상당히 많이 사들인 모양이다.

"나 왔어. 짐은 겨울 준비방에 넣어 두면 되지?"

귄터는 집을 나설 때보다 훨씬 목소리가 밝아지고 제법 환한 표정으로 변해 있었다.

"무슨 일 있었어?"

"장에 가는 도중에 고아원 녀석들을 데리고 나온 길과 만나서 마인의 근황을 들었어. 가까운 시일에 귀족 마을로 가지만, 건강하게 잘 지내고, 우리 걱정을 하더라는군."

길은 마인의 시종으로 집까지 자주 바래다줬던 아이다. 루츠와 함께 고아원의 공방에서 일하는 노력가라고 마인이 말했다.

"당신은 길에게 뭐라고 대답했어? 이쪽 상황도 전해 줬지?"

"다들 목표를 향해 움직이고 있으니까 걱정하지 말라고 말해 뒀어. ……뭐야? 그 눈은. 병사장을 때려눕히고 일을 쉬고 있다고 전했다가는 마인이 걱정하잖아."

권터가 겸연쩍은 얼굴을 하고 말을 쏟아냈다. 아이들에게 존경받는 아버지로 있고 싶은 권터는 마인에게 꼴사나운 모습을 보여주기 싫은 모양이다.

"그럼 마인이 걱정하지 않게 직장도 나가야지. 언제부터 나가?"

놀리듯 웃으며 올려다보자 권터가 분한 듯 미간을 찌푸리며 고개를 휙 돌렸다.

"내일부터 갈 거야."

하지만 옆얼굴에 희미한 미소를 짓고 있었다. 목소리에 힘이 돌아왔다. 땅바닥만 바라보던 얼굴이 위를 향하고 있다. 아직은 허세가 섞였겠지만, 앞을 향해 나아갈 마음이 생긴 모양이다. 마인과의 희미한 연결 고리가 확실히 존재한다는 것, 그리고 고아원 아이들과 업무상 자주 만나는 루츠에게 우리들의 상황이 마인에게 전달된다고 실감했기 때문이리라.

그날 밤, 권터는 카밀이 울어도 꼼짝 않고 잠을 잤다. 겨우 하루 만에 일어난 변화가 단순한 권터다워서 조금 기뻤다.

"길한테 마인 얘기를 들었다고 금방 회복하다니. 권터는 정말 마인을 끔찍이 사랑하는 아빠구나, 그치, 카밀."

젖을 먹은 카밀의 등을 두드리면서 그렇게 말하자, 카밀이 "꺽." 하고 대답했다.

벨프 자격

"오늘은 주인님들도 같이 식사한대."

일이 끝날 때쯤, 나는 도구를 정리하느라 분주한 다프라들에게 말을 걸었다. 그러자 그들이 동시에 주인장인 비어스의 얼굴을 슥 보더니 내게 속삭이며 물었다.

"어이, 요제프. 오늘은 후원자 아가씨도 왔었으니까 분위기 좋겠지? 지난번같은 저녁 시간은 사양이야."

그들의 걱정하는 말 속에 장난이 섞여 있다는 걸 눈치챈 나는 장난기 가득한 표정을 지으며 가볍게 손을 올렸다.

"걱정하지 마. 오늘은 즐겁게 먹고 마셔. 들든 하이디를 진정시켜야 하는 나는 빼고 말이지."

순간 침묵이 흐르더니 껄껄거리는 모두의 웃음소리가 울려 퍼졌다. 장난을 주고받을 정도로 공방의 분위기가 밝아진 것은 참 오랜만이었다. 그런 생각을 하자, 장인 하나가 히죽거리며 내 어깨를 툭툭 두드렸다.

"어이, 요제프. 네 일은 저녁 식사 때만은 아니잖아."

"그래. 지금이야말로 네 차례야. 하이디한테 정리 좀 시켜. 또~ 생각에 푹 빠졌다고."

분위기가 밝아진 장인들이 가리킨 곳에 소재를 노려보면서 생각에 잠긴 하이디의 모습이 있었다. 나는 장인들에게 등을 돌려 빠른 발걸음으로 하이디에게 다가갔다. 하이디는 내가 가까이 다가가도 모른 채 작은 접시에 든 소재를 노려보며 무어라 중얼거렸다.

"어이, 하이디. 그쯤 해 둬. 네가 정리를 안 하면 다른 녀석들도 일을 못 끝내잖아."

하이디의 머리를 가볍게 찌른 뒤, 나는 그녀의 앞에 나열된 작은 접시를 집어 가까이 있는 다루아에게 툭 넘겼다. 사고의 바다에 빠져 있던 하이디도 자기 앞에서 소재가 사라지자 안색을 바꾸고 벌떡 일 어났다.

"아아아아! 요제프, 잠깐만! 살살 다뤄! 소재가 섞여 버리잖아!"

하이디의 생각을 끊는 데에는 성공한 모양이다. 나는 잘게 가루로 빻아 놓은 잉크 소재가 든 작은 접시를 하이디에게 건넸다.

"불평할 여유가 있으면 얼른 정리해. 종이 울려."

"알았어! 바로 치울 테니까 조심히 다뤄 줘!"

"내가 너도 아닌데 소재를 거칠게 다루겠냐?"

주위에서 "역시 하이디 처리 일은 요제프에게 맡기는 게 최고네." 하며 웃었지만, 그런 동료들의 농담조차 오랜만이라 정겨웠다. 예전 으로 돌아간 분위기에 나는 가슴을 쓸어내렸다.

"귀족 대상 영업에는 상업 길드장의 협력을 얻을 수 있게 길베르타 상회가 중개를 해 주기로 했다. 하이디의 잉크 연구를 투자해 줄 후원 자도 찾았고, 새로운 제법으로 만든 잉크도 팔렸으니 오늘은 성대하 게 마셔."

비어스의 말에 다프라들이 "와!" 하고 기쁨에 찬 소리를 지르며 눈 앞의 술과 그릇에 담긴 요리들을 입에 넣기 시작했다. 나도 잔에 따른 베레아를 벌컥 마셨다.

길베르타 상회와의 연줄을 트기 위해서라는 설명으로 만든 새로운 잉크가 팔리고, 길베르타 상회와 길드장에게 귀족 대상 판매를 맡게 되면서 하이디의 연구에 후원자를 발견하게 된 것이다. 오늘 정도 는 괜찮겠지. 겨우 고생이 빛을 본 느낌이다. 내일부터는 하이디도 다시 잉크 연구로 새로운 고생이 시작된다.

'그 작은 후원자님의 기분을 상하지 않게 해야 할 텐데.'

나는 오늘 함께 색깔 잉크를 연구했던 어린 소녀의 모습을 떠올렸다. 마인 님은 연구광인 하이디와 죽이 잘 맞는 특이한 아가씨다. 그렇다고 이상한 짓을 한다고 하이디와 똑같은 레벨로 꾸짖을 수는 없었다. 그쪽 동행자와 조정이 필요하다. 그리고 닥치는 대로 연구하고 싶어 하는 하이디를 어느 선에서 막을지 범위를 정해 두지 않으면 마인 님의 자금을 탕진하게 될 것이다. 나중에 '여기까지밖에 못 내요.'라고 나오면 곤란해지기 때문이다.

모두가 한창 소란스럽게 베레아를 마시는 가운데 내 머릿속은 내일부터 시작할 일로 가득했다. 하이디와 내가 새로운 잉크 전담이 된 이상, 연구 외의 잡무는 전부 내 몫이다. 이제 와서 말하긴 좀 그렇지만, 하이디는 연구 외에는 전혀 쓸모가 없다. 쓸데없는 일거리를 늘리고, 진전이 없다며 짜증만 낼 뿐이다.

"요제프, 오늘 술 술술 들어가는데? 역시 우리가 만든 잉크가 팔리니 기분도 좋겠다. 다 같이 먹으니까 맛있지? 평소에도 이렇게 먹고 싶지?"

하이디도 베레아를 마시면서 헤벌레 웃었다. 하이디는 많은 사람과 먹는 식사가 즐거운지, 이렇게 다프라도 포함해서 다 같이 식사하는 일을 좋아하지만, 이 공방에서는 보통 비어스 일가와 다프라가 따로 식사한다.

"다프라도 주인장의 눈치 보지 않고 긴장을 풀 시간이 필요하다고 주인장님이 말했잖아. 너도 가끔 이렇게 먹는 것으로 참아."

"다프라들이 부러워. 나도 가끔은 아빠 눈치 좀 안 보고 먹고 싶단 말이야."

비어스를 보면서 소곤거리는 하이디의 말에 쓴웃음을 지으며 나도 비어스를 힐끗 쳐다보았다. 다프라들이 식사만큼은 상사인 비어스가 없는 곳에서 느긋하게 먹고 싶다고 생각하는 건 솔직히 사실이다.

하지만 하이디와 결혼하고 비어스 일가와 식사를 하게 된 나는 알고 있다. 다섯 명의 다프라들이 먹는 식사와 가족들이 먹는 식사가 질이 다르다는 것을. 다프라들의 식비를 아끼기 위해서는 식사를 따로 하는 편이 비어스에게 좋기 때문이다.

그런 식의 몇 가지 명목상 이유로 평소엔 따로 식사하는데, 공방에 중요한 일이 있을 때면 저녁을 함께 먹었다. 다프라들은 조금 호화로워진 식사에 기뻐하며 비어스의 말에 일희일비한다.

'오늘은 기쁜 일 때문이지만, 저번엔 볼프 씨가 죽었을 때였지.'

앞서 다프라들과 함께 식사했을 때에는 전 잉크 협회장인 볼프가 의문스러운 죽음을 맞고, 비어스가 잉크 협회장 자리를 거절하지 못했을 때였다. 지금까지 볼프가 저지른 구린 일들을 인수하게 된 비어스 역시 언제 귀족님의 분쟁에 휘말릴지 모를 일이다.

당연히 그 얘기를 들은 다프라들은 혈색을 잃었다. 비어스가 없어지면 공방은 틀림없이 기울어진다. 3년 계약인 다루아는 계약 갱신 때 도망칠 수 있어도 다프라는 그럴 수 없다. 공방과 운명을 함께 해야 하기 때문이다. 후계자인 하이디가 연구밖에 모르고, 남편인 나도 아직 벨프 자격이 없기에 모두가 불안해하는 건 어쩔 수 없었다.

'나도 어서 벨프 자격을 따야 하는데.'

벨프는 공방의 공방장이 되려면 필요한 자격이다. 공방 주인이 죽으면 자격이 없는 사람이라도 뒤를 이을 수는 있지만, 벨프 자격을 취늘하기 전까지는 협회 내의 발언권이 약해지거나 거래에 제한이 생긴다. 그리고 지금보다 다프라와 다루아를 더 고용할 수 없을 뿐더러 계약 기간이 끝난 다루아와 재계약도 못 하게 된다.

기술이 모든 것을 말하는 장인의 세계는 엄격하다. 벨프 자격이 없는 사람은 자신의 공방을 가질 수 없다. 실력 없는 자가 공방을 마구세워 질서를 어지럽히거나 기술과 평가가 낮아지는 일을 막기 위한방지책이지만, 주인을 잃은 공방은 단숨에 기세를 잃게 된다.

'볼프의 잉크 공방처럼 말이지.'

벨프 자격이 있는 사람이 전 잉크 협회장인 볼프밖에 없었던 볼프의 공방은 볼프가 죽자 급속도로 쇠퇴했다. 거래가 제한되고, 지금껏볼프가 저지른 구린 과거가 소문을 탔다. 그 결과 봄을 맞이한 순간,몇몇 다루아들은 계약을 끊었다고 한다.

'우리도 똑같은 길을 걷게 할 순 없지.'

다프라면서 후계자인 하이디와 결혼한 나는 무슨 일이 있어도 이공방에서 벗어날 수 없다. 이젠 연구광 하이디의 뒷바라지를 하는 짬짬이 벨프 자격을 따면 된다고 한가하게 지내고 있을 상황이 아니었다. 볼프의 죽음으로 잉크 협회의 협회장이 되어야 했던 비어스가 볼프처럼 언제 의문스러운 죽음을 맞이하더라도 이상하지 않았다.

'가능한 한 빨리 벨프 자격을 따자.'

잉크 협회장 취임이 정해진 비어스가 "요제프, 부탁한다." 하고 어깨를 두드리던 그 손의 무게감을 지금 뼈저리게 느끼고 있다.

"……으앗!?"

진지한 고민을 하던 중이었는데 갑자기 하이디의 손가락이 내 미간을 누르면서 빙글빙글 돌렸다.

"요제프는 심각한 표정 짓지 말고, 어서 많이 먹어."

"갑자기 왜 그래……?"

"새로운 잉크를 만들려면 당신의 협력이 반드시 필요하잖아. 나 혼자서는 그 많은 잉크를 다 못 만들어."

하이디가 "내일도 이것저것 만들어 보고 싶어." 라며 내 접시에 고기를 차곡차곡 쌓아 갔다. 새로운 잉크는 소재와 기름을 장시간 섞어야 하므로 완력과 체력이 필요하다. 하이디 혼자서는 연구만으로도 힘들었다.

'너한테 난 잉크 제조기냐.'

자기 연구밖에 머릿속에 없는 아내에게 짜증을 느끼며 나는 접시에 쌓인 고기를 먹고 베레아를 마셨다.

"아빠. 그 아가씨가 후원자가 되어 줘서 참 잘 됐어. 덕분에 일이 다 잘 풀렸어."

공방의 상황은 다소 좋아졌지만, 이미 비어스가 맡은 잉크 협회장 자리를 떠날 수는 없을뿐더러, 귀족과의 거래도 상업 길드장의 판단에 따라 어떻게 풀릴지 모르는 상황이다. 벨프 자격자가 공방에 비어스밖에 없는 상황 역시 여전했다.

'잘 된 건 새 잉크가 팔린 것과 네 연구비를 투자받게 된 일뿐이잖아. 너한텐 그게 전부냐! 이 연구광아!'

속으로 천하태평인 하이디의 미소에 욕을 퍼부으며, 나는 그날의 저녁 식사를 마쳤다.

그날부터 후원자인 마인 님이 매일같이 공방을 찾아오면서 새로운 색깔 잉크의 연구가 진행되었다. 기름과 소재의 종류에 따라 전혀 다른 색으로 변하거나 종이에 칠한 지 시간이 지나면 변색하는 등, 색깔 잉크의 제조는 실패의 연속이었다. 모두가 골몰하면서 몇 가지 색깔 잉크를 만들면 그때마다 마인 님이 결과를 기록해 갔다.

"어떻게 하면 좋을까?"

하이디는 그렇게 말하며 잠과 밥도 잊은 채 잉크 연구에 푹 빠졌다. "아가씨가 납득할 만한 잉크를 만들어야 해." 하고 주문처럼 되뇌면서 기름의 종류를 바꾸거나, 장에서 색깔을 낼 만한 소재를 찾으러 다녔다. 그 정도라면 지금까지 몇 번이고 있었기에 기가 찼지만, 딱히 걱정하지는 않았다. 적당한 타이밍에 말을 걸어 입에 밥을 쑤셔 넣고, 연구 중에 머리가 흔들거리기 시작하면 침대에 던져 버리면 충분했다.

그런데 이번엔 그 정도로 멈추지 않았다. 아침 식사로 빵을 씹으며 "뭔가 비밀이 있을 것 같은데……." 하고 중얼거리는 하이디를 무시하고 공방에 일하러 나갔더니, 어째서인지 다루아 수습생이 새하얗게 질려서 달려왔다.

"요제프 씨, 하이디 씨가 붙잡혔다고 연락이 왔어요!"

"어엉!?"

오늘은 하이디가 공방에 오는 시간이 늦기에 밥 먹다가 자 버린 줄 알았다. 그런데 그림을 그리는 미술계 공방을 탐색하다가 공방 사람들에게 침입자로 붙잡혀 버렸다고 한다.

'대체 녀석은 무슨 짓을 하는 거야!'

사고를 알려 준 다루아 수습생과 함께 달려가니, 하이디는 무서운 얼굴을 한 장인들에게 둘러싸인 채 꾸벅꾸벅 졸고 있었다.

"하이디, 대체 왜 이런 곳에 있어!?"

"뭔가 떠오르지 않을까 생각하면서 빵을 먹고 있었는데, 정신을 차려 보니 여기였어……. 왜일까?"

졸린 눈을 끔뻑거리며 하이디가 고개를 갸웃거렸다. 나는 그 자리에서 하이디의 머리에 주먹을 먹이고, "그걸 내가 어떻게 알아! 눈 좀 제대로 떠!" 하고 호되게 꾸짖었다.

그리고 나는 험악한 표정인 미술계 공방 사람들에게 사죄했다. "잠에 취한 제 아내가 매우 큰 실례를 범해서 죄송합니다." 하고. 무의식이었든 어쨌든 변색하지 않는 잉크의 제조 비밀을 찾고 싶었음이 틀림없다. 하지만 공방 기밀인 제조법을 훔치는 짓은 중범죄다. 잠에 취해 정신이 없었을 뿐 악의는 없다고 끝까지 물고 늘어질 수밖에.

"웃기지 마! 사실대로 말해! 잠에 취해서 이런 곳까지 올 리가 없잖아!"

"잠에 취하지 않으면 볼일도 없는 이런 곳에 올 일도 없어."

"거짓말 마라. 물감 제조법을 훔치러 왔지!?"

"우리는 잉크 공방의 다프라와 후계자다. 잉크와 관계도 없는 물감 제조법 따위 필요도 없고, 제조법의 비밀을 훔치려 하면 어떤 벌을 받게 될지도 잘 알아. 그런 짓은 안 해."

내가 험악한 얼굴의 장인들에게 혼쭐이 나는 동안 하이디는 내 팔에 매달려 본격적으로 자기 시작했다. 자기가 저지른 짓 때문에 남편과 수습생이 혼이 나며 필사적으로 사과하는 이 상황에서 꾸벅꾸벅 머리를 흔들었다.

쌕쌕거리는 숨소리가 들리기 시작할 때쯤엔 장인들도 "너도 참 대단한 마누라를 두었네." 하고 동정 어린 눈빛을 보내게 되었다.

"어쨌든 제대로 감시해."

"정말 피해를 끼쳤습니다. 죄송합니다."

아무리 흔들어도 일어나지 않는 하이디를 둘러업고 공방으로 돌아가자, 네 점 종이 울리기 시작했다. 오후부터 마인 님이 방문할 텐데, 일도 제대로 진행하지 못한 채 점심이 되어 버렸다.

'나 정말 이 녀석의 남편으로 잘 해 나갈 수 있을까?'

하이디의 온갖 기행에 무심코 이혼을 생각해 버릴 정도로 화가 난 나는 침대 위로 하이디를 내동댕이치며 소리쳤다.

"이제 겨우 상황이 좋아지려는데 방해되는 짓 좀 하지 마. 변색하지 않는 물감 제조법은 공방 비밀이야. 우리가 잉크 제조법을 도둑맞으면 어떻게 되는지 정도는 너도 알잖아!"

"우……. 미안."

심각한 상황이란 건 하이디도 잘 아는 모양이다. 슬그머니 몸을 일으키더니 사과했다.

"넌 정말 아무 생각이 없어."

"……지금 머리가 펑 터져서 산산조각이 되어 버릴 만큼 엄청 생각하고 있어."

"난 연구 얘기를 하는 게 아니야. 제대로 알아듣고 있냐?"

나는 불만스러운 표정을 짓는 하이디의 머리를 손가락으로 꾹꾹 찔렀다. 그러자 하이디가 깜짝 놀란 얼굴로 회색 눈동자를 재차 깜빡였다.

"뭐? 지금 연구 말고 생각할 게 또 뭐가 있는데? 아가씨가 연구비를 내 줄 마음이 변하기 전에 결과를 내야 하잖아."

'당연한 말을 하게 하지 마'라는 얼굴로 내뱉은 하이디의 말에 나는 할 말을 잃어버렸다. 연구비에 관해서는 길베르타 상회와 비어스 사이에서 이야기가 다 되었다고 들었다. 그 점을 하이디가 걱정할 필요는 없었다. 오히려 하이디의 기행 때문에 후원자가 도망가지 않을 방법을 생각해야 했다.

"요제프, 하이디! 정착액 제조법을 알아냈어요."

그날 오후, 아가씨가 활짝 웃으며 공방에 들어왔다. 하이디와 둘이서 꺅꺅 소리 지르며, 천을 염색할 때 쓰는 정착액 제작법을 설명하기 시작했다.

"우와! 굉장해! 굉장해!"

마인 님께서 정착액의 존재와 제조법을 가르쳐 준 덕분에 변색 걱정 없이 색깔 잉크를 쓸 수 있게 되면서 일단 완성한 셈이 되었다.

'겨우 어깨의 짐을 덜었군.'

이로서 마인 님이 공방에 찾아올 일도 없어지고, 하이디가 잉크 연구에 몰두하는 시간도 줄어들 것이다. 솔직히 후원자가 매일 공방에 찾아오면 피곤하다. 혹시나 하이디가 실수를 저지를까 감시해야 하고, 후원자가 공방에 있으면 새로운 잉크 연구와 관계가 없는 장인들까지 긴장해야 했다.

안도로 몸에 힘이 빠진 나와 반대로 하이디는 실망감에 어깨를 축 떨구었다.

"왜 이런 변화가 일어났는지 원인을 규명하기 전에 끝나 버렸어."

"색깔 잉크를 완성했으니까 아가씨가 투자한 연구도 이것으로 끝이야."

나는 하이디의 머리를 콕콕 찌르면서 빌었다. 제발 아무도 이 이상 쓸데없는 말을 꺼내지 말라고. 그런 나의 자그마한 바람은 이루어지지 않았다. 후원자님이 싱긋 웃으며 "연구를 계속하고 싶다면 돈은 조금 낼 수 있는데요?" 하고 말한 것이다.

"아가씨, 최고야!"

"아가씨, 하이디를 너무 다 받아 주면 안 돼!"

'대체 누가 이 연구광을 돌본다고 생각하는 거야!? 제발 날 이 생활에서 벗어나게 해 줘!'

두 팔을 높이 들고 빙글빙글 도는 연구광을 가리키면서 그렇게 말하자, 마인 님이 수줍은 미소를 지었다.

"제게는 하이디도 요제프도 구텐베르크 동지거든요."

"……구테……뭐? 뭐라고?"

"구텐베르크. 마치 신처럼 책의 역사를 바꾸어 버린 업적을 남긴 위인이에요. 지금은 금속 활자의 요한, 식물지의 벤노 씨, 그리고 책을 파는 루츠가 이 마을의 구텐베르크에요. 그리고 인쇄기를 만들어줄 사람으로 인고 씨, 잉크를 만들어 주는 사람으로 하이디와 요제프를 구텐베르크 동지로 생각하고 있어요. 제가 읽을 책을 만들어 주는데에 꼭 필요한 구텐베르크니 당연히 투자해야죠."

의미를 이해하지 못한 사람은 비단 나뿐이 아닌 듯했다. 마인 님의 동행자는 '늘어나 버렸네.' 하고 중얼거렸고, 하이디는 펄쩍 뛰며 좋아했다.

"구텐베르크래, 요제프. 일이래. 투자해 주겠대. 연구해도 된대. 야호!"

"변색의 원인을 알면 앞으로 도움이 될 일도 있을 거예요. 계속해서 잉크를 연구해 주세요."

"맡겨 주세요!"

'아아, 그래. 그랬지. 후원자라서 되도록 못 본 척했지만, 이 아가씨도 하이디와 손발이 맞는 괴짜였어!'

죽이 잘 맞는 둘을 보며 나는 낙심했다. 하지만 몸집은 조그마해도 자기 공방을 가진 데다가 길베르타 상회의 후원을 받는 마인 님은 그저 연구광인 하이디와는 전혀 달랐다.

"단, 최우선은 잉크 만들기예요. 주문한 잉크를 납기일까지 납품하지 못하는 일이 생긴다면 가차 없이 투자를 끊겠어요."

"히익!?"

"하이디 같은 사람은 연구만 시작하면 주변이 안 보이잖아요. 최우선 과제를 철저히 머릿속에 주입하고, 해내지 못했을 때의 페널티를 정해 둬야죠."

하이디에게 딱 잘라 말하는 그 모습에 관록이 엿보였다.

'역시 경영자야. 어려 보여도 야무지네.'

"역시 동족이라 그런지 패턴을 완벽히 파악했네."

내 마음의 소리와 비슷한 말의 발생지는 항상 마인 님과 함께 오는 길베르타 상회의 수습생이었다.

'그렇군, 동족이구나!'

나는 무심코 웃어 버렸다. 마인 님이 삐진 얼굴로 노려보기에 서둘러 하이디의 연구를 잘 감시하겠다고 약속하고, 기분을 풀어 드렸다.

그날 밤, 하이디는 기분이 아주 좋았다.

"요제프. 그 아가씨가 후원자가 되어 줘서 참 잘 됐어. 덕분에 일이 다 잘 풀렸어."

"하이디, 너 정말……."

오전에 일으킨 문제 행동은 까맣게 잊은 그 들뜬 모습에 나는 부심코 입을 열었다. 하지만 내가 불평을 터트리기도 전에 하이디가 여름의 햇빛 같은 눈부신 미소를 지었다.

"이걸로 요제프도 벨프 자격을 딸 수 있겠어."

"어?"

"지금 우리 공방에 가장 필요한 거잖아? 새로운 색깔 잉크의 제조로 후원자의 연구비도 따냈으니까 회장 자리를 강요해서 우리 공방에 빚이 있는 잉크 협회에 따지면, 꽤 간단히 벨프 자격을 딸 수 있을 거야. 이것으로 공방도 무사하겠지?"

아마 난 굉장히 얼빠진 표정이었을 것이다. 어쩔 수 없지 않은가. 하이디의 입에서 공방의 미래를 걱정하는 말이 튀어나올 줄 생각지도 못했기 때문이다. 벨프 자격은 당장에라도 갖고 싶었지만, 설마 하이디가 잉크 연구에 몰두한 이유가 벨프 자격 때문이었다니.

"……색깔 잉크를 연구한 건 당신이잖아. 당신이야말로 벨프 자격에 어울려."

한 가지 성과로 두 사람이 자격을 얻지는 못한다. 밥과 잠도 잊고 연구에 몰두한 하이디가 자격을 얻어야 한다. 내 말에 하이디는 회색 눈동자를 크게 뜨고 "뭐?" 하고 고개를 갸웃거렸다.

"요제프가 없었으면 이렇게 빨리 잉크를 못 만들었을 거야. 그리고 공방을 경영할 당신이야말로 벨프 자격이 필요해. 이제 와서 무슨 소리야?"

"그건 그렇지만……."

"난 어렵고 복잡한 일은 일절 생각하고 싶지 않아. 다양한 소재로 연구에만 몰두하고 싶어. 그러니까 당신은 나를 위해서라도 벨프 자격을 따 줘."

　하이디가 "귀여운 아내의 부탁이야." 하고 말하며 씩 웃었다. 귀여운 아내라는 부분을 긍정해 주기에는 분한 나는 아무 말 없이 하이디를 침대에 던졌다.

　다음 날 나는 잉크 협회의 회장인 비어스에게 벨프의 자격을 얻었다.

영주의 잠행

"레온, 오늘은 숲에 갈 거야."

루츠가 오늘의 예정을 알리고는 옷을 갈아입으러 얼른 자기 방으로 돌아갔다. 나도 방으로 돌아와 옷을 갈아입기 시작했다. 개점 직후에 가장 손님이 많은 시간을 넘기면 나와 루츠는 함께 신전에 가야 하기 때문이다.

"고아들과 함께 숲에 가는 것이 길베르타 상회 다프라의 일이라니……."

나는 신전 고아들과 남문을 통과할 때 눈에 띄지 않을 만한 헌 옷을 입으며 작게 툴툴거렸다. 내 친가는 천을 취급하는 상인 집안이다. 세례식 후에 길베르타 상회의 수습생이 되었고, 열 살에 다프라 수습생으로 계약했다. 의류를 취급하는 길베르타 상회와 깊은 관계를 맺고 싶다고 생각하신 부모님의 의사에 따른 다프라 계약이었다. 나는 친가의 부흥을 목적으로 길베르타 상회에 몸을 두고 있는 셈이다.

그런데 별난 일을 가져오는 마인 님 때문에 길베르타 상회는 전문 분야가 아닌 고급 레스토랑을 세우게 되었고, 나는 신전에서 귀족을 모시는 시종에게 식사 시중을 드는 방법을 배우라는 명령으로 신전에 다니게 되어 버렸다. 시중법과 예의범절은 배워 두면 앞으로도 유용하리라는 생각에 신전에서 귀족을 모시는 시종에게 배우는 기회를 고맙게 여겼다.

'그런데 왜 교육 시간보다 공방에서 마치 장인처럼 일하는 시간이 많고, 고아를 인솔해서 숲에 가야 하는 건데?'

빈민 출신인 루츠와 달리 나는 숲에 간 적이 별로 없다. 숲에 가는 일이 친가에 도움이 된다면 불만 따위 없었으리라. 하지만 나무를 잘라 모으고, 종이를 만들고, 인쇄를 해서 책을 만드는 일은 우리 집안의 전문 분야도 아닐뿐더러, 애초에 상인의 일이 아니다. 상품을 만드는 일은 장인의 일이고 상인의 일은 상품을 파는 것이다. 왜 내가 상품을 만들어야 하는지 전혀 이해할 수 없었다.

'신전에 가는 것도 마인 님과의 인연으로 이익이 난다면야 좋기나 했을 텐데.'

신전에서 시중을 드는 방법을 가르쳐 주는 프랑의 주인은 청색 견습무녀인 마인 님이다. 신전에 있는 동안에는 귀족 영애를 대하듯 하라는 주인님의 명령이 있었지만, 사실 그녀는 루츠와 같은 빈민 출신이다. 다 떨어진 옷을 입고 길베르타 상회를 드나들던 모습을 직접 봤기 때문에 틀림없다.

어떻게 빈민 출신 아이가 청색 견습무녀가 됐는지, 그 경위와 이유는 듣지 못했다. 그래도 마인의 겉을 그럴듯하게 꾸며 주려고 옷가지를 챙겨 주며 도와준 사실은 알고 있다.

마인 님은 신전에서 입기에 어울리는 옷을 갖추었지만, 새로 지은 옷은 거의 없고, 대부분 헌 옷이었다. 의식용 의상은 주문했지만, 주인님한테 선물 받은 천을 썼으니 천을 사지는 않았다. 아마 앞으로도 살 생각이 없겠지. 마인 님은 내 친가에는 아무런 도움도 되지 않는 사이비 아가씨였다.

물론 실을 엮어서 만든 머리 장식과 식물지처럼 길베르타 상회의 이익이 되는 발명은 대단하다고 생각한다. 내가 신전에 가지 않았다면, 먼 곳에서 "대단한 아이구나." 하고 감탄했겠지. 하지만 내게 아무런 도움이 되지 않고 항상 보기 흉하게 루츠에게 찰싹 붙어 다녀서 그다지 가까이 하고 싶은 생각은 들지 않았다.

루츠는 목공 집안 아들인 주제에 상인이 되고 싶어 이곳에 온 이상한 녀석이다. 상인의 필수 상식과 지식이 전혀 없다. 루츠가 다프라 수습생이 된 건 전부 마인님과의 인연을 고려한 판단이었으리라. 그렇지 않으면 상인 수습생으로 실격인 녀석이 열 살도 되기 전에 다프라 계약을 하는 경우는 있을 수 없다.

하지만 루츠는 마르크 씨의 칭찬대로 노력가는 맞다. 글자를 읽고 쓰는 법이나 계산도 빨리 익혔고, 다양한 일을 필사적으로 익히려고 얼마나 노력하는지도 잘 안다. 하지만 생각대로 잘 몸에 배이지 않으니 아주 기초적인 부분부터 이해하지 못한다고밖에 보이지 않았다.

'이상하잖아? 루츠는 "마인이 생각한 물건은 내가 만든다."고 했단 말이지.'

상인 수습생이라면 '내가 만든다.'가 아니라 '내가 판다.'나 '내가 보급하겠다.'라고 말해야 맞다. 내가 봤을 때 신전의 공방에서 날렵하게 몸을 움직이고, 고아를 인솔해서 숲에 가는 루츠는 상인보다 장인으로밖에 보이지 않았다.

'뭐, 공방 회계 쪽 업무는 어느 정도 가능하게 된 것 같지만.'

"안녕, 루츠. 안녕하세요, 레온."

공방 앞에는 숲에 갈 차림을 한 사람들이 몇이나 있었다. 가장 앞쪽에 파란 의상을 입은 조그마한 모습이 있었다. 마인 님이 아무런 연락도 없이 공방에 있다니 웬일일까. 이 시간은 악기 연습 시간인데.

"안녕하십니까, 마인 님."

인사를 한 나는 숲에 가려고 너덜너덜 옷차림인 고아 중 이상한 존재감을 뿜는 사람을 발견했다. 어제 소개받은 청색 신관인 질베스타 님이 빈민들이 입는 누더기 차림으로 당당하게 서 있는 것이 아닌가.

'대체 무슨 일이지!?'

차림새와 전혀 어울리지 않는 언뜻 봐도 비싸 보이는 활과 화살을 든 질베스타 님을 보고, 나는 엉겁결에 비명을 지를 뻔했다. 입가를 틀어막아 겨우 참았지만, 머릿속은 새하얘졌다.

"루츠, 정말 미안한데 질베스타 님을 부탁해. 레온과 길, 오늘은 두 사람이 채집 팀을 잘 지켜봐 주세요. ……이제 맡겨도 괜찮겠지요?"

'어이, 이봐, 마인 님! 영주를 데리고 평민촌 숲에 가라니, 무슨 그런 터무니없는 소리가 다 있어!'

질베스타 님은 아우브 에렌페스트다. 공방 견학차 왔던 그와 얘기했던 주인님이 한밤중에 마르크 씨와 나누는 대화를 우연히 듣는 바람에 알게 되었다. 뜬금없이 대규모 사업 확장을 요청받았다며 다프라의 의견을 구했기 때문이다.

'진심이야? 진심으로 이런 분을 데리고 평민촌이랑 숲에 가라고!?'

길은 "알겠습니다." 하고 씩씩하게 대답하고, 루츠는 "이젠 마인이 아무리 어려운 부탁을 해도 익숙해졌어." 같은 말을 했다. 나는 가능하다면 '그런 식으로 덜컥 맡아 버릴 일이 아니야!' 하고 소리치고 싶은 심정이었다.

'혹시 루츠도 마인 님도 눈치채지 못하나!? 질베스타 님이 영주라는 사실을 모르는 거야!?'

그러고 보니 영주의 얼굴을 알던 주인님은 공방에서 바로 끌려나가셨고, 루츠는 밤이 되면 퇴근하기 때문에 영업이 끝난 후에 시작되는 주인님과 마르크 씨의 대화를 듣지 못했다. 마인 님도 루츠도, 이곳에 있는 고아들도, 나 외엔 모두 영주라는 사실을 모르는 셈이다.

저 사람이 영주라고 털어놔도 좋을지 어떨지 몰라 입을 뻐끔거리던 나는 전부 루츠에게 맡길 생각에 질베스타 님께 등을 돌려 걷기 시작했다. 청색 신관인 척하는 영주를 상대하기보다 차라리 고아들 상대를 하는 편이 백 배 낫다. 적어도 작은 실수로 내 미래가 좌우될 걱정은 없으니까.

"이곳이 평민들이 사는 마을인가. 더럽고 냄새나는군."

질베스타 님은 신전에서 나오자마자 불쾌한 듯 인상을 찌푸리며 평민촌을 둘러보았다.

"이곳을 청소하는 허드레꾼들은 없느냐? 혹시 게으름을 피우고 있는 건 아니냐?"

"거리를 청소하는 허드레꾼은 누가 고용하나요?"

질베스타 님의 안내역으로 조금 앞장선 루츠가 살짝 뒤돌아보며 질문했다. 확실히 허드레꾼에게 청소를 시킨다면 그들을 고용할 주인이 필요하다. 거리 청소를 위해 돈을 낼 착한 사람이 있기나 할까.

"……누가 고용하냐고?"

"네. 거리는 누구의 것도 아니잖아요?"

"바보야! 이 거리는 영주님의 소유잖아!"

당연하다는 듯한 얼굴로 말하는 루츠의 말에 나도 모르게 받아쳐버렸다. 영주 앞에서 누구 것도 아니라고 말하다니, 무서운 줄 몰라도 정도가 있지.

"아아, 그렇구나. 그럼 질베스타 님께서 영주님께 평민촌을 청소할 허드레꾼을 고용해 달라고 부탁해주세요. 평민은 뻔뻔스럽게 영주님께 부탁할 순 없잖아요."

청색 신관은 귀족이니까 할 수 있으시죠? 하고 웃으며 말하는 루츠의 머리를 뒤에서 쥐어박고 싶어졌다.

'루츠, 지금 네가 더 뻔뻔해!'

질베스타 님이 화내지 않아 가슴을 쓸어내리며 거리를 걸었다.

"색깔이 너무 다양해서 눈이 피곤하군."

"새하얀 신전과 전혀 다르죠? 고아들도 처음 평민촌을 걸을 때 똑같은 반응이었어요. ……그치, 길, 프리츠. 너희들이 질베스타 님께 평민촌을 걸을 때의 주의사항을 가르쳐 주지 않을래? 난 신전과 이곳의 차이점을 잘 모르거든."

루츠가 그렇게 말하며 고아들에게 평민촌을 걸을 때의 주의점을 가르쳐 주는 역할을 위임했다. 그 말대로 우리는 신전 출신자가 평민촌의 무엇에 놀라는지, 무엇을 신경 써야 하는지 잘 모른다.

"너희는 분명 마인의 견습시종이었지? 좋다, 말해 봐라."

길이 긴장한 표정으로 아직 투박한 말투로 설명했고, 프리츠가 옆에서 중간마다 수정해 줬다. 아직 공손한 말을 쓰지 못하는 길에게 맡기질 못하겠는지, 성인이 된 신관들이 질베스타 님을 둘러싸며 설명하기 시작했다. 손이 빈 루츠를 본 나는 그의 옷깃을 잡아끌었다.

"어이, 루츠. 숲에 사냥하러 가서 질베스타 님께 뭘 먹일 셈이야?"

소곤소곤 묻자, 루츠는 아무 생각이 없는 얼굴로 나를 바라보았다.

"뭐라니, 평민촌 숲을 체험하고 싶다고 하시니까, 우리랑 똑같은 걸 드시면 되지 않겠어?"

"큰일이네."

'영주에게 카르페와 소금 따윌 어떻게 드려!'

채집과 종이를 만들러 숲에 갈 땐 나뭇가지와 함께 찐 카르페에 버터를 끼운 것을 주식으로 먹는다. 또 하나는 가져간 말린 고기와 근처에서 뜯은 잡초를 대충 넣은 소금 수프다. 참고로 나무껍질을 데치는 냄비로 만든다. 도저히 영주에게 낼 만한 음식이 아니다.

"나는 우선 주인님께 보고하고 올게. 넌 먼저 가 있어."

보이기 시작한 길베르타 상회를 가리키며 나는 고아들 대열에서 빠졌고, 손님을 배웅하던 마르크 씨에게 다가갔다. 이쪽을 돌아보고 나와 눈이 마주친 마르크 씨의 미소가 더욱 깊어졌다.

"레온, 자세한 얘기는 위에서 듣겠습니다."

마르크 씨는 고아들 중심에서 누더기 때문에 더욱 눈에 띄는 은 머리 장식에 완벽히 주문 제작된 신발을 신은 남성이 누구인지 짐작한 모양이다. 조금 빠르게 말하고는 얼른 상점 밖에서 위층으로 올라가는 계단을 향해 걸어갔다.

나는 2층 방에 들어가자마자 사정을 설명했다. 되도록 간략하게, 질베스타 님이 잠행하여 평민촌 숲에서 사냥하게 되었다는 일, 루츠가 안내역을 맡았다는 일, 그리고 점심 메뉴를 털어놓았다.

"마틸다에게 빵과 햄, 치즈, 마실 것을 준비하게 합시다. 기본적인 포크와 나이프도 준비하는 편이 좋겠습니다. 주인님한테 들은 얘기로는 그들은 카르페를 손으로 집어 먹는다더군요."

주인님은 루츠와 마인과 함께 숲에 간 적이 있는 모양인데, 그때 판자 위에 올린 카르페 버터를 손으로 먹게 한 듯하다. 지금은 고아들의 제안으로 수프도 만들어 먹게 되었다. 각자가 나무로 만든 국그릇과 수저를 허리에 차고 다니지만, 갑자기 참가하게 된 질베스타 님이 식기류를 들고 있을지 의문이었다. 모든 준비를 시종에게 맡기는 귀족님이 사냥에 갈 때 개인용 식기를 챙길 것 같지는 않았다. 준비해 두는 편이 무난하리라.

"레온, 질베스타 님의 시중은 당신에게 맡기겠습니다. 프랑에게 배운 경험을 살려 주세요. ……자, 여기."

내게 사정을 들으며 하녀인 마틸다에게 점심을 준비하게 한 마르크 씨가 평소의 미소 띤 얼굴로 손가방을 내밀었다.

"질베스타 님은 마인과 루츠에게 자신의 진짜 신분을 알릴 생각이 없으신 모양입니다. 잘못해서 발설하지 않게 주의하세요."

준비한 점심을 들고 나는 서둘러 숲으로 향했다. 그들은 이미 평소에 작업하는 강변에서 작업을 시작하고 있었다. 나무껍질이 냄비 속에서 보글보글 삶기는 모습이 보였다. 강에서 카르페를 씻는 아이도 있고, 숲에서 채집 중인 아이도 있는 평소의 풍경이었다. 하지만 루츠와 질베스타의 모습은 없었다.

"질베스타 님과 루츠는 뭐 하고 있어?"

"둘은 사냥하는 장소로 간다고 숲 입구에서 헤어졌습니다. 네 점 종이 울리면 여기로 온대요."

냄비 당번인 프리츠가 냄비에서 등을 돌려 돌을 쌓으면서 그렇게 말했다. 뭘 만드는지 물어보니 질베스타 님이 식사할 테이블을 준비하는 중이라고 했다.

"질베스타 님은 청색 신관이시니까 필요할 것 같아서요. 테이블도 없는 식사는 저희도 익숙해지는 데 시간이 걸린 걸요."

질베스타 님을 귀족으로 대할 마음이 전혀 없는 루츠 때문에 나만 골머리를 앓은 건 아니었다. 그렇게 생각한 순간 약간의 동료 의식이 싹텄다.

"좋은 생각이야. 나도 질베스타 님이 드실 점심을 준비해 왔어. 질베스타 님께서 카르페와 수프만 드실 순 없잖아?"

상점에 들러 준비해 왔다고 말하자, 프리츠가 조금 놀라워했다.

"신전에서는 청색 신관이 음식을 준비해 주시니까 질베스타 님을 위한 식사를 준비해야 한다는 생각은 전혀 못 했었네요."

프리츠는 오히려 동행하는 질베스타 님에게서 호화로운 음식을 내려받을 줄 알았던 모양이다.

"신의 은총인 요리를 준비하는 건 청색 신관의 영역이니까요."

'요리사가 없는데 어떻게 준비한단 말이야?'

회색 신관과의 두꺼운 상식의 벽에 나는 현기증이 일었다.

네 점 종이 울리고, 나는 질베스타 님의 점심을 준비했다. 루츠와 함께 질베스타 님은 새 두 마리를 잡아서 들고 왔다.

"질베스타 님, 여기에 묶어 두면 돼요."

"어떤 식으로 하지?"

루츠가 가리키는 나무를 본 질베스타가 의아해했다. 하지만 루츠는 질베스타 님께서 들고 있는 새를 받으려고도 않고 방법만 설명했다.

"끈 같은 건 없어, 루츠."

"왜 사냥하러 오면서 끈을 안 가져오셨어요? 피를 못 빼잖아요. 질베스타 님의 허리에 찬 가죽 주머니엔 대체 뭐가 들었는데요?"

그렇게 말하며 루츠는 자신의 허리에 두르고 있던 끈을 풀어 건넸다. 나는 무심코 루츠 곁으로 달려가서, 왜 루츠가 처리하지 않느냐고 다그쳤다. 질베스타 님에게 잡은 사냥감을 들게 하고 손질을 시키다니, 도무지 믿을 수 없었다.

"왜냐니. 자기가 잡은 사냥감이니까 자기가 처리해야지. 남한테 시키는 건 그 사냥감을 넘겨주겠다는 말이잖아?"

"그건 평민의 방식이잖아! 질베스타 님은……."

"평민촌 숲에서 한 사냥이니 평민 방식으로 처리하겠다는데, 무슨 문제가 있어?"

루츠는 당연하다는 얼굴로 그렇게 말했고, 질베스타 님은 "귀족다운 사냥을 하고 싶으면 귀족 숲에서 하라고 마인한테도 들었다. 신경 쓰지 마라." 하고 쓴웃음을 지으며 나뭇가지에 새를 매달았다.

"질베스타 님, 피 냄새를 맡고 짐승이 다가와서 사냥감을 뺏길 가능성도 있으니까 주의해서 지켜봐 주세요."

"음. ……그런데 루츠. 시종이 없으면 어떻게 손을 씻지? 평민은 세척하는 마술을 못 쓸 터인데."

피로 더러워진 자신의 손을 보면서 질베스타 님이 물었다. 평소엔 시종이 볼에 물을 담아 가져왔겠지.

"저기 강이 있잖아요. 강에서 씻어요. 방법은 아이들에게 물어보세요. 전 끈 대신 쓸 만한 풀을 뽑아 올게요. 오후에도 사냥하실 거죠?"

질베스타 님은 "당연히 오후에도 사냥해야지." 하고 당당하게 대답한 뒤, 아이들 쪽을 돌아보았다.

"……좋다. 꼬마들. 내게 강에서 손 씻는 방법을 가르쳐라."

"제가 가르쳐 드릴게요, 질 님. 이쪽으로 오세요. 저도 루츠에게 배웠어요. 통에 물을 안 긷고 손을 씻다니 저도 처음엔 깜짝 놀랐어요."

강변으로 달려가는 아이들을 보고, 질베스타 님은 흥미롭다는 표정을 지으며 강으로 다가갔다. 나는 숲에 풀을 뽑으러 가려는 루츠의 팔을 덥석 잡았다.

"어이, 루츠. 질 님이라니 뭐야? 아무리 그래도 너무 버릇없는 거 아니야?"

"본인이 그렇게 부르라고 했으니까 괜찮겠지, 뭐."

루츠는 어깨를 으쓱이며 '질 님'이라 부르게 된 경위를 설명해 주었다.

"애들이 좀처럼 질베스타 님이라고 발음하길 어려워했거든. 꼬맹이가 잘못 부르는 족족 회색 신관들 전원이 새파랗게 질려서는 무례를 범했다며 무릎을 꿇잖아."

"뭐?"

"세 번째쯤에는 뒷줄에서 따라오던 꼬맹이가 보도에서 튀어나가서, 하마터면 짐마차에 치일 뻔했었거든."

아이는 루츠가 구했다고 한다. 그리고 잘못 부를 때마다 전원이 무릎을 꿇고 용서를 비니까 귀찮다고 느끼셨는지 질베스타 님이 '질 님'이라고 부르라고 했단다.

"청색 신관인데도 아주 너그럽고 융통성 있는 분 같지 않아? 특이한 사람이지만, 난폭하고 못된 귀족은 아니라서 안심했어."

루츠는 그렇게 말하며 내게 등을 돌리고 풀을 찾으러 숲을 헤치며 들어갔다.

점심은 내가 시중을 들어 무사히 끝냈다. 혼자만 다른 메뉴에 돌을 쌓아 판때기를 올려 만든 테이블을 보고도 루츠는 아무 말도 하지 않았고, 질베스타도 가만히 받아들여 주었다.

"그런데, 너희들이 본 마인은 어떤 소녀냐? 다들 친하겠지?"

"그러네요. ……특이한 건 뭔지 아는데, 기본 상식은 전혀 없어요. 허약해서 지옥을 왔다 갔다 하고, 남한테 의지하지 않으면 아무것도 못 해요. 그래도 상냥하고 제 꿈을 응원하는 든든한 제 짝이에요."

정중하면서 솔직한 루츠의 말에 질베스타 님은 조금 생각에 잠기듯 하늘을 올려다보았다.

"내가 들은 얘기와 좀 다르군. 마인이 고아원을 개혁했다던데 실제로는 어떻지? 본인이나 페르디난드는 훌륭한 성과를 올렸다는데, 그 말이 사실이라면 영주님께 진언을 올려 포상이라도 받게 해야 하지 않겠느냐. 그러나 마인의 보고가 거짓이라면 벌을 받을 수도 있지."

사실을 말하라는 질베스타의 말에 고아들은 마인 님이 오기 전의 고아원 상태와 지금의 상태를 제각기 떠들기 시작했다. 고아원을 구해 준 이야기. 맛있는 밥을 많이 먹게 된 이야기. 스스로 수프를 만들게 된 이야기. 겨울 동안 불 꺼질 걱정 없이 난로에 둘러앉아 지낸 이야기. 반짝이는 모두의 눈에서 마인 님을 존경하는 마음이 서려 있었다.

'고아원의 개혁이라니, 그런 일을 했었구나.'

내가 드나들게 된 고아원장실과 공방은 아무래도 모든 개혁이 끝난 뒤였던 모양이다. 예전의 고아원이 그렇게 끔찍한 곳일 줄 몰랐다.

'그나저나 너희들 그렇게 수다스러웠구나.'

고아원의 개혁 이야기를 듣고 가장 놀란 건 신관들의 재잘거리는 말수였다. 어린아이는 신전에서 나오면 아무에게나 재잘거리지만, 성인이 된 회색 신관들은 대부분 공방에서나 숲에서나 묵묵히 일했고, 꼭 필요한 때 이외에는 입을 열지 않았다. 지금은 청색 신관의 질문에 대답하는 것이니 그들에게 필요한 때에 해당하겠지만, 그래도 평소에 비하면 그 많은 말들을 어떻게 숨겼나 싶다.

'그나저나 칭찬밖에 없잖아? 결점도 말해야지! 루츠와 찰싹 달라붙어 다니고, 남의 말을 듣지 않는다든지, 영문도 모를 것들을 떠올려서 주변을 힘들게 휘두른다든가, 여러 가지 있잖아!'

마음속으로는 그렇게 소리쳤지만, "레온, 그대는?" 하고 막상 질베스타 님께서 질문하자 "전 마인 님과 개인적으로 친분이 없어서 잘 모르겠습니다." 라는 무난한 대답밖에 할 수 없었다. 업무상의 일을 어디까지 발설해도 좋을지 모르는 데다가 결점만 말하면 분명 공방에 눈치가 보일 테니까.

"……그렇군. 너희들의 얘기를 들으면 마치 성녀구나."

무슨 생각을 하는지 잘 모를 표정으로 질베스타 님은 그렇게 중얼거렸다. 그리고 허리에 찬 가죽 주머니에서 검은색 돌이 박힌 목걸이를 꺼내더니 잠시 바라보면서 생각에 잠겼다.

"질베스타 님, 짐승이 사냥감을 노려요!"

"뭣이!?"

루츠의 목소리에 질베스타 님은 목걸이를 가죽 주머니에 넣고, 즉시 활로 짐승을 겨냥해 쏘았다. 세 대의 화살을 정확히 맞추고, 새를 매달아 놓은 곳으로 달려갔다. 달려가는 그의 오른손에서 순간 빛이 나더니, 다음 순간에는 그 손에 검이 쥐어져 있었다.

"그건 내 사냥감이다!"

검이 한 번 번쩍였다. 그것만으로 짐승이 땅에 쓰러졌다. 평민과 다른, 귀족의 무기와 강한 힘에 공포를 느낀 나와 달리 아이들은 환성을 질렀다.

"질 님, 굉장해요! 강해요!"

"당연하지."

아이들의 칭찬에 기분이 좋아졌는지, 질베스타 님은 오후에도 사냥을 계속했다. 아이들에게 보이는 위치에서 멀리 나는 새를 떨어뜨리고 환호와 갈채를 받았다.

"슬슬 돌아갑시다. 요리사가 퇴근하기 전에 돌아가지 않으면 고기를 손질할 수 없어요. 이렇게나 많이 잡을 줄은 몰랐네요."

루츠는 질베스타 님이 잡은 사냥감을 보고 곤란한 표정을 지었다. 평민의 상식으로는 자기가 들고 갈 만큼만 잡는다고 한다. 그 이상 잡아도 다 먹지 못하고 썩혀 버리기 때문이다.

"질베스타 님은 청색 신관이셔. 고아원에서도 식사를 준비하니까 고아들한테 들고 가게 하면 되잖아."

빙빙 돌려 어차피 너희들이 먹을 거라고 내가 말하니, 회색 신관들이 기뻐하며 손을 빌려 주었다. 자기가 잡은 사냥감을 고아들에게 맡긴 질베스타 님은 기분 좋게 구령을 내렸다.

"좋아, 지금부터 귀환하자!"

"네!"

신전에 돌아가자마자 바로 고기 손질이 시작되었다. 그 가운데 질베스타 님이 마인 님께 검은 돌이 박힌 목걸이를 건네는 모습이 눈에 들어왔다.

후기

오랜만입니다. 카즈키 미야입니다.

「책벌레의 하극상~사서가 되기 위해서라면 뭐든지 할 수 있어~ 제2부 신전의 견습무녀 Ⅳ」를 구입해 주셔서 감사합니다.

이번에 잉크 공방의 하이디와 요제프가 인쇄 집단 구텐베르크에 새로이 들어왔습니다. 잉크 연구에 전부를 바치는 하이디. 그리고 견습을 시작한 하이디의 지도역을 억지로 떠맡고, 졸졸 따라다니는 하이디를 돌보다가 정신 차리니 그녀의 남편으로 평생 그녀를 돌보게 된 요제프. 마인이 신식이 아니라, 건강하며 신전에 들어가지 않고 계속 루츠와 종이를 만들며 지냈다면 이런 느낌일 것 같다고 상상하며 썼던 두 사람입니다.

자, 남동생 카밀의 탄생으로 그림책과 장난감 제작을 가속하려는 마인은 색깔 잉크 제작에 착수했습니다. 수많은 실패가 있었지만, 결국 인쇄에 쓸 색깔 잉크를 완성하고, 그림책에 색을 입힐 수 있게 되었습니다. 책 제작은 날로 순조롭게 진행되고 있습니다.

그런 가운데, 신전에 버려진 신식 아기와 아렌스바흐에서 찾아온 빈데발트 백작, 그리고 질베스타에게 받은 검은 마석 부족을 통해 마인을 둘러싼 환경이 크게 변화합니다.

가족을 지키기 위해 귀족이 된 로제마인의 활약은 「제3부 영주의 양녀」로 이어집니다. 기대해주세요.

슬슬 제2부 완결로 타이밍도 좋기에 캐릭터 인기투표를 열게 되었습니다. 투표해주신 분들께는 벽지 선물도 있습니다. 이번 기회에 여러분이 편애하는 캐릭터를 가르쳐주세요. 왠지 인기가 많을 것 같은 캐릭터는 대충 예상이 갑니다만, 순위는 예측이 안 가네요. 저도 기대됩니다.

재미있는 기획을 생각하고 준비해주신 TO북스님, 감사합니다.
표지에 실린 마인의 표정이 늠름해서인지 매우 어른스러워 보입니다. 제2부 완결에 어울리는 일러스트라고 생각합니다. 시이나 유우님, 감사합니다.
마지막으로 이 책을 구입해 주신 여러분께 최고의 감사를 바칩니다.
제3부는 초가을이 될 예정입니다. 그 책에서 다시 만납시다.

2016년 2월 카즈키 미야

Respect

오토 씨를 어떤 점에선 엄청 존경해

난 말야 마인

뭐? 투리가 그렇게나 오토 씨를?

오토 씨가 그렇게 대단해?

코린나, 그 가느다랗고 아름...운 손가락에서...홀한 드레스는 그...대의 넘쳐나는 미...을 응축한 결...이...당신...

그건 동의할 수 밖에 없지 않니!!

그 코린나 님을 향한 최고의 찬사

아―응 그쪽이구나

코린나의 열성 팬 ⇧

장래의 불안

업무상 어른 상대를 많이 한다

마인은 어리지만 공방을 가졌고

아까 나 프레임에 안 들어왔지?

그리고 아빠의 직장 동료인 오토 씨

길베르타 상회의 벤노 씨나 마르크 씨

그리고 신전에 신관장님이랑 프랑 씨...

혹시 연상 킬러!?

마인은

?

두근두근

본 완결 기념!
갑자기 시작된
권말 부록

**우리 언니가
제일 귀여워**

동생

만화 시이나 유우

메이드풍

?

♡

쪼그매서 귀여워

삼 남매의
장녀로
여동생과
남동생이
있—

저기
저기

권터
집안의
투리
입니다

이렇게
작은데도
손톱이
이렇게
작은데도
꼬~옥
해줬어♡

하아아~
너무
귀엽지♡
쪼그만데
굉장하지
♡

꼬옥

읍

카밀이
있잖아
내 손가락을
꼬~옥
해줬어♡

투리
투리
있잖아!

폴짝

폴짝

↖작아서 프레임에 안 들어옴

책벌레의 하극상 [2부] 신전의 견습무녀 Ⅳ

초판 1쇄 발행　2017년 8월 31일
초판 2쇄 발행　2018년 9월 15일

저자 카즈키 미야

발행인 원종우
발행처 (주)이미지프레임

주소 (13814) 경기도 과천시 뒷골1로 6, 3층
영업부 02-3667-2653　**편집부** 02-3667-2654　**팩스** 02-3667-2655
메일 edit01@imageframe.kr　**웹** vnovel.co.kr

ISBN 978-89-6052-017-2 02830

Honzukino Gekokujo Shisho ni naru tameni ha Syudan wo Erande Iraremasen Dai Ni-bu
Shinden no Miko Minarai 4
By Miya Kazuki
Copyright © 2016 by Miya Kazuki
First published in Japan in 2016 by TO BOOKS, Inc.
Korean translation rights arranged with TO BOOKS, Inc.
through Shinwon Agency Co.